PAUL FINCH
Krwawe święto

Z angielskiego przełożyła
DANUTA GÓRSKA

Tytuł oryginału:
SACRIFICE

Polish edition copyright © Wydawnictwo Albatros Sp. z o.o. 2018

Polish translation copyright © Danuta Górska 2018

Redakcja: Beata Kołodziejska

Zdjęcie na okładce: © Roberto Patrovicchio/Arcangel Images

Skład: Laguna

ISBN 978-83-8125-172-3

Książka dostępna także jako e-book

Dystrybutor
Firma Księgarska Olesiejuk sp. z o.o.
Poznańska 91, 05-850 Ożarów Mazowiecki
tel. (22) 721 30 00, faks (22) 721 30 01
www.olesiejuk.pl

Wydawca
Wydawnictwo Albatros Sp. z o.o.
Hlonda 2A/25, 02-972 Warszawa
www.wydawnictwoalbatros.com
Facebook.com/WydawnictwoAlbatros | Instagram.com/wydawnictwoalbatros

2018. Wydanie I
Druk: Drukarnia Pozkal

Książkę wydrukowano na papierze Ecco Book Cream 70 g, vol. 2.0
z oferty Antalis Poland

Dla mojej ślicznej żony Catherine.
Jej bezinteresowne i niezachwiane wsparcie
stanowi opokę, na której buduję
swoją karierę

PODZIĘKOWANIA

Podobnie jak w przypadku *Stalkerów*, pierwszej powieści z tej serii, jest mnóstwo ludzi, wobec których mam dług wdzięczności za tę książkę. Jednakże w większości to ta sama gromadka, toteż ponowne wymienianie ich wszystkich wydaje się trochę monotonne. Wobec tego chciałbym skorzystać z okazji, żeby zamieścić tu krótkie, lecz dość osobiste podziękowania.

Mój zmarły ojciec, Brian Finch, znakomity pisarz zawdzięczający wszystko sobie, który przez całe życie był dla mnie inspiracją, odszedł z tego świata w 2007 roku w tragicznie młodym wieku siedemdziesięciu lat. Pochodził z Wigan, wówczas górniczego miasteczka pokrytego sadzą, z bardzo skromnego środowiska, a jednak zrobił karierę w telewizji trwającą, co samo w sobie jest godne podziwu, prawie cztery dekady. Napisał wiele scenariuszy do niemal wszystkich popularnych seriali telewizyjnych w latach siedemdziesiątych, osiemdziesiątych, dziewięćdziesiątych i dwutysięcznych, włącznie z takimi klasycznymi kryminałami, jak *Z Cars*, *Public Eye*, *Hunter's Walk*, *Shoestring*, *Juliet Bravo*, *The Gentle Touch*, *Bergerac* i *Saturday Night Thriller*, chociaż ukoronowaniem jego pracy była pieczołowita adaptacja książki Michelle Magorian *Goodnight Mister Tom* dla Carlton Television w 1998 roku, która zasłużenie zdobyła nagrodę BAFTA.

Przez cały ten czas tato był dla mnie nieocenionym źródłem dobrych rad, stałym wsparciem i najbliższym przyjacielem. Chyba zawsze żywił nadzieję, że pójdę w jego literackie ślady, ale kiedy wstąpiłem do Greater Manchester Police, wspierał mnie jak zawsze. Wiele lat później, kiedy stało się oczywiste, że ja również pragnę przelewać słowa na papier, znowu był przy mnie, tryskając pomysłami i entuzjazmem. To tato zasugerował, że powinienem pisać o tym, co znam najlepiej, o pracy policji. Oczywiście w telewizji nie brakuje seriali policyjnych i mnóstwo autorów chce w tym uczestniczyć, ale tato słusznie zauważył, że nad większością z nich miałbym przewagę, ponieważ naprawdę pracowałem w tym zawodzie.

Reszta, jak to mówią, jest historią.

Nie mam wątpliwości, że moje policyjne doświadczenie zapewniło mi pierwszą pracę przy scenariuszu do wieloodcinkowego serialu policyjnego ITV *The Bill* i właśnie tam, w jednym z najlepszych zespołów scenarzystów w nowoczesnej telewizji, uczyłem się zawodu i doskonaliłem umiejętności. A jednak aż do ostatnich dni mojego taty to on zawsze był pierwszą instancją, kiedy tylko potrzebowałem przedyskutować nowy pomysł, szukałem rozwiązania jakiegoś pisarskiego problemu albo po prostu chciałem zwyczajnie pogadać o dziwnym świecie, w jakim obaj utknęliśmy.

Więc tak to jest, tato. Byłeś iskrą, która zapaliła lont, i ciepłym oddechem, który podsycał płomień w chudych latach. Te książki, których niestety nigdy nie zobaczyłeś, są ostatecznym rezultatem. Zapewne nie ma przesady w twierdzeniu, że Mark Heckenburg, główna postać cyklu, ma wiele twoich cech – przyjazną naturę, uliczny spryt i nieugiętego ducha, zahartowanego na industrialnej północy. Co mogę powiedzieć innego niż: Wielkie dzięki. Nigdy nie dokonałbym tego bez ciebie.

ROZDZIAŁ 1

Całe Holbeck należałoby zbombardować.

Tak uważał Alan Ernshaw. Okej, był stosunkowo nowym funkcjonariuszem policji – zaledwie dziesięć miesięcy w zawodzie – więc gdyby ktoś podsłuchał taką niepoprawną politycznie opinię i złożył skargę, Alan miałby usprawiedliwienie. Które jednak nie zrobiłoby wrażenia na kierownictwie. Wprawdzie w Holbeck, starej dzielnicy magazynów położonej na południe od centrum Leeds, większość budynków stanowiła obecnie puste skorupy, wiktoriańskie szeregowe domy niszczały opuszczone, a nieliczne zamieszkane okolice zmieniły się w brzydkie betonowe slumsy, zaśmiecone i pokryte graffiti, ale policjanci nie traktowali już takich kwestii osobiście. A przynajmniej nie powinni.

Ernshaw ziewnął i podrapał zaschnięte skaleczenie po brzytwie na gładko poza tym wygolonej szczęce.

Radio zatrzeszczało:

– Trójka do jeden siedem sześć dwa.

Ernshaw ponownie ziewnął.

– Dawaj.

– Co wy tam robicie z Keithem? Odbiór.

– No, nie siadamy do obiadu z indykiem, że tak powiem.

9

– Witam w klubie. Słuchaj, jeśli nie macie nic innego, moglibyście podskoczyć do Kemp's Mill na Franklyn Road?

Ernshaw, który pochodził z Harrogate, jakieś czterdzieści kilometrów na północ, i wciąż jeszcze nie orientował się za dobrze w rozległej stolicy West Yorkshire, zerknął na prawo, gdzie posterunkowy Keith Rodwell rozwalał się za kierownicą.

Rodwell, weteran z dwudziestoletnim stażem, kiwnął głową, wprawiając w ruch obwisłe policzki.

– PCP*... trzy.

– Taaa, trzy minuty. Odbiór – powiedział Ernshaw przez radio.

– Dzięki.

– Co za sprawa?

– Właściwie trochę dziwna. Anonimowy telefon, że znajdziemy tam coś interesującego.

Rodwell nie skomentował, tylko wykonał furgonetką manewr zawracania na trzy.

– Nic więcej? – spytał zdumiony Ernshaw.

– Jak mówiłem, to dziwne. Dzwoniono z budki w centrum. Żadnych nazwisk, żadnych szczegółów.

– Wygląda na jakiegoś pojeba, ale hej, i tak nie mamy nic do roboty w ten świąteczny poranek.

– Dozgonna wdzięczność. Odbiór.

To nie był zwykły świąteczny poranek; to był śnieżny poranek w dzień Bożego Narodzenia. Nawet Holbeck wyglądało ślicznie jak z pocztówki, kiedy krążyli po jego wąskich, cichych uliczkach. Przegniłe fasady domów i zardzewiałe wraki porzuconych samochodów skryły się pod grubymi białymi poduchami. Błyszczące sople lodu wisiały w wybitych oknach i wyłamanych drzwiach. Jezdnie i chodniki

---

* PCP – przewidywany czas przybycia.

otulała nieskazitelna warstwa świeżego śniegu, tylko gdzieniegdzie pokreślona śladami opon. Prawie nie było ruchu i jeszcze mniej przechodniów, ale dopiero dochodziła dziewiąta, a o tej porze dwudziestego piątego grudnia nikt nie wystawia nosa z domu oprócz głupców w rodzaju Ernshawa i Rodwella.

Przynajmniej tak przypuszczali.

– Coś interesującego... – zadumał się Ernshaw. – Jak myślisz?

Rodwell wzruszył ramionami. Zwykle mówił najwyżej monosylabami, a teraz, pogrążony w myślach, nie raczył w ogóle się odzywać.

– Banda ćpunów czy co? – dodał Ernshaw. – Squatersi? Jeśli tak, wszyscy już wykitowali. W nocy było najmarniej minus dziesięć.

Rodwell znowu wzruszył ramionami.

Kemp's to była dawna przędzalnia lnu, zamknięta prawie od dwudziestu lat, samotna pamiątka dawnych czasów dobrobytu. Wysoki ośmiokątny komin zachował się nienaruszony, ocalały również prawie wszystkie kwadratowe okna uszeregowane w karnych rzędach na wyszarzałej fasadzie, a wejścia na parterze prawdopodobnie zabezpieczono łańcuchami, ale dla zdeterminowanych intruzów włamanie do opuszczonego budynku, podobnie jak do tylu sąsiednich, nie przedstawiało trudności.

Śnieg zachrzęścił pod kołami, kiedy zahamowali z poślizgiem na południowym parkingu przędzalni. Surowa konstrukcja majaczyła nad nimi na tle białego zimowego nieba. Czerwone cegły były chropowate od grubej warstwy sadzy. Rynny i rury, które jeszcze nie odpadły, uginały się pod alpejskimi przewieszkami śniegu. Na pierwszy rzut oka ani śladu życia, jednak przędzalnia była ogromna: nie tylko centralny blok, który sam mógł pomieścić tysiąc robotników, ale i najrozmaitsze aneksy i przybudówki. Kiedy furgonetka pełzła do przodu w żółwim tempie, Ernshaw uświadomił sobie, ile czasu może im zabrać zlokalizowanie tu „czegoś interesującego".

Przysunął mikrofon do ust.

– Jeden siedem sześć dwa do trójki.

– Mów, Alan.

– Jesteśmy już na Franklyn Road. Na razie wszystko wygląda w porządku. Jakieś dalsze skargi. Odbiór.

– Odpowiedź przecząca, Alan. Może to jakiś kretyn, który nie miał nic lepszego do roboty, ale chyba lepiej sprawdzić. Odbiór.

– Przyjąłem – potwierdził Ernshaw i dodał pod nosem: – Ale to może potrwać.

Okrążyli wiekowe gmaszysko szerokim łukiem. Opony ślizgały się, kiedy trafiały na spłachetki lodu. Ernshaw opuścił szybę. Na zewnątrz panowało przenikliwe zimno – śnieg wciąż był suchy i sypki jak puder – ale nawet jeśli nie zobaczyli nic niewłaściwego, mogli coś usłyszeć.

Nie usłyszeli, co było dziwnie niepokojące.

Poranek pierwszego dnia świąt powinien być cichy, spokojny, wytłumiony przez świeżo spadły śnieg, jednak cisza otaczająca Kemp's Mill wydawała się jakaś niesamowita; krucha i napięta, jakby mogła pęknąć w każdej chwili.

Objeżdżali jeden narożnik za drugim, wodząc wzrokiem po pionowych fasadach z czerwonej cegły, po rzędach okien, plątaninie wiekowych rur, obwisłych, przerdzewiałych schodach pożarowych. Opony furgonetki nieustannie się ślizgały, rozchlapując breję z rozmokłego śniegu. Przetoczyli się po drodze dojazdowej prowadzącej do szeregu pustych garaży, krytych dachem z falistego plastyku, który zapadł się po latach. Z drugiej strony dostrzegli wejście.

Rodwell delikatnie nacisnął hamulec, ale furgonetka

i tak sunęła poślizgiem jeszcze przez kilka metrów, zanim się zatrzymała.

Wyglądało to na umieszczone w załomie murów wejście służbowe, do którego prowadziły trzy szerokie stopnie. Drzwi zniknęły – pewnie leżały pod śniegiem – lecz sądząc po stanie zbutwiałej framugi, najeżonej mokrymi drzazgami, włamania dokonano dawno temu. W środku panowała ciemność czarna jak smoła.

– Dwa trzy siedem sześć do trójki – powiedział Rodwell przez radio.

– Mów, Keith.

– Taaa, ciągle jesteśmy w Kemp's Mill. Ślady włamania. Odbiór.

– Potrzebujecie pomocy?

– Na razie zaprzeczam. Wygląda na stare.

Wysiedli, naciągając rękawiczki i zasuwając zamki ocieplanych kurtek. Ernshaw poprawił czapkę, podczas gdy Rockwell zamknął wóz. Ostrożnie weszli po stopniach, czerń w środku cofnęła się przed silnym światłem ich latarek. Na podeście Ernshawowi zdawało się, że coś usłyszał – może śmiech, ale bardzo odległy i bardzo krótki. Zerknął na Rodwella, którego ponure, dziobate oblicze nie zdradzało, żeby cokolwiek słyszał. Ernshaw sam nie miał pewności, więc o tym nie wspomniał. Obejrzał się. Ta część terenu była ogrodzona wysokim murem. Furgonetka parkowała przy samym murze, równolegle do niego, tyłem niemal dotykała wylotu drogi dojazdowej do garaży. Poza śladami radiowozu śnieg był nietknięty. Oczywiście przestało sypać dopiero przed dwoma godzinami, więc brak śladów niekoniecznie świadczył, że nikogo tu nie było w nocy.

Weszli do środka ramię w ramię, wysuwając latarki do przodu, i natychmiast stanęli przed wyborem: na wprost kręcone schody wznosiły się w nieprzeniknioną czerń;

z prawej strony korytarz prowadził do długiej galerii, malowanej w zebrę smugami światła wpadającego przez okna na parterze; po lewej stronie rozciągała się otwarta przestrzeń, zapewne jeden ze starych warsztatów. Ruszyli najpierw na prawo, krzyżując snopy światła latarek, oświetlając ściany z gołych cegieł i wysoki tynkowany sufit, w wielu miejscach przegniły, odsłaniający żebra dźwigarów. Postrzępione kable zwisały jak liany. Na wyasfaltowanej podłodze walały się deski i porozbijane dachówki. Tu i tam sterczały skorodowane kikuty zbrojeń. Pomimo ostrego mrozu w powietrzu czuło się kwaśny odór, jakby pleśni. Szuranie butów niosło się echem w przepastnych głębiach budynku.

Zatrzymali się, żeby posłuchać, ale nic nie usłyszeli.

– Szukamy wiatru w polu – powiedział wreszcie Ernshaw, buchając parą z ust. – Chyba o tym wiesz?

– Pewnie tak – mruknął Rodwell, świecąc latarką po wszystkich kątach. Od chwili, kiedy odebrali wezwanie, wydawał się trochę bardziej skupiony niż zwykle, co intrygowało Ernshawa. Keith Rodwell był gliniarzem od tak dawna, że z reguły oceniał sytuację instynktownie. Jego obecne zachowanie sugerowało, że naprawdę wierzył, że dzieje się tu coś niedobrego.

– Okej, poddaję się – oświadczył Ernshaw. – Jak myślisz, co znajdziemy?

– Ciszej. Nawet jeśli ktoś się tu odlewa, chcemy go przyłapać.

– Keith, są święta Bożego Narodzenia. Dlaczego ktoś miałby...

– Szsz!

Ale Ernshaw też już usłyszał niskie, przeciągłe skrzypienie dochodzące z góry. Wymienili spojrzenia w mroku, nadstawiając uszu.

– Idź frontowymi schodami – polecił cicho Rodwell, wycofując się pod ścianę warsztatu. – Ja pójdę od tyłu, poszukam drugiego wejścia na górę.

Ernshaw wrócił do drzwi, którymi weszli. Wyjrzał na dziedziniec i furgonetkę; jak poprzednio, żadnego ruchu. Zaczął się wspinać, usiłując to robić jak najciszej, mimo to jego kroki rozlegały się głośno na klatce schodowej. Pierwsze piętro, do którego dotarł, okazało się następnym ogromnym warsztatem. Tu, na górze, nie wszystkie okna zabito deskami, chociaż szyby były tak brudne, że przepuszczały tylko odrobinę zimowego światła. Wystarczyło jednak, żeby objąć wzrokiem halę olbrzymią jak hangar, ciągnącą się przez cały budynek, gdzie wśród lasu stalowych kolumn majaczyły stoły warsztatowe i stosy skrzyń.

Ernshaw zawahał się, ściskając uchwyt pałki. W zeszłym roku o tej porze był niewinnym studentem uniwersytetu Hull, więc bez oporów przyznawał przed sobą, że chociaż wystarczająco źle było, kiedy musiałeś pracować w święta – tylko starszym, żonatym funkcjonariuszom oszczędzano tego przykrego obowiązku – jeszcze gorzej było, kiedy musiałeś łazić po zakamarkach takiej upiornej, zamarzniętej ruiny.

Przeraźliwy trzask w radiu sprawił, że Ernshaw podskoczył.

Zagrzmiał głos z centrali przekazujący wiadomości innym patrolom w rewirze. Zirytowany Ernshaw przykręcił głośność.

Ruszył przed siebie, kiedy oczy przyzwyczaiły mu się do półmroku. Dokładnie przed nim, w odległości jakichś czterdziestu metrów, drzwi otwierały się na coś, co wyglądało jak przedpokój. Z niewiadomych powodów ścianę w głębi tego pomieszczenia oświetlał zielonkawy poblask.

Zielony?

Może kolorowa świeca? Papierowy lampion?

Ernshaw zamarł, kiedy jakaś postać przemknęła po drugiej stronie drzwi.

– Hej – powiedział półgłosem. Potem głośniej: – Hej!

Skoczył do drzwi z pałką opartą na ramieniu.

W środku nie zastał nikogo, ale zobaczył, że dziwną barwę światła powodowała zapleśniała zielona płachta przymocowana do okna. Schody – wewnętrzne przerdzewiałe schody pożarowe z nitowanej stali – opadały w dół przez klapę w podłodze, natomiast na wyższe piętro prowadziły drugie schody, tak wąskie, że człowiek trochę większy musiałby się po nich wspinać bokiem. Ernshaw zerknął w górę, dostrzegł na szczycie wątłą smugę dziennego światła. Nasłuchiwał, ale nic nie usłyszał, chociaż łatwo mógł sobie wyobrazić, że ktoś się tam czai i również wytęża słuch.

– Alan? – zapytał ktoś.

Ernshaw obrócił się gwałtownie, ze zdławionym okrzykiem.

Rodwell patrzył na niego z klapy w podłodze, zwłaszcza na jego wyciągniętą pałkę.

– Czy ty…? – Ernshaw ponownie obejrzał się na schody, nasłuchując. – Czy już byłeś na górze? Znaczy, czy tam wszedłeś i znowu zszedłeś z jakiegoś powodu? – Rodwell pokręcił głową, wyłoniwszy się w całej postaci. – Myślałem, że kogoś widziałem, ale… – Im dłużej Ernshaw się zastanawiał, tym mniej materialna wydawała się ta „postać". Może to tylko cień rzucony przez jego latarkę? – Chyba się pomyliłem.

Rodwell też spojrzał na drugie schody. Bez słowa zaczął się wspinać, z ledwością przeciskając masywne cielsko między napierającymi ścianami.

Ernshaw ruszył za nim, czując się nieswojo w ciasnym przejściu. Górne piętro zostało podzielone na małe pokoiki połączone korytarzami. Tutaj tylko nieliczne okna zabito deskami, ale było ich mniej, więc panował ponury półmrok.

Zanim wznowili poszukiwania, Rodwell podciągnął oblepioną kurzem żaluzję i wyjrzał na podwórze w dole. Obu im przyszło do głowy, nieco poniewczasie, że jeśli ktoś wymyślił taki durny, chociaż skomplikowany podstęp, żeby odwrócić ich uwagę i ukraść policyjny samochód, zostaną z ręką w nocniku. Jednak furgonetka stała nietknięta, śnieg wokół niej nie był zdeptany. Z tej wysokości wzrok sięgał dalej w przyległe ulice... to, co z nich zostało. Większość szeregowych domów po południowej stronie Kemp's Mill wyburzono, ale nawet pod warstwą śniegu widzieli równoległe zarysy starych fundamentów.

W okolicy nie było żywego ducha. Najbliższe zamieszkane budynki, dwa bloki z lat siedemdziesiątych zeszłego wieku, stały jakieś trzysta metrów dalej, za ośnieżoną górą złomu. Tylko w kilku oknach migotały światełka – krzykliwe neony gwiazdkowych dekoracji.

– Trójka do dwa trzy siedem sześć – zatrzeszczał głos z centrali w radiu Rodwella.

– Mów – powiedział, opuszczając z powrotem żaluzję.

– Macie coś na Franklyn Road?

– Na tym etapie nie wykryto żadnego przestępstwa. Ciągle szukamy. Odbiór.

– Wiadomość od sierżanta Roebucka, Keith. Nie marnujcie tam za dużo czasu. Jeśli to tylko jakieś rozrabiające dzieciaki, zostawcie to. Nazbierało się innych zgłoszeń.

– Roger, przyjąłem.

– To tyle? – zapytał Ernshaw z nadzieją.

– Nie – odparł Rodwell.

Ruszyli głównym przejściem. Zajrzeli przez pierwsze drzwi, do których dotarli, i zobaczyli coś, co zapewne niegdyś było biurem. Na środku, w słabym świetle dnia, stała szafka na dokumenty, z której wysypała się tona papierów. Ernshaw wszedł do pomieszczenia, podniósł kilka kartek: pożółkłe listy obecności, arkusze kalkulacyjne z oślimi uszami. Odrzucił je i przez następne drzwi wszedł do drugiego identycznego biura. Tutaj wandale zabazgrali całe ściany.

– Dzieciaki tu były, a jakże – powiedział. – Paskudne małe gnojki. Zobacz tylko: „Moja młodsza siostrzyczka zrobiła mi pierwszego loda. Tobie też zrobi za piątaka". Nawet jest cholerny numer telefonu. „Codziennie walę konia w majtki mamusi – teraz ona znowu jest w ciąży". O rany. – Nie otrzymawszy odpowiedzi, odwrócił się.

Rodwell nie wszedł za nim do pokoju.

Ernshaw zawrócił do drzwi i zajrzał do biura z szafką na dokumenty. Tam również Rodwella nie było.

– Keith?! – zawołał.

Za sobą usłyszał stąpnięcie. Obrócił się błyskawicznie – i odkrył, że wciąż jest sam. Ale po drugiej stronie pokoju następne drzwi stały otworem.

Czy nie były przedtem zamknięte?

Ernshaw podszedł do nich, nagle podejrzewając, że ktoś jest w sąsiednim pokoju. Ponownie wyciągnął pałkę, pchnął drzwi i zobaczył następny opuszczony korytarz, do którego wlewała się przez liczne drzwi zawartość innych wybebeszonych biur.

– Keith?

Wciąż brak odpowiedzi.

Ernshaw posuwał się do przodu. Na końcu korytarza znajdowały się następne schody, ale okazały się krótkie i prowadziły do zamkniętych drzwi. Przez szparę przeświecało jasne światło dnia.

– Keith? Jesteś tam, stary?

Znowu nic.

Powoli wszedł na schody; starał się patrzeć i do przodu, i do tyłu. Drzwi na górze otwarły się łatwo i Ernshaw wszedł do najbardziej przestronnego biura, jakie dotąd widział – dobre dziesięć na dwanaście metrów – luksusowego gabinetu, który mógł niegdyś należeć do prezesa. Gabinet miał kilka dużych okien, nietkniętych, niezabitych deskami i niezasłoniętych zielonym brezentem. Na ścianach zachowała się nawet tapeta, natomiast deski podłogi gdzieniegdzie się obluzowały i wypaczyły. Nie było mebli, tylko popękane cegły i w jednym kącie, co dziwne, taczka wypełniona stwardniałym cementem oraz oparte o nią narzędzia: oskard i młot.

Ale uwagę Ernshawa zwrócił przede wszystkim dziwny obiekt po drugiej stronie pokoju.

Policjant podszedł bliżej.

Wyglądało to na część nowej ściany: prostokąt szerokości ponad dwóch metrów, sięgający od podłogi niemal do sufitu. Tapetę i tynk niedawno zerwano, wiekowy mur pod spodem wyburzono, a w powstałą dziurę wmurowano nowe, żółtawe cegły. To jednak, co naprawdę przyciągnęło wzrok Ernshawa, wisiało na środku. Była to biała kartka papieru z wiadomością wypisaną alarmująco szkarłatnymi literami. Papier był czysty i nowy. Ernshaw zdjął kartkę przymocowaną do ściany kitem montażowym Blu-Tack, który okazał się miękki i najwyraźniej również nowy.

Wiadomość została wydrukowana na nowoczesnej drukarce. Składała się z trzech słów:

Ho Ho Ho

Krótko ścięte włosy Ernshawa stanęły dęba. To mogły być kolejne kretyńskie wygłupy miejscowych chuliganów. Ale coś – zapewne fakt, że był to najnowszy dodatek do tej opuszczonej ruiny – kazało mu potraktować tę kartkę poważnie. Cofnął się i ponownie obejrzał ścianę. Zdecydowanie wymurowano ją później niż resztę budynku. U podstawy z wąziutkiej szpary pod cegłami wystawały dwa stożkowate kawałki czarnego drewna; zapewne jakieś murarskie przybory, służące do wypoziomowania całej konstrukcji.

Czyjaś ręka klepnęła go w ramię.

Ernshaw zakręcił się w miejscu jak wirujący derwisz.

– Kurwa! – syknął.

– Co to jest? – zapytał Rodwell.

– Przestań się tak podkradać do ludzi! – Ernshaw podał mu kartkę. – Nie wiem. Znalazłem to przyklejone do ściany.

Rodwell najpierw spojrzał na ścianę.

– Ten mur jest nowy.

– Tak właśnie pomyślałem. No... przez lata robili różne remonty, żeby utrzymać zakład na chodzie, prawda?

– Nie przez ostatnie dwadzieścia lat. – Rodwell spojrzał na kartkę, potem znowu na ścianę. – To jest obudowa kominka. Albo była. Pewnie podłączona do któregoś z zewnętrznych przewodów.

– Okej, to kominek – zgodził się Ernshaw. – Zamurowanie starego kominka nie jest przestępstwem, co?

Rodwell jeszcze raz przeczytał kartkę.

Ho Ho Ho

– Jezu Chryste. – Odetchnął powoli. – Jezu Chryste Wszechmogący!

Odrzucił kartkę i padł na jedno kolano, żeby obejrzeć dwa drewniane kliny wystające spod cegieł. Ernshaw jeszcze nie widział, żeby kolega poruszał się tak szybko. Pochylił się, żeby też się przyjrzeć... i nagle uświadomił sobie, co widzi: odrapane czubki butów.

Rodwell chwycił oskard, a Ernshaw złapał młot.

Gwałtownie zaatakowali nową ścianę. Początkowo stawiała opór, ale walili ze wszystkich sił. Rodwell przerwał tylko po to, żeby wezwać przełożonych i karetkę, Ernshaw – żeby rozpiąć kurtkę i zrzucić czapkę. Po kilku minutach pocenia się i stękania zaprawa murarska zaczęła pękać przy każdym ciosie. Potem obluzowywali cegły, wyciągali je rękami, osłaniając oczy przed fruwającymi odłamkami. Kawałek po kawałku mur się poddawał, stopniowo odsłaniając to, co za nim stało... chociaż najpierw uderzył w nich smród.

Ernshaw zakrztusił się, zatkał nos i usta. Rodwell zdwoił wysiłki, rozwalając resztki muru.

Cofnęli się zdyszani, rozganiając rękami pył, walcząc z mdłościami.

– Dobry Boże! – powiedział Rodwell, kiedy skupili wzrok na swoim odkryciu.

Trup stał prosto tylko dlatego, że kajdanki przymocowane nad jego głową podtrzymywały go za nadgarstki. Osiągnął ten etap wczesnego rozkładu, kiedy mógł się zmienić albo w woskowy manekin, albo w skurczoną mumię. Barwa jego skóry wahała się od robaczywej zieleni do chorobliwej żółci. Był w podeszłym wieku – świadczyła o tym skąpa siwa broda porastająca kościstą szczękę – i chudy jak patyk, co dodatkowo podkreślało jego workowate, straszliwie brudne ubranie. Składało się z czerwonej tuniki opadającej cuchnącymi fałdami, oblamowanej brudnoszarym futrem, oraz czerwonych pantalonów, sztywnych z przodu od zamarzniętego moczu, wpuszczonych w za duże kalosze.

Nawet stosunkowo nowym funkcjonariuszom, jak Ernshaw, zdarzało się znajdować trupy w stanie rozkładu. Nie wszyscy dobrze to znosili, jednak Ernshaw zwykle sobie radził... aż do teraz.

Zaśmiał się. Upiornie. Niemal zarechotał.

– Świę... Święty Mikołaj – wyjąkał.

21

Rodwell obejrzał się na niego z roztargnieniem.

– Pieprzony Święty Mikołaj! – Ernshaw dalej rechotał, chociaż w jego szklistych oczach nie było wesołości. – Widocznie żadne grzeczne dzieci nie czekały na niego przy tym kominku. Tylko niegrzeczne.

Rodwell znowu spojrzał na trupa i przypomniał sobie słowa na kartce – „Ho Ho Ho". Zauważył, że na wyschniętą, bezwłosą czaszkę naciągnięto czerwony kaptur z brudnym futrzanym oblamowaniem.

– Boże dopomóż – szepnął. Trup miał twarz wykrzywioną w męce, oczy wytrzeszczone jak marmurowe kulki, rysy zastygłe w sztywną maskę śmierci. – Tego biedaka zamurowano tu żywcem.

ROZDZIAŁ 2

NAJNOWSZA OFIARA
MANIAKA Z M1

POLICJA BADA
KILKA TROPÓW

Jeśli billboard na kiosku z gazetami może krzyczeć, ten krzyczał z pewnością.

Detektyw sierżant Mark „Heck" Heckenburg zauważył go przez okno, kiedy siedział za kierownicą swojego fiata i czekał na zmianę świateł. Przed nim pędziły samochody rozmyte w lutowym zmierzchu; ludzie wracali z pracy. Większość ciężkiego zimowego śniegu stopniała, ale w rynsztokach pozostały brudne, zamarznięte grudy.

Heck ruszył powoli, ciągle zerkając na GPS. Milton Keynes było spore; mieszkało tu ze dwieście tysięcy obywateli, i jak w większości tak zwanych „nowych miast" – specjalnie zbudowanych zespołów miejskich, które miały pomieścić nadwyżkę ludności, kiedy druga wojna światowa obróciła tyle brytyjskich miast w dymiące zgliszcza – przedmieścia zdawały się ciągnąć w nieskończoność. Po półgodzinie z lewej strony pojawił się wjazd na Wilberforce Drive. Heck skręcił za róg i ruszył przez cichą dzielnicę klasy średniej – chociaż w obecnej atmosferze strachu wszystkie dzielnice były ciche po zmroku, zwłaszcza w miasteczkach takich jak Milton Keynes, położonych blisko autostrady M1.

Domy bliźniaki przycupnęły za niskimi ceglanymi murkami albo żywopłotami z ligustru. Każdy miał ogródek od frontu i schludnie wybrukowany podjazd. Prawie przed wszystkimi stały zaparkowane samochody, zasłony były zaciągnięte. Heck dotarł do numeru osiemnastego, zatrzymał się po drugiej stronie ulicy i zgasił silnik.

Potem czekał. Wkrótce miało się ochłodzić, więc zaciągnął suwak skórzanej kurtki i włożył rękawiczki. Dom przy Wilberforce Drive osiemnaście wyglądał wręcz niewiarygodnie niewinnie. Miękkie różowe światło sączyło się przez okna na parterze. Dziecięca deskorolka stała oparta o drzwi garażu. Na frontowym trawniku zachowały się nawet resztki bałwana.

Detektyw wyjął ze schowka notatki i przejrzał je. Tak – Wilberforce Drive osiemnaście, dom Jordana Savage'a. Trzydzieści trzy lata, żonaty, kierownik miejscowej centrali ogrodniczej. Przytulna okolica wcale nie wyglądała tak groźnie, jak Heck się spodziewał. Tutaj łatwiej niż zwykle będzie podejść do drzwi i zastukać – w takich miejscach raczej nie wybija się zębów policjantom. Jednak Heck wciąż się denerwował, że jest na złym tropie.

Siedząc za kierownicą, nigdy się nie dowie. Zanim jednak otworzył drzwi samochodu, otworzyły się inne – frontowe drzwi domu pod numerem osiemnaście. Mężczyzną, który wyszedł na zewnątrz, mógł być tylko Jordan Savage. Zdradzała go solidna budowa i prawie metr dziewięćdziesiąt wzrostu, a także strzecha sztywnych rudych włosów. Niewątpliwie z bliska znakiem rozpoznawczym byłyby również jego przenikliwe niebieskie oczy.

Savage miał na sobie dżinsy, sweter i ciężką woskowaną kurtkę. Odsunął na bok deskorolkę, wyjął klucz z kieszeni i otworzył drzwi garażu. W środku stał samochód: zielony sportowy mondeo. Numer rejestracyjny też się zgadzał. To ten samochód wzbudził podejrzenia drogówki i został zatrzymany tamtej wilgotnej październikowej nocy. Silnik mondeo ożył z pomrukiem, zapaliły się światła i Savage wyjechał na podjazd. Jeśli zauważył Hecka siedzącego naprzeciwko w samochodzie, niczym tego nie okazał. Skręcił w prawo na Wilberforce Drive, kierując się do skrzyżowania z główną drogą. Kiedy oddalił się o sto metrów, detektyw uruchomił silnik i ruszył za nim.

Śledzenie podejrzanego, zwłaszcza nieoficjalnie, nigdy nie było łatwe, ale Heck robił to dziesiątki razy. Gdy znaleźli się na głównej drodze, trzymał się jakieś trzy samochody z tyłu – nie za blisko, żeby nie zwracać na siebie uwagi, ale dostatecznie blisko, żeby nie spuszczać celu z oczu. Jednak dał się zaskoczyć, kiedy po mniej więcej czterech kilometrach mondeo nagle skręcił w następne osiedle mieszkaniowe.

Ta okolica nie była już tak porządna. Stały tu komunalne domy, niektóre szeregowe, oddzielone publicznymi pasażami. Tu i tam frontowa brama zwisała na wyrwanych zawiasach. Główna arteria nazywała się Boroughbridge Avenue i ta nazwa brzmiała znajomo. Tym razem Heck nie musiał wertować notatek, żeby sobie przypomnieć, że tu mieszkał Jason Savage, brat bliźniak Jordana.

Mondeo zatrzymał się przed dwurodzinnym piętrowym domkiem. Jordan Savage nie wysiadł; siedział w samochodzie, a spaliny rozpływały się w zimowej mgle. Heck zwolnił, żeby też zaparkować, a wtedy błysk światła zdradził, że drzwi mieszkania na piętrze otworzyły się i zamknęły. Jakaś postać zbiegła po wąskich betonowych schodach.

Nawet z odległości pięćdziesięciu metrów widać było uderzające podobieństwo między tymi dwoma mężczyznami. Jason Savage, z zawodu mechanik, był ubrany w starą

25

kurtkę roboczą, narzuconą chyba na czarny kombinezon; on też miał około metra dziewięćdziesięciu wzrostu i strzechę sztywnych rudych włosów. Usiadł na przednim fotelu pasażera i mondeo odjechał od krawężnika. Heck został na miejscu, przypuszczając, że tamci zawrócą, ale widocznie z osiedla był też inny wyjazd, bo samochód jechał dalej, aż zniknął za zakrętem.

Detektyw ostrożnie ruszył. To wyglądało lepiej, niż się spodziewał, ale mogło też nic nie znaczyć. Nie po raz pierwszy bracia spędziliby razem wieczór na grze w rzutki. Jednak kiedy pokonał zakręt i znalazł się na pustym skrzyżowaniu w kształcie litery T, chwilowo spanikował.

Ufając szczęściu, skręcił w prawo i przycisnął gaz. Z obu stron otoczyły go bezlistne drzewa miejskich terenów zielonych, co nie wyglądało obiecująco, potem jednak pojawiło się wysokie ogrodzenie parku przemysłowego, a jakieś pięćdziesiąt metrów dalej samotny pojazd czekał na czerwonym świetle. Heck przyspieszył i ku swojej uldze rozpoznał mondeo. Teraz musiał stanąć tuż za nimi, lecz nie zamierzał się tym przejmować. Policyjny instynkt – „węch" wyostrzony podczas tak wielu dochodzeń kryminalnych (albo jego „wyobraźnia", jak to nazywała nadinspektor Gemma Piper) – podpowiadał mu, że na coś trafił.

Światło zmieniło się na zielone, kiedy podjechał do mondeo, który skręcił w lewo. Heck też skręcił, ale trochę zwolnił. Znaleźli się na kolejnej głównej drodze. Po obu stronach stały domy, dalej sklepy i puby. Coraz więcej pojazdów włączało się do ruchu. Heck jeszcze bardziej zwolnił i pozwolił, żeby przed niego wepchnęły się dwa inne samochody. Jordan Savage przebijał się przez centrum Milton Keynes, pokonując ronda i jednokierunkowe ulice tak sprawnie, jakby mógł to robić z zamkniętymi oczami. Heck, który stąd nie pochodził, właściwie nigdy przedtem nie był w Milton Keynes, dopóki nie przyjechał tu z ekipą dochodzeniową sześć miesięcy wcześniej, miał więcej trudności, chociaż na szczęście nie spotkał go największy pech śledzącego – światła uliczne albo znak stopu oddzielające go od obiektu. Niemal tak się stało na ruchliwym skrzyżowaniu, ale Jordan Savage zatrzymał się przy białej linii, chociaż gdyby wcisnął gaz do dechy, pewnie mógłby przeskoczyć przez lukę między samochodami.

Heck był teraz tylko jeden samochód za Savage'em. On też zwolnił i stanął, przypadkiem pod wielką tablicą ogłoszeniową Crimestoppers*. Oprócz rozmaitych numerów telefonów, włącznie z gorącą linią do głównego centrum koordynacyjnego w centrali Milton Keynes, widniał tam ogromny portret pamięciowy tak zwanego „Maniaka z M1", przerażającej postaci o zgarbionych gorylich ramionach, w czarnym kapturze naciągniętym prawie na oczy, które na wpół zasłaniała grzywka prostych włosów, z kołnierzem zapiętym pod sam nos. W żółtawym blasku latarń ulicznych nie było widać tego, co w świetle dziennym: że oczy były zadziwiająco błękitne, a włosy płomiennorude. Dla podkreślenia artysta, który stworzył portret, pokolorował tylko te detale, a resztę pozostawił czarno-białą.

Detektyw przejechał przez skrzyżowanie za mondeo. Samochody między nimi skręciły w lewo, ale mondeo jechał prosto, wąską uliczką pośród kompleksów przemysłowych otoczonych przez wysokie mury. Dalej stały obskurne bloki mieszkalne. Podwórka od frontu zaśmiecało potłuczone szkło, w zatokach parkingowych tłoczyły się rozklekotane samochody. Heck zwolnił jeszcze bardziej, niemal pełznął, wciąż jednak miał mondeo w za-

---

* Crimestoppers – program umożliwiający obywatelom anonimowe informowanie sił porządkowych o działalności przestępczej, telefonicznie lub przez internet.

sięgu wzroku. Sto metrów przed nim ford skręcił w prawo i chyba zjechał po rampie.

Heck przejechał jeszcze pięćdziesiąt metrów, potem się zatrzymał. Chwycił radio z tablicy rozdzielczej, przykręcił głośność i wepchnął je pod kurtkę. Potem wysiadł i resztę drogi przeszedł.

Rampa opadała łukiem pod monolitycznym wieżowcem, który według zardzewiałej plakietki nazywał się Fairwood House. Heck ostrożnie zszedł rampą, trzymając się blisko ściany po prawej stronie. Na dole przystanął i czekał, aż oczy przyzwyczają się do ciemności. Powoli z mroku wyłonił się labirynt podziemnego parkingu. Nieoświetlone alejki wiły się wśród betonowych słupów albo prowadziły wzdłuż wąskich pasaży pomiędzy rzędami drewnianych drzwi zamkniętych na kłódki. Ani śladu mondeo.

Heck wszedł z powrotem po rampie, wsiadł do fiata i zwolnił hamulec ręczny. Kusiło go, żeby stoczyć się na dół na luzie, z wyłączonymi światłami, ale gdyby natknął się na braci Savage'ow, wyglądałby bardzo podejrzanie. Starając się zachowywać normalnie, uruchomił silnik i zjechał na dół, jakby po prostu szukał miejsca do zaparkowania. Na dole krążył niedbale, pokonując zakręt za zakrętem. Zauważył inne wyjścia – jedno zakratowane, drugie otwarte. Przyszło mu do głowy, że obiekty mogły opuścić to miejsce. Jeśli się zorientowali, że są śledzeni, mogli wykorzystać ten parking, żeby zniknąć. Potem jednak, kiedy wjechał w następną alejkę między rzędami zamkniętych drzwi garażowych, zobaczył przed sobą migotliwy pomarańczowy blask.

Ogień?

Przejechał jeszcze czterdzieści metrów, zaparkował i przez resztę drogi skradał się na piechotę. Blask ognia odbijał się od ściany przed następnym skrzyżowaniem w kształcie litery T. Kiedy Heck pokonał ostatnie metry i wyjrzał w prawo, dostrzegł zatokę parkingową, gdzie dwóch starych obszarpańców paliło śmieci w beczce po oleju. Obaj mieli siwe brody; jeden się obejrzał – twarz chuda jak u łasicy, bezzębne usta.

Detektyw zaklął.

Rad nierad wrócił do fiata. Jakimś sposobem ci dranie mu się wymknęli. Włożył kluczyk do stacyjki – i zalało go jasne światło. W lusterku wstecznym zobaczył dwa silne reflektory zbliżające się z tyłu.

Skulił się i zsunął tak nisko, że nie widział pojazdu, który go powoli minął. Ale kiedy wyjrzał, zobaczył mondeo. Ford dotarł do końca alei, skręcił w lewo. Heck wyskoczył i pobiegł z powrotem do skrzyżowania. Mondeo właśnie ponownie skręcał w lewo. Heck popędził za nim, pot perlił mu się na czole. Za następnym rogiem zobaczył, że ford zatrzymał się trzydzieści metrów dalej, obok kolejnego rzędu zamkniętych drzwi. Bracia Savage wysiedli, rozmawiając cicho.

Heck przylgnął do betonowej ściany i wytężył słuch. Zdawało mu się, że usłyszał słowo „furgonetka", na które jego ręka odruchowo podpełzła do radia, jednak powstrzymał się i go nie wyjął. Zaryzykował następne zerknięcie. Jason Savage wgramolił się za kierownicę mondeo i uruchomił silnik. Tymczasem Jordan Savage podszedł do najbliższego garażu, wyjął klucz, otworzył wąskie boczne drzwi i wszedł w ciemność.

Detektyw poczuł potężny dreszcz oczekiwania.

Minęło kilka minut, zanim Jordan Savage pojawił się ponownie, przebrany w czarne nieprzemakalne spodnie i czarną kurtkę z kapturem. Podał bratu przez okno samochodu coś, co wyglądało jak pistolet. Heck nie widział tego dokładnie, ale jak dotąd w ośmiu zabójstwach został użyty ruger mark II.

Jordan Savage znowu wszedł do garażu i zamknął za sobą boczne drzwi, a tymczasem mondeo odjechał jakieś dwadzieścia metrów. Następnie z trudem podniesiono od środka główne drzwi garażu. Zapaliły się światła. Heck ścisnął betonowy narożnik ściany tak mocno, że o mało krew nie trysnęła mu spod paznokci. Z garażu wyjechał biały samochód dostawczy. Heck odskoczył, cofnął się szybko, wyłowił radio z kieszeni i lekko pogłośnił.

– Detektyw sierżant Heckenburg z jednostki do zadań specjalnych do Sierra sześć... Odbiór.

– Detektyw sierżant Heckenburg? – zaszczebiotało radio.

– Pilna wiadomość. Potrzebne natychmiastowe wsparcie. Podziemny parking w Fairwood House. Przyślijcie tyle jednostek, ile możecie, zablokujcie wszystkie wyjścia, ale po cichu. Potrzebuję też Trojan*.

– Możecie powtórzyć to ostatnie, sierżancie?

Heck starał się nie podnosić głosu.

– Dajcie mi Trojan, szybko! I kontrolę... inspektora Huntera i nadkomisarza Humphreysa. Śledzę dwa obiekty i podejrzewam, że to mordercy z M1, więc potrzebuję tego wsparcia jak najszybciej. Bez odbioru!

Ponownie przykręcił głośność, a tymczasem wiadomość pomknęła po falach eteru. Cofnął się do samochodu, odblokował kierownicę, zwolnił hamulec ręczny i popchnął fiata do przodu. Kiedy dotarł do końca drogi, zaciągnął hamulec i podkradł się do rogu, gdzie zaryzykował następne zerknięcie na podejrzane pojazdy.

Biała furgonetka stała za mondeo, z obu rur wydechowych buchały spaliny, podczas gdy bracia rozmawiali. Jason Savage zdjął roboczą kurtkę i włożył czarną z kapturem, taką samą jak brata.

---

*Trojanie (Trojans) – potoczna nazwa uzbrojonych jednostek terytorialnych sił policyjnych w Zjednoczonym Królestwie. Poruszają się opancerzonymi samochodami z trzyosobową załogą: kierowca, nawigator i obserwator.

Niechby gadali dalej, dopóki nie zjawi się wsparcie...

– Masz pan drobne? – zapytał ktoś głośno.

Heck okręcił się gwałtownie. Jeden z meneli wykuśtykał zza rogu i stał na widoku, z wyciągniętą ręką. Zmierzwione szare kudły zwisały mu nad szklistymi oczami.

Detektyw obejrzał się na braci Savage'ów, którzy nagle spojrzeli w jego stronę. Jeden zapalił latarkę i ostry snop światła rozciął półmrok. Heck uskoczył za róg, ale menel się nie ruszył, tylko osłonił oczy.

Bliźniacy Savage'owie na pewno zdawali sobie sprawę z obecności bezdomnych i wiedzieli, że te ludzkie wraki nie stanowią żadnego zagrożenia. Jednak każdy mógł odgadnąć, że ten konkretny bezdomny nawiązał z kimś kontakt.

– Tylko trochię drobnych, panie szanuwny – powiedział menel ze śpiewnym irlandzkim akcentem i podetknął Heckowi pod nos pustą rękę. – Parę funciaków tyż by się zdało.

Heck znowu wyjrzał. Jeden z braci otworzył drzwi furgonetki i chyba zamierzał usiąść za kierownicą. Drugi wciąż stał bez ruchu i zaglądał w pasaż.

– Padnij, ty cholerny durniu! – syknął Heck. – Na ziemię, już!

– Tylko trochię drobnych, panie. Wejściówka, jak pan wolisz. Opłata za wstęp do naszego małego salonu.

Heck rzucił się na wychudzoną postać, złapał menela za klapy, szarpnięciem usunął z zasięgu światła latarki i obalił na ziemię. Jednocześnie wrzasnął:

– Policja! Jesteście całkowicie otoczeni! Rzucić broń i kłaść się na glebę z rozłożonymi rękami!

Odpowiedziały mu dwa grzmiące wystrzały. Pierwszy pocisk odłupał kawał betonu wielkości pięści z narożnika przed Heckiem, drugi świsnął obok. Rozległo się echo zatrzaskiwanych drzwi.

Detektyw wysunął głowę zza rogu. Samochód dostawczy odjeżdżał, tylne światła znikały w głębi korytarza. Mondeo stał porzucony. Heck pobiegł do fiata, omijając jęczącego menela.

– To okrutne tak pomiatać człowiekiem – dobiegł go skamlący głos.

Heck wskoczył za kierownicę, wsadził kluczyk do stacyjki i przydepnął gaz. Bezdomny, który chwiejnie się podnosił, pokazał mu obsceniczny gest, ale zaraz oślepiły go przednie światła. Zatoczył się do tyłu, Heck wyminął go i przemknął obok garaży, przyspieszając z piskiem opon. Daleko przed nim furgonetka skręciła za róg z taką szybkością, że nadwoziem skrzesała iskry z przeciwległej ściany. Heck również ściął zakręt. Furgonetka wciąż znacznie go wyprzedzała. Na końcu następnej alejki wjechała po kolejnej rampie w żółty sodowy blask ulicznych latarń.

Heck kciukiem podkręcił głośność radia i wrzasnął co sił w płucach:

– Detektyw sierżant Heckenburg prowadzi pościg! Dwaj podejrzani o morderstwa na M1 uciekają białą furgonetką marki Ford, wyjeżdżają z parkingu pod Fairwood House chyba wschodnim wyjściem, na razie nie mam rejestracji! Pilne ostrzeżenie! Co najmniej jeden z podejrzanych jest uzbrojony, padły już strzały, brak ofiar. Odbiór!

W dzisiejszych czasach w policji nic nie jest tak niebezpieczne ani tak zniechęcające jak pościg na pełnym gazie za podejrzanymi w terenie zabudowanym, jednak Heck wiedział, że nie ma wyboru. Przez tyle miesięcy nie mieli nic – żadnych dowodów sądowych, żadnych nagrań z kamer, żadnych miejsc zbrodni, żadnych ofiar, które przeżyły (oprócz jednej, ciężko rannej), żadnych prawdopodobnych podejrzanych – a teraz nagle miał wszystko tuż przed sobą, zaledwie pięćdziesiąt metrów dalej, jednak pędzące ponad setką przez ruchliwe centrum miasta.

Klaksony trąbiły, przechodnie rozbiegali się z krzykiem, kiedy furgonetka wjeżdżała na chodniki, żeby przeskoczyć przez skrzyżowania. Inne pojazdy gwałtownie skręcały i wpadały w okna wystawowe, na latarnie albo na siebie nawzajem; pękały tafle szkła, fruwały odłamki metalu. Heck gorączkowo przebijał się przez ten chaos. Wysunął rękę przez okno po swojej stronie i udało mu się postawić koguta na dachu fiata. Ponownie krzyknął do radia, informując na bieżąco centralę. Narastające wycie syren świadczyło, że zbliżają się inne jednostki, ale ścigany pojazd wciąż mógł uciec. Heck całkiem stracił furgonetkę z oczu, kiedy przemknęła przez strefę ograniczenia szybkości na czerwonym świetle. Inne pojazdy ślizgały się na boki, jeden trzasnął przodem w światła uliczne, aż słup się wygiął i sygnalizator opadł w chmurze tańczących iskier. Samochody przed Heckiem wpadały na siebie, inne skręcały gwałtownie, żeby uniknąć stłuczki. Instynktownie odbił w alejkę na prawo, próbując ominąć zablokowane skrzyżowanie, i zobaczył, jak furgonetka śmiga przed wylotem alejki, kierując się teraz w przeciwną stronę.

– Detektyw sierżant Heckenburg do Sierra sześć! – ryknął, skręcając za furgonetką. – Ścigany pojazd zawrócił po swoich śladach, jedzie na zachód po... – Rzucał okiem na przemykające budynki i próbował wypatrzeć nazwę ulicy. – Jedzie na zachód po Avebury Boulevard. Podejrzani to Jordan i Jason Savage'owie, zamieszkali kolejno na Wilberforce Drive osiemnaście i Boroughbridge Avenue czternaście. Powtarzam, są uzbrojeni i bardzo niebezpieczni!

Przed nim furgonetka wjechała w strefę tylko dla pieszych, roztrącane ławki poleciały na wszystkie strony. Heck wjechał za nią, ale tamci zahamowali czterdzieści metrów dalej i zawrócili kontrolowanym poślizgiem, zostawiając ślady opon. Dopiero w ostatniej sekundzie Heck zorientował się, że został zwabiony w pułapkę. Schylił się, kiedy w oknie po stronie kierowcy błysnęła lufa. Pocisk przebił górny róg przedniej szyby fiata, tak że pokryła się pajęczyną pęknięć.

– Gdzie jest to wsparcie! – ryknął Heck, wrzucił wsteczny i zaczął się przebijać przez stosy skrzyń.

Miejscowy radiowóz, vauxhall astra w żółto-niebieską szachownicę, wpadł na sygnale do strefy dla pieszych z przeciwnej strony. Furgonetka znowu dodała gazu, zjechała w boczną uliczkę i skręciła w lewo na następną główną drogę. Astra natychmiast rzuciła się w pościg, śmieci pryskały jej spod kół. Heck gnał za nimi, wciąż wrzeszcząc do radia.

– Obiekt kieruje się na północ po Saxon Gate! Ponad sto dwadzieścia na godzinę!

Furgonetka zataczała się po całej jezdni, nieprzystosowana do takiej prędkości. Zmieciony jej bokiem kosz na śmieci wpadł prosto w wystawę sklepu. Astra dotrzymywała jej tempa. Wtem tylne drzwi furgonetki rozwarły się gwałtownie. Jeden z braci Savage'ów przykucnął tam i celował z pistoletu. Ryk silników prawie całkowicie zagłuszył odgłos wystrzałów, ale trzy szybkie błyski mówiły same za siebie. Astra z podziurawioną przednią szybą przewaliła się przez murek przed centrum rozrywki z takim impetem, że fundament oderwał podwozie z przodu i samochód zarył się w ozdobnej sadzawce.

– Wypadek radiowozu przy wjeździe na Portway! – krzyknął Heck. – Potrzebna karetka!

Nie wiedział, czy ktokolwiek usłyszał jego instrukcje. Eter kipiał od gorączkowych wiadomości. Przed nim tylne drzwi furgonetki zatrzaskiwały się i znowu otwierały, kiedy pojazd przechylał się na boki. Strzelec klęczał tuż za drzwiami, zmieniając magazynek.

– Jedzie na wschód Portway! – krzyknął Heck. – Ci faceci są uzbrojeni! Cholera, dajcie mi szybko tych Trojan!

Teraz słyszał syreny ze wszystkich stron. Motocyklista

z policji Thames Valley wyprzedził Hecka, migając błękitną lampą ostrzegawczą. Próbował wyprzedzić również furgonetkę, ale ostro skręciła w prawo, spychając go na chodnik. Motocykl przemknął wzdłuż ogrodzenia z kutego żelaza, odbił się, znowu wjechał na asfalt, zdołał się wyprostować – i wyleciał w powietrze, kiedy uderzył o krawężnik wysepki. Motocyklista zrobił salto w powietrzu.

Heck dostrzegł to w lusterku wstecznym.

– Detektyw Heckenburg do Sierra sześć! Teraz mamy dwa policyjne wypadki, jeden na Saxon Gate, drugi na Portway! Co najmniej dwóch funkcjonariuszy rannych! Konieczne karetki! Kontynuuję pościg!

Przed nim w poprzek mostu skupiły się migające błękitne światła. Miał nadzieję, że to oznacza rozłożone kolczatki, ale biała furgonetka śmignęła tamtędy bez przeszkód. Dwa następne radiowozy, vectra i vivaro, zjechały po rampie, nie dość szybko, żeby zablokować samochód Savage'ów, chociaż zdołały zatrzymać Hecka. Krzyknął i zaklął, unikając zderzenia.

Strzelec znowu otworzył ogień i najpierw skupił się na vectrze. W masce samochodu pojawiły się dwie dziury wielkości dekli. Trzeci strzał chybił, zrykoszetował od nawierzchni i roztrzaskał lusterko boczne auta Hecka.

Vectra zwolniła, buchnęła czarnym dymem. Heck przyspieszył, wpadł w lukę. Pędził łeb w łeb z vivaro. Na otwartej pustej drodze mogli wykonać rozmaite manewry, przyblokować uciekających, zmusić ich do zatrzymania. Tutaj jednak było za dużo cywilów. Samochód pocztowy wpadł w niekontrolowany poślizg, kiedy furgonetka uderzyła go z tyłu, próbując go zepchnąć z drogi. Heck znowu musiał nagle skręcić, żeby uniknąć miażdżącego zderzenia. Vivaro nie miał tyle szczęścia: ześliznął się skosem na przeciwległy pas jezdni, uderzył w rząd słupków, impet zakręcił nim ostro, z pokiereszowanej chłodnicy buchnęła para. Furgonetka znowu przyspieszyła na otwartej przestrzeni, strzelec z tyłu przechylał się w lewo i w prawo, nie mogąc wycelować w ostatniego ścigającego, Hecka.

Furgonetka i fiat siedzący jej na ogonie z rykiem przemknęły przez estakadę, za którą znaki drogowe kierowały na autostradę M1.

Heck zaklął soczyście. Na autostradzie będzie dużo więcej kierowców, a tym facetom nie zależało na życiu niewinnych ludzi.

Przed autostradą trafili na następne rondo. Tutaj w bocznych ulicach czekały kolejne radiowozy – range-rovery z drogówki. Chyba bardziej im zależało, żeby nie dopuścić postronnych, niż żeby zatrzymać uciekających. Pozwolili im przejechać bez przeszkód, w chmurze czarnych spalin. Prawdopodobnie centrala Milton Keynes wydała rozkazy, żeby funkcjonariusze się nie wtrącali. Jednak Heck nie otrzymał takich instrukcji, więc kontynuował pościg, pędząc po rampie wjazdowej.

M1 w kierunku południowym była w najlepszych chwilach ruchliwa. Teraz, pod koniec godzin szczytu, była zatłoczona. Przeciętna prędkość utrzymywała się na poziomie dziewięćdziesięciu kilometrów na godzinę, ale to był szybko przemieszczający się korek. Mimo to furgonetka bezlitośnie parła do przodu, taranując i odpychając inne pojazdy, ignorując klaksony i wygrażające pięści. Heck raz po raz sam naciskał klakson, musiał jednak skręcać i lawirować, kiedy spychane samochody zajeżdżały mu drogę.

Dranie umyślnie próbują spowodować zator, zrozumiał. Chcą stworzyć barykadę z wraków. I na dodatek wciąż są uzbrojeni. W lusterku wstecznym dostrzegł więcej migających niebieskich świateł, lecz znajdowały się daleko, a w głównym centrum koordynacyjnym nikt chyba nie odpowiadał na jego wiadomości. I wtedy ścigani nagle wykonali najbardziej zwariowany manewr, jaki Heck dotąd widział.

Wzdłuż pasa zieleni oddzielającego przeciwne pasy ruchu ciągnęła się podwójna barierka. Pojawiła się luka i furgonetka wbiła się w nią, usiłując zawrócić.

Zawrócić o sto osiemdziesiąt stopni! Na autostradzie! Przy dziewięćdziesięciu na godzinę!

Kierując się raczej instynktem niż logiką, Heck zrobił to samo. Następne skrzyżowanie znajdowało się dobre dwadzieścia pięć kilometrów dalej i nie mógł ryzykować, że sprawcy uciekną.

Ale chociaż wdepnął hamulec przy skręcie, stracił panowanie nad wozem, przeciął jezdnię prowadzącą na północ, samochód przechylił się na dwa koła i rąbnął bokiem w trawiasty nasyp z takim impetem, że przeturlał się w górę... zanim się stoczył i wylądował na dachu z jękiem podwozia i brzękiem sypiących się odłamków szkła. Kierowca białej furgonetki też stracił kontrolę, ale przy dziewięćdziesięciu kilometrach na godzinę, nie przy czterdziestu pięciu jak Heck. Nawet nie zdążyła wpaść w poślizg, tylko na oślep przeorała jezdnię i trafiła prosto w betonową przyporę wiaduktu. Huk zderzenia zagrzmiał w uszach Hecka.

• • •

Ten dźwięk zdawał się rozbrzmiewać przez długie sekundy, kiedy półprzytomny Heck leżał na boku.

Wreszcie, zamroczony jak podczas najgorszego kaca w życiu, zaczął ostrożnie obmacywać swoje ciało. Wydawało się nietknięte, jednak szyja i ramiona bolały, co sugerowało uraz kręgosłupa szyjnego. Bolał również lewy nadgarstek, chociaż staw zachował pełną ruchomość. Ze stęknięciem Heck odpiął pas bezpieczeństwa, niezdarnie przeczołgał się po suficie samochodu i próbował otworzyć drzwi po stronie pasażera, ale odkrył, że się zaklinowały. Przez sekundę był zbyt odrętwiały, żeby rozwiązać ten problem, a potem powoli, mozolnie obrócił się i wypełznął nogami do przodu przez rozbite okno.

Wreszcie wstał i stwierdził, że patrzy na powgniatane, poharatane, oblepione ziemią i kępkami trawy podwozie fiata. Z pękniętej chłodnicy z sykiem buchała para. Przejeżdżające pojazdy zwalniały, zza szyb gapiły się na niego białe, rozmazane twarze kierowców. Syreny zawodziły coraz bliżej.

Przyciskając rękę do obolałej szyi, musiał obrócić się całym ciałem, żeby spojrzeć na usiane szczątkami samochodu pobocze. Trzydzieści metrów dalej dymiący kadłub białej furgonetki tkwił wbity w betonową przyporę, zredukowany do około jednej trzeciej pierwotnej długości. Heck pokuśtykał w tamtą stronę, ale kiedy zbliżył się na dziesięć metrów, zemdliło go od smrodu gumy, benzyny i skręconego, stopionego metalu.

I od widoku braci Savage'ów.

Ten, który strzelał zza tylnych drzwi, przeleciał przez wnętrze furgonetki, przebił przednią szybę, trzasnął głową w przyporę mostu i zasmarował beton w promieniu metra rozbryzgami krwi, kleksami mózgu i odłamkami kości. Kierowcę rzuciło na kierownicę i teraz leżał na niej jak kupa brudnych szmat. Szkarłatne strumyczki wypływające spod niego z bulgotem świadczyły, że kolumna kierownicy przebiła mostek i rozerwała układ krwionośny.

Heck, targany mdłościami, chwiejnie odsunął się od wraku.

Za jego fiatem zatrzymywały się teraz radiowozy. Pierwszy z przybyłych, młody funkcjonariusz drogówki w jaskrawopomarańczowym płaszczu nieprzemakalnym, podbiegł do niego.

– Czy to on? – zapytał. – Ten Maniak?

Heck osunął się na trawę.

– Miejmy nadzieję – mruknął. – Cholera jasna… miejmy nadzieję.

ROZDZIAŁ 3

Maniak z M1, żeby użyć przezwiska nadanego mu (a raczej „im", jak się okazało) przez prasę, terroryzował południową Anglię od sześciu miesięcy, wybierając za cel głównie nastoletnich chłopców.

Ograniczał swoje tereny łowieckie do sąsiedztwa autostrady M1, ale nie były one małe. W sensie geograficznym jego ataki obejmowały obszar od Luton na południu do Northampton na północy; od Aylesbury na zachodzie do Bedford na wschodzie. Miał na koncie dziewięć ofiar, samych młodocianych, wszystkich porwanych z miejsc publicznych – zwykle kiedy wracali do domu z pubów lub nocnych klubów. Ośmiu znaleziono później związanych drutem, zgwałconych oralnie i analnie, zabitych strzałem w tył głowy w stylu egzekucji. Ciała porzucono w rowach albo przydrożnych przepustach.

Ofiara, która przeżyła, była czwarta w kolejności. Chłopak nazywał się Lewis Pettigrew i był dziewiętnastoletnim studentem Uniwersytetu Oksfordzkiego, który przyjechał odwiedzić rodziców w Milton Keynes. Podobnie jak pozostałych, znaleziono go związanego, zmaltretowanego i z raną po kuli z tyłu głowy, ale w jego przypadku, prawdopodobnie z powodu kąta, pod jakim oddano strzał, pocisk nie dotarł do mózgu, tylko utkwił w czaszce. Pettigrew wprawdzie stracił mowę, jednak mógł pisać i w ten sposób poinformował policję, że około północy stał na przystanku autobusowym, kiedy obok niego zatrzymała się biała furgonetka. Wysiadł zakapturzony kierowca i grożąc pistoletem, kazał chłopcu wsiąść do tyłu, gdzie skrępowano mu drutem ręce i nogi tak ciasno, że bał się, żeby więzy nie odcięły mu dopływu krwi.

Następnie furgonetka jechała przez około pół godziny. Wreszcie się zatrzymała, porywacz wysiadł z kabiny i wszedł do pojazdu przez tylne drzwi, wciąż uzbrojony w pistolet. Zmusił Pettigrewa, żeby zrobił mu fellatio. Kiedy było po wszystkim, porywacz wysiadł z samochodu, ale po kilku minutach wrócił i odbył z więźniem stosunek analny. Po tym drugim akcie seksualnym ponownie otworto tylne drzwi furgonetki, Pettigrew musiał uklęknąć twarzą na zewnątrz – miejsce wyglądało na odludną leśną okolicę – i został postrzelony w tył głowy. Cud, że przeżył, ale upłynął cały dzień, zanim znalazła go kobieta wyprowadzająca psa. Jak pozostałych, zaciągnięto go do rowu i nakryto gałęziami i mchem.

To był wielki przełom dla policji, ponieważ ujawniał *modus operandi* Maniaka z M1. Nie było DNA, podobnie jak w pozostałych przypadkach, bo zabójca zawsze się zabezpieczał, ale przynajmniej Pettigrew mógł opisać furgonetkę i napastnika, nawet jeśli ten drugi opis sprowadzał się do informacji, że to mężczyzna z niebieskimi oczami i rudymi włosami, w czarnej kurtce z kapturem.

Niestety społeczeństwo nadal było przerażone, gdyż morderstwa nie ustały. Jeszcze większy niepokój wzbudzał fakt, że obiektem brutalnych ataków byli młodzi, silni mężczyźni. Wśród ofiar trafiali się sportowcy; jeden był nawet mistrzem w boksie juniorów. Dodatkowo przerażało, że Maniak porywał ofiary z ulicy, kiedy zmierzały do swoich codziennych zajęć. Psycholog kryminalny tylko pogorszył sytuację, kiedy wystąpił w radiu z teorią, że sprawca prawdopodobnie nie jest gejem; że jest hetero, a jego seksualny sadyzm to po prostu sposób wyrażania dominacji. „Kobiety będą następne", ostrzegł.

Inni, rzecz jasna, nie mieli takiej pewności i narastająca panika źle wpływała na porządek publiczny. Pojawiały się antygejowskie graffiti, obrzucano kamieniami gejowskie kluby nocne. Samoobrona obywatelska nabrała jeszcze bardziej brutalnego i bezmyślnego charakteru – zasłużony rzecznik mniejszości homoseksualnej został ściągnięty z podium i pobity, kiedy usiłował przemawiać publicznie.

Wśród tego wszystkiego policja stała się celem narastającej krytyki. Prasa popularna podkreślała, że odkąd zaczęły się rządy terroru, fotoradary doprowadziły do oskarżenia tysięcy kierowców, jednak bynajmniej nie przyczyniły się do aresztowania „prawdziwego przestępcy", chociaż jego metoda działania wymagała korzystania z dróg publicznych.

Tak gorąca atmosfera musiała wkrótce wybuchnąć. Coraz bardziej wyglądało na to, że polowanie na Maniaka z M1 zakończy się katastrofą.

Ale chyba nikt nie przypuszczał, jaką wielką katastrofą, pomyślał Heck. Siedział na oddziale ratunkowym i starał się nie krzywić, kiedy dopasowywano mu kołnierz ortopedyczny. Ciała braci Savage'ów przewożono tymczasem do kostnicy tutaj, w szpitalu w Milton Keynes. Pielęgniarka wreszcie skończyła, Heck wymamrotał podziękowanie i wyszedł. Oprócz kołnierza na szyi miał zabandażowane i unieruchomione na temblaku lewe ramię. Lekarz zbadał je wcześniej i orzekł, że jest tylko zwichnięte, ale potrzebuje odpoczynku.

Łatwiej powiedzieć, niż zrobić. Heck poczłapał do łazienki. Zakończywszy ablucje, co z jedną ręką okazało się zdumiewająco skomplikowane, przejrzał się w lustrze nad umywalką. Czarne włosy miał przepocone i zmierzwione, na szczupłej, surowej twarzy pełno skaleczeń i siniaków. W tym roku kończył trzydzieści osiem lat i wciąż był w niezłej formie, ale czas nie oszczędza nikogo i za każdym razem, kiedy dostał trochę w kość, coraz dłużej dochodził do siebie.

Kiedy wrócił na szpitalny oddział ratunkowy, czekało na niego dwoje funkcjonariuszy z Jednostki do spraw Seryjnych Przestępstw.

Detektyw posterunkowa Shawna McCluskey była niska, po trzydziestce, kształtna i wysportowana – „zgrabna mała paczuszka", jak napisała w formularzu dla działu personalnego, gdy poproszono ją, żeby opisała siebie. Była ładna, ale na szorstki, chłopięcy sposób, z usianym piegami zadartym nosem, orzechowymi oczami i bujnymi ciemnymi włosami, zwykle upiętymi. Silny akcent z Manchesteru, który nigdy nie złagodniał, chociaż od kilku lat pracowała na południu, zdradzał solidne robotnicze pochodzenie. Detektyw posterunkowy Gary Quinnell pracował dawniej w policji południowej Walii. Miał metr dziewięćdziesiąt wzrostu, baryłkowatą klatkę piersiową i szerokie ramiona. Mógł być przystojny w stylu „chłopca z porządnej rodziny", gdyby tak często nie łamano mu nosa jako napastnikowi w rugby. Chociaż młodszy od Shawny, zaczynał już łysieć na czubku głowy, więc strzygł rudawe włosy bardzo krótko. Gdyby się zorientował, że w połączeniu z odstającymi uszami nadawało mu to wygląd kryminalisty, dostałby szału ze złości.

Oboje byli już raz na oddziale ratunkowym, po pierwsze żeby sprawdzić, jak się czuje Heck, po drugie żeby mu pogratulować. Shawna uściskała go, a Quinnell klepnął w ramię – co wywołało skowyt bólu.

– Prasa się zbiera na zewnątrz – oznajmiła Shawna.

– Cholera – jęknął Heck. – Skąd się dowiedzieli?

Quinnell zachichotał.

– A jak myślisz? Połowa Milton Keynes została zdemolowana.

– Jeszcze nie ma szefostwa?

– Nikogo – odparła Shawna. – Na pewno dobrze się czujesz?

Kiwnął głową.

– Twój fiat to już wrak – poinformował go Quinnell.

– Więc coś dobrego z tego wyszło.

– I podobno znaleźli broń – dodała Shawna.

Heck podniósł wzrok.

– Tak?

– Z tyłu furgonetki.

– Bogu dzięki!

Quinnell znowu się roześmiał.

– Tak więc nawet jeśli to nie mordercy, przynajmniej możemy ich oskarżyć o wykorzystanie ciebie i policji z Thames Valley jako tarczy strzelniczej, co?

Heck chciał już odpowiedzieć, kiedy Shawna kiwnęła głową komuś za jego plecami. Odwrócił się. Nadchodził komisarz Bob Hunter.

Hunter był sporo po czterdziestce, ale jeszcze nieźle się trzymał. Zaokrąglił się w pasie, jego krótkie blond włosy siwiały, lecz wciąż miał byczy kark, kwadratową szczękę i szare oczy, nietolerujące bzdur. Marynarkę i krawat miał w nieładzie, nietypowo dla siebie, ale nic dziwnego, bo tego wieczoru nie był na służbie – miał pierwszy wolny wieczór od miesięcy. Widocznie namierzono go w miejscowym klubie sportowym, gdzie korzystał z pływalni i sauny.

– Panie komisarzu – powiedział Heck.

Hunter spojrzał na pozostałą dwójkę.

– Ochrona ma kłopoty z prasą, może im pomożecie? – Kiwnęli głowami i odeszli. – Siadaj, Heck – rzucił Hunter.

Heck przesunął krzesło do kącika zabiegowego i usiadł. Hunter zaciągnął do połowy zasłonę, po czym od razu przeszedł do rzeczy.

– Skąd ci przyszło do głowy, że to ci dwaj? – zapytał.

– Tak sobie pomyślałem – odparł Heck. – Wydało mi się dziwne, że sprawca zawsze mógł uprawiać seks tak szybko dwa razy z rzędu.

– Niektórzy faceci tak mogą.

– Jak mówiłem, panie komisarzu, tylko tak pomyślałem.

– I to cię doprowadziło do bliźniaków Savage'ów?

– Nie od razu. – Heck poprawił się na krześle. Miał wrażenie, że każda część jego ciała została poobijana podczas wypadku. – Skoro obaj się zgadzaliśmy, że śledztwo utknęło w martwym punkcie, poświęciłem się i przejrzałem wcześniejsze notatki ze sprawy, na wypadek gdybyśmy coś przeoczyli.

Musiał to sformułować ostrożnie; nie chciał sugerować, że Hunter wykazał się niekompetencją. Komisarz nie był oficjalnym szefem tego śledztwa, ale odkąd wprowadzono Jednostkę do spraw Seryjnych Przestępstw – i to na względnie wczesnym etapie – przejął dowodzenie całością.

– Przypomina pan sobie, że Jordan Savage był jedną z kilku osób, które początkowo nas interesowały, ale później go odrzucono.

Hunter wzruszył ramionami.

– Nawet go nie pamiętam.

– No… Savage był przesłuchiwany chyba w październiku, bo zatrzymano go, kiedy jechał nocą na przedmieściach Leighton Buzzard, gdzie, jak pan wie, doszło do dwóch z wcześniejszych morderstw. Patrol, który go zatrzymał, stwierdził, że facet pasuje do opisu podejrzanego: niebie-

44

skie oczy, rude włosy. W każdym razie przeprowadzono rewizję. Kiedy znaleziono przy nim narzędzia włamywacza, został aresztowany za posiadanie, ale ponieważ to było jego pierwsze wykroczenie i nic innego nie łączyło go z morderstwami, dostał ostrzeżenie i wyszedł za kaucją.

– Jakim wozem jechał, kiedy go zatrzymano?

– Zielonym mondeo, nie białą furgonetką. W tym problem.

– Okej, mów dalej.

– Jeszcze raz przejrzałem protokół rewizji. I wtedy zauważyłem, że Jordan Savage miał przy sobie kombinerki.

– Kombinerki? – powtórzył zaskoczony Hunter.

– Jeśli pan pamięta, lekarz sądowy powiedział nam, że drut krępujący ofiary ściągnięto tak ciasno, jakby to zrobiono jakimś narzędziem. Pomyślałem... kombinerki.

Komisarz zastanowił się nad tym.

– Dlatego dokładniej przyjrzałem się Savage'owi – ciągnął Heck. – Kiedy się dowiedziałem, że ma brata bliźniaka, Jasona, zacząłem kombinować... czy ci dwaj polowali na ulicach razem, ale w oddzielnych samochodach. Załóżmy, że ten w furgonetce wiązał ofiarę i dokonywał gwałtu oralnego. Krótko potem zjawiał się ten drugi, w zielonym mondeo, żeby odbyć stosunek analny. To by wyjaśniało jurność Maniaka.

– I to cię zaprowadziło do drzwi Jordana Savage'a?

– To była teoria, panie komisarzu. Dysponowałem najwyżej poszlakami. Dlatego zamierzałem tylko z nim porozmawiać, powiedzieć mu, że musimy wyjaśnić parę rzeczy w kwestii tamtego zatrzymania i rewizji, i zobaczyć, jak zareaguje na wiadomość, że dalej jest podejrzany.

– I wtedy ich przyłapałeś, jak się wybierali na łowy?

– Łut szczęścia.

– „Od dwóch dobrych generałów wolę jednego, który ma

szczęście", powiedział Napoleon. – Hunter się zadumał. Potem się uśmiechnął, co było niepokojące, ponieważ nieczęsto się zdarzało. – Świetna robota, Heck. Na łapu-capu, ale cholernie dobra.

Heck przyjął komplement, jednak nie mógł odegnać myśli, że to nie powinno się odbywać „na łapu-capu". Jako zaledwie jeden z kilkunastu detektywów niskiej i średniej rangi przydzielonych do sprawy Maniaka, nie ponosił winy za to, że ważny trop dotyczący Jordana Savage'a prześliznął się przez sieć na wczesnym etapie. Natomiast Bob Hunter powinien czuć się winny. Do jego obowiązków jako zastępcy prowadzącego śledztwo należało przeglądanie wszystkich materiałów. Niepokojące było, że Hunter popełnił taki błąd, ale jeszcze bardziej niepokojące było, że najwyraźniej nie zdawał sobie z tego sprawy.

– Dwie najgorsze szumowiny, jakie widział ten kraj, zniknęły z powierzchni ziemi – oznajmił komisarz z satysfakcją.

– Musimy mieć pewność, że to oni – ostrzegł Heck.

– Nie martw się, mamy pewność. Furgonetkę odholowano do zbadania, ale już dostałem cynk, że jej wnętrze pasuje do opisu pojazdu, w którym uprowadzono Pettigrewa. W dodatku znaleźli tam szpule drutu, łuski po nabojach, no i najważniejsze, czyli broń.

– Myślałem, że wyrzucą broń przy pierwszej sposobności.

– Chcieli walczyć do końca, nie?

– Ten pościg to był trochę Dziki Zachód, szefie. Przepraszam. Nie planowałem tego.

– Bzdura. Masz więcej niż wystarczające usprawiedliwienie. W tej furgonetce pewnie będą tony materiału dowodowego. A gdyby ją spalili?

– Tak właśnie myślałem.

– A w ogóle jak się czujesz?

– Zesztywniały, ale nic więcej.

– No, odwaliłeś kawał dobrej roboty. – Hunter wstał. – Wszyscy mamy u ciebie dług.

Odwrócił się, kiedy Quinnell nadszedł spacerowym krokiem.

– Tam na zewnątrz jest niezła zadyma, panie komisarzu – oznajmił wielki Walijczyk.

– Ani śladu Humphreysa? – zapytał Hunter.

– Jeszcze nie.

Komisarz prychnął, jakby właśnie tego się spodziewał.

– Wstrzymaj ogień, Heck – rzucił przez ramię, odchodząc. – Ale nie uciekaj.

– Nie ucieknę, panie komisarzu.

Kiedy Hunter odszedł, Quinnell wyszczerzył zęby.

– Czy ja dobrze słyszałem? On uważa, że ma u ciebie dług? Na pewno nie mówił tego wielu ludziom.

– Mówił ogólnie, nie miał siebie na myśli.

– Pewnie posikał się z radości.

Heck wychylił się do przodu.

– To rezultat, ale miło byłoby wiedzieć o nich trochę więcej, ee... o braciach Savage'ach? Znaczy, dlaczego robili takie rzeczy.

Pojawiła się Shawna.

– Heck, szef chce, żebyś wyszedł na zewnątrz.

– Po co?

– Postanowił dać oświadczenie dla prasy.

Poczuł dziwny niepokój.

– O czym? Jeszcze nic nie wiemy, nic pewnego.

– Musi coś powiedzieć. Tam jest cała kupa reporterów.

– A co z komisarzem Humphreysem?

– Nie zdziwisz się, że wciąż jest nieosiągalny.

– Co mówi Bob?

– Dowiesz się, jeśli spełnisz jego prośbę i wyjdziesz – odparła Shawna.

Pozwolił, żeby pomogła mu wstać i wyprowadziła z oddziału ratunkowego na schody przed frontem szpitala, gdzie komisarz Hunter stał przed ławicą mikrofonów, dyktafonów i kamer. Nieustannie błyskały flesze. Zebrało się co najmniej pięćdziesięciu reporterów, a następni nadciągali przez parking, żeby przyłączyć się do tłumu.

Heck, zdenerwowany, stanął za Hunterem. Shawna i Quinnell stanęli jeszcze dalej z tyłu.

– Więc jest pan przydzielony do sprawy Maniaka?! – krzyknął jeden z dziennikarzy.

– Zgadza się, należę do Jednostki do spraw Seryjnych Przestępstw w Scotland Yardzie – odparł Hunter. – Jak zapewne wiecie, regularnie oddelegowują nas do lokalnych sił w przypadku poważnych zbrodni, jak ta.

Na służbie komisarz rzadko pozwalał sobie na okazywanie uczuć, teraz jednak na znak, że zdjęto mu z barków ogromny ciężar, szczerzył się niczym Kot z Cheshire – a nawet bardziej. Heck podejrzewał, że Hunter wyszedł już z sauny w klubie sportowym i siedział w barze, kiedy dotarło do niego wezwanie.

– Czy może pan zidentyfikować dwie ofiary wypadku? – zapytał inny dziennikarz.

– Nie na tym etapie.

– Czy może nam pan cokolwiek powiedzieć?

– Musicie zrozumieć, że to się dopiero co stało. Ciągle jeszcze oceniamy sytuację, zbieramy dowody i tak dalej, ale powiem tyle, że jesteśmy bardzo zadowoleni.

– Kiedy pan mówi „my", komisarzu Hunter, czy ma pan na myśli Jednostkę do spraw Seryjnych Przestępstw, czy zespół ścigający Maniaka?

– Nas wszystkich. Rzeczywiście doszło do podwójnego

śmiertelnego wypadku, a to zawsze jest tragedia, jednak muszę powtórzyć: jesteśmy bardzo zadowoleni z dotychczasowych osiągnięć. Ach... – Zauważył Hecka czającego się z tyłu i pociągnął go do przodu. – Oto jeden z funkcjonariuszy obecnych podczas zajścia. Detektyw sierżant Heckenburg, również z Jednostki do spraw Seryjnych Przestępstw. Jak widzicie, miał ciężki wieczór, ale zapewniam was, że to pierwszorzędny oficer, który zrobił dzisiaj więcej, niż do niego należało.

– Czy brał pan udział w pościgu, sierżancie Heckenburg?! – krzyknął jakiś reporter.

Heck zawahał się, zanim odpowiedział. Nie miał zielonego pojęcia, ile Hunter wyjawił na temat pościgu samochodowego, chociaż w tych okolicznościach prasa prawdopodobnie odkryła już całkiem sporo.

– Byłem w jednym z samochodów ścigających podejrzany pojazd – przyznał.

– Czy może pan nam zdradzić, co się stało?

– Jak mówiłem – wtrącił Hunter – w chwili obecnej nie możemy powiedzieć nic więcej.

– Czy był pan w samochodzie, który zepchnął dwóch podejrzanych z autostrady, sierżancie Heckenburg? – zapytał ktoś inny.

– Brało w tym udział wiele jednostek policji – odparł Heck.

– Kiedy pan się zorientował, że ściga pan Maniaka z M1?

– Już mówiłem, nie możemy jeszcze nic powiedzieć – wyręczył go Hunter.

– Czy pan wiedział od początku, że było dwóch morderców?

– Panowie, proszę! – zawołał Hunter. – Powiedzieliśmy wam wszystko, co możemy.

– I dlatego jest pan bardzo zadowolony, że dwóch ludzi zginęło w wypadku samochodowym?

Hunter przestał się tak promiennie uśmiechać, ale zachował zimną krew.

– Myślę, że wiecie, o co mi chodzi...

– Panie komisarzu – szepnął Heck – chyba już dosyć powiedzieliśmy.

Hunter po raz ostatni podniósł głos:

– Na razie możecie tylko przekazać społeczeństwu, że w śledztwie dotyczącym Maniaka z M1 nastąpił wielki przełom... naprawdę wielki przełom... co nas bardzo, bardzo ucieszyło.

On i Heck odwrócili się i weszli do szpitala, ignorując dalsze pytania. Kiedy już znaleźli się bezpiecznie na oddziale ratunkowym, Hunter wytarł chusteczką pot z czoła, ale wciąż miał zadowoloną minę.

– Przynajmniej dostali coś do przeżuwania.

Heck nie powiedział tego, co pomyślał: „Tak, panie komisarzu... pański tyłek".

ROZDZIAŁ 4

Todd naprawdę lubił Cheryl, a Cheryl naprawdę lubiła Todda. Właściwie, jeśli chodzi o ścisłość, sprawy zaszły dużo dalej. Todd po raz pierwszy powiedział Cheryl, że ją kocha, tuż przed Bożym Narodzeniem, kiedy spacerowali z Montym, labradorem jej rodziców, po zaśnieżonych wzgórzach Rivington Moor. Ona odpowiedziała po prostu:

– Wiem.

Co go trochę zaskoczyło.

W drodze powrotnej na parking Todd mógł się zdobyć tylko na konwencjonalną pogawędkę. Ale kiedy już Cheryl umieściła Monty'ego na kocu z tyłu fiołkowoniebieskiego volkswagena polo jej chłopaka i usiadła obok niego na fotelu pasażera, pocałowała go w policzek. To nie był zdawkowy pocałunek, nie zwykłe cmoknięcie; był długi, ciepły i wilgotny. On odwrócił się do niej twarzą, ich wargi się złączyły, języki splotły i odtąd nie było już odwrotu.

Na razie nikomu nie powiedzieli, zwłaszcza rodzicom, ale planowali się pobrać za jakieś dwa lata, zależy, kiedy osiągną zdolność kredytową, żeby kupić mieszkanie. Oczywiście mieli tylko dziewiętnaście i dwadzieścia lat, więc się nie spieszyli.

Jednak między nimi iskrzyło.

Tak właśnie Cheryl mówiła przyjaciółkom: „Między nami iskrzy". Jeśli Todd choćby dotknął jej ręki, przeszywał ją ciepły prąd. A on w jednym z bardziej intymnych momentów wyznał, że tak samo reaguje na nią.

Nie mogli się doczekać spotkania w walentynki.

Jak zawsze, Todd przyjechał do domu jej rodziców punktualnie. Wyglądał jak spod igły w ciemnych dżinsach, śmiałej sportowej koszuli w paski i wyprasowanej marynarce. Jego lśniący, świeżo umyty polo czekał na końcu podjazdu – jej rydwan. To jedno w Toddzie naprawdę podobało się rodzicom Cheryl. Prawie zawsze prowadził, więc rzadko pił alkohol, co samo w sobie stanowiło zaletę, a na dodatek oznaczało, że ich śliczna córeczka bezpiecznie wróci do domu.

Drzwi otworzyła mama Cheryl, Marlene, też niezła laska. Ona również wychodziła na wieczór, więc wyglądała seksownie; jej zmysłowe krągłości okrywał szyfon i czarne koronki, czarne lakierowane szpilki bez palców odsłaniały krwistoczerwone paznokcie u stóp. Jednak gwiazdą przedstawienia była Cheryl w sukni z cekinami koloru niebieski metalik, błyszczących rajstopach i pantofelkach na niebotycznych obcasach. Wręczając Cheryl dziesięć walentynkowych czerwonych róż, Todd nie wiedział, co powiedzieć, oprócz tego, co mówił zawsze, czyli że jest najszczęśliwszym człowiekiem na ziemi.

O siódmej trzydzieści ruszyli w drogę. Najpierw wpadli coś przekąsić do ulubionej pizzerii, potem pojechali do znajomego pubu, gdzie spotkali się z dwiema innymi zaprzyjaźnionymi parami. Po kilku drinkach, kiedy dziewczętom już trochę zaszumiało w głowach od specjalnych walentynkowych koktajli właścicielki lokalu, wyruszyli razem do Manchesteru, do jednego z drogich, szpanerskich nocnych klubów.

To był wspaniały wieczór.

Kluby w śródmieściu bywały trochę zatłoczone, trochę hałaśliwe, trochę cuchnące potem – ale w tym atmosfera była jak trzeba. Puszczano same ckliwe, przesłodzone kawałki, ale Cheryl wcale to nie przeszkadzało, bo to był wieczór miłości, a ona miała Todda. Tańczyli i tańczyli, całowali się i całowali. W rezultacie o drugiej nad ranem ich gorące wzajemne uczucie zmieniło się w nieopanowaną namiętność. Pożegnali się więc i wybiegli z klubu, trzymając się za ręce i chichocząc.

Noc znowu była bardzo zimna, ich oddechy parowały, kropelki potu na czołach szczypały jak lód. Szron okrywał kamienie bruku w tylnej alejce, którą doszli na parking.

Jak tylko wsiedli do samochodu i zamknęli drzwi, Todd położył wygłodniałą rękę na obciągniętym nylonem udzie Cheryl.

– Nie tutaj – rzuciła nadąsana.

Todd się rozejrzał. Pewnie miała rację. Ludzie jeszcze przez jakiś czas będą wchodzić i wychodzić.

– W zwykłym miejscu? – spytał z szelmowskim uśmieszkiem.

– Tam jest dużo spokojniej – odparła.

Tak więc Todd wyjechał z Manchesteru autostradą M61. Bolton, ich rodzinne miasto, znajdowało się w odległości zaledwie dwunastu czy trzynastu kilometrów, ale zanim tam dojechali, zboczyli szosą A675 na West Pennine Moors. Podczas jazdy Cheryl podciągnęła rąbek sukienki i okazało się, że wcale nie ma na sobie błyszczących rajstop, tylko błyszczące pończochy przypięte do ślicznych białych podwiązek. Kręcąc tyłkiem, ściągnęła majteczki i zsunęła z kształtnych nóg.

– Uważaj na drogę – ostrzegła surowo, bo Todd ciągle zerkał w dół i wytrzeszczał oczy.

O tej porze, w środku nocy, ruch był niewielki, zwłaszcza tu, na wrzosowiskach West Pennine, chociaż właściwie to nie były dzikie wrzosowiska – raczej otwarte tereny, poprzecinane zbiornikami wodnymi i połaciami gęstego lasu. Prowadziły tędy tylko dwie główne drogi, z nielicznymi latarniami.

Todd w końcu zdecydował, że nie może czekać dłużej, i zjechał do zatoczki, ale Cheryl rozejrzała się z niezadowoleniem.

– Tu? – zapytała. – Ciągle jesteśmy na drodze.

– Nikt tu nie jeździ o tej porze – odparł, rozpinając pas bezpieczeństwa.

– Myślałam, że jedziemy na zwykłe miejsce?

– To jeszcze pięć minut.

– Tak, ale jest bardziej osłonięte niż tu. – Wydęła wargi. – Proszę.

Z westchnieniem Todd ponownie uruchomił silnik. Trzy kilometry dalej skręcili w krótką drogę dojazdową, prowadzącą do małego parkingu, z którego w dzień korzystali spacerowicze i piknikowicze, ale w nocy prawie zawsze był pusty. Teraz panowała tam nieprzenikniona ciemność, pod dachem z gałęzi splecionych tak gęsto, że przepuszczały tylko nieliczne promienie lodowatego księżycowego blasku. Mimo to Todd podjechał na sam koniec, jakieś sto metrów od drogi. Zahamował, zaciągnął hamulec i zgasił światła.

Obok wznosiła się ściana bezlistnych krzewów, ledwie widocznych w mroku. Za nimi leżała ciemność, w której nic się nie poruszało, przynajmniej nic nie widzieli. W normalnych okolicznościach czuliby się trochę nieswojo na takim odludziu, teraz jednak oboje byli podnieceni, niecierpliwi, zdyszani.

Początkowo tylko Cheryl zareagowała na krótki, ostry krzyk, który rozległ się w pobliżu.

– Co to było? – zapytała, prostując się gwałtownie.

– Czy to ważne? – Todd gorączkowo gmerał przy guziku swoich dżinsów.

– Nie, Todd, poważnie, co to było?

– Nie wiem, pewnie ptak.

– W środku nocy?

– Zew natury. Bardzo stosownie.

Nachylił się, przycisnął wargi do uperfumowanej szyi Cheryl i spróbował wsunąć niegrzeczną rękę między jej uda, ale ścisnęła je mocno i odepchnęła go.

– Przestań, to wcale nie brzmiało jak ptak.

Widząc, że nie chodzi o udawaną wstydliwość, Todd się wyprostował.

– Co znowu?

Cheryl wyglądała przez okna, za którymi macki lodowatej mgły wiły się wśród nagich, splątanych gałęzi.

– A jeśli... jeśli ktoś tu się wygłupia?

– Na takim odludziu?

Zastanowiła się nad tym, w głębi duszy przyznając, że to rzeczywiście nieprawdopodobne, wciąż jednak czuła się nieswojo.

– Słuchaj, na pewno coś słyszałam.

– Wiesz, są też nocne ptaki.

– W lutym?

Wzruszył ramionami.

– Może. Hej... jeśli ktoś tam jest i... nie wiem, jeśli chcą nas podglądać, to czy zdradziliby się głupimi hałasami?

– Podglądać nas? – Wydawała się przerażona samą myślą. – Znaczy ktoś, kto wyprowadza psa?

– No... tak. Ale jakie są na to szanse o tej porze?

Zanim skończył mówić, Cheryl dostrzegła jakiś ruch: czarny cień znikający za jeszcze czarniejszą kolumną drzewa. Pisnęła i chwyciła Todda za rękę.

– Tam ktoś jest, na pewno!

– Cheryl, tam nikogo nie ma. Jest trzecia nad ranem!

Wpatrywała się w otaczającą ich ciemność i Todd widział, że jest autentycznie przestraszona.

– Co ci się przywidziało? – zapytał cicho.

– Nie wiem. To mógł być odblask światła.

– Tam nie ma światła.

Todd otworzył drzwi samochodu i wyskoczył. Para oddechu kłębiła się wokół niego, kiedy patrzył na pobliskie drzewa. Przelotnie on też poczuł się bezbronny. W tak gęstej ciemności ktoś mógł stać bardzo blisko i być niewidoczny. Ale to śmieszne, prawda? Nikt nie jechałby taki kawał drogi.

Coś mignęło na skraju jego pola widzenia. Obrócił się błyskawicznie w tamtą stronę. Na końcu parkingu chwiała się niska gałąź, jakby ktoś właśnie ją potrącił.

– Hej! – zawołał Todd, podchodząc tam szybkim krokiem. – Hej, ty pieprzony zboku!

– Todd, przestań! – syknęła Cheryl.

– Wracaj do internetu i zwal konia przy jakichś nieletnich, dobra?

– Todd!

Przystanął na skraju zarośli, obok rozkołysanej gałęzi.

– Nic tu dzisiaj nie ma dla ciebie, kapujesz?

Oczy powoli przyzwyczajały się do ciemności i próbował zajrzeć pomiędzy liście, ale wszystko rozpływało się w mglistą czerń.

Właściwie tylko jednym uchem słyszał zawodzący krzyk, który zaniepokoił Cheryl. Jednak po zastanowieniu doszedł do wniosku, że było w tym coś fałszywego, jakby – jak to ujęła Cheryl? – ktoś się tu wygłupiał. Todd ponownie zbadał wzrokiem mroczny las, wytężając słuch. Było tak cicho, tak spokojnie, jakby korzenie, gałęzie, kora też nasłuchiwały. Stał jeszcze przez kilka sekund, czekając, czy ktoś odpowie.

– Co ty wyprawiasz najlepszego? – spytała Cheryl, podchodząc od tyłu i stukając obcasami po asfalcie.

Wzruszył ramionami.

– Tak na wszelki wypadek.

– Wkurzysz ich.

– Cheryl, nikogo tu nie ma, okej? Krzyknąłem na wszelki wypadek, ale już trochę za późno, żeby ktoś tu się czaił.

Ścisnęła go mocno za ramię.

– Dobra, w porządku, dość popisywania się, zgoda?

– Nie popisuję się.

Poprowadziła go z powrotem do samochodu.

– Nie musisz robić takich rzeczy, żeby mi zaimponować.

Urwała i oboje zatrzymali się gwałtownie.

W odległości około siedemdziesięciu metrów, w najdalszym kącie parkingu paliło się światło. Pojedyncza, słaba żarówka oświetlała tylko wąskie drzwi, które prowadziły, jak wiedzieli, do małej publicznej toalety. Ale żadne z nich wcześniej jej nie zauważyło.

– Kiedy to się włączyło? – spytała cicho Cheryl.

Todd zastanowił się.

– Widocznie paliło się przez cały czas.

– Nie widziałam, kiedy przyjechaliśmy.

– A patrzyłaś?

– Nie, ale przecież byśmy zobaczyli?

Todd ruszył w stronę światła, najpierw powoli, potem bardziej zdecydowanie.

– Co ty znowu wyprawiasz? – zapytała Cheryl, która szła za nim, wciąż ściskając go za ramię.

– Sprawdzę, czy ktoś tam jest.

– Ee... po co?

– Bo, jak powiedziałaś, nie chcemy podglądaczy!

– Ale mówiłeś, że nikogo tu nie ma o tej porze.

Todd nie potrafił jej odpowiedzieć. Możliwe, że wjeżdżając na parking, nie zauważyli zapalonego światła na zewnątrz toalety, ale w to wątpił. Stukot ich kroków budził upiorne echo, kiedy zbliżali się do małego budyneczku, którego prosta, kanciasta bryła powoli wyłaniała się z mroku. Znajdowali się w odległości jakichś trzydziestu metrów, kiedy światło zgasło – zamarli w pół kroku – a potem znowu się zapaliło.

– Źle działa – orzekł Todd. Zewnętrzne światło zamrugało jeszcze kilka razy, wreszcie znowu zgasło i już się nie zapaliło. – Zaczekaj tu, pójdę sprawdzić.

Cheryl została na miejscu, podczas gdy Todd pokonał ostatnie kilka metrów, jednym okiem obserwując uchylone drzwi toalety, za którymi leżała wilgotna ciemność, drugim okiem zerkając na gęste, wysokie zarośla za budyneczkiem. Tam też zalegał głęboki, nieprzenikniony mrok.

Toaleta była niewiele większa od wiejskiej wygódki. Zbudowana z czerwonej cegły, cała była zabazgrana obscenicznymi sloganami, widocznymi w świetle dnia. Wewnątrz znajdował się wąski korytarzyk z pękniętą umywalką na końcu i dwie kabiny, brudne i śmierdzące, o czym Todd się przekonał, kiedy któregoś razu chciał się tam odlać. Teraz wsunął głowę przez drzwi i pomacał wzdłuż framugi, szukając przełącznika. Znalazł dwa i kiedy przekręcił pierwszy, żarówka w środku zamigotała i zapłonęła, ukazując niemytą kafelkową podłogę i zawilgocone tynkowane ściany. Todd zajrzał do obu kabin. Pierwsza była pusta, klapa sedesu opuszczona, ale w drugiej klapa była podniesiona i ktoś rozmazał zawartość miski klozetowej po ścianach szerokimi smugami, w jednym miejscu nawet próbował coś napisać, używając odchodów. Nic dziwnego, że panował tam straszliwy smród i Todd wycofał się pospiesznie. Kiedy wychodził, lampa w środku zaczęła mrugać i głośno buczeć.

– Obluzowane styki – powiedział, podchodząc do Cheryl. – Pewnie przez cały dzień zapala się i gaśnie.

– Ale dlaczego w ogóle się zapaliło? – zapytała, kiedy prowadził ją z powrotem przez parking.

– Ktoś nie zgasił światła, nic wielkiego.

– Słuchaj, Todd… – Ponownie spojrzała na otaczający ich las spowity nocną mgłą. – Myślę, że powinniśmy wracać do domu.

Dotarli już do polo i Todd spojrzał na nią ponad dachem samochodu, głęboko rozczarowany.

– Och, daj spokój, Cheryl.

Przyjrzała mu się uważnie. Todd był dżentelmenem w każdym calu – zawsze gotów bronić jej honoru, choćby nawet przed wyimaginowanymi wrogami – ale był również mężczyzną i nie miał okazji się rozładować od ponad tygodnia. Nic dziwnego, że wydawał się taki zawiedziony.

– No, przynajmniej stańmy bliżej drogi – zaproponowała. – Żebyśmy w razie czego mogli szybko zwiać.

– Jak sobie życzysz.

Wsiedli do samochodu. Todd przekręcił kluczyk, wrzucił bieg i zawrócił na trzy. Gałązki jak palce obmacywały przednią szybę, a potem boczne okna manewrującego samochodu. Kiedy jechali przez parking, Cheryl spojrzała w stronę toalety. Nie paliła się teraz żadna lampa, ani na zewnątrz, ani w środku.

– Nawet jeśli ktoś tu się kręci – rzucił wesoło Todd – niewiele zobaczy po ciemku.

– Jakiś obleśny staruch – dodała Cheryl z niesmakiem.

– Spacery z psami to teraz popularny sport. Trafiają się starsi, trafiają się atletyczni faceci. Najróżniejsze typy.

– Chyba sporo o tym wiesz?

– Hej, jestem mężczyzną światowym.

Todd próbował lekko potraktować tę sytuację, ale nie mógł się powstrzymać, żeby znowu nie obejrzeć się przez ramię. Błądził wzrokiem po pustym asfalcie nakrapianym plamami księżycowego blasku. Śmieszne, że gdy raz sobie powiesz, że nie jesteś sam w jakimś ciemnym, opuszczonym miejscu, nie możesz sobie tego wybić z głowy. Ale nie możesz również dłużej się na tym skupiać, kiedy Cheryl oblizuje wargi koniuszkiem języka.

– Mam nadzieję, że za chwilę mi pokażesz, jaki z ciebie mężczyzna – zażartowała.

Wyszczerzył zęby i dodał gazu.

Tym razem zaparkowali u wylotu drogi dojazdowej, jakieś trzydzieści metrów od wjazdu na parking. Widzieli stamtąd szary, zalany księżycem wycinek głównej drogi, ale gęste, szkieletowe zarośla przesłaniały resztę. Todd pospiesznie rozpiął rozporek i ściągnął spodnie do kolan, a potem majtki. Nabrzmiały penis wyskoczył na wolność. Cheryl przelazła nad dźwignią zmiany biegów i usiadła na nim okrakiem, twarzą do niego. Wszedł w nią szybko i łatwo.

Stęknęła cicho, ujeżdżając go. Objęła go za szyję i pochyliła głowę, żeby łapczywie wpić się w jego usta. Ich języki się splotły. Cheryl zacisnęła powieki, żeby nic jej nie rozpraszało, żeby zmaksymalizować każdą milisekundę rozkoszy. A potem, z niewiadomych powodów, znowu otworzyła oczy.

Tylko przelotnie, na chwilę. Ale wtedy zorientowała się, że mają towarzystwo.

Początkowo myślała, że wysoka postać o świecących zielonych oczach stoi na parkingu tuż za nimi, jednak już po chwili zrozumiała, że widzi odbicie na wewnętrznej stronie tylnej szyby. Postać stała przed samochodem.

Jakby telepatycznie połączony z Cheryl, Todd również uświadomił sobie czyjąś obecność. Gwałtownie otworzył oczy i spojrzał ponad zesztywniałym nagle ramieniem dziewczyny, skupiając wzrok na postaci oddalonej o dwadzieścia metrów. Nie widział jej wyraźnie, tyle że wydawała się spięta, jakby skręcona w bok. W tej samej sekundzie zrozumiał przyczynę. Postać napinała jakieś skomplikowane urządzenie; zdawało się, że przyciąga gruby sznur do ramienia.

Todd zachłysnął się, zakrztusił…

To był łuk i strzała.

Rozległ się stłumiony brzdęk.

I przednia szyba pękła.

ROZDZIAŁ 5

Kiedy nadinspektor Gemma Piper cię opieprzała, to czułeś, że dostajesz opieprz. Nie na darmo nazywali ją Lwicą. Od ryku Gemmy trzęsły się korytarze New Scotland Yardu. A przy tym była elokwentna, toteż nie narażałeś się tylko na niekontrolowaną furię; dobierała tak zjadliwe słowa, że nawet jeśli przekomarzała się z kimś po przyjacielsku, podsłuchującym uszy więdły.

A teraz bynajmniej się nie przekomarzała.

Heck siedział samotnie przed jej gabinetem i słuchał awantury, która odbywała się w środku. Ze względu na rangę Bob Hunter został wezwany do gabinetu jako pierwszy. Od tego czasu upłynęło dobre trzydzieści minut, a Gemma wciąż rozszarpywała go na strzępy. Jej głos, tnący jak strzał z bata, przenikał przez zamknięte drzwi i rozbrzmiewał w głównym korytarzu Jednostki do spraw Seryjnych Przestępstw. Sądząc po odgłosach, przeszła od krytyki sposobu prowadzenia śledztwa przez Huntera, który pozwolił je koncertowo spieprzyć, do czegoś bardziej przypominającego pospolite zniewagi. Określenia w rodzaju: „błazeńskie zadufanie", „zarozumiałe lekceważenie przepisów" czy „bezgraniczna niekompetencja" brzmiały zdecydowanie zbyt ogólnie.

Pod pewnym względem to wszystko wydawało się trochę niesprawiedliwe, skoro morderstwa z M1 zostały oficjalnie rozwiązane. Dowody znalezione w rozbitej furgonetce, włącznie z pistoletem użytym we wszystkich zabójstwach, zdecydowanie wskazywały na bliźniaków Savage'ów jako sprawców. Co więcej, przed dwoma dniami dochodzenie w sprawie ich śmierci, które opóźniło powrót ekipy z Milton Keynes, zakończyło się werdyktem: śmierć wskutek nieszczęśliwego wypadku, toteż nie powinno być dalszych pytań dotyczących podwójnego zgonu.

Problem polegał na tym, że chociaż sprawa Maniaka z M1 została oficjalnie zamknięta, prasa, która od miesięcy żerowała na niej niczym stado wygłodniałych rekinów, nie zamierzała tego tak zostawić. Po zakończeniu dochodzenia najdrobniejsze szczegóły śledztwa podano do publicznej wiadomości i zafascynowani dziennikarze ślęczeli nad nimi, z determinacją szukając błędów. Zdawało się niemal, że działania dwóch zimnokrwistych seryjnych zabójców nie wyjaśniają w dostatecznym stopniu śmierci ośmiu nastoletnich chłopców. Wszelkie błędy popełnione przez tych, którym powierzono schwytanie obłąkanego duetu, należało natychmiast i bezlitośnie obnażyć, jakby stanowiły grzechy równie karygodne jak same zabójstwa.

Heck normalnie nie dyskutowałby z takim punktem widzenia – zadaniem policji było łapanie zabójców, a jeśli nie dawała rady, należało zapytać: dlaczego. Lecz polowanie na Maniaka z M1 wywołało powszechną panikę w południowej Anglii i ekipa dochodzeniowa znalazła się pod nieznośną presją. Na wszystkich szczeblach dochodziło do poważnych ingerencji; wszyscy, od premiera do pospolitego drobnego przestępcy, natarczywie żądali wyników. Ekipa odczuwała wyczerpanie, fizyczne i psychiczne, więc nic dziwnego, że popełniano błędy: zaniedbywano badanie

63

tropów i aktualizowanie danych komputerowych, przepracowani funkcjonariusze poddawali brutalnym przesłuchaniom niewinnych podejrzanych i tak dalej.

Teraz, po ujawnieniu, że Jordan Savage został zatrzymany na wczesnym etapie śledztwa, ale potem zlekceważony, w rezultacie czego on i jego brat popełnili następne pięć morderstw – prasa miała używanie na całego.

„Keystone Cops"*, głosił pewien nagłówek nad zdjęciem słynnego obracającego się znaku Scotland Yardu. „Policja 2, Źli Faceci 9", wyliczał inny. Podtytuł zapytywał: „Więc jak śmieli ogłaszać zwycięstwo?". Nawet Heck skręcał się z poczucia winy, a przecież to on rozwiązał sprawę.

Nie wiedział, gdzie podziać oczy, kiedy drzwi gabinetu Gemmy się otwarły i Bob Hunter wyszedł sztywnym krokiem. Komisarz mrugał, ale na jego skruszonej twarzy widniały tylko dwie jaskraworóżowe plamki, po jednej na każdej kości policzkowej. Wskazał kciukiem przez ramię na uchylone drzwi, odwrócił się i powędrował korytarzem, stawiając nogi powoli i ostrożnie.

Heck wstał, przygładził ręką włosy i zapukał.

– Tak? – usłyszał zirytowany głos.

Wszedł i zamknął za sobą drzwi.

– Aha… funkcjonariusz dokonujący aresztowania! – burknęła Gemma. – Albo coś w tym stylu.

Gabinet nadinspektor zawsze był bardzo schludny – i raczej pusty, można wręcz powiedzieć: spartański – a jednak zadziwiająco mały jak na jej wysoką rangę. Oczywiście tym łatwiej wypełniała go swoją przytłaczającą osobowością.

Nadinspektor Gemma Piper budziła trwożny szacunek, niczym siła natury. Pomagała jej w tym dzika i drapieżna

---

* Keystone Cops – fikcyjna drużyna fajtłapowatych policjantów, występująca w komediach z epoki niemego kina w początkach XX wieku.

uroda (stąd przydomek) – bujne popielatoblond włosy, niebieskie oczy, czerwone wargi, nieskazitelne rysy twarzy. Jednak u niej te wszystkie tradycyjne przymioty pięknej kobiety składały się na obraz raczej wojowniczki niż królewny. W dodatku była wysoka i atletycznie zbudowana, i ubierała się w sposób, który to podkreślał. W obecności Gemmy mężczyźni zmieniali się w galaretę z wielu różnych powodów. Heck wiedział o tym najlepiej, ponieważ niegdyś, przed wielu laty, dzielił z nią łóżko i życie.

– Dzień dobry, szefowo – powiedział.

Wskazała mu krzesło przed swoim biurkiem. Usiadł.

– Wiesz, dlaczego chciałam cię widzieć? – Nachyliła się, składając palce w wieżyczkę. Była blada, ale złość trochę jej przeszła, pewnie dlatego, że wyładowała większość na Bobie Hunterze, chociaż w jej głosie wciąż brzmiały groźne nuty.

– Tak, szefowo.

– Ponieważ to… – Upuszczona na biurko teczka z aktami śledztwa Maniaka z M1 rąbnęła o blat jak kamień – powinno mieć tytuł: „Kowboje i Indianie". Zwłaszcza końcówka. Wiesz, ten kawałek, gdzie zniszczenia dochodzą do setek tysięcy funtów… zniszczenia spowodowane przez szaleńczy pościg samochodowy, który ty sprowokowałeś. Ten kawałek, gdzie dwaj przestępcy odnoszą śmiertelne rany. No, zabicie dwóch głównych podejrzanych, Heck… w porównaniu z twoim *faux pas* wszystkie błędy popełnione w tym śledztwie to małe miki.

– Szefowo. – Heck bezradnie wzruszył ramionami. – Ci faceci mieli dużo do stracenia. Nigdy nie poddaliby się spokojnie.

– Rozumiem, ale mimo to musimy ponosić odpowiedzialność za nasze działania.

– Jeśli mamy odpowiadać przed przeciętnym obywatelem, to nie ma obaw. Jemu to nie przeszkadza.

– Przeciętny obywatel to dupek! – odparła i jej głos znowu nabrał ostrości. – Przeciętny obywatel rzuci się nam do gardła, jak tylko zrobimy coś, co mu się nie spodoba. Nie udawaj, że przeciętny obywatel jest naszym kumplem, bo nie jest.

– Szefowo. – Heck przybrał najbardziej szczery, poważny ton. – Z pewnością rozumiesz, że nie miałem wyboru, musiałem ścigać podejrzanych.

– Chociaż byli uzbrojeni, a ty nie?

– No... tak, zdawałem sobie sprawę z ryzyka, ale dla mnie ryzyko było mniejsze niż dla społeczeństwa, gdyby tych dwóch pozostało na wolności. Jeślibym tam pojechał z zamiarem aresztowania, wziąłbym ze sobą wsparcie, cokolwiek to warte, ale tak się nie stało.

Gemma zastanowiła się nad tym. Niewątpliwie była w rozterce. Wprawdzie Heck postąpił nieostrożnie i doprowadził do fatalnego wypadku, ale wykazał również wyjątkową odwagę, co ceniła u swoich oficerów.

– Nawet gdyby podejrzani uciekli, szefowo, za nic nie mogłem zgubić tej furgonetki – dodał. – Pełno w niej było dowodów rzeczowych.

– Raczej nie wypada świętować ich schwytania, skoro obaj nie żyją.

– Wiem.

Wyprostowała się w fotelu.

– Chyba cię nie dziwi, że Max Humphreys zdystansował się dość wyraźnie od komentarzy, które Bob Hunter wygłosił na stopniach szpitala.

– Nie, to mnie nie dziwi.

Główny komisarz Max Humphreys z policji Thames Valley, oficjalnie kierujący dochodzeniem w sprawie Maniaka z M1, od początku zrobił na Hecku wrażenie nieudolnego dowódcy: zbyt stary i zmęczony, zbyt niezorganizowany i niepokojąco skłonny do unikania odpowiedzialności. Mimo wszystko pyszałkowata postawa Boba Huntera wobec prasy okazała się nieroztropna, biorąc pod uwagę błędy, które później wyszły na jaw.

– W zasadzie – ciągnęła Gemma – niezbyt mnie martwi, że brałeś udział w tej wyjątkowo nierozsądnej konferencji prasowej. Wiem, że wykonywałeś rozkazy Huntera, i mam już ustne oświadczenie posterunkowych Quinnella i McCluskey, że byłeś temu przeciwny. Natomiast bardzo mnie martwi ogólny wynik tego śledztwa. To, co powinno być dla nas powodem do dumy, okryło nas śmiesznością. Prasa miesza nas z błotem.

Heck parsknął.

– Prawdę mówiąc, szefowo, prasa dołożyła swoje trzy grosze, żeby zrobić z Maniaka potwora. Oni wymyślili przezwisko, oni wywołali antygejowską panikę. Właściwie cała sprawa skończyła się dla nich za szybko. Chcieli więcej i więcej: pokazowego procesu, precedensowych wyroków, może przeciągających się apelacji. A teraz tego nie dostaną, więc szukają kozła ofiarnego.

– Skończyłeś? – zapytała, unosząc brwi. – Bo można by pomyśleć, że uważasz, że śledztwo prowadzono znakomicie!

Pokręcił głową.

– Szefowo, główny komisarz Humphreys...

– Dobrze znam wady komisarza Humphreysa. Dostanie taki sam opieprz w Thames Valley, jaki wy dostajecie teraz. Ale Max Humphreys to burak, natomiast my powinniśmy się znać na robocie. Doradzaliśmy mu, prowadziliśmy śledztwo i wygląda na to, że przegapiliśmy rzeczy, które mieliśmy pod samym nosem.

Heck przytaknął, musiał się z nią zgodzić.

– Dlatego spędziłem trzy dni na przeglądaniu akt. Nie

pamiętałem wcześniej takiej sprawy, żebyśmy do niczego nie dochodzili.

– I to była dobra inicjatywa. Więc gratuluję. Mówię poważnie, Heck. – Westchnęła, złość wreszcie opadła. – Gdybyś nie zrobił tego, co zrobiłeś, Bóg jeden wie, jak to by się skończyło. Ale… może to się wydaje nieważne, skoro otarłeś się o śmierć, ale góra nie życzy sobie takiego wizerunku Jednostki do spraw Seryjnych Przestępstw. Jak banda wsioków rozbijających się po okolicy. Zwłaszcza po spartaczeniu śledztwa. Nie muszę dodawać, że rodzina Savage'ów żąda publicznego dochodzenia. Koroner oczyścił nas ze wszystkich zarzutów, sprawa jest oficjalnie zamknięta i ponowne jej rozgrzebywanie nie leży w niczyim interesie, więc tego przynajmniej nam oszczędzą, dzięki Bogu. Ale ostatecznie chodzi o profesjonalizm. Musimy ograniczać szkody do minimum.

– Czy ktoś o tym uprzedził przestępców?

Ponownie uniosła brwi.

– Próbujesz być przemądrzały?

– Nie, szefowo, ale to jest istotny szczegół.

– Tak czy inaczej, przestępcy przegrają. Ja tylko się martwię, żeby JSP nie poszła na dno razem z nimi.

– Jak to? Powstrzymaliśmy zabójców z M1…

– Powstrzymaliśmy też Klub Miłych Facetów i popatrz, jaką mieliśmy złą prasę.

– To przez Laycocka.

– I zapłacił za to – dodała. – Co powinno być dla nas pożyteczną lekcją.

Heck zacisnął usta, kiwnął głową. Nie ulegało kwestii, że w tym przypadku miała rację. Śledztwo w sprawie Miłych Facetów, w którym odegrał znaczącą rolę, doprowadziło do kilku śmierci po obu stronach oraz krępującego wewnętrznego dochodzenia, wskutek czego komendant Krajowego

Zespołu do spraw Przestępczości Jim Laycock został zdegradowany i usunięty ze stanowiska za rażące zaniedbania. Gdyby to zależało od Hecka, Laycocka sprawdzono by na okoliczność działalności przestępczej, ale miał za mało dowodów.

– Chodzi o to, że teraz uwaga jest skupiona na nas – podjęła Gemma. – Na JSP. Jesteśmy kluczowym czynnikiem w Krajowym Zespole do spraw Przestępczości. Jesteśmy częścią nowej świetlanej przyszłości brytyjskich sił porządkowych. Przynajmniej byliśmy, dopóki nie zaczęliśmy regularnie dawać ciała.

– Nie powiedziałbym, że regularnie.

– Raz to za dużo, Heck! Dwa to totalna rozpierdówa.

To wymownie świadczyło o jej zdenerwowaniu; Gemma prawie nigdy nie przeklinała. Odczekała jeszcze chwilę, żeby się uspokoić.

– Dlatego pierwsze, co zrobię, to wyznaczę pełnoetatowego rzecznika prasowego. – Heck pytająco uniósł brew. – Tylko dla nas – dodała. – Cywila… prawdziwego zawodowca. Kogoś, kto wykreuje dla nas dużo bardziej profesjonalny wizerunek.

– Czy budżet to pokryje?

– Normalnie nie, ale jak wiesz, Des Palliser odchodzi na emeryturę pod koniec przyszłego miesiąca. Jeśli go nikim nie zastąpię, damy radę.

– Chcesz zastąpić operacyjnego detektywa cywilem?

– Właściwie nie jest operacyjny. Od osiemnastu miesięcy pełni obowiązki oficera dyżurnego, co oznacza wypełnianie formularzy i odbieranie telefonów. Na pewno bez niego przeżyjemy.

– Ktoś musi odwalać tę robotę.

Przyjrzała mu się uważnie.

– Bob Hunter.

Heck pomyślał, że się przesłyszał.

– Zdejmujesz Huntera z terenu?

Gemma przerzuciła papiery na biurku.

– Bob ma już swoje najlepsze dni za sobą. W Milton Keynes nie po raz pierwszy wykazał brak rozwagi.

– I tak już brakuje nam ludzi, szefowo.

– Bob Hunter jest uziemiony bezterminowo i na tym koniec. Zgadzam się, że brakuje nam ludzi, ale w tym momencie ostatnie, czego mi potrzeba, to facet chlapiący dookoła jęzorem. A teraz wracajmy do pracy. Wszyscy mamy kupę roboty.

Heck wstał. Gemma zajęła się już następnym raportem. Ruszył do drzwi.

– Dobrze się spisałeś w tej sprawie – rzuciła do jego pleców. Obejrzał się, lecz ona nie podniosła głowy. – Mówię poważnie, naprawdę. Ale żadne z nas w tej chwili nie pachnie różami. I muszę zrobić co trzeba, żeby to wyprostować.

Heck kiwnął głową i wyszedł.

ROZDZIAŁ 6

Kate cieszyła się przynajmniej z tego, że jest wiosna.

Okej, pewne okolice Liverpoolu nie wyglądały najlepiej o tej porze roku, a Toxteth bezsprzecznie do nich należał, zwłaszcza kiedy padało, jak dzisiaj. Ale sam fakt, że stojąc wieczorem przed sklepem, nie musiałaś się opatulać niczym Eskimos, to już był postęp.

Nazwanie minionej zimy „surową" stanowiłoby wielkie niedopowiedzenie. Prąd arktycznego powietrza powodował rekordowo niskie temperatury i nieustanne śnieżyce w całym kraju od połowy grudnia prawie do końca lutego. Oczywiście świetna zabawa dla dzieci, którym raz po raz zamykano szkoły. Ale mnóstwo ludzi w tych warunkach przeżywało piekło na ziemi. Miejskie rozbitki życiowe – samotni, bezdomni, chorzy, narkomani – zwykle jakoś sobie radziły, miały ciepło, sucho i dość jedzenia, ale gnijące kartonowe pudła, obszczane śpiwory i pełne przeciągów betonowe przejścia podziemne ofiarowały nędzne schronienie, kiedy kąsał mróz.

Kate zaciągnęła się papierosem. Uważała za cud, że ktokolwiek z jej podopiecznych przetrwał ostatnią zimę – choć jeszcze nie wyszli na prostą. Była już siódma i wresz-

71

cie zaczęło się rozpogadzać, mimo że wciąż czuło się wilgoć i przenikliwy chłód.

Zamykała już interes, ładowała toboły używanej odzieży zapakowanej w plastykowe torby, wypranej i wyprasowanej, do bagażnika swojego starego, poobijanego forda fiesty. Zaułek, w którym mieścił się sklep charytatywny, jedyny sklep w okolicy, z nadejściem nocy zmieniał się w ciemny, głęboki kanion. Tylko jedna samotna żółta lampa świeciła na samym końcu. Uliczka była wąska, a stojące po obu stronach budynki przemysłowe, ponure i w większości pozbawione okien, wznosiły się tak wysoko, że w górze prześwitywał tylko cienki skrawek nieba. Kate zadrżała, ładując ostatni tobół do bagażnika. Zawiezie ten cały majdan do Whitechapel Centre na Langsdale Street, a potem pokręci się i zobaczy, czy nie potrzebują dodatkowej ochotniczki na wieczór. Ostatnio brała sporo nadgodzin, ale się nie przejmowała. I tak nie mogłaby dzisiaj zasnąć, wiedząc, że na ulicach są zmarznięci, przemoczeni ludzie.

Zdusiła niedopałek, naciągnęła afgański kożuszek, owinęła szyję szalikiem i chciała już zgasić światło w środku, kiedy gdzieś na tyłach sklepu rozległo się głośne, metaliczne szczęknięcie. Znieruchomiała i wytężyła słuch. Nic więcej nie usłyszała. Założywszy, że coś się przewróciło w kuchni, poszła sprawdzić, przypominając sobie, że przy okazji powinna wyrzucić śmieci.

W kuchni wszystko wydawało się w porządku. Nóż, widelec i talerz leżały na suszarce, gdzie je zostawiła po lunchu. Kubek do kawy stał na zwykłym miejscu obok czajnika, bezpiecznie odłączonego od prądu i owiniętego kablem. Drzwi lodówki i mikrofalówki były zamknięte; ścierka i gąbka spoczywały w misce, płyn do mycia naczyń stał na parapecie.

Wzruszywszy ramionami, wyciągnęła pękaty plastykowy worek z kubła na śmieci, zawiązała go i otworzyła tylne drzwi. Dopiero teraz przyszło jej do głowy, że ten dźwięk mógł dobiegać z zewnątrz. Nie powinna się dziwić, nawet jeśli pracowała tu sama; to było wielkie miasto, ludzie robili różne rzeczy o różnych porach, hałasowali. A jednak przelotnie zawahała się przed zejściem na mroczne podwórze. Jedyne światło docierało z wnętrza sklepu przez wąskie tylne drzwi i brudne okno. Nikły odblask na niebie pochodził od okolicznych latarń, chociaż żadna nie świeciła bezpośrednio na podwórze.

Kate zatrzymała się na stopniu. Z tego, co widziała, wszystko wydawało się na miejscu: pojemnik na śmieci, wiadro i mop, rząd pustych doniczek. Nic podejrzanego.

Tyle że tylna furtka była otwarta.

Właściwie to nic wielkiego, chociaż Kate miała pewność, że wcześniej ją zamknęła. Czy to taki dźwięk słyszała? Czy ktoś przelazł przez furtkę, żeby przeprowadzić rozeznanie przed włamaniem, a potem musiał ją otworzyć, żeby wyjść?

Powodzenia, pomyślała. Niewiele tutaj warto ukraść.

Jej oczy przyzwyczaiły się już do półmroku i widziała, że jest sama. Nie było tu żadnej rozwalonej szopy, za którą ktoś mógłby się schować, żadnych ciemnych kątów, gdzie ktoś mógłby się przyczaić. Głupia jestem, uznała. Śmiało ruszyła przed siebie, wrzuciła worek ze śmieciami do pojemnika i podeszła do furtki. Nawet wyszła na zewnątrz. Brukowana alejka wyglądała niezbyt zachęcająco, jak to w tej części miasta. Oczywiście nie stały tam żadne inne samochody; nikt nie pakował ani nie wypakowywał towarów. Ale przynajmniej dzięki temu sięgała wzrokiem do obu końców alejki. Z lewej strony po czterdziestu zaśmieconych metrach alejka kończyła się przed murem z gołych cegieł. Z prawej ciągnęła się jakieś osiemdziesiąt metrów albo więcej, zanim łączyła się z drogą. Nawet tam blask ulicznych latarń docierał tylko przez wąski prześwit, w którym powoli kłębiła się mgła.

Owszem, wyglądało to upiornie, ale całkiem zwyczajnie, chociaż Kate wpatrywała się w mgłę przez kilka sekund jak zauroczona. Rzeka znajdowała się bardzo blisko. I był dopiero kwiecień, jak ciągle sobie przypominała. Najważniejsze, że nikt się tu nie czaił. Wróciła na podwórze, tym razem starannie zamknęła za sobą furtkę na zasuwę i weszła do budynku. Zamknęła tylne drzwi na klucz, zanim zgasiła światło i wyszła ze sklepu.

Samochód miał swoje lata, więc trwało wieki, zanim chłodnica się nagrzała. Kate naciągnęła mitenki, przekręciła kluczyk w stacyjce i ruszyła rzężącym starym gruchotem. Dźwięk, który wcześniej słyszała, pewnie nic nie znaczył, jednak to dziwne, że chociaż pracowała w sercu miasta od tylu lat, obskurne fasady i puste, posępne pasaże czasami budziły w niej strach. Może chodziło o światło, które jakby wsiąkało w kamienie, o cienie gęstniejące w każdym zakamarku. W mieście wciąż otaczają cię ludzie, a jednak ze wszystkich miejsc na świecie tutaj najłatwiej poczuć się samotnym i zagrożonym. O ileż to musi być gorsze dla tych, którzy nie mają własnego kąta, tylko bez końca wędrują ulicami.

W idealnej harmonii z tymi myślami, zanim jeszcze Kate dotarła do najbliższego skrzyżowania, reflektory jej samochodu wyłowiły z mroku następny żałosny okaz gatunku ludzkiego, skulony w zaśmieconej bramie. Początkowo zobaczyła tylko brudną pikowaną kołdrę, wystrzępioną na brzegach i pełną obrzydliwych plam. Kształt zwinięty pod nią wyraźnie drżał.

Kate zahamowała przy krawężniku i zaciągnęła hamulec, ale zostawiła silnik na chodzie, żeby choć trochę ogrzać wnętrze samochodu. Wysiadła w gryzącej chmurze spalin zgęstniałych od wilgoci. Biedny facet na pewno zdawał sobie sprawę z jej obecności, ale nawet nie próbował podnieść głowy.

– Cześć – powiedziała, podchodząc ostrożnie. Nawet doświadczona osoba musiała uważać; niektórzy z tych ludzi byli tak upośledzeni, że reagowali niemal jak zwierzęta, kiedy coś ich zaskoczyło lub przestraszyło. – Czy mogę pomóc?

Nie otrzymała odpowiedzi. Skurczona postać dalej się trzęsła. Bóg jeden wiedział, jak długo ten nieszczęśnik tu tkwił.

– Mam na imię Kate. Prowadzę sklep charytatywny na końcu tej ulicy. Słuchaj, nie ma się czego bać. Na pewno mogę ci pomóc. – Przykucnęła. – Właśnie jadę do schroniska w centrum. Wskakuj do samochodu, podwiozę cię. Za pół godziny będziesz popijał gorącą zupę i dostaniesz porządne łóżko do spania. Możesz się umyć, przebrać... – Ktokolwiek siedział pod kocem, przestał się trząść, jakby nagle zaczął słuchać. – No chodź – ciągnęła ośmielona. Wyciągnęła rękę, żeby odchylić koc. – Pomogę ci...

Postać skoczyła.

Kate tego nie widziała, bo zanim się zorientowała, to ją spowijał brudny koc. Walnęła plecami o chodnik. Zachłysnęła się, zaszokowana, ale koc owinął ją tak ciasno, że ledwie mogła oddychać, jakby została szybko i sprawnie zapakowana. Coś ścisnęło ją w talii – sznur albo pasek – i mocno skrępowało ramiona przy bokach. Ktoś bez wysiłku wziął ją na ręce.

Wydawała zdławione krzyki, chociaż wiedziała, że nikt jej nie usłyszy. Wrzucono ją na tylne siedzenie jej własnego samochodu, gdzie została dodatkowo związana i nakryta drugim kocem. Ułamek sekundy później ktoś usiadł za kierownicą, zamknął drzwi i wrzucił bieg.

Ponownie wrzasnęła, na próżno. Zdradziecki pojazd potoczył się z łoskotem wąską uliczką, jakby to krótkie, przerażające interludium wcale się nie zdarzyło.

ROZDZIAŁ 7

– Wypchaj się, Heck! – rzuciła Shawna McCluskey. – To nie byłam ja.

– Ty – zapewnił Heck grupkę detektywów stłoczonych wokół nich w sali pubu. – Podjechałem od tyłu, żeby spróbować odciąć drogę tym idiotom. Patrzę, a z drugiej strony pubu wychodzi dwóch mundurowych. Jeden z nich to Shawna. Ci dwaj goście, których ścigali, widzą mnie w radiowozie i wieją przez trawnik. Shawna skręca, żeby przeciąć im drogę. Najlepszy blok, jaki widziałem. Zwaliła z nóg tego wielkiego drania, mało go nie zabiła.

Rozległ się śmiech.

– To nie byłam ja – poinformowała wszystkich Shawna po raz enty.

– A co on takiego zrobił? – zapytał Des Palliser.

– Tylko odgryzł jakiemuś frajerowi nos i jedno ucho podczas bójki w pubie – wyjaśnił Heck. – Ten drugi spuścił łomot właścicielowi, który protestował. W każdym razie Shawna załatwiła Szczęki, a potem przywaliła też temu drugiemu. Rozłożyła go jednym ciosem.

Jeszcze głośniejszy śmiech.

– To też nie byłam ja – oświadczyła cierpko Shawna. – To był Ian Kershaw. Nazywaliśmy go Pancernik. Nie chciał dokonać aresztowania, bo za dziesięć minut kończył służbę, a następnego dnia miał wesele siostry. Oddał mi więźniów.

– I co powiedziały te dwa gnojki? – zapytał Gary Quinnell.

– Nic – odparł Heck. – Stracili przytomność. Nawet nie wiedzieli, kto im dołożył.

Zebrani znowu ryknęli śmiechem.

Chop House, pub pod arkadami na końcu Borough Market, przesycony był wiktoriańską atmosferą: okna z szybkami w ołowianych ramkach, lustra z trawionego szkła, eleganckie drewniane boazerie i ogień w kominkach. Kilka pomieszczeń pękało w szwach od funkcjonariuszy po służbie i cywilnego personelu policyjnego, wóda lała się strumieniami i panował nastrój wesołości.

Shawna pokręciła głową, jakby z pobłażaniem dla tych chłopięcych wygłupów, i podała Heckowi swoją pustą szklaneczkę.

– Za karę ty stawiasz.

Kiwnął głową i przecisnął się do baru, zbierając po drodze liczne zamówienia. O bar opierał się Bob Hunter z potrójną szkocką w ręku. Wyglądał niechlujnie, minę miał kwaśną, krawat rozluźniony.

– Widzę, że wszyscy dobrze się bawią – powiedział, kiedy Heck składał zamówienie.

– Musimy wyprawić Desowi pożegnanie, no nie? – odparł Heck.

– Lwica jeszcze się nie pokazała?

Heck się rozejrzał.

– Myślałem, że już jest.

Możliwe, że Gemma znajdowała się w innej sali – zawsze miała mnóstwo rąk do uściśnięcia na policyjnych uroczystościach – ale spodziewał się, że najpierw przyjdzie tutaj, gdzie stłoczyła się większość JSP, pewnie żeby postawić drinka Desowi Palliserowi.

– Dziś po południu druga runda rozmów kwalifikacyjnych na stanowisko rzecznika prasowego, tak? – zagadnął Hunter.

– A tak, racja.

– Taaa… racja. Co za pieprzony dowcip, hę? Tak nam się odpłacają za zgarnianie świrów z ulic.

Heck wzruszył ramionami.

– To nam nie przeszkodzi w pracy, prawda?

– Kto tak mówi? Zdegradowali mnie do zasranego oficera dyżurnego!

– Tylko tymczasowo.

– Jak tymczasowo jest tymczasowo, Heck? – Hunter ledwie zauważył podwójną szkocką, którą Heck przed nim postawił. – Cholerna Lwica chce mnie wykopać, ot co.

– Wcale nie chce – zaprzeczył Heck.

– A co, mówiła ci?

– Nie, ale…

– No właśnie… nie. – Hunter przełknął whisky. – Nagle moja metoda pracy już jej nie odpowiada. Ciekawe dlaczego? Można by pomyśleć, że jakiś obwieszony medalami kutas ze zwierzchnictwa złapał ją za jaja… jakby je miała.

– Bob, to była wtopa. Nie powinniśmy byli rozmawiać z prasą.

– Dobra, zgadzam się. – Hunter okazał zadziwiającą skruchę. – Ale to była decyzja podjęta pod wpływem chwili. Na litość boską, Heck, właśnie przygwoździliśmy pieprzonego Maniaka z M1. Niezłe osiągnięcie. Nic dziwnego, że wszyscy byliśmy trochę podkręceni. Powiem ci, że mam dosyć tej gównianej roboty.

Heck oczywiście słyszał już takie opinie. Sam też je wypowiadał.

– Mogę ci powiedzieć, że składam podanie o przeniesienie – dodał Hunter.

– Dokąd?

– Nie wiem. Byle dalej od Krajowego Zespołu do spraw Przestępczości. – Hunter zmarszczył nos, jakby ta instytucja dosłownie cuchnęła. – Może to była najlepsza fucha w mieście, ale teraz robi się taka jak wszystkie inne. W tych czasach chodzi tylko o politykę. Kto jak kto, ale ty powinieneś się na to wkurzać.

Heck się wkurzał, a jakże. Przez lata dostał swoją porcję nagan i kiedy się zalał, również miał skłonność do wygłaszania takich komentarzy, chociaż w rzeczywistości się nie poddawał.

– Tylko nie rób niczego pochopnie, Bob – poradził. – Nie wiemy, jak długo potrwa ta sprawa z oficerem dyżurnym. Przynajmniej znowu masz ośmiogodzinny dzień pracy.

– Na co mi to? Nie mam po co wracać do domu. Sal zabrała dzieciaki przed wiekami. – Hunter pokręcił głową, jakby to była również wina kogoś innego. – Cholerna Lwica! Przepraszam, Heck, wiem, że byliście parą.

– To było dawno temu.

– Ale kiedy ona gryzie...

– Ona tu jest – ostrzegł Heck, widząc, że Gemma wchodzi do klubu w towarzystwie smukłej młodej kobiety w eleganckiej garsonce. – Mów ciszej, dobra?

Hunter wziął następny wielki łyk.

– Nie martw się, stary. Nie jestem taki głupi, żeby jej dawać więcej amunicji niż trzeba...

– Napijesz się, szefowo? – zapytał Heck, odchodząc od baru, żeby rozdać resztę drinków, za które właśnie zapłacił.

– Poproszę perriera – powiedziała Gemma, zdejmując płaszcz przeciwdeszczowy. Odwróciła się do swojej towarzyszki. – A ty, Claire?

Młoda kobieta o dziewczęcej urodzie – czarne włosy do ramion, obcięte na pazia, świeża cera i zadziwiające miętowozielone oczy – uśmiechnęła się nerwowo.

– Dla mnie proszę to samo – powiedziała.

Gemma kiwnęła głową.

– Przy okazji, to jest detektyw sierżant Heckenburg. Heck, to jest Claire Moody, nasz nowy rzecznik prasowy.

Heck był zaskoczony. Nie spodziewał się, że wybiorą kandydata tak szybko.

– Och... więc dostała pani tę pracę?

Claire wydawała się równie zdumiona.

– Na to wygląda.

– Gratuluję.

Podziękowała skinieniem głowy.

– Pomyślałam, że to będzie dobra okazja dla Claire, żeby poznać resztę ekipy – powiedziała Gemma, mierząc wzrokiem hałaśliwy tłum zebrany wokół Desa Pallisera, który wąchał koktajl o egzotycznym wyglądzie, właśnie od kogoś otrzymany. – Ale teraz nie jestem już taka pewna.

– Jesteśmy, jacy jesteśmy, szefowo – oświadczył Heck swoim najbardziej męskim głosem.

– I ona musi się z tym pogodzić, hę? – rzuciła Gemma.

– Coś w tym stylu.

Gemma odwróciła się do nowej pracownicy.

– Detektyw sierżant Heckenburg to jeden z naszych bardziej... wygadanych funkcjonariuszy. Potrafiłby sprzedać kondomy w żeńskim klasztorze, jeśli wybaczysz prostackie porównanie. Dopóki będziesz pamiętać, żeby wierzyć tylko w pięć procent tego, co on mówi, dogadacie się bez trudu.

– Auć! – zawołał Heck, co Claire chyba uznała za zabawne.

Gemma westchnęła.

– No... powinnam chyba przywitać się ze wszystkimi, zanim się całkiem nawalą. Chodź, Claire. Przedstawię cię.

Kobiety odeszły, Gemma torowała drogę w tłumie.

– Całkiem ładniutka – zauważył Hunter. – I ta mina nie-winiątka. – Prychnął. – Daję jej góra miesiąc.

Heck nic nie powiedział.

Hunter posiedział jeszcze pół godziny, po czym dopił drinka i zmył się bez pożegnania. Claire Moody, ku lekkie-mu zdumieniu Hecka, została trochę dłużej, co w pewnym sensie było godne podziwu, jako że nikogo tu nie znała. Trzymała się blisko Gemmy, pewnie dlatego, że reszta ekipy osaczała ją drapieżnie, na zmianę próbując z nią flirtować albo ją wkręcać, chociaż tych, co próbowali tego drugiego, Shawna McCluskey odciągała na bok i nacierała im uszu.

– Heck... hej, Heck! – wrzasnęła. – Podejdź tu na chwilę!

Przydryfował bliżej. Wszyscy byli już porządnie zapruci. Grzmiał ogłuszający śmiech; piwo lało się strumieniami. Shawna też nie była trzeźwa.

– Claire, poznałaś Hecka?! – zawołała, wymachując bu-telką lagera.

Claire uśmiechnęła się z przymusem.

– Tak jakby.

– Heck to nasz czołowy łowca złodziei. Ja i on służyli-śmy razem w GMP jako młode szczyle.

Claire zmarszczyła brwi.

– GMP to Greater Manchester Police?

Shawna zaśmiała się.

– Trafiony. Duma północnego zachodu.

– I oboje trafiliście do Londynu?

– Nie przyjechaliśmy razem – odparła Shawna i beknę-ła. – Przepraszam. Heck przeniósł się do Metropolitalnej, kiedy jeszcze nosił mundur. Ja dołączyłam parę lat później. Wstąpiłam do wydziału kryminalnego w Manchesterze, potem do Brygady Ciężkich Przestępstw. Kiedy usłyszałam o wakacie w JSP, złapałam to obiema rękami. Przyjechałam tutaj i niech mnie szlag, obok przy biurku siedzi Heck, cholerny detektyw sierżant! Ale nie powinnam się dziwić. Kiedy był mundurowym, miał na koncie więcej zatrzymań niż wszyscy inni razem wzięci. Gdyby przeskoczył mur, trafiłby prosto na dwóch włamywaczy przy robocie.

– Taaa, mam takie szczęście, że zdałem egzaminy na inspektora czternaście lat temu i nawet nie powąchałem przydziału – burknął Heck.

Shawna poklepała go po ramieniu.

– Za bardzo pyskujesz, chłopie, to twój problem. Zawsze pyskujesz. – Odwróciła się do Claire. – Nie to, co ja... ja nie jestem pyskata. Jestem po prostu do dupy. Jedną chwi... muszę się odlać.

Odtoczyła się chwiejnie, zostawiwszy niedopitą butelkę w ręku Claire.

– Wcale nie jest – powiedział Heck. – Jest całkiem niezłym detektywem. Inaczej nie byłaby w JSP.

– Trochę mnie to onieśmielało – przyznała Claire. Mówiła z wytwornym akcentem z południowego wybrzeża, dość atrakcyjnym. – To znaczy wy nie jesteście jak każda inna jednostka policyjna? Słyszałam, że rozwiązaliście parę naprawdę dużych spraw.

– No, ostatnio nie bardzo nam się wiedzie.

– O tym też słyszałam. I... mam nadzieję, że potrafię wam pomóc.

– Claire! – krzyknął ktoś. Gary Quinnell bez marynarki i krawata zatoczył się w jej stronę. Za nim szczerzyły się mięsiste, czerwone twarze. – Możesz do nas podejść?

– Jasne – powiedziała, wręczyła Heckowi butelkę Shawny i rzuciła mu nerwowe spojrzenie.

– Musisz coś wiedzieć, jeśli masz z nami pracować – oświadczył krzepki Walijczyk, prowadząc ją do kumpli. – Ale tego nie ma w żadnym podręczniku.

– Okej? – Claire wciąż wydawała się zdenerwowana.

– To się nazywa Sposoby i Środki Działania*.

– Będzie mi tego brakowało – oznajmił Des Palliser, wyłaniając się zza ramienia Hecka.

– Nie zamartwiaj się za bardzo – pocieszył go Heck. – Nie co tydzień wytaczamy beczkę.

– A powinniśmy. Przypomina wszystkim, o co naprawdę chodzi w życiu.

Palliser zadumał się na chwilę. Był szpakowatym starszym mężczyzną, chudym, z postrzępioną siwą brodą. Jako doświadczony detektyw ze smykałką do polityki znał się na personalnych rozgrywkach, ale po tak długim stażu zostało mu niewiele osobistych ambicji, toteż w JSP stał się wręcz ojcowskim autorytetem: źródłem mądrości i cennych rad dla tych młodszych oficerów, których uważał za swoich protegowanych.

– Miałem na myśli, że będzie mi was brakowało – wyjaśnił. – Bandy niechlujnych łobuzów. Kto was będzie trzymał w ryzach, kiedy odejdę?

– Wystarczy, dziękuję! – Głos Gemmy poniósł się przez cały pub. W kącie detektyw posterunkowy Charlie Finnegan stał na stole ze spodniami opuszczonymi do kostek. – Nie zapominaj, kim jesteśmy i gdzie jesteśmy!

Speszony Finnegan zlazł ze stołu.

– A jak myślisz, kto? – spytał Heck.

Palliser uśmiechnął się czule.

– Sam ją wszystkiego nauczyłem.

– Zawsze wiedziałem, że za coś musimy ci podziękować.

– Cieszę się, że mogłeś przyjść, stary.

---

* Way and Means Act (policyjny humor) – akt ustawodawczy zawierający jedynie paragraf 69: „Jeśli nie możesz ich wydymać w jeden sposób, wydymaj ich inaczej".

Heck obejrzał się na niego.

– Nikt nas tutaj nie ciągnął siłą, Des. My też będziemy za tobą tęsknić.

– Chcę, żebyś zrobił coś dla mnie.

– Strzelaj.

– Bądź ostrożny, dobra? – Palliser popatrzył na niego z powagą. Twarz miał pokrytą siecią zmarszczek, zęby nierówne i żółte po dekadach palenia, ale to wszystko dodawało mu charakteru. – Koniec tych bohaterskich wyskoków, jakie widzieliśmy podczas śledztwa w sprawie Miłych Facetów. Żadna praca nie jest warta, żebyś narażał dla niej życie.

Heck uśmiechnął się.

– Nie zamierzam się do tego przyzwyczajać.

– A przy tym Maniaku z M1 było niewiele lepiej. Życie ci niemiłe czy co?

– Co będzie, to będzie, Des.

– Nieważne. – Palliser położył mu rękę na ramieniu. – Heck, Gemma jest dobrym szefem. Wykorzystaj to. Spróbuj zapomnieć, że coś was kiedyś łączyło. Chyba że, oczywiście… – dodał prawie z nadzieją – …chyba że czujesz, że wciąż coś was łączy?

Heck zerknął w stronę Claire, która, chociaż osaczona przez rozkrzyczanych, rechoczących gliniarzy, również się śmiała. Gary Quinnell rzucił jakiś docinek, ale natychmiast się odgryzła i znowu ryknęli śmiechem.

– Chyba nie – powiedział powoli Heck.

Palliser podążył wzrokiem za jego spojrzeniem.

– Coś bardziej interesującego na horyzoncie?

– Kto wie?

– No… jeśli daje ci powód, żeby wracać na noc do domu, tym lepiej.

– Kogo my nabieramy, Des? Ona pewnie ma chłopaka z ferrari.

– Po prostu pamiętaj, co ci powiedziałem, hę? Rób, co robisz, Heck, jesteś w tym cholernie dobry. Ale bądź rozsądny i nie narażaj się na niebezpieczeństwo.

Heck kiwnął głową, zdumiony głębią uczucia w głosie kolegi.

– Tak czy owak, co pijesz? – Palliser zatoczył się w stronę baru.

– Bitter proszę – powiedział Heck do jego oddalających się pleców. – Pintę.

Podeszła Gemma. Mimo gorąca i hałasu wyglądała schludnie i spokojnie jak zwykle. Powiodła wzrokiem za Palliserem.

– Żałuje, że odchodzi?

– Myśli, że JSP rozpadnie się bez niego – odparł Heck.

– Przenikliwość podeszłego wieku.

Heck kiwnął głową w stronę Claire.

– Nasz nowy rekrut już się zadomowił.

– To dobrze. – Gemma upiła wody mineralnej. – Bo nie ma sensu, żebyśmy się z nią obchodzili jak z jajkiem. To będzie trudna robota.

– Kiedy ona zaczyna?

– Jutro rano.

– Tak szybko?

– Lepiej, żeby się oswoiła z nowym miejscem, dopóki jeszcze jest względny spokój.

Heck zastanowił się, czy nie kuszą losu. Nie był przesądny, ale przez siedemnaście lat pracy w policji nauczył się jednego: nie należy podejmować żadnych decyzji przy założeniu, że w najbliższym czasie nie stanie się nic strasznego. Bo prawie zawsze coś się stanie.

ROZDZIAŁ 8

– Słuchaj... cokolwiek ci się przydarzyło w przeszłości, cokolwiek sprawia, że to robisz, błagam cię, przemyśl to jeszcze.

Kate nie wiedziała, na ile porywacz ją słyszy. Właściwie jej nie zakneblował, więc chociaż omotał ją tą brudną starą kołdrą, cuchnącą potem i stęchłym moczem, nic jej nie przeszkadzało mówić. Niewątpliwie kołdra tłumiła jej słowa, a warkot silnika i wibracje opon na asfalcie mogły je całkiem zagłuszyć. Ponieważ jednak Kate była mocno związana i choćby nie wiadomo jak się wykręcała, nie mogła się uwolnić, nie pozostawało jej nic innego, tylko próbować.

– Proszę, posłuchaj mnie – błagała co najmniej od dwóch godzin i przez cały ten czas ani razu nie otrzymała odpowiedzi. – Rozumiem, że ktoś kiedyś potraktował cię okrutnie. Może cię torturowali przez miesiące, nawet lata. Ale to, co teraz robisz, w żaden sposób tamtego nie wynagrodzi. Nie wyrównasz z nimi rachunków, nie wymierzysz im kary. Po prostu skrzywdzisz osobę, która nie życzy ci źle, zrobisz jej dokładnie to samo, co zrobiono tobie...

Nigdy w życiu tak się nie bała. Ohydny smród pod kołdrą stał się jeszcze gorszy, kiedy zmieszał się z zapachem jej własnego potu; całkiem możliwe, że wkrótce dojdzie do tego smród jej moczu, może wymiocin, a temperatura nie pomagała. Grzejnik w samochodzie został włączony jakiś czas temu i teraz działał z ogłupiającą mocą, ale nie mogła pozwolić, żeby ją otępił – jeszcze nie. Nie dysponowała żadną bronią oprócz swojego intelektu, więc musiała dalej próbować, apelować do lepszej strony natury porywacza, jeśli taką miał.

Strasznie pomyśleć, że ktoś może upaść tak nisko, żeby robić takie rzeczy. Oczywiście słyszała różne historie: o bezdomnych oblewanych benzyną i podpalanych, kiedy spali pod gołym niebem, pałowanych i dźganych nożami, zmuszanych, żeby ze sobą walczyli na butelki i łańcuchy, podczas gdy ktoś to filmował. Jednak żadna z tych potworności nie wydawała się realna – nawet jeśli Kate pracowała z ofiarami – aż do teraz, kiedy zdarzyła się jej samej.

– Posłuchaj, proszę! – Olbrzymim wysiłkiem woli powstrzymała drżenie głosu, żeby nie brzmiał jak u małej, przestraszonej dziewczynki. – Proszę... ta nienawiść, którą okazujesz. To nie jest naturalny stan dla ludzkiej istoty. Nie rozumiesz tego? Zwierzęta nie żyją w ten sposób, nawet te zwierzęta, które cierpiały od chorób czy ran. Po prostu akceptują to i żyją dalej. Nie pozwól, żeby osoba, która cię skrzywdziła, zwyciężyła, patrząc, jak stajesz się jej lustrzanym odbiciem. Pamiętaj, jak to było, kiedy...

Chciała odwołać się do czasów jego dzieciństwa, ale nie... to mógł być straszliwy błąd. Niekiedy najwcześniejsze wspomnienia tych nieszczęśników nie zawierały nic oprócz bólu.

– Pamiętaj o swoim człowieczeństwie. Spróbuj sobie wyobrazić, jak chciałbyś, żeby traktowano ciebie. Wiem, że tego cię pozbawiono. Ale spróbuj zobaczyć siebie w normalny poranek, jak wychodzisz z domu, nie zamierzając nikogo skrzywdzić, po prostu z nadzieją na godne przeżycie tego dnia. Czy nie tak się czujesz przez większość czasu? W tym, co teraz robisz, nie znajdziesz przyjemności. Wiem, że to rozumiesz.

Przerwała, nie tylko żeby złapać oddech – co było z każdą chwilą trudniejsze w dusznym więzieniu koca – ale również, żeby usłyszeć ewentualną odpowiedź tego, kto prowadził. Nie odpowiadał. Jednak przynajmniej musiał słuchać. Nie włączył radia, żeby ją zagłuszyć.

– Apeluję do ciebie po raz ostatni – podjęła Kate. – Jeśli myślisz, że w ten sposób cokolwiek osiągniesz, to się mylisz. Zdaję sobie sprawę, że to zabrzmiało arogancko i zarozumiale. Ale ja naprawdę wiem, co mówię. Codziennie pracuję z ludźmi, których spotkały najokropniejsze nieszczęścia. Większość z nich jest głęboko rozżalona i strasznie rozgniewana. Ale niemal we wszystkich przypadkach, kiedy siadasz i rozmawiasz z nimi, próbując dotrzeć do osoby, która była w nich przedtem, odnajdujesz zwyczajnych mężczyzn i kobiety, którzy rozumieją, że uleganie najniższym instynktom nic nie daje...

Głos jej się załamał, kiedy uświadomiła sobie, że pojazd trzęsie się i podskakuje, jakby pokonywał nierówny teren. Z przerażenia zabrakło jej tchu. Wyobraziła sobie jakieś pustkowie, z dala od wścibskich oczu.

Dźwięk silnika się zmienił. Fiesta zwalniała.

Dźwignia zmiany biegów przesunęła się ze szczęknięciem, potem zaciągnięto hamulec ręczny. Kiedy silnik zamilkł, cisza aż dzwoniła w uszach. Chociaż pod kocem było gorąco jak w piecu, pot pokrywający ciało Kate był lodowaty. Pas bezpieczeństwa został odpięty; drzwi samochodu się otwarły. Co najstraszniejsze, z zewnątrz nie dochodziły żadne odgłosy ulicznego ruchu. Gdziekolwiek porywacz ją przywiózł, znaleźli się daleko, daleko od cywilizacji.

Pojękiwania Kate przerodziły się w bezradny lament, kiedy otworzyły się drzwi obok jej głowy. Brutalne ręce szarpnięciem odpięły pasy, chwyciły ją i przerzuciły przez krzepkie ramię. Zemdliło ją od tego i mdliło coraz bardziej, kiedy niesiono ją w mrok. Ciężkie stopy z chrzęstem miażdżyły opadłe liście, potem głucho załomotały po drewnie, budząc echo – znalazła się w budynku. Zaatakowały ją nowe zapachy: trociny, świeża farba. Zrzucono ją na podłogę; poczuła chropowate deski, główki gwoździ. Zaskrzypiały stare zawiasy, rozszedł się ohydny smród. Kate poczuła nowy przypływ paraliżującej trwogi.

Obok niej otwarto klapę w podłodze.

Ręce znowu ją chwyciły i podniosły. Zanim zrzuciły ją w pustkę, ochrypły głos szepnął jej do ucha:

– Masz dobre serce i wymowny język. Dlatego jesteś więcej niż godna.

ROZDZIAŁ 9

– Dzień dobry! – rozległ się rześki, wesoły głos.

Heck, który nie miał kaca, ale był trochę zamulony, podniósł wzrok znad biurka. Claire Moody stała w drzwiach Biura Detektywów, albo BD, jak je nazywali.

– Och, ee… cześć – bąknął niezręcznie.

Claire zdjęła płaszcz, spoglądając na puste biurka i wyłączone komputery. Minęła dopiero siódma rano. Tylko Heck siedział w biurze, ale może nie spodziewała się nikogo zastać.

– Wcześnie przyszedłeś – zauważyła.

– No… ty też.

– Ja nie miałam wczoraj powodu do oblewania.

– Żaden z nas nie miał, jak się zastanowić. Des jest w porządku. Słuchaj, nie rób ceregieli, wchodź.

Claire weszła, przewiesiwszy płaszcz przez ramię.

– Widać Des ma mnóstwo przyjaciół.

– Taaa, trochę zaszaleliśmy. Twoje biuro już działa?

– Nie bardzo… jeszcze nie wiem, gdzie co jest.

O ile Heck się orientował, na nowy dział zarządzania mediami przeznaczono pokój tuż przy głównym korytarzu, i chociaż od kilku dni pracowała tam ekipa stolarzy, a później techników, wcale nie miał wrażenia, że biuro jest gotowe do użytku. Ale przypomniał sobie, co mówiła Gemma: żeby wdrożyć Claire możliwie najszybciej.

Wstał.

– Ee... mogę cię oprowadzić, jeśli chcesz.

– Nie, proszę, nie trzeba. Nie chcę ci przeszkadzać. Twoja praca jest chyba trochę ważniejsza od mojej.

W świetle dziennym, oglądana na trzeźwo, Claire była jeszcze bardziej atrakcyjna, niż początkowo mu się zdawało. Nie tylko ładna, ale pełna wdzięku, sympatyczna, pięknie mówiąca... niemal arystokratka. Miał niepokojące przeczucie, że Bob Hunter mówił prawdę i Claire okaże się zbyt miła dla tego środowiska.

– Skoro tak, mogę przynajmniej cię poczęstować herbatą – powiedział. – Zgaduję, że jeszcze nie masz własnych rzeczy?

– Nawet o tym nie pomyślałam. Dzięki, chętnie się napiję.

Heck wyjął klucz, otworzył szafkę obok swojego biurka i wyjął czajnik oraz dużą butelkę wody, dwa kubki, słoik z herbatą w torebkach, filiżankę cukru i saszetkę z mlekiem w proszku.

– Dam ci radę. Trzymaj te rzeczy pod kluczem, bo inaczej wywędrują... zwykle na górę, do Przestępczości Zorganizowanej.

– Nie można ufać policjantom, co?

– Stanowczo nie. – Napełnił czajnik i włączył. – Ale nie bój się nas, nie gryziemy. Skoro o tym mowa, zaraz przyjdzie szefowa. Pewnie cię poinstruuje o wszystkim, co powinnaś wiedzieć.

– Ostra z niej babka, nie?

– No widzisz... już ją znasz.

Claire rozejrzała się po rozległym, otwartym pomieszczeniu biurowym. Pomimo rozmiarów BD zdradzało zwykłe znamiona policyjnego zorganizowanego chaosu. Wprawdzie teraz nikogo tam nie było, ale na biurkach piętrzyły się papiery, z pojemników wysypywała się korespondencja, dokumenty i fotografie wisiały w nieporządnych pęczkach nie tylko na tablicach ogłoszeniowych, ale również na tych nielicznych skrawkach ścian, których nie zakrywały mapy, rozkłady zajęć i wykresy.

– Miałam trochę wątpliwości, czy dobrze robię, kiedy dostałam tę pracę – wyznała Claire. – To znaczy przez całe życie pracowałam jako piarowiec, ale to jest coś całkiem nowego.

– Pewnie sprowadza się do tego samego, co w Departamencie Użyteczności Publicznej.

Wydawała się zdumiona.

– Wiesz, że pracowałam w Użyteczności?

– Nie wspominając o Ministerstwie Kultury – dodał. – Nie przejmuj się, tutaj nic się nie ukryje na dłuższą metę.

– Na to wygląda.

– Rób to, co robiłaś tam. Wciskaj ludziom kit jak zwykle.

Popatrzyła na niego, niepewna, czy traktować to poważnie.

– Rób tak, a świetnie się dopasujesz – dodał żartobliwie.

– Jesteś detektyw sierżant Heckenburg, tak?

– Mów mi „Heck". Ile cukru?

– Wcale, tylko mleko proszę. O ile pamiętam, nadinspektor Piper ostrzegała, że powinnam wierzyć tylko w pięć procent tego, co mówisz.

Heck podał jej parujący kubek.

– Trochę złośliwie mnie oceniła. Co najmniej dziesięć procent. Skoro jesteś jeszcze nowicjuszką.

Łyknęła herbaty z zamyśloną miną.

– Poważnie, czy często mamy tu przestępstwa… no, przy których nie możemy mówić całej prawdy?

- Poważnie? Bez komentarza. Ja tylko prowadzę śledztwa.

- Nadinspektor Piper uważa chyba, że jesteś w tym bardzo dobry.

- Chociaż jestem bezczelnym łgarzem?

- Uważa też, że jesteś zbyt nieustępliwy. I czasami uparty jak osioł, i chcesz wszystko robić sam, bo myślisz... niesłusznie... że w całej policji ty wiesz wszystko najlepiej.

- Pogadałyście sobie o mnie, co? - Heck udawał podejrzliwość, ale w głębi duszy było mu przyjemnie. Przed chwilą dał do zrozumienia, że dowiadywał się o Claire, a teraz ona dała mu do zrozumienia, że dowiadywała się o niego. Proste.

- Uważa też, że cieszysz się w pracy zbyt wielką swobodą, żeby ci to wyszło na dobre, albo jej – dodała Claire. – I że nie wiesz, jakie masz szczęście, że ona jest twoim szefem.

Uniósł brew.

- Nabierasz mnie?

- Chociaż mimo wszystko jest zadowolona, że dla niej pracujesz.

- To wyjaśnia sprawę. Jeśli mnie nie nabierasz, ona zdecydowanie nabierała ciebie.

Claire zachichotała.

- Więc jaki mamy rozkład zajęć na dzisiaj?

Heck wskazał dokumenty i zdjęcia na swoim biurku.

- No, dla mnie to.

Spojrzała w dół – i o mało nie upuściła kubka z herbatą.

- O mój Boże! - Szybko zbladła do mlecznej szarości. - Czy to są prawdziwe miejsca zbrodni?

Heck przyjrzał jej się z ciekawością.

- No, nie trzymamy tu fotosów filmowych.

Pierwsza z dwóch fotografii przedstawiała dość młodego mężczyznę, prawdopodobnie przed trzydziestką, rozebranego do majtek i powieszonego za ręce na gałęzi drzewa. Tors i kończyny miał czarnosine, jak po ciężkim i długotrwałym biciu, najbardziej jednak przerażała jego twarz, pokryta makijażem klowna: biały podkład, uróżowane policzki, czerwony nos, czarna konturówka wokół szklistych, przekrwionych oczu. Drugie zdjęcie pokazywało nagą kobietę leżącą w wannie. Ona również została pobita, niewiarygodnie zmasakrowana, potrzaskane kości sterczały ze zmiażdżonego, poszarpanego ciała – i też miała makijaż klowna, zielone wargi, oczy i usta grubo obwiedzione białym konturem, tworzącym upiorny uśmiech.

Claire cofnęła się; to był mimowolny odruch, ale coś więcej niż nerwowe wzdrygnięcie.

– Dobrze się czujesz? – zapytał Heck.

Kiwnęła głową, ze wzrokiem przykutym do fotograficznych okropności.

– Tak, nic mi nie będzie. Przepraszam… pierwszy raz widzę prawdziwe morderstwo.

– Niestety będziesz musiała do tego przywyknąć.

– Tak, tak… oczywiście zdaję sobie z tego sprawę. O mój Boże, jakie to straszne…

Heck wrzucił zdjęcia do żółtej teczki.

– To pewnie trochę za dużo jak na pierwszy poranek.

– Pewnie tak, ale… – Najwyraźniej wzięła się w garść, postawiła swój kubek na biurku. – Jak mówiłeś, muszę sobie z tym radzić. Więc może mi o tym opowiesz?

– Znaczy, o tej sprawie?

Przytaknęła.

Przyjrzał jej się uważnie.

– Na pewno?

Ponownie przytaknęła z determinacją.

– Okej. – Usiadł i jeszcze raz otworzył teczkę. – Ten mężczyzna i ta kobieta zostali zamordowani w zeszłym miesiącu, w odstępie około dwóch tygodni... kolejno w Gillingham i Maidstone. Wydział zabójstw w Kent rutynowo przysłał nam obie sprawy do oceny.

Podniósł na nią wzrok. Claire usilnie próbowała skupić się na dwóch fotografiach i jednocześnie zachować chłodną, profesjonalną postawę.

– W oczywisty sposób wyglądają podobnie – ciągnął Heck. – Ale mam wrażenie, że nie są powiązane.

– Nie są?

– Zważywszy na kryminalną przeszłość mężczyzny, podejrzewam, że padł ofiarą wendety gangu. Pobito go z przesadną brutalnością, więc to mogła być kara.

– To znaczy ukarali go dla przykładu?

– Właśnie. Mam przeczucie, że kobieta zginęła podczas domowej awantury. Sprawcą jest prawdopodobnie jej mąż.

Claire popatrzyła na niego podejrzliwie.

– Mówisz poważnie?

Heck wzruszył ramionami.

– Facet czyta w gazetach o pierwszym zabójstwie i myśli, że to takie chore i popieprzone, że jest tylko kwestią czasu, zanim świr zdolny do czegoś takiego uderzy ponownie. Więc postanawia skorzystać z okazji, żeby zaciukać swoją upierdliwą małżonkę i zwalić winę na kogoś innego. Oczywiście nie ma pojęcia, że pierwsze zabójstwo to sprawa przestępczości zorganizowanej... co obrazuje korzyści płynące z mówienia prasie tylko tyle, ile musimy.

– Ale skąd możesz wiedzieć, że to sprawa rodzinna?

– Nie mam absolutnej pewności. Jednak poradzę wydziałowi zabójstw w Kent, żeby najpierw trochę dokładniej obejrzeli dom, a pozostałe fakty za tym przemawiają. Ta kobieta została zamordowana we własnej wannie wczesnym wieczorem, konkretnie między siódmą trzydzieści a ósmą piętnaście. Ze względu na sam czas popełnienia zbrodni jest mało prawdopodobne, że ktoś obcy wtargnął do mieszkania. W dodatku okno możliwości jest za małe. Mąż, który ją znalazł, twierdzi, że pojechał do miejscowego klubu golfowego, żeby opłacić doroczną składkę. I mamy uwierzyć, że akurat w tym krótkim czasie jakiś świr zapukał do zwykłego podmiejskiego domu, ustalił, że lokatorka jest sama, włamał się, popełnił niecny czyn, namalował jej na twarzy maskę klowna i ulotnił się, i nikt nic nie widział ani nie słyszał.

– To się wydaje nieprawdopodobne, ale czy nie mogło tak się stać?

– Nie odrzucamy żadnej możliwości… Sprawca mógł namierzyć dom wcześniej i zaczaić się w pobliżu. Ale mąż nie wychodził regularnie o tej porze. Dlatego to nieprawdopodobne. Na domiar wszystkiego pierwszą ofiarą był mężczyzna przed trzydziestką, drugą kobieta po czterdziestce. Żadnej z ofiar nie napastowano seksualnie. Okej, to mógł być kompletny szaleniec, którego po prostu kręci malowanie twarzy klownów. Ale facet tego rodzaju nie chowałby swoich zalet pod korcem aż do tej pory.

– Więc… co dalej?

Heck usiadł.

– Wyślę to Gemmie z moim raportem. Nie sugeruję, żebyśmy się w to włączyli, bo nie widzę takiej potrzeby. Naszym głównym zadaniem jest rozpoznanie wzorców, serii i grup, które mogą wskazywać na wielokrotnego przestępcę, i podjęcie stosownych działań.

– A jeśli Gemma nie zgodzi się z tobą w tej kwestii?

– Jeśli się nie zgodzi, ktoś z nas… prawie na pewno ja, bo pierwszy się zgłosiłem do tej roboty… pojedzie do Kent, co byłoby świetne, bo wyrwałbym się z biura. Ale mogę ci od razu powiedzieć, że nic z tego. Ona pewnie wyśle tylko naszych oficjalnych obserwatorów.

Claire obrzuciła wzrokiem biurko. Obok czekała następna sterta podobnych teczek. Pozostałe biurka w pokoju dźwigały identyczne ładunki.

– Czy te wszystkie teczki to takie same sprawy?

– Dostajemy z rozdzielnika dużo różnych materiałów – odparł Heck. – Ale większość to coś, co nazywamy ściekami.

– Ściekami?

– Niezwiązane z naszym zakresem obowiązków. Automatycznie przysyłają nam do oceny rozmaite rodzaje przestępstw. Na przykład wszystkie zabójstwa dzieci dokonane przez obcych. Wszystkie zabójstwa prostytutek. Wszystkie zabójstwa dzieciaków, które uciekły z domu. Wszystkie zabójstwa popełnione podczas włamania czy gwałtu. Wszystkie zabójstwa cechujące się wyjątkową brutalnością, sadyzmem czy deprawacją. Wszystkie zabójstwa, gdzie występują rytualne albo teatralne elementy. Wszystkie zabójstwa, gdzie dowody wskazują na dziwaczne zachowania sprawcy po uśmierceniu ofiary: okaleczanie, rozczłonkowanie, nekrofilię. Wszystkie zabójstwa, gdzie sprawca wyraźnie próbował się skontaktować z policją albo prasą... zostawiał wskazówki, zaszyfrowane wiadomości, tego rodzaju rzeczy. Wszystkie zabójstwa, które nie pasują do żadnych z tych kryteriów, ale istnieje uzasadnione podejrzenie, że to część serii. I zasadniczo wszystkie zabójstwa, do których akt zażądaliśmy dostępu. Żadna jednostka policyjna w Anglii i Walii nie ma prawa nam odmówić.

Claire ponownie rozejrzała się po pokoju. W następnym kącie na tablicy wisiały jeszcze dwa powiększone zdjęcia miejsc zbrodni wśród mnóstwa nagryzmolonych notatek. Jedno zbliżenie na błyszczącym papierze przedstawiało czarnoskórą kobietę w średnim wieku. Oparto ją o ścianę w domu albo mieszkaniu. Uśmiechała się od ucha do ucha – dosłownie, ponieważ ktoś rozciął jej brzytwą policzki i wepchnął pionowo patyk do ust. Drugie zdjęcie zrobiono w sypialni, która wyglądała jak po przejściu huraganu. Centralne miejsce zajmowało łóżko. Na nim leżała postać nakryta prześcieradłem, chociaż tak przesiąkniętym krwią, że wyraźnie było widać kontury ciała. Na ścianie powyżej napis krwią głosił: „Hej, mamo, on najpierw mnie zerżnął!".

– I to nazywasz ściekami? – zapytała Claire, niezdolna ukryć odrazy.

– To tylko takie wyrażenie. Każda z tych teczek oznacza utracone życie. Nie można przed tym uciec. I chociaż to dziwne, najwyższy procent zabójstw popełnianych na uprzemysłowionym Zachodzie, jakiekolwiek mogą się początkowo wydawać, to dzieło członków rodziny albo innych tak zwanych najbliższych osób. Albo jednorazowe wyskoki ludzi, którzy prawdopodobnie nigdy więcej nie złamią prawa. Motywem jest gniew, chciwość, zazdrość... oczywiście musimy to ustalić, zanim odeślemy akta. O cholera, herbata ci wystygła.

– Nie szkodzi.

– Zrobię ci drugą. – Zajął się tym. – Jeśli jestem tutaj w czymś dobry, to w parzeniu herbaty.

Claire przysunęła sobie krzesło i usiadła. Miała nadzieję, że Heck nie zauważył, że musiała usiąść.

– Plusem tego wszystkiego – podał jej świeżo napełniony kubek – jest najwspanialsze pod słońcem uczucie, kiedy tym ludziom wymierzy się sprawiedliwość.

– To będzie odmiana – zauważyła. – Robić coś wartego zachodu.

On też usiadł.

– Na pewno robiłaś coś pożytecznego na swoich poprzednich posadach.

– Nie, miałeś rację. Opowiadanie kłamstw, żeby zatuszować ministerialną niekompetencję, naciąganie liczb, żeby niedokładne prognozy departamentów wyglądały lepiej, przekręcanie i ubarwianie, żeby uratować czyjeś sto czterdzieści tysięcy rocznej pensji... Z czymś takim niekoniecznie czujesz się jak pożyteczny członek społeczeństwa.

– Więc jesteś tutaj – powiedział Heck. – JSP to dla ciebie właściwe miejsce. Nikt cię tu nie wydyma.

Rzuciła mu ukradkowe spojrzenie i nie mogła się powstrzymać od chichotu. Heck też się uśmiechnął – i jak na zawołanie w drzwiach stanęła Gemma, ściągając płaszcz przeciwdeszczowy. Zręcznie ukryła zdumienie na widok ich komitywy.

– Dzień dobry – powiedziała Claire, wstając.

– Dzień dobry, Claire. Heck.

Heck też wstał.

– Szefowo.

– Żadne inne śpiące królewny jeszcze się nie zgłosiły?

– Na pewno już jadą.

Gemma spojrzała na zegarek.

– Mają czterdzieści pięć minut. Jeśli do tej pory nikt się nie zjawi, zacznij dzwonić. I nie wahaj się użyć ostrego języka. – Cofnęła się na korytarz, ale zaraz wróciła. – Heck, nie widziałeś dziś rano Joego Wullertona?

– Na razie nie, szefowo.

– Dostałam wiadomość, żeby się z nim spotkać.

– Nie mogę ci pomóc.

– Okej. – Wyfrunęła.

Heck odwrócił się do Claire.

– Czterdzieści pięć minut. Wystarczy czasu na śniadanie?

– Śniadanie?

– Tu za rogiem jest świetny bar z przekąskami. Robią smaczne kanapki z jajkiem.

Claire ponownie spojrzała na zdjęcie kobiety z patykiem w ustach.

– Nie wiem, czy będę mogła jeść, ale... hej, świeże powietrze nie zaszkodzi.

· · ·

Gemma patrzyła z drugiego końca korytarza, jak wychodzą.

Jak na trzydziestolatkę Claire Moody mogła się wykazać sporym doświadczeniem zawodowym. Przedstawiła znakomite referencje, jedne z najlepszych, jakie Gemma dotąd widziała, a rozmowa kwalifikacyjna wypadła świetnie. Atrakcyjna powierzchowność i żywa osobowość dziewczyny stanowiły dodatkową zaletę – większość detektywów w JSP to byli mężczyźni i jeśli dzięki temu będą ją traktować z większym szacunkiem, tym lepiej; przynajmniej dopóki się nie przyzwyczai. Nic dziwnego, że ją podrywali, chociaż Gemmę trochę zaskoczyło zainteresowanie Hecka.

Teraz jednak nie miała czasu się tym martwić. Weszła do swojego gabinetu, odwiesiła płaszcz i parasol i znowu pomyślała o Joem Wullertonie.

Znała go niezbyt długo – zajmował swoje stanowisko dopiero od pół roku, zastąpiwszy okrytego hańbą Jima Laycocka. Od początku jasno dał do zrozumienia, że zamierza być życzliwym, przystępnym szefem, spokojnym i łatwym w obejściu. Zaczął od tego, że zmienił swój oficjalny tytuł z macho „komendanta" w stylu Policji Metropolitalnej na bardziej neutralnego „dyrektora" Krajowego Zespołu do spraw Przestępczości, co w pełni pochwalała. Nie była jednak tak naiwna, żeby wierzyć, że przez cały czas będzie miło i przyjemnie. Wullerton przeniósł się z wydziału do spraw kryzysowych w Hampshire, którym kierował sprawnie przez piętnaście lat, więc najwyraźniej był bystrym facetem, znającym się na swojej robocie, i pewnie również twardzielem. Musiał taki być na nowym stanowisku. Oprócz JSP w skład KZP wchodził również wydział do spraw przestępczości zorganizowanej i sekcja porwań, a te rzeczy wymagały sporo zachodu.

Ponownie spojrzała na notkę z wezwaniem do szefa. Zamiast ją wysłać e-mailem, wręczono ją Gemmie osobiście – właściwie wepchnięto do ręki – kiedy tylko weszła do budynku.

To się wydawało dziwnie złowieszcze.

ROZDZIAŁ 10

Kate nie wiedziała, jak długo leżała w ciemnościach.

Trudno było ocenić, z jakiej wysokości spadła, kiedy porywacz wrzucił ją do tej czarnej dziury – trzy metry, trzy i pół, może więcej – ale uderzenie o ziemię, chociaż nieco zmiękczone czymś w rodzaju słomy, na jakiś czas pozbawiło ją przytomności.

Oszołomiona, nękana mdłościami, leżała zwinięta w kłębek. Kołdra rozdarła się podczas upadku, jednak to miejsce śmierdziało równie obrzydliwie.

Wtedy uświadomiła sobie, że nie jest sama.

Gdzieś po lewej stronie coś się poruszyło; usłyszała ciężki, chrapliwy oddech.

Poderwała się na kolana.

Jej zmarły ojciec, który był górnikiem w kopalni węgla, często używał zwrotu „ciemno jak w grobie", kiedy nie było ani odrobiny światła. Teraz tak właśnie było. Nieprzenikniona ciemność otaczała Kate ze wszystkich stron. Mimo to wiedziała, że ktoś jeszcze tu jest. Słyszała ich – jakieś szuranie niezbyt daleko. Pomacała kieszeń kożucha, gdzie na szczęście wciąż spoczywała zapalniczka. Wyjęła ją i zapaliła, trzymając przed sobą, jakby broniła się przed ciosem.

Nagły płomyk, chociaż słaby i drżący, początkowo oślepił ją niczym błyskawica. Musiała osłonić oczy, ale kiedy wreszcie wzrok jej się przyzwyczaił, nie wiedziała, czego się bardziej bać – widoku celi, w której ją uwięziono, czy dwóch współwięźniów.

Cela przypominała dno studni: okrągła, o ścianach z wilgotnych, pokrytych pleśnią cegieł, wznoszących się w gęsty mrok. Nie było okien ani żadnych uchwytów, po których można by się wspiąć. Podłogę z ubitej ziemi pokrywała słoma. Kate odkryła również źródło smrodu. Jedna strona celi – całkiem blisko, ponieważ całe więzienie miało najwyżej trzy metry średnicy – została wykorzystana jako ubikacja. Leżały tam ludzkie odchody, świadectwo tego, jak długo przebywają w celi jej współwięźniowie. Jeden siedział pod ścianą naprzeciwko, z kolanami podciągniętymi do piersi; drugi klęczał dalej, z lewej strony.

Kate szybko się cofnęła. Obaj byli brudni i wychudzeni, i wytrzeszczali oczy w niespodziewanym świetle. Wydawali się równie zaskoczeni jej przybyciem jak ona.

Ten po lewej miał na sobie poplamioną białą kamizelkę i spodnie khaki, ubiór w militarnym stylu, jakimś sposobem jeszcze bardziej podkreślający wycieńczenie właściciela, podobnie jak tatuaże, których miał mnóstwo, chociaż wszystkie wyglądały na tanie i amatorskie. Twarz miał szczurzo chudą, rude włosy matowe i przetłuszczone. Ten pod ścianą ubrany był w jasnoniebieski ortalionowy dres, również obszarpany i straszliwie brudny. Niemyte włosy tworzyły zmierzwioną grzywę. Podobnie jak towarzysz, miał wychudzoną, ospowatą twarz i zapadnięte oczy, pełne bólu i strachu.

Z obawy, że skończy się paliwo, Kate zgasiła zapalniczkę i ponownie pogrążyła się w ciemności. Została na miejscu, mocno przywierając plecami do ściany.

– Kim jesteście? – zapytała. – Gdzie ja jestem?

– Jestem Carl – powiedział głos po lewej stronie; facet w spodniach khaki.

– A ja jestem Lee – powiedział drugi głos.

Mówili pokornym, jękliwym tonem. Kate z ulgą stwierdziła, że nie grozi jej bezpośrednie niebezpieczeństwo, chociaż wciąż musiała walczyć, żeby opanować emocje.

– Okej, Carl, Lee. Czemu tu jesteśmy? Co to za miejsce?

– Jesteśmy pod ziemią – oznajmił Carl.

– Tyle sama zgadłam! – odparła ostrzej, niż zamierzała. – Ale... co się dzieje?

– Nie wiemy. – Teraz odezwał się Lee. – Drań po prostu nas złapał i wrzucił tutaj.

– Nie wiemy dlaczego – dodał Carl. – Nie wiemy kto.

Mówili nosowym głosem. Sądząc po akcencie, pochodzili z Manchesteru, ale z którejś z biedniejszych dzielnic.

– Skąd jesteś, Carl? – zapytała Kate, wyczuwając, że z tych dwóch on jest mniej załamany.

– Z Salford – odparł, potwierdzając jej domysły.

– Ja też – rozległ się głos Lee.

– Byliście razem, kiedy to się stało?

– Nigdy się nie spotkaliśmy wcześniej, dopiero przed tym tygodniem...

Zadrżała.

– Jesteście tu przez cały tydzień?

– Tak się zdaje – powiedział Carl. – Trudno mierzyć czas. Możesz znowu zapalić zapalniczkę?

– Lepiej nie. Powinniśmy ją oszczędzać. Ale myślisz, że to był cały tydzień? Poważnie?

– Może dłużej.

– Co się właściwie stało?

Carl zawahał się, zanim odpowiedział.

– Jumałem wozy na Weaste.

– To znaczy kradłeś?

– Robiłem rundki. – Przybrał obronny ton. – Zawsze potem je zostawiam. Właściciele je odzyskują albo dostają odszkodowanie. Nikomu nie dzieje się krzywda. – Prychnął. – Nie szukałem niczego szczególnego. Tylko żeby coś wziąć na jazdę próbną, no wiesz. Może zgarnąć CD i nawigację satelitarną. Wybrałem sobie renault scenic w bocznej uliczce, aż tu nagle ten wielki gościu staje przede mną… dokładnie przede mną, jakby wyrósł spod ziemi… i wali mnie w gębę. Ocknąłem się tutaj. Myślałem, że to jego piwnica albo co. Potem, parę dni później, wrzucił tu Lee. Jakby kolekcjonował ludzi.

– Kim on jest? – zapytała.

– Nie widziałem go dobrze. Za ciemno.

– Ja też go nie widziałem – odezwał się Lee. – Obrabiałem domy w Clifton… Wiem, że to źle wygląda. Ale mam nałóg, no nie? Muszę jakoś zdobywać kasę. Nie żebym chciał to robić…

– Och, zamknij się, do kurwy nędzy! – bluzgnął Carl. – Po prostu przyznaj, że jesteś małym zasranym złodziejaszkiem. Może jeśli ten drań słucha, właśnie na to czeka. Może nas wypuści, kiedy wreszcie się przyznamy do wszystkich naszych przekrętów.

– Przyjrzałeś mu się, Lee? – zapytała Kate.

– Nie. Było wpół do drugiej w nocy. Ciemno choć oko wykol. Przelazłem przez mur od tyłu i patrzę, ten wielki bydlak czeka po drugiej stronie. Z początku myślałem, że to gliniarz. Chciałem pójść spokojnie… No wiecie, łóżko na noc, przyzwoite żarcie. Nawet jeśli to znaczyło, że rano będę miał zjazd…

– Czy on coś mówił? – wtrąciła.

– Nic. Walnął moją głową o cegły. Dalej nic nie pamiętam.

– Nie karmiłby nas, gdyby chciał nas zabić, nie? – zapytał Carl z nikłą nadzieją w głosie.

– On nas karmi, tak? – Kate nie wiedziała, czy cieszyć się z tej wiadomości, czy jeszcze bardziej się bać.

– Co jakiś czas wrzuca kilka kromek chleba – powiedział Carl. Kate usłyszała szelest papieru i wyobraziła sobie, jak Carl wylizuje opakowanie, próbując złowić każdy najmniejszy okruszek. – I parę czekoladowych herbatników, ale tylko parę.

– I co pani myśli? – zapytał Lee.

– Jeśli on nas karmi, to znaczy, że chce nas żywych – zgodziła się Kate. Nie fatygowała się dodawaniem: „na razie". Nie porywasz ludzi i nie przetrzymujesz w podziemnej celi bez światła i bieżącej wody, jeśli planujesz dla nich coś miłego.

ROZDZIAŁ 11

Według plików dokumentacji, które każdy otrzymał, wpiętych w skoroszyty i podpisanych: „Operacja Święto", zasuszony trup zamurowany w obudowie kominka w starej fabryce był bezdomnym Ernestem Shapiro.

– Miał sześćdziesiąt osiem lat i tak mało znaczył, że nawet nie zgłoszono jego zaginięcia – powiedziała Gemma trzydziestu pięciu członkom JSP zgromadzonym w BD.

Patrzyli na wielki ekran w pełnym fascynacji milczeniu.

– W razie gdybyście się zastanawiali, zrobiono mu to, kiedy jeszcze żył – dodała – o czym świadczą otarcia skóry na nadgarstkach, kiedy próbował wyciągnąć ręce z kajdanek. Przyczyną śmierci było odwodnienie... innymi słowy umarł z pragnienia, co znaczy, że tkwił uwięziony w tej ceglanej trumnie co najmniej przez tydzień, zanim znaleźli go chłopcy w Yorkshire.

Taka sama zdumiona cisza panowała, kiedy Gemma pokazała zdjęcia drugiej zbrodni: tym razem podwójne zabójstwo, młody mężczyzna i młoda kobieta zwróceni do siebie twarzami na przednim siedzeniu zaparkowanego samochodu, kobieta siedząca na kolanach mężczyzny. Jego głowa opadła na prawo, jej na lewo. Z przodu i z tyłu pokryci byli gęstą, zakrzepłą krwią.

- Todd Burling i Cheryl Mayers - oznajmiła Gemma. - On dwadzieścia, ona dziewiętnaście lat, zabici półtora miesiąca po Shapiro, czternastego lutego, w walentynki. Wierzcie lub nie, strzała przebiła ich serca, kiedy uprawiali seks w zaparkowanym samochodzie Burlinga.

- Święty Mikołaj został znaleziony dwudziestego piątego grudnia? - zapytała Shawna McCluskey. - A to stało się w walentynki?

- Zgadza się.

- Ktoś ma poczucie humoru - parsknął Charlie Finnegan.

- Robi się jeszcze weselej. - Gemma nacisnęła pilota i wyświetliła rozmaite ujęcia trzeciego miejsca zbrodni, jak dotąd najbardziej drastyczne. Przedstawiały wydłużoną, tylko z grubsza humanoidalną postać, zwęgloną niemal na wiór, która leżała na trawie zasłanej opadłymi liśćmi. - To był Barry Butterfield. Mężczyzna, lat czterdzieści trzy, zdeklarowany alkoholik. Jego ciało znaleziono zeszłej jesieni, piątego listopada późnym wieczorem, na przedmieściach Preston w Lancashire.

- Przypadkiem nie spalił się w ognisku? - zapytał komisarz Ben Kane.

Należał do bardziej oczytanych funkcjonariuszy - tęgawy okularnik około czterdziestki, ze starannie przyciętymi, przedwcześnie siwiejącymi włosami, zawsze schludny, w sztruksowych marynarkach, koszulach w kratę i muszkach.

- Jak zgadłeś? - Gemma nacisnęła pilota jeszcze kilka razy, pokazując serię koszmarnych zbliżeń.

Do spalonych zwłok wciąż przywierały strzępki odzieży, ale nie zasłaniały zwęglonych mięśni i kości. Twarz stopiła się, była nie do rozpoznania - przypominała woskowy manekin potraktowany palnikiem, jednak jakimś cudem zachowała wyraz straszliwego cierpienia.

– Początkowo nie uznano tego za podejrzane – ciągnęła Gemma. – Najwyraźniej Butterfield co wieczór robił samotną rundę po pubach. Najpierw zakładano, że kompletnie się upił i natknął na jakieś nieoficjalne ognisko na podmiejskich nieużytkach, pewnie szukając gorzały. Nic nie wskazywało jednoznacznie, czy byli tam wtedy inni ludzie, czy też wszyscy już poszli, ale wydawało się możliwe, że zamroczony alkoholem stracił przytomność i wpadł w płomienie.

– Więc przyczyną śmierci było spalenie? – zapytała Shawna.

– W tym problem. Koroner zarządził autopsję, która wykazała, że Butterfield zmarł, zanim go wrzucono w ogień… na skutek neurogennego wstrząsu spowodowanego przez rozległe uszkodzenia tkanek wewnętrznych. Niemal każdy staw w jego ciele został rozerwany albo wyłamany.

– Całkiem jakby go łamano kołem. – Tę uwagę wygłosił nadkomisarz Mike Garrickson, ostatnio przydzielony do jednostki w charakterze zastępcy Gemmy, który dotąd siedział cicho z boku.

– A jeśli pamiętacie historię ze szkoły – dodała Gemma – Guy Fawkes był łamany kołem, zanim go stracono. Na pamiątkę tego wydarzenia co roku piątego listopada palimy jego kukłę w ognisku.

– Mamy do czynienia z jakimś kalendarzowym zabójcą? – rzucił Gary Quinnell niemal rozbawionym tonem, ale wyraz jego twarzy temu przeczył; nawet zahartowanym detektywom z Jednostki do spraw Seryjnych Przestępstw flaki się przewracały na widok okropnych zdjęć Barry'ego Butterfielda.

– Tak się wydaje – odparła Gemma. – I uderzył już trzy razy.

– Rozumiem, że nie ma innych powiązanych zabójstw

ani napadów, o których wiemy? – upewnił się komisarz Kane.

– Według Narodowego Wydziału do spraw Przestępczości nie – potwierdził Garrickson.

Stojąc w kącie, Heck rozmyślał nad otrzymaną dokumentacją. Ponownie spojrzał na akta z Lancashire i zauważył, że tamtejszy lekarz sądowy postawił tezę, iż Barry Butterfield został „rozciągnięty" między pojazdem a jakimś nieruchomym obiektem typu drzewo czy słup bramy. Ten drobny szczegół zmroził mu krew w żyłach.

– Niepokojące, prawda? – zauważył Garrickson. – Że na wolności grasuje gorszy zabójca niż maniacy z M1.

Heck przyjrzał mu się uważnie, zastanawiając się, czy to nie był ukryty przytyk.

Z braku dwóch najbardziej doświadczonych komisarzy – Des Palliser na emeryturze, a Bob Hunter uziemiony – Garrickson został mianowany zastępcą Gemmy na czas tego śledztwa. Czy była z tego zadowolona, czy zirytowana, nikt nie ośmielił się zapytać, chociaż wszyscy wiedzieli, że poprzedniego dnia wezwano ją na górę, rzekomo na spotkanie z dyrektorem KZP Joem Wullertonem, a tymczasem musiała stawić czoło całemu Komitetowi do spraw Przestępczości Stowarzyszenia Szefów Policji. Nie tylko przydzielono jej tę sprawę w całości – JSZ miała dostarczyć większość ekipy śledczej – ale dostała też Garricksona… Jako zastępcę czy nadzorcę?

Heck widywał Garricksona w Yardzie, ale nigdy z nim nie rozmawiał i właściwie niewiele o nim wiedział, tylko tyle, że facet należał do tych cwaniaków z wydziału do spraw przestępczości zorganizowanej: dobrze ubrany, zarozumiały, święcie przekonany, że dzięki swojej pozycji może po całych dniach popijać z bandziorami w szemranych londyńskich pubach i nikt go o nic nie zapyta. Pod względem fizycznym idealnie pasował do tego wizerunku „miejskiego oprycha": krępy, potężnie zbudowany, o szerokich kościach policzkowych, kwadratowej szczęce i groźnym spojrzeniu, ze strzechą sztywnych rudych włosów. Nawet w swoim najlepszym garniturze z Savile Row, z fiołkową jedwabną poszetką, wyglądał na taniego gangstera.

– Ale jakiego rodzaju motywacji szukamy? – zagadnął Ben Kane. Typ sumiennego naukowca, zawsze pierwszy w JSP rwał się do analizy.

– On chce wywołać sensację – zasugerował ktoś. – Może tylko o to chodzi... o makabryczną sensację.

– Tak, urządza przedstawienie – zgodził się ktoś inny. – Wielkie, zboczone przedstawienie.

– W tym musi być coś więcej – zaprotestowała Shawna. – Czy te specjalne dni mają jakieś ukryte znaczenie?

Gemma spojrzała na detektywa sierżanta Erica Fishera, który jako ich główny intelektualista był kopalnią wiedzy na różne tematy.

Fisher wzruszył szerokimi ramionami.

– Boże Narodzenie i walentynki to skomplikowane święta, przynajmniej ich pochodzenie. Bynajmniej nie są takie proste, jak sądzi przeciętny zjadacz chleba.

– To były dawniej pogańskie święta, prawda? – zapytała Gemma.

– Taaa, w odległej i mrocznej przeszłości. Co pani sugeruje? Ofiary z ludzi?

– Nie wiem – przyznała. – Oczywiście musimy zbadać kontekst tych wypadków. Sprawdzić, czy istnieją jakieś powiązania.

– Tu nie ma żadnych oczywistych rytuałów – oświadczył Gary Quinnell. Jako jedyny wśród nich regularnie uczęszczał do kościoła, toteż jego opinia mogła się okazać cenna. – Te zabójstwa wyglądają mi bardziej na paskudne dowcipy, szefowo. Ale jeśli to coś quasi-religijnego... Czy to może być, nie wiem, jakiś satanistyczny kult?

Garrickson prychnął.

– Już słyszę reakcję modnej lewicy, jeśli zaczniemy nachodzić satanistów. Nawet im przysługują prawa w naszych czasach, jak wiecie.

– Przypuszczam, że to tylko szok i zgroza – powiedział Charlie Finnegan. Był szczupłym mężczyzną o kompetentnym wyglądzie, zawsze dobrze ubranym, ale czarne, przylizane do tyłu włosy i przystojne rysy nie przydawały mu wiarygodności. Pozytywnym aspektem jego zgryźliwości było to, że nazywał rzeczy po imieniu. – Za pierwszym razem trafiliśmy. On po prostu chce nam zamącić w głowach tymi dziwactwami.

– Ustalono już prawdopodobne linie śledztwa, szefowo? – zapytał Kane.

– Kilku podejrzanym zdjęto odciski palców, zanim się zorientowaliśmy, że te przypadki są powiązane – odparła Gemma. – Z różnych powodów wszyscy w końcu zostali odrzuceni przez pierwotne ekipy śledcze. Jednak ja i nadkomisarz Garrickson osobiście zbadamy ponownie każdy przypadek. Przeczeszemy również gęstym grzebieniem wszystkie zeznania świadków. Mamy kilka innych możliwości, niekoniecznie poszlaki, ale na wpół uformowane tropy, które musimy starannie ocenić, zanim trafią do policyjnych akt.

– Dowody rzeczowe? – zapytał Finnegan.

– Na razie nie – odparła Gemma.

– Telewizja przemysłowa? – podsunął Kane.

– Tu nam się chyba poszczęściło – przyznała. – Jest oczywiste, że co najmniej dwie ofiary... młoda para zamordowana w West Pennine Moors... były wcześniej śledzone. Może to dotyczy wszystkich. Nie wierzę, że Ernest Shapiro i Barry Butterfield zostali napadnięci, bo akurat znaleźli się w niewłaściwym miejscu w niewłaściwym czasie. Chociaż byli wygodnymi celami... bezdomny włóczęga i pijak szukający okazji, żeby się napić... to myślę, że zostali najpierw wybrani, a potem zwabieni. Pierwotne ekipy śledcze uważały tak samo i starały się przeanalizować wszystkie ostatnie ruchy aresztowanych, korzystając z nagrań z różnych kamer: w nocnych klubach, pubach, na rogach ulic, na przystankach autobusowych. Jak dotąd nic oczywistego nie wyszło, ale zostało jeszcze sporo do przejrzenia.

– I między aresztowanymi nie ma absolutnie żadnych powiązań? – zapytał Gary Quinnell.

– Dotąd żadnych nie znaleźliśmy – odpowiedział Garrickson, zeskakując ze stołu, gdzie wcześniej przysiadł. – I zanim zmarnujemy jeszcze więcej czasu na rzeczy, które są już opisane w streszczeniu sprawy, miejscowi informatorzy na razie nie dostarczyli nam żadnych wskazówek i nie zidentyfikowano żadnych podejrzanych wyłącznie na podstawie *modus operandi*, chociaż ten trop możemy nadal badać, kiedy szerzej zarzucimy sieć. Podobnie nic nie wskazuje, że te przestępstwa upozorowano na coś, czym nie są. W żadnym przypadku nie ma śladów rabunku czy aktów seksualnych...

– Nie, to zabójstwa dla dreszczyku – oznajmił Heck.

Garrickson, chyba nieprzyzwyczajony, żeby mu przerywano, zmierzył Hecka długim spojrzeniem.

– To nie są rutynowe zbrodnie – ciągnął Heck. – Bynajmniej. Z niewiadomego powodu sprawca czerpie ogromną satysfakcję z inscenizowania tych... wymyślnych uroczystości.

– Uroczystości? – powtórzyła Shawna.

– On to właśnie robi: uroczyście obchodzi święta. Ale zadaje sobie mnóstwo trudu, żeby tego dokonać. W mojej opinii liczy się głównie efekt. Ofiary są niemal przypadkowe. Z tego, co dotąd widzieliśmy, status nie ma znaczenia, wiek nie ma znaczenia, płeć nie ma znaczenia. Traktuje ich jak... rekwizyty.

Garrickson miał sceptyczną minę.

– Każdy taki... efekt, jak pan to nazwał, sierżancie, opiera się przede wszystkim na zabójstwie popełnionym z premedytacją, z zimną krwią. Chyba możemy założyć, że ofiary znaczą dla niego trochę więcej niż rekwizyty.

– Proszę mnie źle nie zrozumieć – bronił się Heck. – Dla niego jest ważne, żeby ofiary krwawiły i krzyczały. Ale tu się dzieje coś więcej niż okrucieństwo dla samego okrucieństwa.

– Okej – wtrąciła się Gemma. – Możemy sobie poteoretyzować w odpowiednim czasie. Na razie omówmy kwestie praktyczne. Mamy trzy różne miejsca zbrodni, więc proponuję założyć trzy centra koordynacyjne, główne na komendzie policji w Bolton, jako że to nasza kluczowa lokalizacja. Pozostałe dwa będą w Preston i Leeds City Centre, chociaż oczywiście będziemy w kontakcie przez wideokonferencje i MIRWeb*. Dowództwo strategiczne będzie działać stąd, z Yardu.

Rozległy się wiwaty. Nikt nie chciał, żeby jakiś nadęty urzędas z nieżyciowymi, wziętymi z sufitu koncepcjami „ograniczeń budżetowych" i „zaufania społeczeństwa" stawał im na drodze.

– Dowództwo taktyczne – ciągnęła Gemma – czyli ja i nadkomisarz Garrickson, będzie miało bazę w MIR i wstępnie skupi się na podwójnym morderstwie w Bolton. Nadkomisarz Garrickson będzie również kierował całym dochodzeniem. Wszyscy musimy pracować za dwóch w tej sprawie,

---

* MIR (Major Incident Room) – główne centrum koordynacyjne.

panie i panowie. Dowództwo operacyjne składa się z następujących osób: detektyw komisarz Kane – zastępca oficera dochodzeniowego w Leeds; detektyw komisarz Brunwick – zastępca oficera dochodzeniowego w Preston. Większość z was jeszcze nie poznała Claire Moody, która jest naszym rzecznikiem prasowym.

Claire, stojąca z boku, kiwnęła głową, kiedy wszyscy na nią popatrzyli.

– Claire nie miała jeszcze czasu zorganizować swojego działu, więc na razie będzie pracować ze mną nad stworzeniem pełnej strategii medialnej – oznajmiła Gemma. – Co do pozostałych, podstawowe obowiązki wymienione w notatkach służbowych są następujące…

W pokoju powoli zaczął się ruch, kiedy członkom zespołu kolejno przydzielano zadania; zatrzaskiwano laptopy, dokumenty wpychano do teczek. Kiedy zadzwonił telefon komórkowy Gemmy, wyszła do przyległego biura i zebranie zakończyło się na dobre. Wszyscy się odprężyli i głośno rozmawiali.

Heck usiadł przy swoim biurku i sortował papiery. Niektóre musiał zabrać ze sobą na północ: nierozwiązane sprawy, które po prostu nie mogły czekać. Wyjął z szuflady jeszcze jeden przedmiot i dołożył do rzeczy na wyjazd. Był to gruby album oprawiony w skórę, tak stary i sfatygowany, że strzępiące się brzegi zabezpieczono taśmą klejącą. Otworzył album, do połowy zapełniony zdjęciami twarzy – niektóre były nowe, inne stare i pogięte. Teraz dodał cztery nowe: fotografie ofiar ze skoroszytu „Operacja Święto". Zamiast wkleić, wsunął je między ostatnie stronice albumu. Jeszcze nie mógł ich zaklasyfikować do stałych pozycji.

– Cześć – odezwał się jakiś głos.

Heck podniósł wzrok i zobaczył, że obok pojawiła się Claire. Zerknęła ciekawie na album, a on szybko go zamknął.

– Tak więc – rzuciła – to chyba prawdziwa robota? – Jak na czekające ją poważne zadanie, wydawała się zadziwiająco pełna zapału.

– A wczoraj myślałaś, że skaczesz na głęboką wodę – przypomniał. – Jak się teraz czujesz?

– No... to ekscytujące.

Heck zdziwił się, chociaż może niepotrzebnie. Poprzedniego dnia przy śniadaniu Claire wyraźnie poweselała, usłyszawszy, że odtąd będzie integralną częścią ważnych dochodzeń kryminalnych, czyli powinna się uważać za wojownika w walce dobra ze złem. Uśmiechnęła się na to, on też się uśmiechnął i przyznał, że nie mówił całkiem serio, ale czasami pomagało, jeśli się postrzegało ofiary zbrodni jako powód, dla którego wykonywałeś ten zawód, motywację do pracy.

– To są ludzie, dla których bardziej się staramy – dodał. – I inni, którzy może dzięki naszym wysiłkom unikną podobnego losu.

Znowu się uśmiechnęła, bo spodobało jej się to, co powiedział. Później dyskutowała z nim o morderstwach w Kent, bystro, profesjonalnie.

– Mam nadzieję, że wczoraj nie wyszłam na mięczaka – powiedziała teraz. – Przez to, jak zareagowałam na te zdjęcia miejsc zbrodni.

– Jeśli porusza cię morderstwo, to nie znaczy, że jesteś mięczakiem.

– Ta kanapka z jajkiem, którą mi zafundowałeś... według przepisu lekarza, jak się okazało.

– Zwykle to nie jest antidotum na mdłości, ale ważne, że podziałało. Więc jesteś zadowolona?

– No, najwyraźniej muszę się jeszcze sporo nauczyć.

Wzruszył ramionami.

– Jak my wszyscy, cholera.

– Tak, ale wy chyba macie fory. To znaczy... – Przerzuciła notatki ze streszczeniem sprawy. – Orientuję się mniej więcej, co robi specjalista od dowodów rzeczowych, ale oficer ujawniający? Koordynator H-2-H?

– Nie martw się, wciągniesz się w trakcie.

– Zgodnie z tym jesteś ministrem bez teki? – Pytająco uniosła brwi.

Heck uśmiechnął się.

– To taki nieoficjalny tytuł. Oznacza, że nie mam określonej funkcji... raczej ruchomy przydział. Kontroluję na bieżąco postępy całego śledztwa i wypełniam luki tam, gdzie jestem potrzebny. Nie każdy starszy oficer śledczy by na to poszedł, ale Gemma chyba uważa, że to w moim przypadku się sprawdza.

– Okej, słuchajcie wszyscy! – zawołała Gemma, która tymczasem wróciła.

W pokoju znowu zapadła cisza.

– Jak wiecie, straciliśmy trochę czasu. Ale nie traktujmy tego jak problem. Teraz mamy okazję działać z rozwagą, nie rzucać się jak szczerbaty na suchary. Chociaż spodziewam się, że wszyscy dotrzecie na wyznaczone stanowiska dowodzenia, zaczyna się wielkanocny weekend, co daje nam kilka dni, żeby zebrać się do kupy. Ale oficjalnie zaczynamy w wielkanocny poniedziałek i wszyscy mają się stawić punktualnie o siódmej. Czy to jasne?

Wymamrotano potwierdzenia.

– Jakieś pytania? – rzuciła.

– Ja mam jedno, szefowo – odezwała się Shawna. – Dlaczego tę sprawę przydzielono wyłącznie JSP?

Zespół słuchał z zainteresowaniem. Ostatnio rzadko się zdarzało, żeby wysyłano ich gdzieś wszystkich razem.

Gemma uśmiechnęła się półgębkiem, jakby czekała na to pytanie, ale bez entuzjazmu.

– Ze względu na różne lokalizacje geograficzne to śledztwo nie może podlegać jurysdykcji tylko jednego organu policji. Dlatego idealnie się nadaje dla Jednostki do spraw Seryjnych Przestępstw. Ale – westchnęła – w rzeczywistości im mniej funkcjonariuszy zajmuje się tą sprawą, tym lepiej. Szefostwo wyraziło się jasno. Nie chcą tego ujawniać. Na razie społeczeństwo i prasa nie uświadamiają sobie, że mamy do czynienia z następną serią. I chcemy, żeby tak zostało.

– Oczywiście będziemy korzystali z miejscowych oddziałów, kiedy znajdziemy się na zadupiu – dodał Garrickson. – Ale musimy ich trzymać w ryzach. Nie możemy dopuścić, żeby po kraju krążyły opowieści grozy. Nie możemy dopuścić do wybuchu paniki i ulicznych zamieszek. Nie po raz drugi. Śledztwo w sprawie M1 było katastrofą pod tym względem. JSP wyszła na największych idiotów od czasu Charleya Farleya i Piggy Malone'a*.

Gemma nie wzdrygnęła się na te słowa, ale Heck podejrzewał, że mocno ją zirytowała taka krytyka w ustach kogoś z zewnątrz.

– Dlatego też operacja Święto ma zakaz informowania mediów – podjęła. – To znaczy, że wszelkie informacje są zablokowane. Mówię poważnie, ludzie. Nie rozmawiacie o tym z nikim. Ani z przyjaciółmi, ani z najbliższymi. A wszystkie kontakty z prasą, absolutnie wszystkie, odbywają się za pośrednictwem Claire Moody. Słuchajcie… musimy spojrzeć prawdzie w oczy. Cięcia funduszy policyjnych są na czasie, a Ministerstwo Spraw Wewnętrznych obserwuje JSP. Jednostki takie jak nasza kosztują dużo pieniędzy, a po śledztwie M1 ludzie się zastanawiają, czy ta inwestycja się opłaca.

---

*Charley Farley i Piggy Malone – para komiksowych detektywów, bohaterów komediowego serialu brytyjskiej telewizji w latach siedemdziesiątych ubiegłego wieku.

Joe Wullerton uważa, że najlepszy sposób udowodnienia naszej wartości to wyjść w teren jako samodzielna jednostka i zgarnąć paru złych facetów. A ja się z nim zgadzam. W interesie nas wszystkich leży, żeby się udało.

Zrobiła przerwę, żeby jej wypowiedź do nich dotarła.

– Jeszcze jedno. – Ton jej głosu się zmienił, złagodniał, ale jednocześnie jakby nabrał intensywności. Jej przenikliwe niebieskie oczy wwiercały się na krótko w każdego po kolei. – Chcę, żebyście wyrzucili z myśli wszelkie sensacyjne aspekty tej sprawy. Pamiętajmy, że nieważne, jak groteskowo zabójca przyozdabia swoje dzieła, każdy z tych przypadków to ludzka tragedia, która wywarła i nadal będzie wywierać niszczący wpływ na niezliczonych ludzi oprócz tych, którzy stracili życie. Powiem to, co zawsze mówię w takich chwilach: nie możemy przywrócić życia tym ofiarom ani cofnąć ich cierpień. Ale jako policyjna ekipa śledcza mamy moralny i zawodowy obowiązek, żeby postawić sprawcę przed sądem. Nie ma ważniejszego obowiązku. Nikt na świecie w tej chwili nie wykonuje bardziej doniosłego zadania, jeśli chodzi o bezpieczeństwo rodzin, społeczeństwa, kraju, w którym mieszkamy. Wszyscy wiecie, co macie robić, panie i panowie, więc bierzcie się do roboty.

ROZDZIAŁ 12

Kate nie miała pewności, jak długo trwały hałasy na górze, ale wydawało się, że co najmniej przez cały dzień: nieustanne walenie młotkiem, zgrzytliwy pisk piły do drewna. Rozbrzmiewały echem w głębokim, wąskim lochu, bijąc w trójkę więźniów jak pięść.

Ale to była tylko nowa tortura dodana do innych, które już znosili. W ciasnej celi zrobiło się nieznośnie gorąco, co jeszcze potęgowało smród. Troje ludzi zmuszonych wypróżniać się ciągle w tym samym miejscu wytwarzało fetor tak dławiący, że niemal mogli go smakować.

No i pragnienie.

Co jakiś czas z czerni nad ich głowami opuszczał się kabel – to był kabel koncentryczny ze słabą żarówką podłączoną w połowie długości, żeby mogli cokolwiek zobaczyć, i kubłem zawieszonym na końcu. Czasami kubeł zawierał kilka kromek chleba, parę plasterków bekonu, surową marchewkę czy dwie, ale chociaż Carl twierdził, że wcześniej bywał napełniony wodą, odkąd Kate tu wrzucono, nie dostali nic do picia.

Carl i Lee reagowali na to leżeniem i jęczeniem, chociaż ten drugi cierpiał bardziej, bo był na głodzie. Kate rozumiała to do pewnego stopnia; jej samej doskwierał brak papierosów, na pewno jednak nie przeżywała takich katuszy jak Lee. Próbowała mu pomóc, ale w jej zapalniczce dawno już wyczerpało się paliwo, a w tych strasznych ciemnościach nie mogła zrobić niczego pożytecznego dla drżącego, spoconego ćpuna. Carl, który początkowo wydawał się silniejszy, też nie okazał się lepszym współwięźniem. Zwłaszcza poprzedniego dnia załamał się kompletnie, biadolił, że jest za głośno, że gardło ma wyschnięte na wiór. Ale nawet wcześniej, kiedy usiłowała z nim porozmawiać o możliwościach ucieczki, był całkiem do niczego.

– Słuchaj... nie mogłam spaść z bardzo wysoka – powiedziała cicho z obawy, że porywacz ich podsłuchuje. – Inaczej coś bym sobie złamała. To znaczy, że jeśli jedno z nas stanie drugiemu na ramionach, może dosięgnąć do klapy w podłodze.

– Co ty pieprzysz, kurwa? – warknął Carl z niedowierzaniem.

Wyobraziła sobie jego szczurzą twarz ściągniętą w szoku na samą myśl o jakiejkolwiek fizycznej aktywności, oczy pełne żółci niczym sadzone jajka, wytrzeszczone tak, że mało nie wypadną z oczodołów.

– Wiem, że nie jesteśmy gimnastykami – nalegała. – Ale czy nie warto się wysilić, kiedy nasze życie od tego zależy? Słuchaj, może najpierw spróbuj wejść mi na ramiona.

– Chyba żartujesz!

– Na litość boską, Carl, mógłbyś się stąd wydostać! A wtedy sprowadziłbyś pomoc.

– Ja mam iść do psów? – oburzył się.

– A kto jeszcze według ciebie może nas uratować? Związek włamywaczy? Spółka akcyjna złodzieje samochodów?

– Ja tego nie przeżyję, kurwa – zaskomlał.

– Nie przeżyjemy, jeśli zostaniemy tu, na dole. Przynajmniej Lee. On musi iść do szpitala.

– To jego zasrany problem. To on jest ćpunem. Myślisz, że ja nie chciałem brać prochów? Myślisz, że nie miałem parszywego życia i nie chciałem czasami o nim zapomnieć?

Westchnęła, pocierając bolące czoło.

– Więc może ja ci stanę na ramionach.

– Taaa, jeszcze czego – prychnął.

– Chryste, ale z ciebie zasrany tchórz!

Kate rzadko wpadała w złość. Poza wszystkim innym, to zwykle nic nie dawało. Wiedziała z doświadczenia, że ludzie codziennie narażeni na zniewagi przestają na nie reagować. To samo stało się teraz.

– Wszystko jedno – mruknął.

– Możesz przynajmniej spróbować – prosiła. – Jeśli nie spróbujemy, zostaniemy tu na zawsze.

– Nie zostaniemy tu. On nas kiedyś wypuści. Musi. No bo dlaczego trzyma nas przy życiu?

Znowu to pytanie, nad którym Kate coraz mniej chciała się zastanawiać.

A potem usłyszeli ruch w górze i przepadły wszelkie nadzieje, że wydostaną się stąd w akrobatyczny sposób, ponieważ zaczęło się walenie młotkiem i piłowanie. Z początku Kate krzyczała, żeby się przebić przez ten jazgot rozdzierający uszy.

– Na litość boską, daj nam spokój, dobrze?! Nie wystarczy, że ślepniemy tu na dole?! Nie wystarczy, że dusimy się własnym smrodem?! Na rany Chrystusa, okaż trochę miłosierdzia! Jesteśmy istotami ludzkimi, nie zwierzętami! Ty draniu... ty przeklęty draniu bez serca, my tu umieramy!

Oczywiście w końcu nawet ona załamała się i padła na ziemię, szlochając, chociaż wiedziała, że to niemądre, bo traci cenną wilgoć z ciała.

Niezliczone godziny później, jak się wydawało, harmider w górze skończył się tak, jak się zaczął – nagle, bez ostrzeżenia. Zapadła oszołamiająca cisza.

Kate niepewnie spojrzała w mrok. Jak zawsze, nie dostrzegła ani promyczka światła. Carl znowu jęczał i mamrotał do siebie. Od strony Lee nie dochodziły żadne dźwięki, drobny akt łaski. Powoli, ze znużeniem Kate dźwignęła się na nogi. Przechyliła głowę do tyłu, żeby znowu krzyknąć.

– Proszę... prooooszę... daj nam coś! Potrzebujemy przynajmniej wody!

Tak przywykła do braku odpowiedzi, że zdumienie omal nie zwaliło jej z nóg, kiedy klapa otwarła się ze skrzypieniem. Zafascynowana wpatrzyła się w kwadrat nikłego światła. Usłyszała stłumione szczęknięcie i uświadomiła sobie, że z góry zjeżdża metalowe wiadro. Zakołysało się i opryskały ją krople zimnej wody.

Procedura była taka sama jak poprzednio. Żarówka, zamocowana jakieś trzy metry nad wiadrem, zapaliła się, kiedy znalazło się prawie w zasięgu ręki. Posępne ceglane ściany okrągłego więzienia wyskoczyły z czerni oślepiającym reliefem. Carl przytruchtał ze swojego kąta niczym niechlujny patyczak, ale Kate pierwsza dopadła wiadra. Zaledwie parę dni wcześniej nie do pomyślenia dla niej było, że mogłaby pić albo jeść z takiego naczynia. Brudne, powgniatane, z zardzewiałą krawędzią, z pękniętą rączką sklejoną taśmą. Ale w tej chwili było jak kryształowy kielich. Co więcej, wypełniała je czysta, świeża woda.

Kate wzięła parę głębokich łyków, zanim Carl wyrwał jej wiadro i zaczął żłopać. Została najwyżej jedna czwarta zawartości, kiedy Kate uświadomiła sobie, że Lee też potrzebuje się napić. Odebrała wiadro i zaniosła do półprzytomnego towarzysza. Zdołała wlać kilka kropli do jego rozwartych ust. Początkowo woda przelała się i spłynęła po policzku, potem jednak Lee zakaszlał, zakrztusił się i chociaż nie otworzył oczu, zaczął przełykać – łykał i łykał, aż nic nie zostało.

Natychmiast wiadro podjechało do góry, poza zasięg rąk. Kate podniosła wzrok, licząc, że w otworze zobaczy głowę porywacza, ale nic nie dostrzegła.

– Hej! – krzyknęła. – Hej, jeszcze nie posunąłeś się za daleko! Wszyscy wciąż żyjemy, chociaż to nie twoja zasługa! Słuchaj… czemu nas nie wypuścisz, zanim będzie znacznie gorzej? Wszystko jedno, jak to zrobisz… zawiąż nam oczy, zaknebluj nas, wywieź i porzuć gdzieś na szosie. Ale jeszcze nie umarliśmy, więc nie jest za późno!

Carl coś wymamrotał. Brzmiało jak:

– Nie czuję nóg.

Obejrzała się na niego. Wiadro wjechało na górę i znikło razem z żarówką, ale snop nikłej poświaty padającej z otworu wystarczył, żeby oświetlić Carla stojącego pod ścianą. Opierał się jedną ręką o cegły, zgięty wpół. Chwiejnie pokręcił głową, wolną ręką niezdarnie spróbował otrzeć pot z czoła. Potem powoli osunął się na kolana. Kate poczuła narastającą ociężałość i drętwienie w kończynach, znacznie silniejsze od wszystkiego, co dotąd znała. Nagle ją też ogarnęło otępienie – próbowała je przezwyciężyć, ale dopadły ją mdłości. W oczach jej się zaćmiło i przewróciła się na bok. Ostatnie, co zobaczyła, zanim straciła przytomność, to sznurowa drabinka opadająca w głąb lochu i postać schodząca po szczeblach, niosąca na muskularnym ramieniu coś, co wyglądało jak kilka zwojów kabla.

ROZDZIAŁ 13

Nawet funkcjonariuszom JSP wiadomości przychodzące przed szóstą rano zdarzały się tak rzadko, że zwykle były złe. Heck nie wiedział, która jest godzina, kiedy komórka, którą zawsze zostawiał na szafce nocnej, zaczęła piszczeć w ciemności. Zanim macająca ręka zlokalizowała nieznośny przedmiot, wzrok skupił się na elektronicznym zegarze po drugiej stronie pokoju, gdzie świecące cyfry pokazywały piątą pięćdziesiąt osiem.

Przyłożył telefon do ucha, jednocześnie pociągając za sznurek lampki nocnej.

– Taaa, Heckenburg.

– Heck! – To była Shawna McCluskey. – Jesteś online?

– Jestem w cholernym łóżku. Co się dzieje?

– Lepiej szybko zajrzyj do internetu.

Przytrzymał telefon pod brodą i poczłapał ciemnym korytarzem do małego, zimnego pokoiku, którego używał jako gabinetu.

Kiedy zalogował się do sieci, odkrył, że Gemma właśnie rozesłała MPEG.

– To zdjęcia miejsca zbrodni zrobione jakąś godzinę temu przez policję w Merseyside – oznajmiła Shawna.

Potargane włosy Hecka zjeżyły się, gdy spojrzał na rozmazany obraz.

– No i? – zapytała. – Co myślisz?

– Co myślę? – powtórzył. – Myślę, że ktoś właśnie odwo-
łał ferie wielkanocne.

• • •

Miejsce zbrodni wyglądało jeszcze bardziej przerażająco
niż na zdjęciach.

Większość zespołu mogła skrócić przerwę weekendową,
ale w późny świąteczny poranek ruch się zagęścił, więc kilka godzin zabrało im przebijanie się przez autostradę M1
i M6, a potem wjazd na M62 w miejscu, gdzie biegła na
zachód z Greater Manchester do Liverpoolu. Pogoda była
piękna, niezwykle słoneczna jak na początek kwietnia, dlatego tym trudniej było jechać.

Hałda, wielki nasyp jałowej ziemi po północnej stronie autostrady, niegdyś należała do kompleksu kopalni
węgla Sutton Manor, której reszta dawno zniknęła. Mie-
rzyła w najwyższym punkcie pięćdziesiąt metrów, toteż jej
grzbiet był widoczny z M62, chociaż policja z Merseyside
zdołała zasłonić dolną część wysokimi brezentowymi kur-
tynami na stalowych stelażach, które pożyczyła od firmy
wynajmującej świąteczne dekoracje i rozstawiła wzdłuż
utwardzonego pobocza, zamknąwszy najpierw ten odci-
nek zewnętrznego pasa i zmieniwszy go w tymczasowy
parking. Zespół Gemmy zostawił tam swoje pojazdy, ponieważ na razie nie dopuszczono ich do hałdy. Z tyłu na
szczyt prowadziła gruntowa droga, ale zarówno ona, jak
i większość odkrytego terenu po drugiej stronie zostały
zamknięte do szczegółowego zbadania przez techników
kryminalistyki.

– Dobry Boże! – zawołał Mike Garrickson, podnosząc

wzrok na nasyp przy autostradzie. – Dobry Boże w niebiosach!

– No, tu, na dole, go nie ma, tyle panu powiem, szefie – odparł oszołomiony Gary Quinnell. – Nie dzisiaj.

– W Chapel to by się nie spodobało, Gaz – zauważyła Shawna McCluskey.

Wielki Walijczyk nie odezwał się więcej. Szczęka mu opadła. Heck rozumiał dlaczego. Mimo wszystkich dotychczasowych doświadczeń w specjalistycznej jednostce żadne z nich nigdy nie widziało czegoś takiego. W istocie prawdopodobnie nikt nie widział czegoś takiego od kilku wieków albo dłużej.

– Niech ktoś mi powie, że to nie jest prawdziwe – poprosił Charlie Finnegan.

– To najbardziej prawdziwy Wielki Piątek w twoim życiu – odparł Garrickson.

W połowie wysokości zbocza ustawiono w rzędzie trzy ciężkie krzyże. Zbito je z nowych, świeżo przyciętych belek i wszystkie miały z grubsza te same wymiary: pionowe wsporniki wysokie na około dwa i pół metra, poprzeczne ramiona, zamocowane w specjalnie wyciętych wgłębieniach – rozpiętości jakieś metr osiemdziesiąt. Na pierwszy rzut oka zadziwiała symetria tej inscenizacji, dotycząca również nagich ciał rozpiętych na każdej konstrukcji. Po lewej i prawej stronie wisiały zwłoki białych mężczyzn w nieokreślonym na razie wieku, ale w fatalnej kondycji fizycznej – wiotkie, niedożywione, pokryte starymi bliznami i więziennymi tatuażami. Sine plamy opadowe upstrzyły ich nogi, martwe twarze zastygły w skurczu agonii. Pośrodku znajdowała się biała kobieta, w nieco lepszym stanie – jeśli można tak określić kogoś, kto zmarł wskutek ukrzyżowania. Jasne włosy zwisające w strąkach zasłaniały jej twarz, ale figura przypominała klepsydrę, tylko z drobnymi zmarszczkami tu i tam, co sugerowało, że kobieta miała najwyżej trzydzieści lat. Była biała jak porcelana, chociaż, podobnie jak u tamtych, na dolnych kończynach widniały sine plamy w miejscach, gdzie krew spłynęła po śmierci.

Nic się nie poruszało na tym obrazie, oprócz pierwszych wiosennych much rojących się na ciałach oraz dwóch medyków z Merseyside w kombinezonach Tyvek, wykonujących pomiary i zapisujących dane na podkładkach. Dalej, za wewnętrznym kordonem z taśmy, funkcjonariusze z ekipy fotograficznej z Merseyside pakowali swój sprzęt.

Rozlegały się kolejne okrzyki, w miarę jak przybywało coraz więcej członków JSP, stłoczonych w wąskiej przestrzeni za ekranami. Heck uświadomił sobie, że lada chwila zjawi się Claire. Zapewne wyruszyła mniej więcej w tym samym czasie co inni, ale jechała własnym samochodem i raczej nie napalała się tak jak reszta, żeby jak najszybciej tu dotrzeć. Kusiło go, żeby przejść na drugą stronę i zaczekać na nią, poradzić, żeby uzbroiła się wewnętrznie przed tym, co zobaczy, ale nie miał czasu. Oceniał już miejsce zbrodni, próbował na nie spojrzeć okiem zawodowca i natychmiast zauważył pewne osobliwości.

Kimkolwiek były ofiary, przybito je do krzyży w tradycyjny sposób, gwoździami albo ćwiekami. Nie widział żadnych innych mocowań – żadnych sznurów ani łańcuchów. Zauważył jednak odchylenie od normy – przynajmniej normy przyjętej w nauce Kościoła. Ręce ofiar były niewidoczne, ponieważ przybito je stalowymi gwoździami z tyłu poprzecznych belek. Podobnie nogi przybito w kostkach po bokach pionowej belki, a nie stopami z przodu. Zatem na każdą ofiarę zużyto cztery gwoździe zamiast trzech. Heck zastanawiał się, czy to pomyłka, chociaż jak dotąd zabójca był bardzo skrupulatny. Jeśli świadomie zmienił metodę, którą – jak wszyscy wierzyli – zastosowano przy ukrzyżowaniu Chrystusa w ten pierwszy Wielki Piątek przed dwoma tysiącami lat, to coś podpowiadało Heckowi, że wszystko inne się nie zgadza.

– Kiedy wejdziesz między wrony – mruknął pod nosem – musisz krakać jak i one...

Quinnell obejrzał się na niego.

– Że co?

Heck odwrócił się do Gemmy.

– Szefowo, ten facet wie, co robi. Bezwzględnie.

– To musi być więcej niż jeden człowiek – stwierdziła Gemma. – Żeby dokonać czegoś takiego...

Kiwnął głową.

– Pomyślałem tak, kiedy zobaczyłem zdjęcia ze Shropshire. Tam użyto dwóch narzędzi, kilofa i młota, żeby rozbić tę obudowę kominka. To oznaczało dwóch napastników. Teraz myślę, że jest ich jeszcze więcej. Może więcej niż trzech.

– Więcej niż trzech? – zdumiała się Shawna.

– To przygotowano jako pokaz dla kierowców na autostradzie w Wielki Piątek rano. Musieli je ustawić w nocy, kiedy było ciemno. To ile... jedenaście godzin? Odliczmy kilka na zmierzch. Powiedzmy, siedem godzin całkowitej ciemności. Nie wystarczy, chyba że pracował cały gang.

Quinnell odwrócił się do Gemmy.

– A co pani myśli?

– Myślę, że potrzebujemy więcej ludzi – odparła z pobladłą twarzą. – Dużo więcej.

ROZDZIAŁ 14

– Nie ulega wątpliwości, że to nikczemna zbrodnia – mówiła Claire. Wydawała się spokojna i opanowana, obojętna na flesze błyskające ze wszystkich stron. – Jesteśmy równie wstrząśnięci tym wydarzeniem jak reszta społeczeństwa, ale to tylko wzmaga naszą determinację, żeby postawić sprawcę przed sądem.

– Czy macie już jakieś tropy? – zapytał miejscowy reporter.

– Bierzemy pod uwagę związek z przestępczością zorganizowaną… prawdopodobnie z Liverpoolu. Ale w chwili obecnej tylko tyle mogę powiedzieć, z powodów, które na pewno pan rozumie.

– Czy już znacie tożsamość ofiar? – padło następne pytanie.

– Znamy, ale nie wolno mi ujawnić żadnych szczegółów, dopóki nie zostaną powiadomieni najbliżsi krewni.

– Czy już ich zlokalizowaliście?

Zanim Claire zdążyła odpowiedzieć, następna dziennikarka zapytała:

– Czy ofiary należały do jakiejś grupy kościelnej?

Pytanie zadała kobieta o wyzywającym wyglądzie, z tlenionymi włosami ściągniętymi nietwarzowo w ciasny węzeł. Przepchnęła się łokciami na sam przód gromady dziennikarzy na dziedzińcu przed komisariatem Manor Hill i teraz podsuwała Claire dyktafon.

– Chodzi o to, czy to mogła być zemsta, może związana ze śledztwem w sprawie wykorzystywania dzieci albo czymś podobnym?

– Nie ma żadnych dowodów sugerujących coś takiego – odparła Claire.

– Żadnych dowodów? – Arogancka blondynka się zaśmiała. – Macie trzy ciała przybite do krzyży w Wielki Piątek. Jeśli to nie jest atak na Kościół, to nie wiem, co to jest.

– Powiem tylko, że rzeczy nie zawsze są takie, jakie się wydają.

– Dobra odpowiedź – pochwaliła Gemma.

Ona, Garrickson i Heck oglądali wystąpienie Claire w telewizji na żywo w gabinecie Gemmy, czyli wydzielonym kącie w głównym centrum koordynacyjnym. Zważywszy na ostatnie wypadki, idiotyzmem byłoby trzymać się planu, żeby ulokować centrum czterdzieści kilometrów dalej, w Bolton. Zatem Gemma znalazła pobliski Manor Hill, staroświecki komisariat w Merseyside, który dość fortunnie miał na tyłach jednopiętrową przybudówkę z prefabrykatów, dawniej należącą do administracji, ale teraz nieużywaną. Z pomocą miejscowego głównego komisarza zarekwirowała ją na siedzibę centrum koordynacyjnego i swoją kwaterę główną. Zostało jeszcze mnóstwo prac instalacyjnych do wykonania. Technicy wnosili terminale komputerowe, układali kable i linie telefoniczne wzdłuż listew przypodłogowych; elektrycy sprawdzali oświetlenie; gliniarze z Merseyside, rozebrani do podkoszulków, pomagali funkcjonariuszom JSP wnosić stoły, biurka, szafki i tak dalej. Jednak większość zespołu już ciężko pracowała, ich telefony dzwoniły, klawiatury stukały.

– To nie uspokoi miejscowych, proszę pani – odezwał się inny reporter. – Ktokolwiek to zrobił... czy istnieje możliwość, że ponownie zaatakuje?

Heck uważnie obserwował Claire. Widok miejsca zbrodni mocno nią wstrząsnął, ale teraz odzyskała pewność siebie.

– Na to również nic nie wskazuje – odpowiedziała.

– Czy były inne morderstwa takie jak to? – zapytał kolejny reporter.

– Na tym etapie nie ma powodu zakładać, że sprawcy tej zbrodni popełnili gdzie indziej podobne przestępstwa.

– Sprawcy! – podchwyciła wyzywająca blondynka. – Więc myślicie, że było ich więcej niż jeden?

Ta rewelacja wywołała nową falę okrzyków. Przez chwilę Claire wydawała się speszona. Mamrotała w kółko swoją pierwszą odpowiedź, wyraźnie uświadamiając sobie, że popełniła błąd.

– No to strzeliła byka – stwierdził Garrickson.

Gemma wzruszyła ramionami.

– Pasuje do historyjki o gangu.

– Musimy brać pod uwagę wszystkie możliwości – oświadczyła Claire na ekranie.

– Ale trzy osoby zostały przybite do krzyży.

– Tak, zdążyliśmy się zorientować.

– Drażliwa – zauważył Gary Quinnell, który właśnie wszedł.

– Czy jest ktoś, na kogo obywatele powinni uważać? – zapytał następny dziennikarz.

– Na razie nie mamy podejrzanych. Ale pomoc społeczeństwa zawsze jest mile widziana. Jeśli ktoś chciałby nam przekazać jakieś informacje, linie telefoniczne są już czynne... Numery podano w komunikatach prasowych i na stronie Crimestoppers.

Do przodu wysunął się następny reporter, starszy mężczyzna w okularach, z gęstą ciemnoblond czupryną, która po prostu musiała być tupecikiem. Sprawiał wrażenie wyrobionego pismaka.

– Panno Moody? – zaczął z silnym liverpoolskim akcentem. On również podsunął jej mikrofon. – Jeśli to jednorazowy incydent związany z działalnością świata przestępczego albo jeśli tak podejrzewacie, dlaczego sprawy nie prowadzi wydział zabójstw Merseyside? W ogóle dlaczego zajmuje się tym Jednostka do spraw Seryjnych Przestępstw, a nie policja Merseyside?

– Kurwa! – zaklął Garrickson. – Szybko to wywęszyli.

– Policja Merseyside nadal uczestniczy w tym dochodzeniu – zapewniła Claire.

– Tak, ale tylko jako młodsi partnerzy.

– Nie możemy tego trzymać w sekrecie – powiedziała Gemma z rezygnacją. – Każdy gliniarz z Merseyside wie, że przejęliśmy to śledztwo.

Na ekranie telewizora Claire wyglądała coraz bardziej nieswojo, zmuszona kłamać w żywe oczy.

– Jako zabójstwo z trzema ofiarami ta sprawa podlega Jednostce do spraw Seryjnych Przestępstw...

Stary wyjadacz nie dał się przekonać.

– Ale przez większość czasu ścigacie seryjnych zabójców. Czy może nas pani kategorycznie zapewnić, że nie to tutaj robicie?

– Jak już mówiłam, nie ma dowodów, że to potrójne zabójstwo ma jakikolwiek związek z innymi obecnie badanymi w Zjednoczonym Królestwie.

– Czy Jednostka do spraw Seryjnych Przestępstw zamierza to spartaczyć tak samo jak sprawę Maniaka z M1? – zagadnął ktoś inny.

– Przepraszam, to wszystko, co mogę w tej chwili powiedzieć.

Znowu wybuchła wrzawa, posypały się pytania, ale Claire po prostu odwróciła się i weszła do budynku. Gemma wyłączyła telewizor i usiadła.

– Świetnie poszło – zaopiniował Garrickson. – Nie wiem, czemu nie podała im po prostu numeru ubezpieczenia.

– Nie bardzo rozumiem, co jeszcze mogła zrobić – mruknął Heck.

– Może trzymać się oficjalnej linii? Może: „Jeszcze nic nie wiemy, dziękujemy za zainteresowanie"?

– W takim razie po co w ogóle zwoływać konferencję prasową? – zastanawiał się Quinnell.

– Czego chcesz, Gary? – zapytała Gemma, wreszcie zauważywszy jego obecność.

– Och… – Zerknął do notatnika. – Mam więcej informacji o ofiarach, szefowo. Zaginięcie Kate Rickman zgłoszono w południe czwartego kwietnia, kiedy nie otworzyła swojego sklepu charytatywnego w Toxteth, żeby odebrać dostawy używanej odzieży. Policja z Merseyside zaczęła jej szukać na poważnie następnego dnia, kiedy jej spalony samochód znaleziono na ugorze niedaleko starego browaru Burtonwood, niedaleko stąd. Pozostali dwaj to Carl Croxton i Lee Cavendish. Obaj z Salford, obaj mają rejestr długi jak moje ramię. Zaginięcie Croxtona zgłosiła jego konkubina… uwierzycie, czterdzieści osiem godzin po tym, jak nie wrócił z kolejnego nocnego wypadu. To było trzydziestego marca. Zaginięcia Lee Cavendisha nikt nie zgłaszał. Przypadkiem rozpoznał go policjant z wydziału kryminalnego Merseyside, niedawno przeniesiony z GMP.

– Wszyscy formalnie zidentyfikowani?

– Zgadza się. Konkubina w przypadku Croxtona, matka w przypadku Cavendisha, a Kate Rickman zidentyfikował jej były mąż.

– Dwaj złodzieje i pracownica charytatywna. – Heck się

zadumał. Spojrzał na plik wydruków, które trzymał; większość przedstawiała artystyczne interpretacje ukrzyżowania Chrystusa. – Na razie wszystko według scenariusza...

Shawna McCluskey wsunęła głowę do środka.

– Szefowo, przyszedł profesor Fillingham.

– Wprowadź go, proszę. – Gemma wstała. – Gary, możesz nam dać minutę?

Quinnell kiwnął głową i wyszedł. W drzwiach minął się z dość eleganckim mężczyzną, niskim i łysiejącym, ale ze schludną szpakowatą brodą i wąsami, w tweedowym garniturze ożywionym jaskraworóżową muszką. Profesor Donald Fillingham był głównym patologiem sądowym w Royal Liverpool University Hospital. Tego wieczoru na żądanie Gemmy przeprowadził pośmiertne badanie trzech ofiar. Ponieważ przedtem rozmawiali tylko przez telefon, podała mu rękę, przedstawiła się, a potem przedstawiła nadkomisarza Garricksona i sierżanta Heckenburga.

Błękitne oczy profesora Fillinghama zabłysły, kiedy mierzył wzrokiem Hecka.

– Heckenburg? Czy to nie pan zakwestionował metodę ukrzyżowania? Sposób przybicia ciał?

– Och... tak.

Heck był zdziwiony. Wiedział, że Gemma wysłała kilka wstępnych wniosków z miejsca zbrodni, ale nie przypuszczał, że zwróciła uwagę na jego gadanie o właściwym sposobie przybijania człowieka do krzyża.

Profesor Fillingham najwyraźniej miał zwyczaj przechodzić od razu do rzeczy.

– Zechce pan to rozwinąć? – zaproponował.

– E... jasne. – Heck położył wydruki na biurku. – Według moich spostrzeżeń, przyznaję, że tylko pobieżnych, może niesłusznie zawsze sobie wyobrażaliśmy sposób, w jaki umarł Jezus Chrystus.

Wyciągnął z pliku szkic, prymitywny, zaledwie rysunek kreską. Przedstawiał postać przywiązaną do drewnianego krzyża, nogi przybite w kostkach po bokach pionowego wspornika, ręce skrępowane z tyłu poprzecznej belki zamiast z przodu.

– Podobno teraz archeolodzy biblijni uważają, że właśnie tak to robiono – podjął Heck. – Podobno znaleźli szczątki szkieletów, kości przebite kawałkami zardzewiałych gwoździ. Ale to dość nowa teoria. Która... no, jeśli jest słuszna, to znaczy, że nasz chłoptaś jest na bieżąco ze wszystkimi nowinkami.

Patolog obejrzał szkic, po czym przerzucił parę innych dokumentów pokazujących bardziej tradycyjne obrazy śmierci Chrystusa.

– To by miało sens – stwierdził. – Mogę usiąść?

Garrickson przysunął mu krzesło i wszyscy usiedli przy biurku.

Fillingham ponownie przyjrzał się rysunkom, zanim zabrał głos.

– Widzicie... tak naprawdę ukrzyżowanie sprawia krzyżującym sporo problemów. Gdyby kogoś przybito do krzyża w taki sposób, jak zwykle zakładamy, że przybito Jezusa... jednym gwoździem przez stopy i po jednym przez środek każdej dłoni... nie utrzymałyby ciężaru ciała. Zwłaszcza kiedy ofiara słabła. Dłonie po prostu zerwałyby się z gwoździ, a ciężar opadającego ciała oderwałby także stopy. Nawet gdyby gwoździe przebiły nadgarstki i utkwiły pomiędzy kością promieniową a łokciową, przeciętne ludzkie ciało, zwłaszcza w chwili śmierci, opadłoby pod własnym ciężarem i przeguby by się rozerwały, podobnie jak stopy. Ale jeśli obie kostki przybijemy solidnie po obu stronach środkowego słupa i ramiona przymocujemy z tyłu poprzecznej belki, ciężar ciała będzie bardzo równo rozłożony, nawet po

136

śmierci. Ciało po prostu nie może spaść z krzyża. Dopóki nie zgnije.

Słuchali tego beznamiętnego wyjaśnienia, starając się zachować dystans. Kiedy późnym popołudniem zdejmowano zwłoki, ten proces tak bardzo przypominał oglądane niegdyś filmy o życiu i śmierci Jezusa – bezwładne ciała opuszczane na sznurach, samotne postacie czekające u stóp każdego krzyża – że obudził w nich uczucia, jakich większość nie doznawała od dzieciństwa.

– Właściwie jak się umiera na krzyżu? – zapytała Gemma.

– No cóż... – patolog się uśmiechnął. – To może być dobra wiadomość.

Troje gliniarzy wymieniło spojrzenia.

– Po pierwsze musimy zrozumieć, że ukrzyżowanie to zwykle jeden z najgorszych możliwych rodzajów śmierci. W starożytności było przeznaczone dla najniżej stojących: niewolników, buntowników i wyrzutków. Ofiara wisiała na krzyżu przybita gwoździami, cierpiąc długie, straszliwe męczarnie. Umierała dopiero na udar słoneczny, z pragnienia albo wskutek wstrząsu hipowolemicznego. Jezus podobno skonał stosunkowo szybko... po trzech godzinach... ponieważ stracił dużo krwi podczas chłosty. Zdrowsi osobnicy mogli wytrzymać całe dnie...

– I to jest ta dobra wiadomość? – zapytał chłodno Garrickson.

– Dobra wiadomość jest taka, że nasze trzy ofiary zostały przedtem oszołomione flunitrazepamem.

– Pigułką gwałtu? – upewnił się Heck.

Patolog przytaknął.

– Owszem, ma też takie zastosowanie. W tym przypadku służył podwójnym celom: ułatwił ukrzyżowanie ofiar i sprawił, że nie krzyczały i nie wzywały pomocy podczas wieszania. Ale w końcowym efekcie wszyscy troje byli już prawdopodobnie nieprzytomni, kiedy ich ukrzyżowano. Rozłożone ramiona dźwigały cały ciężar ciała, co spowodowało nadmierne rozciągnięcie mięśni klatki piersiowej i następnie uduszenie.

– Więc umarli szybko? – zapytała Gemma.

– Na szczęście tak.

– Nasi zabójcy trochę się opuścili – zauważył Garrickson.

– Zrezygnowali z ukrzyżowania ofiar prywatnie i przyglądania się, jak powoli umierają, bo bardziej im zależy na publicznym widowisku – odparł Heck.

– No, z pewnością osiągnęli cel – odezwała się Shawna od drzwi. – Przepraszam, szefowo.

Położyła na biurku wieczorną gazetę. Nagłówek krzyczał:

CZARNY PIĄTEK!

Prawie całą stronę zajmowało ogromne kolorowe zdjęcie, niewątpliwie zrobione przez przejeżdżającego kierowcę. Trzy ukrzyżowane postacie były zamazane, ale sylwetki rysowały się wyraźnie na tle zrytego koleinami grzbietu nasypu.

– Jeśli przedtem trudno było utrzymać sprawę w tajemnicy, teraz rozpęta się piekło na ziemi – stwierdził Garrickson.

• • •

Heck znalazł Claire samą w aneksie kuchennym centrum koordynacyjnego. Siedziała przy stole, obiema rękami obejmując kubek z kawą, która, sądząc po kożuchu na powierzchni, była zaledwie letnia. Claire obdarzyła go bladym uśmiechem.

– W rankingu dobrych dni, do jakich ten się zalicza? – zagadnął.

138

– Nic mi nie jest.

– Tak?

– No... nic, czego nie wyleczyłby półroczny urlop.

Oparł się o zlew.

– Ledwie zaczęłaś pracę, a już chcesz iść na urlop!

Próbowała zawtórować mu śmiechem, ale zabrzmiał słabo, jak wymuszony.

– Naprawdę bardzo dobrze sobie poradziłaś tam na zewnątrz – oświadczył.

– Naprawdę nie pamiętam ani słowa z tego, co mówiłam. Różne dawne bzdety mogą wracać, żeby nas potem prześladować.

– Nie, spisałaś się dobrze.

– No cóż... – Westchnęła. – Chyba można mi czasami wybaczyć trochę bzdur, zważywszy, że to było dla mnie pierwsze ukrzyżowanie na żywo.

– Pierwsze ukrzyżowanie na żywo dla wszystkich. Ja też jeszcze nigdy czegoś takiego nie widziałem.

Wzięła łyk kawy i skrzywiła się z obrzydzeniem.

– Czy oni żyli, kiedy ich przybijano do krzyży?

– Tak, ale przypuszczalnie byli nieprzytomni. Naszym zdaniem nie żyli długo.

– Dzięki Bogu przynajmniej za to. – Ponownie podniosła kubek do ust, ale zorientowała się, co robi, i odstawiła go z grymasem.

Heck sięgnął po czajnik.

– Zrobić ci świeżą?

– Nie, dzięki. I tak nie będę mogła dziś zasnąć. To nie to, co się widzi na filmach, prawda?

– To znaczy?

– Martwe ciała na krzyżach. Zwisają jak manekiny. Wszystko jest takie zwiotczałe. W ogóle nie wyglądają jak prawdziwi ludzie.

– Może najlepiej, żebyś tak o nich myślała. Trochę mniej będzie bolało.

– Och, przestań... – Przyjrzała mu się sceptycznie. – Sam tego nie robisz. Skoro zawsze nosisz przy sobie ten album ze zdjęciami twarzy. Shawna McCluskey mi o tym powiedziała. Mówiła, że to wszystko są ofiary brutalnych zbrodni, którym do pewnego stopnia oddałeś sprawiedliwość. I że... – głos jej zadrżał, jakby miał się załamać – ...że codziennie je oglądasz.

Heck patrzył na nią przez chwilę, potem przysunął sobie krzesło i usiadł.

– Okej, tak, ten album to rejestr powodów, dla których pracuję w tym zawodzie.

– Znowu walka dobra ze złem?

– Słucham?

Pociągnęła nosem, nieświadomie starła kłykciem łzę.

– Tak wtedy mówiłeś, prawda? O walce dobra ze złem.

Wzruszył ramionami.

– Jeśli wierzysz w dobro i zło, to tak. Ale moja filozofia jest bardziej egoistyczna. – Zniżył głos, na wypadek gdyby ktoś podsłuchiwał w korytarzu. – Jeśli ktoś zostanie zamordowany, kiedy mam służbę, albo zgwałcony, albo torturowany... zawsze biorę to bardzo, bardzo osobiście. Muszę. Żebym nie popadł w rutynę. Żebym nigdy nie osiągnął etapu, kiedy będę akceptował wszystko, co mi się trafi, jako kolejną kropkę nad i, którą trzeba postawić. Zbyt łatwo jest zapomnieć albo przynajmniej udawać, że się zapomniało o ludzkiej cenie zbrodni. Patrzę codziennie na te twarze, żeby nigdy nie popełnić tego błędu.

Słuchała go i następna łza spłynęła po jej policzku.

– Masz. – Podał jej serwetkę. – Ale to tylko ja. Każdy musi znaleźć własny sposób, żeby sobie poradzić z taką tragedią. Tego nie można się od nikogo nauczyć.

140

– To prawdziwa wojna, tak? – Osuszyła oczy. – Z prawdziwymi ofiarami.

– Absolutnie. To nie dla tchórzy. Ale szczerze mówiąc, właśnie dlatego tu jesteś. Bo się nadajesz.

– Skoro tak mówisz. – Zdobyła się na półuśmiech, znowu wycierając oczy, i dopiero poniewczasie uświadomiła sobie, co robi. – To nic takiego. Opóźniony szok… nic więcej.

– Jasne.

– Słuchaj, lepiej już idź. – Obcesowo wskazała drzwi. – Masz robotę i ja też.

– Na pewno?

– Tak, na pewno. Zostaniesz tutaj, to ludzie pomyślą, że coś ze mną nie tak, a to nieprawda. Ze mną wszystko w porządku.

Heck wstał i ruszył do wyjścia, po czym się odwrócił.

– Claire, naprawdę dobrze sobie poradziłaś. To twoja pierwsza sprawa, w dodatku jakby sam diabeł maczał w tym palce. Ale dałaś sobie radę. Wyjdziesz z tego. Czuję to.

Kiwnęła głową z uśmiechem, jakby jego wiara w nią ogromnie podniosła ją na duchu. Kiedy wyszedł, dopiła kawę powolnymi łykami, z determinacją, nie zwracając uwagi na obrzydliwy smak. Jednak nawet wtedy następna zdradziecka łza wolno spłynęła po jej policzku.

ROZDZIAŁ 15

Miejsce zbrodni na hałdzie nakryto wielkim namiotem, który Gemma wypożyczyła od firmy z Cheshire, zwykle obsługującej wesela, i podzielono taśmą na niedostępne strefy, wciąż oczekujące na zbadanie, pomiędzy którymi wyznaczono drogi dostępu.

Heck, odziany od stóp do głów w kombinezon Tyvek, stał samotnie w środkowym przejściu i spoglądał na trzy puste krzyże, zwłaszcza środkowy, na którym umarła Kate Rickman. Ta kobieta, niegdyś mężatka pracująca jako pomoc dentystyczna, prowadząca wedle wszelkich kryteriów normalne życie przedstawicielki klasy średniej, pewnego dnia doznała czegoś w rodzaju objawienia i rzuciła wszystko, żeby pomagać nędzarzom i rozbitkom życiowym. Ten fakt bardziej niż cokolwiek innego świadczył o starannym planowaniu, stawiającym tych szczególnych zbrodniarzy na całkiem innym poziomie niż większość grup przestępczych, co nie było pocieszające.

Heck nagrał te uwagi na dyktafon, robiąc dodatkowe notatki na podkładce. Oczywiście krzyż zawsze był symbolem okrucieństwa, ale dopiero bezpośrednia styczność z tym konkretnym krzyżem uświadomiła mu, jak bardzo. Został wykonany starannie – dokładnie wymierzony, z precyzyjnym kwadratowym wycięciem, poprzeczną belkę zamocował ktoś, kto znał się na stolarce – a jednak z całą pewnością był ciężkim, brzydkim przedmiotem, szorstkim, chropowatym, z ostrymi krawędziami. W dodatku pokrywały go plamy zakrzepłej krwi, zwłaszcza wokół dziur po gwoździach, które, kiedy je wreszcie wyciągnięto, okazały się grube na palec i długie na co najmniej dwadzieścia pięć centymetrów – tak długie, że czubki wystawały z przodu poprzecznej belki. Zrobiły jedynie maleńkie dziurki, ale i tak z każdej wypłynęła kropla krwi. Na dolnej części pionowego wspornika, gdzie przymocowano kostki ofiar, została nie tylko krew; z dziur po gwoździach zwisały pasma lepkiej tkanki – strzępki ludzkiego ciała.

– Detektyw sierżant Heckenburg? – rozległ się głos we wnętrzu namiotu. Druga postać w kombinezonie nadchodziła wyznaczoną alejką.

Heck zaklął pod nosem.

Rano pokłócił się o to z Gemmą. Najwyraźniej żeby złagodzić oburzenie policjantów z Merseyside, którym odebrano to wielokrotne zabójstwo, zanim zdążyli choćby rzucić na nie okiem, a także ponieważ uznała, że potrzebuje więcej ludzi, Gemma zażądała wsparcia kilku miejscowych detektywów i otrzymała je. Zgodnie ze staroświecką zasadą, że co dwie głowy, to nie jedna, poinformowano wszystkich, że od tej pory pracują w parach. Kiedy Heck zapytał, kogo mu przydzielono, dowiedział się, że to obiecujący młody funkcjonariusz, detektyw posterunkowy Andy Gregson.

– Młody? – powtórzył Heck.

– Młody – potwierdziła Gemma z roztargnieniem; właśnie przygotowywała notatki do porannej wideokonferencji.

– Jak długo ten chłopak jest w dochodzeniówce? – zapytał Heck.

– Podobno osiem miesięcy.

– Cudownie, cholera!

Gemma spojrzała na niego.

– To tylko zapasowa para rąk, Heck! Kogo byś chciał? Kogoś, kto będzie robił wszystko po swojemu? Kto nie będzie cię słuchał?

– On jest z Liverpoolu, a ja z Manchesteru. Dlaczego uważasz, że w ogóle będzie mnie słuchał?

– Pokaż mu, że ty tu rządzisz – warknęła ze zniecierpliwieniem. – Powiedz, że kierujesz całą sprawą! Chryste Panie, wszyscy tutaj tak myślą!

– Detektyw posterunkowy Andy Gregson, sierżancie – powiedział młody człowiek, podając Heckowi rękę. Miał dwadzieścia parę lat, był średniego wzrostu i szczupłej budowy. Ostrzyżone na jeża marchewkoworude włosy były z grubsza w tym samym odcieniu co piegi pstrzące jego młodzieńczą twarz, po bokach której sterczały niefortunnie wielkie uszy. Mówił z silnym liverpoolskim akcentem. – Miło mi pana poznać.

– Taaa, nawzajem – mruknął Heck, starając się, żeby to nie zabrzmiało zbyt nieszczerze. – Słuchaj, nie mogę tracić czasu, żeby cię wprowadzać. Zostałeś dokładnie zaznajomiony z przedmiotem operacji Święto?

Gregson kiwnął głową.

– Tak... szczerze mówiąc, trochę mnie to zszokowało. Nie zdawałem sobie sprawy, że to obejmuje całą północ.

– Wiesz, że masz milczeć?

– Wbili mi to do głowy.

– Dobrze. Bo jeśli cokolwiek od nas wycieknie do prasy i góra to zwęszy, będziemy musieli wysłać rezygnację pocztą.

Gregson ponownie przytaknął, ale zachował niewzruszony wyraz twarzy.

– No więc co wiesz o technice ukrzyżowania, detektyw posterunkowy Gregson?

144

Chłopak wzruszył ramionami.

– Tylko tyle, ile widziałem w telewizji.

– W telewizji spece od efektów sprawiają, że to wygląda łatwiejsze niż w rzeczywistości. – Heck wskazał trzy krzyże. – Spróbuj sobie wyobrazić, jakie to byłoby trudne w rzeczywistości.

– Wielkie cholerstwo, co?

– Większe, niż się ludziom zdaje – odparł Heck. – Oceniamy, że stoją w dołach głębokich na co najmniej pół metra... które oczywiście wykopano wcześniej; samo to było ciężką robotą. To znaczy, że pionowe słupy z litego dębu mają ponad trzy metry długości.

– Ciężkie – zauważył Gregson.

– Bardzo ciężkie. Bardzo nieporęczne.

– I wszystko to zrobiono, dopóki było ciemno?

– Trudno uwierzyć, prawda? – przyznał Heck. – Zabójcy musieli działać zespołowo, przynajmniej żeby postawić te krzyże w jedną noc.

– Może uliczny gang?

– Rozważaliśmy to, ale nie jestem przekonany i zwróciłem na to uwagę szefostwu. Ukrzyżowanie to nie styl gangsterów. Ale mówimy o liczbach. Nawet jeśli stłumisz ból narkotykami, wieszanie ludzi na krzyżach to kłopotliwe zadanie. Przywiezienie trojga więźniów i trzech niezmontowanych krzyży na tę hałdę żużlu byłoby zbyt ryzykowne, zbyt czasochłonne, zwłaszcza po ciemku. Więc myślę, że tych nieszczęśników ukrzyżowano wcześniej. Przywieziono ich już na krzyżach, co wymagało czegoś więcej niż samochodu dostawczego.

Gregson kiwnął głową.

– Słyszałem, że szukamy ciężarówki.

– Prawdopodobnie z naczepą – potwierdził Heck. – Zapoznam cię z najnowszymi ustaleniami. – Poczłapali na-

145

stępną wytyczoną alejką na szczyt i na drugą stronę hałdy. – Wiemy już, że kostium Świętego Mikołaja, w którym zamurowano Ernesta Shapiro, nie należał do niego. Został albo uszyty w domu, albo kupiony w sklepie z przebraniami. Sprawdzamy obie te opcje. Również cegły były całkiem nowe, więc dokładnie badamy kradzieże z placów budowy, składów materiałów budowlanych, hurtowni i tak dalej. Co najlepsze, znaleziono ludzki włos pod dwoma paznokciami Shapiro. Możliwe, że dostaniemy próbkę DNA.

Wiadomość nadeszła rano i wprawiła wszystkich w podniecenie, chociaż odrobina DNA mogła kogoś obciążyć tylko wtedy, jeśli DNA sprawcy już znajdowało się w rejestrze, co nie zawsze się zdarzało.

– Stary pierdziel ostro się bronił, hę? – rzucił Gregson. Heck przytaknął.

– Co do zabójstw w walentynki w Bolton, strzałę dokładnie zbadano, ale jest czysta. Nie jest unikatowa. To popularna aluminiowa strzała używana w klubach łuczniczych w całej Anglii. Właśnie wszystkie sprawdzają. Ściągnęliśmy również kryminologa z Liverpoolu, Johna Mooresa. Stworzył profil geograficzny. Znamy tylko cztery miejsca zbrodni, więc w mojej opinii wzorzec jeszcze nie jest całkowicie wiarygodny, ale na punkt zaczepienia wygląda Manchester. Tymczasem te ukrzyżowania to nasz priorytet. „Nasz” znaczy mój, twój i wszystkich innych obecnie stacjonujących w Manor Hill.

Opuścili namiot i zeszli po drugiej stronie hałdy do miejsca odległego o jakieś pięćdziesiąt metrów, gdzie nierówną powierzchnię przecinała wyboista, jednopasmowa droga prowadząca ze wschodu na zachód. Za nią ciągnął się dalej posępny żużlowy ugór, porośnięty kępkami ciernistych krzewów.

– Na tej drodze dojazdowej zlokalizowaliśmy świeży ślad opon dostatecznie dużych, żeby wskazywał na ciężarówkę – oznajmił Heck. Przeszedł trzydzieści metrów na wschód do miejsca, gdzie rozbito następny namiot, wokół którego trzepotała taśma policyjna. Wskazał fragment ubitego błota z odciskiem grubej opony. – Oczywiście zdjęliśmy gipsowy odlew.

Na Gregsonie nie zrobiło to wrażenia.

– To jest przemysłowy teren, sierżancie. Przez ostatnie dni mogły tędy jeździć różne ciężarówki, wywrotki i tak dalej.

– Nie da się ukryć. – Ruszyli drogą do strefy zewnętrznej, przy której teraz trzymało wartę dwóch mundurowych. – Przyznaję, że to strzał w ciemno. Ale ten ślad opon to jedyny wyraźny odcisk, jaki znaleźliśmy, czyli zapewne jest najświeższy, więc musimy się tego trzymać.

Przeszli pod taśmą i weszli do zatoczki, gdzie parkowało wiele pojazdów policyjnych, włącznie z ich samochodem. Tam ściągnęli rękawice, kombinezony i buty. Pod spodem Heck miał jak zwykle sportowe spodnie, koszulę i krawat. Gregson był ubrany podobnie, ale górny guzik koszuli miał zapięty, węzeł krawata pedantyczny, kanty spodni ostre jak brzytwa.

– Jak długo tu pracujesz? – zagadnął Heck.

– Trzy lata, trzy tygodnie i dwa dni, sierżancie.

– Żonaty?

– Dwa lata, osiem miesięcy, trzy tygodnie.

– Prowadzisz dokładną statystykę wszystkiego, co?

– Zawsze się przydawała, kiedy byłem na służbie.

– Pewnie tak. – Heck wrzucił dyktafon i notatnik przez otwarte tylne okno swojego peugeota 306 w kolorze niebieski metalik. – Przynajmniej nie będę już tego potrzebował. Manor Hill ciągle jest pod oblężeniem?

Gregson przytaknął.

– Trochę cyrk się z tego robi, prawda?

– Świat Grand Guignol, posterunkowy Gregson.

– Co proszę?

– Grand Guignol. To francuska nazwa. To był teatr makabry na początku dwudziestego wieku. Dziwolągi, gore, gotycki horror. – Heck włożył marynarkę. – Dokładnie to, co próbują osiągnąć nasi sprawcy, moim zdaniem.

– Że co... urządzić przedstawienie? Robią to wszystko, tylko żeby zaszokować ludzi?

– Przypuszczam, że to jakiś artystyczny numer. – Heck się zadumał. – Pospolici przestępcy, z jakimi zwykle mamy do czynienia... nie mają w tym żadnego interesu. Tacy prawie zawsze chcą czegoś oczywistego. Forsy, prochów, seksu. Te morderstwa są starannie zaaranżowane, wypracowane. Jakby jakaś obłąkana forma estetyki. Oczywiście to tylko moja teoria. Szefowie nie są przekonani.

Zanim zdążył powiedzieć coś więcej, zapiszczała jego komórka. Kiedy przyłożył ją do ucha, odezwała się Jen Weeks, kierowniczka cywilnej obsługi administracyjnej operacji Święto.

– Sierżancie Heckenburg! – zawołała nagląco. – Zgłoszono płonącą ciężarówkę. Świadek mówi, że porzucono ją na nieużytkach i umyślnie podpalono.

– Gdzie?

– W Ingley Nook. Dziesięć kilometrów od miejsca ukrzyżowania.

Heck dał znak Gregsonowi, który właśnie zamierzał wsiąść do swojego forda galaxy.

– Pojadę własnym samochodem, sierżancie – powiedział.

– Znasz tamtą okolicę?

– No tak. Tam pierwszy raz miałem służbę.

– W takim razie jedziesz ze mną.

• • •

Ingley Nook okazał się rzędem starych szeregowych domów z czerwonej cegły przy niewykończonej drodze, która wiła się przez następny ugór zasypany popiołem.

– Cholerne podwozie! – zaklął Heck, kiedy kołysali się i podskakiwali na wybojach.

– Jeden minus jeżdżenia porządnym wozem – zauważył Gregson.

– Mogłeś mnie ostrzec.

– Jest gorzej, niż zapamiętałem, ale dawno tu nie byłem.

Przejechali następne trzy kilometry i zabudowania zmieniły się w brudną, rozmazaną smugę na horyzoncie, zanim wreszcie dostrzegli dym i błyskające niebieskie światła dwóch wozów strażackich. Podjechawszy bliżej, zobaczyli, że ciężarówka – naczepowa – została sprowadzona z drogi po łagodnym zboczu na otwarty teren, gdzie widocznie roztrzaskała się o betonowe fundamenty dawnej kopalni węgla.

Heck zaparkował i patrzył, jak strumienie wody wyginają się łukowato nad wrakiem. Tylna część wciąż płonęła, kłęby czarnego, gęstego dymu płynęły nad ziemią, pędzone silnym zachodnim wiatrem. Modelu i marki nie dało się rozpoznać na pierwszy rzut oka, tylna tablica rejestracyjna przepadła, ale strażacy opanowali ogień i wkrótce policjanci będą mogli dokonać inspekcji. Miejscowy komendant straży pożarnej już wspinał się z powrotem po zboczu, podnosząc osłonę hełmu i rozpinając ciężką ognioodporną kurtę.

Heck wysiadł z samochodu i mignął odznaką.

– Podpalenie?

– Niewątpliwie.

– Przyspieszacz?

– Prawdopodobnie benzyna. Jakiś geniusz oblał część ładunkową, od środka i od zewnątrz, ale nie kabinę. Dobra robota. Gdyby silnik się zapalił, nic by nie zostało.

– Więc popełnili błąd – zauważył Gregson.

– To my tak myślimy – sprostował Heck. – Czy ogień mógł się palić przez całą wczorajszą noc?

Komendant przytaknął.

– Możliwe. To odludzie… nie od razu by to zauważono. Mogło się kopcić dość długo, pod warunkiem że zbiornik paliwa nie wybuchnął.

Odszedł, wyszczekując rozkazy do swoich ludzi.

Heck i Gregson zaczęli schodzić po zboczu. Ciężarówka była już syczącym, poczerniałym szkieletem. Strażacy zwijali węże i zbierali sprzęt. Heck wygrzebał komórkę i zadzwonił do Jen Weeks.

– Jen, to ja! – powiedział. – Ta płonąca ciężarówka… Kto ją zgłosił?

– Nie wiem – padła odpowiedź. – Telefon przełączono przez centrum nadzoru St Helens.

– Spróbuj ustalić jakieś szczegóły, tak? I pogadaj z nadkomisarzem Garricksonem. Trzeba będzie obejść domy w Ingley Nook. Ludzie mogli coś widzieć.

Sądząc po kącie ustawienia spalonej ciężarówki, a także ostro skręcających śladach opon na zboczu, zjechała z drogi z dużą prędkością. Obeszli ją od przodu i zajrzeli do środka. Wnętrze było wypalone, wszystkie powierzchnie się zwęgliły. Jeśli przewożono tam kogoś przybitego do krzyża, nie zostało po tym ani śladu – nieważne, ile krwi się rozlało. Co jeszcze bardziej rozczarowujące, koła też się spaliły; opony roztopiły się tak, że nie dało się odtworzyć bieżnika.

Ciężarówka uderzyła w fundamenty z całym impetem, jakby umyślnie na nie najechała. Krata chłodnicy się rozbiła, mechaniczne wnętrzności wystawały na zewnątrz, buchając parą; obie przednie osie się urwały i pojazd znieruchomiał przechylony w dół, z przednim zderzakiem na poziomie gruntu. Karoseria kabiny pogięła się od wstrząsu, dach się wypuczył i pękł na całej szerokości, przednia szyba wykrzywiła się i rozsypała, chociaż kawałki wciąż tkwiły w ramach. Jak powiedział komendant straży pożarnej, ogień nie pochłonął przedniej części, jednak farba na kabinie sczerniała i pokryła się pęcherzami od żaru. Przednie koło od strony kierowcy zmieniło się w dymiący, zwęglony skwarek, natomiast drugiego koła brakowało.

Heck rozejrzał się za nim i dostrzegł je kilka metrów dalej, obok tablicy rejestracyjnej roztrzaskanej na kilka kawałków. Przekazał numer do sprawdzenia w wydziale komunikacji i czekając, przykucnął, żeby obejrzeć koło. Niestety również ucierpiało od ognia, chociaż nie tak bardzo jak pozostałe. Nie dało się stwierdzić z całą pewnością, że wzór bieżnika pasuje do śladów na hałdzie żużlu – guma stopiła się i odkształciła, ale istniały podobieństwa.

– Wydział komunikacji do detektywa sierżanta Heckenburga – rozległ się blaszany głosik.

– Dawaj.

– Zarejestrowany jako samochód ciężarowy Scania R470, sierżancie. Osiemnastego stycznia bieżącego roku zgłoszono kradzież z parkingu w Longsight w Manchesterze.

– Dzięki.

Wpychał radio z powrotem do kieszeni, kiedy zadzwonił jego telefon. Numer pokazywał, że to Gemma.

– Szefowo?

– Co to za historia z tą ciężarówką? – zapytała.

– Może być nasza, ale jeszcze nie mamy wyraźnych powiązań. Bieżnik jest zniszczony, więc nie ma pewności, ale niewiele się różni od tych, które znaleźliśmy na miejscu zbrodni.

– Ile ocalało z ognia?

– Wystarczająco, żeby nad tym popracować. Trzeba to jak najszybciej zabezpieczyć. Przydałby się jeszcze jeden taki weselny namiot.

– Okej. – Zrobiła przerwę. – Masz jakieś przeczucia?

Heck podniósł wzrok. Niebo było błękitne, ale z zachodu napływały chmury.

– Tylko jedno, że lepiej szybko tu ściągnąć chłopców z laboratorium. Teren już jest porządnie zadeptany, a przed wieczorem może padać.

– Nie ma problemu. – Rozłączyła się.

– Rozejrzyj się po okolicy – zwrócił się Heck do Gregsona. – Szukaj pojemników, które mogły zawierać benzynę. I wszelkich podejrzanych śladów stóp. Pamiętaj, że strażacy noszą podkute buty, więc szukamy śladów adidasów, skórzanych półbutów i tak dalej.

Gregson odszedł, a Heck wspiął się na stopień, żeby zajrzeć do kabiny przez drzwi od strony kierowcy, chociaż niewiele widział przez popękaną, okopconą szybę. Wyjął z kieszeni lateksowe rękawiczki, naciągnął je i z trzaskiem poprawił wokół nadgarstków. Starając się jak najmniej dotykać, nacisnął przycisk na klamce drzwi. Ustąpiła ze szczęknięciem; drzwi przechylonej kabiny otwarły się szeroko i mógł zajrzeć do środka.

Zobaczył typowe niechlujne wnętrze. Z otwartego schowka wystawały upchnięte byle jak mapy i wymiętoszone dokumenty wozu. Z bocznej kieszeni wysypywały się opakowania po chipsach i zgniecione papierowe kubki poplamione kawą. Na przedniej szybie wisiał mały, brudny miś oraz różaniec, z którym ostro kontrastowały zdobiące tylną ścianę plakaty z modelkami – smukłe ciała, złocista opalenizna, stringi i wysokie obcasy. Ale wzrok Hecka przyciągnęła szczególnie jedna rzecz – do połowy zużyte tekturowe zapałki reklamowe, które leżały pośrodku miejsca na nogi dla pasażera. Przyjrzał im się z namysłem, po czym zerknął na rozbity sufit.

Nie chciał tak od razu ingerować w miejsce zbrodni, ale pogoda nie sprzyjała. Gdyby zaczęło padać, deszcz spłukałby wnętrze kabiny. Zdecydował, że nie ma wyboru. Wyjąwszy z kieszeni szczypczyki, sięgnął w głąb kabiny, chwycił zapałki za krawędź i podniósł do oczu.

– Bingo – szepnął.

Dokładnie na środku błyszczącej tekturki widniał duży, tłusty odcisk kciuka.

ROZDZIAŁ 16

Telefon Claire nie przestawał dzwonić przez cały dzień. Jeśli nie dziennikarze z codziennych gazet, to Press Association, jeśli nie Press Association, to Agencja Reutera. Szczęka jej zesztywniała i w gardle zaschło od powtarzania w kółko oficjalnego komunikatu, i żadna ilość kawy nie pomagała, jedynie zwiększała nerwowe napięcie.

W końcu Claire uznała, że ma dość, przełączyła wszystkie rozmowy na oczekiwanie i wyszła do głównego pomieszczenia centrum koordynacyjnego, żeby rozprostować nogi. Kilka minut wcześniej widziała, jak Gemma, Garrickson i kilka innych osób ubierało się przed wyjściem. Oby to znaczyło, że ktoś inny zyskał popularność, wiedziała jednak, że nie może na to liczyć. Tłumy detektywów przewijały się przez biuro niczym klienci przez sklepy w dniu wyprzedaży. Atmosfera nie była wprawdzie gorączkowa, ale bynajmniej nie spokojna; telefony innych dzwoniły chyba równie często jak jej komórka, wszyscy nieustannie stukali w klawiatury.

Teraz jednak uwagę Claire przyciągnęły przede wszystkim trzy duże tablice ogłoszeniowe, przy których pracował Eric Fisher. Widziała już środkową, pokazującą różne miejsca zbrodni. Ta po lewej stronie przedstawiała pogodniejsze obrazki: sielskie widoczki ze starej Anglii, drzewa i krzaki owinięte wstążkami, wiejskie festyny, tłumy ludzi w wymyślnych strojach. Fisher właśnie zapełniał prawą tablicę, tym razem materiałami zupełnie innego rodzaju. Głównie były to szkice i rysunki, nawet jedna czy dwie reprodukcje; na szczęście żadnych fotografii.

Pierwszy szkic przedstawiał nagiego mężczyznę, przywiązanego przodem do drewnianej ramy. Po obu stronach stały dwie postacie, obie włochate i groźne, odziane w hełmy i kolczugi. Jeden z oprawców trzymał sztylet, drugi młot i dłuto. Plecy ofiary zostały rozcięte na całej długości, kręgosłup obnażony, żebra po jednej stronie odrąbane niczym łodygi selera.

– Krwawy orzeł wikingów – objaśnił Fisher, kiedy zobaczył, na co patrzy Claire. – Ofiara dla Odyna, żeby zdobyć jego łaskę w wojnie. Rozcinano plecy więźnia, rozłupywano żebra i wyciągano płuca, żeby wyglądały jak orle skrzydła. Tę metodę stosowały zwycięskie armie wikingów, ale niezbyt powszechnie. Tylko pojmanych królów albo wielkich wodzów uznawano za godnych takiej śmierci. Możesz wierzyć albo nie, ale to był zaszczyt.

– Zaszczyt – powtórzyła Claire z niedowierzaniem.

– Niesamowite, co?

Detektyw sierżant Fisher sam przypominał wikinga: potężny, zwalisty facet sporo po pięćdziesiątce, z ogromnym brzuszyskiem zwisającym nad paskiem, z krzaczastymi brwiami i przetykaną siwizną gęstą rudą brodą, zakrywającą połowę pobrużdżonej twarzy. Każde ubranie, które na siebie włożył – zwykle regulaminowa koszula i krawat – wyglądało niechlujnie na jego beczkowatej figurze. Sapał, idąc, i zawsze cuchnął potem i dymem papierosowym, Claire jednak wiedziała, że w JSP nikt nie dorównuje Ericowi Fisherowi jako badaczowi i analitykowi.

Spojrzała na następny obraz. To była reprodukcja, prawdopodobnie z okresu klasycyzmu; przedstawiała dwóch mężczyzn palonych na stosie. Jednak nie obłożono ich drewnem. Zamiast tego stali na stosie rozżarzonych węgli. Sugestia była oczywista – ogień płonął powoli, żeby zwiększyć męczarnie. Chociaż ofiary wciąż żyły i wznosiły oczy do nieba, z ich nóg i stóp zostały gołe kości.

– Egzekucja Jacques'a de Molaya i Geoffroi de Charny w tysiąc trzysta czternastym roku – objaśnił Fisher. – Dwaj rycerze templariusze spaleni za herezję. Chodziło o to, żeby tortura trwała jak najdłużej, żeby spłacili wszystkie długi, zanim staną przed Stwórcą, co zwiększy ich szanse na uniknięcie piekła.

– A te wszystkie? – zapytała Claire.

– Religijne zabójstwa – odpowiedział Fisher. – Rytuały, ofiary... Celem jest zbawienie poprzez ból.

Religijne... zbawienie...

– Albo narzucenie innym swojego systemu wierzeń – dodał Fisher gawędziarskim tonem. – Jak lepiej udowodnić, że twój bóg rządzi, niż złożyć mu w ofierze najważniejszych wyznawców innego boga? I kiedy lepiej to zrobić niż przy jakiejś specjalnej okazji, podczas święta religijnego czy czegoś w tym stylu? Dopiero się ucieszy twój bóg!

Claire próbowała odwrócić wzrok, ale nawet przelotny widok pozostałych eksponatów wystarczył, żeby żołądek podjechał jej do gardła. Krew spływająca strumieniami po stopniach spalonego słońcem ziggurata, na szczycie którego kapłan przybrany piórami właśnie wyrwał metalowym szponem serce z piersi jeńca rozciągniętego na kamiennym bloku. Olbrzymi idol umazany krwią, trzymający w objęciach stos trupów obdartych ze skóry, a wokół niego tańczą nago kapłani i akolici, tylko że... Nie, nie byli nadzy, lecz odziani w skóry swoich ofiar. Claire przysięgłaby, że słyszy demoniczny rytm bębnów, akompaniament tego tańca.

Ale z ciebie głupi dzieciak, myślała, idąc sztywno do swojego pokoju. Żeby kilka rysunków tak cię wytrąciło z równowagi. Chodziło jednak nie tyle o rysunki, ile o ich przekaz. Ludzie robili te okropne rzeczy wszędzie, od niepamiętnych czasów. W porównaniu z tą przerażającą prawdą Claire dorastała w jakże cieplarnianych warunkach, gdzie najbardziej szokującym wydarzeniem przeciętnego tygodnia był jej ojciec mamroczący „Cholera", kiedy skaleczył się w palec podczas przycinania nagradzanych róż w ogrodzie ich typowego domu klasy średniej w Bournemouth. Jakże daleko ją trzymano od tego wszystkiego, a teraz w okamgnieniu znalazła się w brzuchu bestii.

Trudno uwierzyć, że wczoraj – zaledwie wczoraj! – na własne oczy widziała prawdziwe ukrzyżowanie. Próbowała nie pokazywać po sobie, jak bardzo to nią wstrząsnęło. Heck również czuł odrazę – oczywiście, że tak, ale wrócił tam i pracował jak gdyby nigdy nic. W biurze ludzie paplali, przekomarzali się, dowcipkowali przy swoich zajęciach. Dopiero teraz do Claire dotarło, jaka będzie musiała być dzielna – jak jeszcze nigdy w życiu – żeby pozostać w tym zespole.

– Dam radę, wiem, że tak!

I mówiła poważnie, z całym przekonaniem… Miała jednak nadzieję, że nikt jej nie podsłuchuje. Bo chociaż wypowiadała te słowa z taką determinacją, że niemal przy tym szlochała, wciąż nie brzmiały przekonująco.

Nawet w jej własnych uszach.

ROZDZIAŁ 17

Heck wrócił do samochodu i umieścił próbkę odcisku palca w sterylnym pojemniku w bagażniku, zanim ściągnął rękawiczki. Na dole Andy Gregson okrążał spaloną ciężarówkę, zataczając coraz szersze kręgi. Heck spojrzał na drogę. Na razie nie widział ani śladu wsparcia, ale niedługo powinni przyjechać...

Błysk światła przykuł jego wzrok.

Heck wyprostował się i omijając wzrokiem ciężarówkę, popatrzył w dal ponad rozległą, jałową równiną, na którą miał dobry widok z góry.

Ponownie coś błysnęło, bardzo daleko, w odległości około kilometra, na niskiej grani porośniętej krzakami. Po trzecim błysku Heck, który podejrzewał, że ktoś ich obserwuje przez lornetkę, teraz nabrał już niemal pewności.

Przez chwilę nie mógł się zdecydować, co robić. To mogło być całkiem niewinne. Ludzie wędrują po okolicy z lornetkami z różnych nieszkodliwych powodów.

Taaa, akurat...

Wskoczył za kierownicę peugeota i wsadził kluczyk do stacyjki. Dwulitrowy silnik turbo diesel zawarczał.

Zjeżdżając z rykiem po nierównym zboczu, Heck zobaczył, że Andy Gregson wychodzi zza poczerniałego wraku i gapi się na niego z otwartymi ustami, ale nie miał czasu zatrzymywać się i wyjaśniać. Dalej obtłukiwał podwozie peugeota, pędząc po kamienistym, pofalowanym gruncie. Koła się ślizgały, samochód podskakiwał. W jednym miejscu skręcił gwałtownie, tracąc przyczepność na spękanej nawierzchni. Rozległ się przeraźliwy trzask, jakby odłamała się rura wydechowa, i silnik zagrzmiał jeszcze głośniej.

– Cholera! – zaklął Heck.

Grań zbliżała się, ale powoli – widocznie odległości tutaj tylko wydawały się niewielkie. Samochód wpadał w koleiny i dziury, miotało nim na wszystkie strony. Kolczaste pędy oplątywały się wokół kół; beczka po oleju odturlała się z brzękiem, trafiona lewym reflektorem, który oczywiście się rozbił. Nie zważając na nic, Heck nie odrywał wzroku od coraz bliższej grani. Odkąd wskoczył do samochodu, nie widział następnego błysku, jednak wcale się nie dziwił – zobaczyli, że nadjeżdża. Dlatego szybkość liczyła się teraz bardziej niż pozostanie niezauważonym.

Ze zgrzytem osi i piskiem skrzyni biegów pokonał ostatnie pięćdziesiąt metrów w płytkim rowie, podskakując na resztkach murów i stosach cegieł. Z jednej strony wystawał fragment rury ściekowej z solidnego betonu. Tylko szybkim, zręcznym manewrem Heck zdołał ją wyminąć bez zdzierania lakieru z boków. Tuż nad nim wznosiło się wyboiste zbocze grani, zbita masa sprasowanego gruzu. Wcisnął hamulec i ponownie zarzuciło go na boki, zanim się zatrzymał. Wyskoczył z samochodu i zaczął się wdrapywać po zboczu, chwilami na dwóch nogach, chwilami na czworakach. Okazało się bardziej strome, niż przypuszczał, ale do wierzchołka nie mogło być daleko. Wspinając się, wyłowił z kieszeni telefon.

– Andy!

– Co się dzieje? – usłyszał zdumiony głos.

– Ktoś nas obserwuje.

– Co... kto?

– Nie wiem.

– Ten twój samochód będzie do kasacji.

– Wyślę rachunek do KZP. Zostań na miejscu... Gemma już jedzie.

Heck schował telefon. Ociekał potem, zanim dotarł na szczyt. Stanął zdyszany i rozejrzał się dookoła. Płaski teren przed nim porastała roślinność ruderalna, głównie pokręcone, skarłowaciałe drzewa zbite w kępy. Chociaż dopiero zaczynała się wiosna, jeżyny i chwasty sięgały mu do kolan. Nie słyszał żadnych dźwięków, nawet świergotu ptaków, co wydawało się złowieszcze.

Ostrożnie posuwał się naprzód przez wąskie kotlinki nakrapiane plamami słońca. Po kilku metrach obejrzał się i odkrył, że nie widzi już otwartego terenu, po którym jechał. Wybujała roślinność zamknęła się za nim niczym kurtyna. Potem z prawej strony rozległ się głos: ktoś w pobliżu kogoś wołał.

Heck zatrzymał się i wytężył słuch.

Przeszedł kilka metrów w tamtą stronę, rozgarniając chwasty i gałęzie, ale wciąż nic nie widział. Głos rozbrzmiał znowu. Wyraźnie głęboki, zdecydowanie męski. Jak przedtem wołał czyjeś imię, ale nie dało się go rozpoznać, i dlaczego tym razem wydawał się dobiegać z przeciwnej strony? Czy taka była akustyka tego miejsca, czy też – upiorny pomysł – odzywały się różne osoby? Czyżby się ukrywały, bawiły się jego kosztem? Wymacał w kieszeni komórkę, ale telefon na niewiele mógł się przydać – nikt inny nie przejechałby po tym gruzowisku. Musieliby przyjść piechotą, co trwałoby wieki. Lepiej się wycofać, ale jakim kosztem? A jeśli sprawcy tu są... a on po prostu odejdzie?

Usłyszał następny krzyk, tym razem bardziej oddalony, budzący echo. Wbrew zdrowemu rozsądkowi znowu ruszył do przodu, odpychając następne gałęzie. Maszerował zygzakowatą ścieżką i wciąż nie widział nikogo, chociaż kiedy grunt zaczął znowu się obniżać, karłowate zarośla przerzedziły się, ustępując miejsca wyższym, zdrowszym drzewom, jak dęby i sykomory. Za nim ścieżka opadała stromo i nagle Heck spoglądał na otwartą przestrzeń, na coś, czego z pewnością nie spodziewał się zobaczyć.

Cmentarz... ale cmentarz pociągów.

Zamarł. Na torach gęsto zarośniętych chwastami stały wagony i nawet jedna czy dwie lokomotywy, stykając się zardzewiałymi zderzakami, po siedem czy osiem w rzędzie. W brudnych szybach okien ziały czarne, poszarpane dziury, wybite kamieniami. Po karoserii biegły niebieskie żyły i czerwone arterie farby w sprayu, tu i ówdzie powgniatane blachy porastał mech.

Przynajmniej to wyjaśnia echo, pomyślał Heck z roztargnieniem.

Stara bocznica, prawdopodobnie połączona w jakiś sposób z linią Liverpool–Manchester, leżała dobre dwadzieścia metrów niżej, w naturalnej dolinie. Ścieżka prowadziła w dół pod niebezpiecznym kątem – tak niebezpiecznym, że chyba nie ryzykowałby schodzenia, gdyby nie dostrzegł na dole ruchu. Jakaś postać w zielonej kurtce przeciwdeszczowej z kapturem właśnie zniknęła za jednym z niszczejących wraków.

Czekał, ale postać więcej się nie pokazała. Wyłowił z kieszeni telefon, ponieważ jednak stał teraz niżej, wznoszący się za nim grzbiet hałdy blokował zasięg. Spróbował radia – ten sam problem. Wepchnął oba gadżety z powrotem do kieszeni, przezornie wyłączając najpierw dźwięk w radiu – nawet jeśli policyjna krótkofalówka nie działała w potrzebie, z reguły wybuchała trzaskiem zakłóceń akurat wtedy, kiedy się podkradałeś do przestępcy.

Heck ruszył w dół, stawiając stopy bokiem, żeby się nie przewrócić. Przez cały czas obserwował szeregi porzuconego taboru kolejowego. U stóp wzniesienia ścieżka skręcała ostro w prawo i biegła wzdłuż wysokiego ogrodzenia z drucianej siatki, obluzowanej jednak w wielu miejscach, więc Heck bez trudu prześliznął się pod spodem. Wyprostował się i otrzepał ręce z ziemi, nasłuchując uważnie. Jeśli ludzie się nawoływali, teraz przestali. Czy dlatego, że on się zjawił? Zaryzykował jeden krok, potem następny, ostrożnie stąpając wśród ostów i przegniłych podkładów. Zaglądał w wąskie prześwity pomiędzy wielkimi, milczącymi wehikułami, gdzie cienie były najgłębsze i chwasty sięgały po szyję. Z obu stron wisiały otwarte drzwi, za którymi w wybebeszonych wnętrzach kryła się cuchnąca ciemność. Heck wciąż nic nie słyszał. Dopiero kiedy minął piątą alejkę, dostrzegł ruch na jej odległym końcu: przelotne mignięcie zieleni. Jak wcześniej, ktoś właśnie skrył się przed jego wzrokiem. Heck przystanął, wstrzymując oddech, a potem pod wpływem impulsu odwrócił się gwałtownie. Jeśli było ich więcej, niewidoczny napastnik mógł się podkradać od tyłu. Ale nie zobaczył nikogo, tylko pustą przestrzeń, więcej gruzów.

Jakieś trzydzieści metrów dalej ciągnął się rząd żółtych, niemal kwadratowych maszyn – porzucone diesle, poobijane, brudne, z wypisanymi sprayem nieprzyzwoitymi słowami. Po drugiej stronie skorodowane szyny ginęły w kanionie zarośniętym krzakami. Heck znowu odwrócił się do wąskiego przejścia. Teraz nic się tam nie poruszało. Podniósł wzrok na zbocze. Wśród drzew na szczycie również nie widział żadnego ruchu. Jeśli Gemma dotarła do podejrzanej ciężarówki, widocznie nie zainteresowało jej, dlaczego stracili z nim łączność. Jeszcze nie.

Głośny brzęk przyciągnął jego uwagę z powrotem do alejki.

Dźwięk wibrował w powietrzu przez parę sekund, wciąż jednak nic się nie poruszało.

Heck wszedł w następną alejkę. Okazała się dłuższa od poprzednich; tworzące ją pociągi składały się z pięciu czy sześciu wagonów każdy, zamiast jednego czy dwóch. Ale jego wzrok przykuła głównie postać na drugim końcu.

Odskoczył do tyłu i przywarł do wagonu, zanim się zorientował, że postać jest odwrócona tyłem. Ponownie ujrzał ciężką zieloną kurtkę przeciwdeszczową z postawionym kapturem, spiczastym jak łeb goblina. Postać, dziwnie szeroka w ramionach, niemal jak napastnik rugby w naramiennikach, trwała w absolutnym bezruchu.

Zapraszała go, żeby podszedł.

Oczywiście, podejdę, ale nie tak, jak sobie życzysz, kolego.

Jak najciszej wdrapał się przez otwarte drzwi do wagonu po lewej stronie i znalazł się w łukowym korytarzu, zaśmieconym odłamkami szkła, przewróconymi stolikami i wnętrznościami pociętych albo spalonych siedzeń. Miał dobry widok na obie strony, nie tylko przez wyłamane drzwi. U jego stóp leżała pognieciona, pożółkła gazeta. Wyglądała na „Daily Mail"; pierwsza strona wyrażała szok z powodu śmierci Diany, księżnej Walii. Przestąpił nad gazetą, posuwając się szybko i cicho. Na końcu pierwszego wagonu, gdzie walało się jeszcze więcej szkła i kilka półcegłówek, przystanął i nasłuchiwał. Z zewnątrz nie dochodziły żadne dźwięki, ale jakiś nieokreślony niepokój kazał mu zwlekać. A potem to usłyszał – trzeszczenie plastyku tuż za plecami.

Obrócił się i zobaczył drzwi toalety uchylone na piętnaście centymetrów. Po drugiej stronie zalegał nieprzenikniony zielony cień. Znowu trzask, tym razem głośniejszy. Heck wyobraził sobie ciężką kurtkę przeciwdeszczową i jej właściciela zmieniającego pozycję. Czy właśnie patrzył na Hecka przez tę szparę w drzwiach?

Heck nie miał wyboru. Natarł na drzwi wysuniętym ramieniem. Ledwie drgnęły pod jego ciężarem i przez chwilę był absolutnie przekonany, że ktoś zapiera się o nie z drugiej strony.

Potem zobaczył, jak jest naprawdę.

Maleńką kabinę toalety wypełniały plastykowe worki na śmieci. Buszująca wśród nich dzielna wiewiórka wyskoczyła przez rozbite, porośnięte mchem okno i znikła jak popielatoszara smuga.

Heck stał w drzwiach przez kilka sekund z opuszczoną głową, próbując odzyskać równowagę. Potem ruszył spiesznie korytarzem, wyglądając przez każde rozbite okno po kolei, chwytając nikłe przebłyski skorodowanych karoserii otaczających go z obu stron. Ponownie zwolnił, kiedy dotarł na przód pociągu. Dalej posuwał się możliwie cicho. Przed sobą miał otwarte drzwi do przedziału służbowego. Najpierw przesunął się w prawo i wyjrzał na alejkę. Postać, którą wcześniej zobaczył, powinna stać dokładnie przed nim, ale teraz nikogo tam nie było, tylko pusty prześwit między dwiema lokomotywami.

Klnąc pod nosem, przepchnął się do kabiny maszynisty. Tam gdzie kiedyś znajdował się pulpit sterowniczy, zostały tylko pęki zatłuszczonych kabli i zardzewiałe nity w miejscu dwóch foteli. Wyśliznął się przez otwarte drzwi i zlazł na ziemię, oglądając się na wciąż pustą alejkę. Dopiero kiedy wyszedł na otwartą przestrzeń, ponownie zobaczył postać.

Stała trzydzieści metrów na prawo, jak przedtem odwrócona plecami, teraz jednak jej lewe ramię zwisało bezwładnie wzdłuż boku. Zdawała się wpatrywać w rozwaloną szopę na bocznicy. Tym razem Heck nie próbował się skradać. Podszedł, głośno chrzęszcząc butami po żwirze. Pomimo hałasu zakapturzona postać stała w bezruchu, nie zamierzała się obejrzeć, co było lekko niepokojące, podobnie jak jej rozmiary. Z bliska wydawała się dostatecznie wielka, żeby przełamać przeciwnika na pół. Heckowi przyszedł do głowy szalony pomysł, żeby walnąć gościa w kark i wyłączyć go z akcji, zanim jeszcze rozpocznie się walka, ale się powstrzymał.

– Policja! – krzyknął, złapał tamtego za lewy nadgarstek i wykręcił mu ramię w górę i do tyłu pod ostrym kątem.

Zdziwił się, że tak łatwo powalił przeciwnika, który jęczał z bólu. Kaptur opadł i Heck zobaczył kilka rzeczy naraz.

Po pierwsze facet, chociaż barczysty, był w podeszłym wieku, z pokaźnym brzuchem i gęstym siwym zarostem na pulchnej, rumianej twarzy. Po drugie nie słyszał, jak Heck podchodził, bo miał na uszach słuchawki podłączone do iPoda. Po trzecie stał bez ruchu, ponieważ skupiał się na przedmiocie ustawionym przed nim na lekkim trójnogu – to był geodezyjny niwelator, który się przewrócił i rozbił. I wreszcie na prawej klapie kurtki przeciwdeszczowej widniały słowa: DAYNTON HOMES Ltd.

Heck usłyszał podobny okrzyk jak wcześniej, chociaż tym razem bardziej zrozumiały.

– Mal! Znowu nałożyłeś te przeklęte słuchawki?

Druga postać, również w zielonej kurtce, wkroczyła w pole widzenia Hecka. Ten mężczyzna był młodszy, gładko ogolony i znacznie szczuplejszy, ale również miał na kurtce logo Daynton Homes i niósł na ramieniu własny niwelator. Stanął jak wryty.

– Co jest, do cholery!

– W porządku, spokojnie – powiedział Heck, uwalniając jeńca. – Zwykła pomyłka, tak?

– Kim pan jest? To prywatny teren, należy do Daynton Homes.

– Teraz się zorientowałem. – Heck wyciągnął z kieszeni legitymację policyjną. – Jestem gliniarzem.

Brodaty facet przetoczył się na plecy i delikatnie podtrzymał ramię.

– Czemu mnie napadłeś? Nic ci nie zrobiłem...

– Nie chciałem, słuchaj pan, przepraszam. Wziąłem pana za kogoś innego.

Młodszy facet ocenił, że może bezpiecznie podejść i pomóc swojemu grubemu towarzyszowi stanąć na nogi.

– Cholerny idiota.

– Spokojnie, kolego.

– Nie jestem twoim kolegą!

– Odpowiedzcie mi tylko na jedno pytanie: to wy byliście na tej grani nad otwartym terenem, który ciągnie się do Ingley Nook?

– A kto inny? Budujemy aż do tych wiejskich domów. Cztery etapy w ciągu następnych dwóch lat.

– Aj – jęknął brodacz, podnosząc kawałki nowoczesnego sprzętu pomiarowego. – On połamał mój pieprzony niwelator!

– To cię będzie kosztowało – ostrzegł młodszy mężczyzna. – I to sporo.

Heck ponuro kiwnął głową. Wyglądało na to, że za reflektor i rurę wydechową zapłaci jednak z własnej kieszeni.

ROZDZIAŁ 18

Gracie nosiła przepisowe satynowe szorty, wysokie skórzane kozaki i obcisły biustonosz – bardzo cieniutki, który zawsze podkreślał jej obfity biust rozmiaru 38E. Zrobiła gustowny makijaż, kasztanowe włosy splotła w gruby warkocz i zwinęła w kok z tyłu głowy. Wprawdzie była wiosna, ale wieczory wciąż były chłodne i wilgotne, więc włożyła futrzaną kurtkę, której oczywiście nie zapinała, żeby prezentować swoje walory.

Chantelle, młodsza od niej o dwadzieścia lat, miała na sobie dżinsową minispódniczkę, ledwie zakrywającą górę czarnych pończoch i paski podwiązek. Cycki miała mniejsze niż Gracie, ale twardsze (czym lubiła się przechwalać), i zwykle nie zawracała sobie głowy stanikiem. Dziś wieczorem pod rozpiętą skórzaną kurtką nosiła tylko siatkowy podkoszulek, przez który prześwitywały sterczące sutki; zimno bardzo w tym pomagało. Długie do ramion blond włosy Chantelle były tlenione. Farbowała je tyle razy, że zrobiły się suche i sztywne jak słoma, więc żeby to ukryć, wiązała je w kucyki. Ktoś jej kiedyś powiedział, że ma kocią urodę, toteż próbowała to podkreślić mocnym makijażem: czarna konturówka do oczu, zielony cień do powiek, grubo upudrowane policzki i cynobrowa szminka na ustach. W dodatku była wysoka – posągowa, jak sama wierzyła – metr osiemdziesiąt wzrostu przy stu sześćdziesięciu pięciu centymetrów Gracie. Do tego dochodziły jeszcze niebotyczne obcasy.

Ale obie przedstawiałyby sobą znacznie bardziej imponujący wizerunek dominującej kobiecości, gdyby nie pracowały regularnie w bradfordzkim kurwidołku. Bez względu na zalotny strój trudno utrzymać aurę prawdziwego uroku, kiedy się było gwałconym, okradanym i bitym tak często jak Gracie i Chantelle.

Krągłości Gracie najbardziej przyciągały wzrok, zwłaszcza oglądane w błękitnych i różowych stroboskopowych światłach dzielnicy płatnej miłości, ale z bliska nie dało się ukryć obwisłego ciała ani szarej cery. I żaden makijaż nie zamaskuje wieku rąk, nawet jeśli poprawi się wygląd twarzy. Dłonie Gracie były tak pomarszczone, że przypominały szpony – długie paznokcie i jej ulubiony szkarłatny lakier tylko potęgowały to wrażenie.

W przypadku Chantelle nawet makijaż się nie sprawdzał. Sądziła, że wygląda jak kot; w rzeczywistości wyglądała jak trup. I nie była posągowa, tylko tykowata – chuda szczapa, której seksowne szmatki wyglądałyby bardziej kusząco na drucianym manekinie. Nie żeby Butch, który lubił się nazywać ich „menedżerem", cokolwiek potrafił doradzić w tym względzie, przynajmniej nie po przyjacielsku. I rozumiało się samo przez się, że nie zapewniał im żadnej ochrony. Zostawiał im tylko tyle kasy, żeby wypełniły żołądki wódką, nosy amfą i płuca nikotyną. Ale jeśli przypadkiem tak się nawaliły, że przynosiły do domu nędzne grosze, w ruch szedł skórzany pas z mosiężną sprzączką w kształcie lwiej głowy i Butch bił je mocniej niż nawet najbardziej zboczony klient.

Nic dziwnego zatem, że dwie dziewczyny opracowały własną strategię, żeby zapewnić sobie przynajmniej minimum bezpieczeństwa. Teraz zawsze pracowały razem – nigdy oddzielnie. To nie znaczy, że razem szły z klientami. Owszem, nadchodził ten mrożący krew moment, kiedy – chociaż każda komórka w twoim ciele ostrzegała, że to zły pomysł – wsiadałaś do samochodu należącego do kogoś obcego i odjeżdżałaś, widząc w lusterku wstecznym malejącą twarz przyjaciółki. Ale zawsze starały się sprawdzić wcześniej klienta i odmawiały każdemu, kto im się nie spodobał. Nieważne, że Butch się irytował, kiedy wracały do domu (pod warunkiem że nigdy się nie dowie, że świadomie odrzuciły klienta). Lepiej dmuchać na zimne.

Po drugie – tę innowację wprowadziła Gracie – zawsze nosiły w torebkach papier i ołówki. Żadna nie odjeżdżała z klientem, dopóki druga nie zapisała numeru rejestracyjnego jego samochodu, i zawsze pilnowały, żeby klient to widział. Kiedy Gracie wpadła na ten pomysł, była z siebie bardzo zadowolona. Uważała, że to niemal idealny plan. Tylko idiota spróbowałby czegoś paskudnego, jeśli dziewczyna ma jego numer.

Albo wariat, oczywiście, co było niezbyt pocieszające.

Ponieważ wariatów nie brakowało, kiedy noc zapadała w starych brytyjskich przemysłowych miastach. Na przykład to miasto, Bradford, stanowiło niegdyś tereny łowieckie Petera Sutcliffe'a, niesławnego Rozpruwacza z Yorkshire. Cóż to był za horror! Pomimo gorączkowych działań policji, gdy niebo barwy indygo powlekało się czernią i boczne uliczki o szeregowej zabudowie spływały krwawym światłem, Sutcliffe wychodził na polowanie, chwytał jedną dziewczynę za drugą i zmieniał w martwe, okaleczone kadłubki. To się działo dawno. Ostatnia ofiara Rozpruwacza zginęła w 1980 roku, kiedy Gracie była w szkole podstawowej, osiem lat przed narodzinami Chantelle. Ale weźmy ten brukowany zaułek, którym teraz szły, ze zrujnowanymi wiktoriańskimi łukami w górze, opuszczoną, zabitą deskami fabryką z przodu i przepastnym mrokiem pełnym śmieci z tyłu, gdzie odległe sylwetki włóczęgów skupiały się wokół stosów płonących szmat, a płomienie rzucały szkarłatny blask na wiekowe, kruszące się ceglane mury. Dziewczyny znikały właśnie w tym miejscu, i nie tylko za działalności Rozpruwacza. Przynajmniej tak mówiono.

Oczywiście pod koniec dnia nie miały wyjścia. Żadna nie robiła tego z własnego wyboru. Naprawdę. Po prostu nie mogły znaleźć nic innego. Chantelle zawsze mówiła ludziom, że w głębi serca nie jest złą dziewczyną, ale popełniła w życiu wiele błędów, dlatego teraz nie może dostać porządnej pracy ani zaopiekować się dwójką swoich dzieci, które mieszkały u jej matki. W przeciwieństwie do niej Gracie miała wiele zawodów: była barmanką, szatniarką w nocnym klubie, kiedyś wykładała towary na półki w supermarkecie. No dobrze, była też tancerką erotyczną i fotomodelką. Niewątpliwie moralna większość kręciłaby nosem na te dwa zajęcia, ale przynajmniej między nią a jej klientami nie dochodziło do fizycznego kontaktu – nie w tamtych czasach. Teraz, spoglądając wstecz przez opary prochów i wódy, nie potrafiła dokładnie ustalić, kiedy zerwała z zasadą „nie dotykać". Ale przynajmniej ciągle zarabiała pieniądze, chociaż w niezbyt elegancki sposób.

Nie żeby obie dziewczyny dużo zarobiły przez ostatnie miesiące. Był kwiecień, jednak skutki surowej zimy dopiero zaczynały ustępować. Śnieg, lód i mgła nigdy nie były dobre dla interesu, dlatego Chantelle była coraz bardziej zdesperowana. Przez kilka ostatnich wieczorów odjeżdżała z facetami, jakich powinna raczej skreślić: prosiak o chytrych oczkach z gęstą, zaplutą brodą, w zakrwawionym ubraniu, prowadzący brudną furgonetkę rzeźnika; bardziej nobliwie wyglądający gość, który szybko rozwiał te złudzenia, kiedy uprzedził ją, zanim dobili targu, że musi się zgodzić na kajdanki i przepaskę na oczy – i wył ze śmiechu jak hiena, gdy odjeżdżali.

Nic dziwnego, że kiedy zobaczyły pierwszy samochód tego wieczoru, Chantelle wyprostowała się i pisnęła z podniecenia. To był jaguar. Jechał powoli tuż przy krawężniku, ale mijając je, prawie nie zwolnił. Gracie próbowała zobaczyć, kto siedzi w środku, jednak dostrzegła tylko dwie niewyraźne sylwetki, jedną za kierownicą, drugą na przednim siedzeniu pasażera, zanim jaguar zniknął za rogiem.

– Wróci – zapewniła Chantelle z przekonaniem.

– Było ich dwóch – zauważyła Gracie, lekko zaniepokojona.

– To jeszcze lepiej. Po jednym dla każdej.

– Ale odjechali.

– Nieee... wrócą.

Jaguar rzeczywiście wrócił po trzech minutach. Jechał ulicą w tym samym kierunku, powoli jak poprzednio – może tym razem trochę wolniej. Chantelle ustawiła się na krawędzi chodnika z podniesioną głową, z ręką na biodrze, wypinając niezbyt imponujący biust. Samochód ponownie je minął. Bardziej instynktownie niż świadomie Gracie wyjęła z kieszeni futerka brudny świstek papieru i ogryzek ołówka, którym zapisała numer rejestracyjny pojazdu.

Samochód znowu zniknął za rogiem. To nie było nic niezwykłego. Niektórzy klienci, zwłaszcza początkujący, denerwowali się, wybierając dziewczyny. Potrzebowali trochę czasu, żeby się zebrać na odwagę. Jednak Gracie wciąż czuła się nieswojo. Złożyła kartkę i wsunęła do lewego kozaczka. Kiedy samochód pojawił się po raz trzeci, jechał w przeciwnym kierunku i tym razem się zatrzymał, ale nie obok nich. Stanął po drugiej stronie ulicy, pod murem niszczejącej fabryki.

– Słuchaj, Chant – powiedziała Gracie półgłosem. – Nadziani goście tu nie przyjeżdżają. Bądź rozsądna, dobra?

– Muszę zdobyć działkę, Gracie – rzuciła Chantelle kątem ust wykrzywionych w uśmiechu. – Może ciebie stać na skrupuły. Ja chwilowo nie mogę wybrzydzać, jasne?

Obie jednak się zdziwiły, gdy postać siedząca na miejscu pasażera wysiadła, okrążyła samochód i podeszła do nich, ponieważ to była kobieta. Bardzo młoda, najwyżej siedemnasto- czy osiemnastoletnia, wyjątkowo atrakcyjna, ze świeżą buzią uczennicy. Zmierzwione platynowoblond włosy sięgały jej prawie do pasa. Była bardzo szczupła, ale również zgrabna – jak tancerka. Miała na sobie krótką czarną sukienkę, czarny kardigan, czarne rajstopy i białe tenisówki. Skrzyżowała ramiona na piersi i szybko, lecz z wdziękiem przeszła przez jezdnię.

– Cześć – powiedziała i obdarzyła je promiennym uśmiechem, z którym wyglądała jeszcze ładniej. – Pracujecie dziś wieczorem?

– Możemy – odparła Chantelle.

– To dobrze, bo mam dla was propozycję.

– Nie obsługujemy dzieci – oświadczyła Gracie stanowczym tonem.

Dziewczyna zachichotała – uroczy dźwięk, sugerujący rozbawienie tak absurdalnym pomysłem.

– Potrzebujemy czegoś ekstra do jednego z naszych filmów.

– Filmów? – zdziwiła się Chantelle.

– Tak… widzicie, mój chłopak i ja kręcimy filmy porno. No wiecie, w domu, i wrzucamy je na naszą stronę. Mówię „ekstra", ale właściwie to nie będzie nic ekstra. Będziecie pracować, jeśli mnie rozumiecie.

Ponownie zachichotała prowokacyjnie.

– Ty i twój chłopak? – powtórzyła nieufnie Gracie. – To on tam siedzi w samochodzie?

– Taaa, jest trochę nieśmiały.

– Ale nie taki nieśmiały, żeby pokazywać filmy ze sobą w internecie?

– To co innego, prawda? Wtedy nie widzi publiczności.

– Ile? – zapytała Chantelle, jakby usłyszała już dosyć, żeby pozytywnie ocenić ten pomysł.

Dziewczyna chciała odpowiedzieć, ale coś odwróciło jej uwagę – ruch w ciemnej niszy za ich plecami. Obejrzały się. Z kartonowego pudła o zapadających się ścianach, wzmocnionych płachtami gazet żółtych od moczu, wyjrzała właśnie szczurza twarz zarośnięta siwą szczeciną. Lokator pudła spojrzał na nie szklistymi, kaprawymi oczami, wymamrotał coś niezrozumiałego, po czym cofnął się, wyciągnął powykręcaną rękę i zasłonił gazetami wejście.

– Nie przejmuj się nim, on jest nieszkodliwy – zapewniła Chantelle. – No więc ile?

– Och… – Dziewczyna się uśmiechnęła. – Co powiecie na dwieście funtów? Za godzinę? Dla każdej?

Nawet Gracie była zaskoczona.

– Umowa stoi, kochana – oświadczyła Chantelle.

– Jedną chwilę – zaprotestowała Gracie. – Musimy najpierw zobaczyć tego twojego chłopa. Jeśli wygląda jak garbus z Notre Dame, będzie kosztowało dużo więcej.

Dziewczyna kiwnęła głową.

– W porządku. Spróbuję go namówić, żeby pokazał swoją śliczną buźkę.

Przeszła z powrotem przez jezdnię.

– Odbiło ci? – syknęła Chantelle. – To będzie bułka z masłem. Dwoje dzieciaków i kupa forsy.

– Dwoje dzieciaków rozbija się bryką za czterdzieści kawałków? – rzuciła podejrzliwie Gracie.

– No dobra, więc to bogate dzieciaki. Co nie znaczy, że będą robić kłopoty. Daj spokój, złotko, to łatwa forsa. W dodatku będziemy razem i pewnie w ładnym mieszkanku… ciepłym i przytulnym. Może nawet wysępimy parę drinków.

Prawdę mówiąc, Gracie nie potrafiła wytłumaczyć, dlaczego nie chciała tego zrobić. Wszystko, co mówiła jej przyjaciółka, było prawdą. Trafiła się wymarzona okazja. Łatwa praca w przyjemnym otoczeniu, z dwójką niegroźnych klientów. Więc czemu wciąż czuła się nieswojo?

– Po prostu to się wydaje za dobre, żeby było prawdziwe.

– Hej! – Chantelle klepnęła ją w ramię. – Wiesz, dobre rzeczy czasem się zdarzają.

– No, nie wiem, Chant…

– Słuchaj… – Chantelle konfidencjonalnie ściszyła głos. – Mówisz serio, że nie chcesz posmakować tej młodej blond cipki?

– Wygląda mi na nieletnią.

– Wygląda na prawie dorosłą, zresztą kogo to obchodzi? Sami do nas przyszli. Słuchaj, muszą mieć prawną przykrywkę, żeby umieszczać online filmy ze sobą.

– Moje panie! – rozległ się głos dziewczyny.

Spojrzały na drugą stronę brukowanej jezdni. Kierowca wysiadł i stał obok samochodu, trzymając dziewczynę pod rękę. Pomachał im nieśmiało, niemal wstydliwie. Na ile widziały, nie miał w sobie nic, co je odrzucało. Wręcz przeciwnie.

– Nie wyglądają na takich, no nie? – zagadnęła Chantelle, kiedy przemierzały jezdnię i stukot ich szpilek niósł się w nocnym powietrzu.

– Dzieciaki szybko dorastają w naszych czasach – burknęła Gracie. – Pieprzony internet.

– Nie schrzań tego. Możemy się załapać na stałą pracę. I bezpieczną.

– Jak mówiłaś... dobre rzeczy czasem się zdarzają.

Wnętrze jaguara było ciepłe i miękkie, pachniało skórą i filcem. Grała cicha muzyka, jakiś melodyjny, rzewny kawałek z epoki big-bandów.

– Bardzo miło – orzekła Chantelle, rozsiadając się wygodnie z tyłu. – No więc, jak się nazywacie?

– Ja jestem Jasmine – powiedziała blondynka, odwracając się na fotelu pasażera. – To jest Gareth.

Gareth siedział teraz za kierownicą. Nie odezwał się, kiedy silnik ożył z pomrukiem.

– Jak daleko musimy jechać? – zapytała Gracie.

– Tuż za miasto. To niedaleko i odwieziemy was tu z powrotem, kiedy skończymy. Albo możemy was odwieźć do domu.

– Dziękujemy, wystarczy tutaj – zapewniła Gracie.

– Czego się napijecie, moje panie? – spytała Jasmine.

Chantelle zachichotała.

– Zamierzałaś najpierw zabrać nas na drinka?

– Nie zamierzałam, ale... – Otworzyła skórzaną saszetkę i wyjęła dwa plastykowe kieliszki, które podała przyjaciółkom. Odkręciła butelkę. – Możemy sobie pozwolić na kropelkę chablis. Oczywiście my stawiamy.

– Dzięki – mruknęła Chantelle, oblizując wargi, gdy dziewczyna napełniała kieliszki.

– Co dokładnie mamy robić w tym waszym filmie? – chciała wiedzieć Gracie.

– Zwykle rzeczy. Nic specjalnie udziwnionego, zapewniam.

Nie było takiego dziwactwa, którego Gracie i Chantelle już nie doświadczyły, ale zawsze to pocieszające, jak klient chce po bożemu.

– Mam nadzieję, że występujesz z nami? – zagadnęła Chantelle.

– Mam swoją rolę do odegrania, bez obawy. – Jasmine odwróciła się do przodu.

Chantelle mrugnęła do Gracie i razem sączyły wino, kiedy jaguar odjeżdżał od krawężnika. Żadna z nich nie zauważyła, że blondynka spogląda przez okno na drugą stronę ulicy, w mrok pod wiaduktem kolejowym. Żadna nie widziała zakapturzonej postaci, która czekała, aż odjadą, zanim wysunęła się z cienia.

• • •

– Coo... co jest, kur... – wrzasnął włóczęga o szczurzej twarzy, kiedy zerwano mu znad głowy tekturowy dach. Ale słowa uwięzły mu w gardle, gdy zobaczył nad sobą zakapturzoną postać, zwłaszcza kiedy uniosła w dłoniach w rękawiczkach duży, płaski kamień – sądząc z wyglądu, co najmniej połówkę płyty chodnikowej.

Włóczęga próbował krzyczeć, ale za późno, bo obcy już trzymał kamień wysoko, a teraz z impetem go spuścił. Kamień uderzył w czaszkę włóczęgi z miażdżącą siłą. Padł drugi cios, potem trzeci, czwarty i piąty. Ciężkie, mięsiste echo rezonowało pod starym łukowym sklepieniem.

ROZDZIAŁ 19

– To są najbliższe daty, którymi powinniśmy się martwić – oznajmił Eric Fisher.

Heck i Andy Gregson przyjrzeli się tablicom ogłoszeniowym, które Fisher ustawił w centrum koordynacyjnym. Przedtem tylko na nie zerknęli, teraz jednak, przyszedłszy wcześnie rano, mogli je należycie przestudiować. Ta po prawej, zapełniona obrazami rytualnych mordów z przeszłości, wystarczająco rozpraszała uwagę, ale ta po lewej miała kluczowe znaczenie.

Fotografie kościelnych procesji, dziecięcych chórów i mężczyzn tańczących moreskę dodano do reprodukcji przedstawiających parady, festyny na wiejskich błoniach i tym podobne. Każdą oznaczono etykietką oraz datą, a także wydrukowanym opisem danego wydarzenia i towarzyszących mu okoliczności. Ciężko się czytało te opisy, mimo pogodnych widoczków. Sam kwiecień szczycił się osiemnastoma wpisami, dość tajemniczymi, jak Hocktide (święto obchodzone w drugi poniedziałek i wtorek po Wielkanocy) i oktawa wielkanocna, oraz bardziej tradycyjnymi, jak Wielkanoc i Dzień Świętego Jerzego. W maju sytuacja wyglądała podobnie: wszyscy znali Święto Pracy, święto

Brytyjskiej Wspólnoty Narodów i Zielone Świątki, ale kto wiedział o helstońskim Dniu Flory albo Dniu Królewskiego Dębu?

– O połowie tych świąt nigdy nie słyszałem – wyznał Gregson.

– To dlatego, że nie jesteśmy już religijnym narodem – odparł Fisher, rozdając zadrukowane kartki innym detektywom, którzy zebrali się dookoła. – Kiedy byłem chłopcem, na każdą kościelną uroczystość zwalniali nas ze szkoły. To się nazywało „dni świętego obowiązku". Teraz większość ludzi nawet o tym nie słyszała. Ale szczerze mówiąc, tylko poskrobałem z wierzchu. Są miejscowe imprezy... hucznie obchodzone w pewnych częściach kraju, ale nie w innych. Różne rodzaje obrządków. Niektóre zmieniają się z parafii na parafię, nie wspominając o hrabstwach. Ale podstawą jest religia. Wszystkie te specjalne dni niegdyś znaczyły dla ludzi dużo więcej niż teraz.

– Co jest religijnego w Dniu Guya Fawkesa? – zapytał Charlie Finnegan.

– W dzisiejszych czasach nic – odparł Heck. – Ale pierwotnie Spisek Prochowy miał rozpocząć katolickie powstanie. Przynajmniej tak mnie uczono w szkole.

– Zgadza się – potwierdził Fisher. – Przeanalizowałem te święta trochę dokładniej, odkąd tu jestem. Piąty listopada to stare protestanckie święto. Teraz nie jest postrzegane w ten sposób, oprócz miejsc takich jak Lewes we wschodnim Sussex, gdzie pali się podobizny papieża. Ale od tego się zaczęło.

– Przynajmniej to upraszcza sprawę – zauważył Finnegan. – Szukamy bandy religijnych świrów.

Heck zrobił powątpiewającą minę.

– Możliwe, ale jakiej religii? Eric, czy nie ustaliliśmy, że niektóre z tych świąt były dawniej pogańskie?

Fisher kiwnął głową.

– Boże Narodzenie było starożytnym germańskim świętem Jul. Dzień Świętego Walentego to rzymskie Luperkalia. I tak jest prawie na całej tablicy. Rzeczy, które obecnie robimy przy tych okazjach, to tylko pozostałości dawniejszych, bardziej rozbudowanych ceremonii.

– A czy czczono je ofiarami z ludzi? – zapytała Shawna McCluskey.

Fisher skrzywił się.

– Niektóre, czasami…

– To nie pasuje – sprzeciwił się Gary Quinnell. – Okrutne morderstwa popełniane z okazji chrześcijańskich świąt, nawet morderstwa z okazji pogańskich świąt… takie rzeczy działy się przed wiekami. Współcześni wiccanie są jak my: nie wierzą w rozlew krwi. W dodatku ich świąteczne dni są całkiem inne. Nie opierają się na żadnej znanej teologii. Takiej, która ma dla mnie sens.

– No cóż, kimkolwiek są nasi zabójcy, mając tyle dni świątecznych do wyboru, mogą uderzyć w każdej chwili – stwierdził Fisher.

– Przecież muszą to najpierw zaplanować – wtrąciła Shawna. – Nie mogą po prostu wybrać na chybił trafił daty z kalendarza.

– Oni już wszystko zaplanowali – oświadczył Heck. – Na całe miesiące, może lata.

Zamyślili się nad tym i poczuli zniechęcenie. Umysł, w którym mógł wykiełkować i rozwinąć się tak złożony plan, musiał być nie tylko zimny, wyrachowany i cierpliwy – nieskończenie cierpliwy – ale również ogarnięty obsesją do granic szaleństwa. Kiedy Heck patrzył na wesołe obrazki – facetów w cylindrach niosących kije udekorowane wiosennymi kwiatami, okrytego liśćmi Jasia-w-zieleni paradującego po wiejskim placu, ściganego przez hordy roześmianych dzieci – wciąż nie mógł sobie wyobrazić, że to wprawdzie potworna, ale w ostatecznym rozrachunku nic nieznacząca gra.

– Załóżmy, że oni nie obchodzą tych świąt – odezwała się nagle Shawna. – Załóżmy, że je profanują.

Wszyscy obejrzeli się na nią.

– Nie sądzicie? – dodała, sama zdziwiona, że wpadła na taki pomysł. – Nie tylko je wyszydzają, ale niszczą na zawsze.

– To znaczy jakaś… antyreligijna grupa? – zapytał Quinnell. – Jak banda, sam nie wiem… wojujących ateistów, coś w tym stylu?

Finnegan zachichotał.

– Ktoś tu wspominał o drażnieniu modnej lewicy?

– Szyderstwo – powtórzył Heck z namysłem. – Czy ktoś po prostu robi sobie jaja?

– Bez względu na motywacje tych czubków, są cholernie dobrze zorganizowani – przypomniał Fisher. – Sposób, w jaki wybierają ofiary, zwabiają je w pułapki, chwytają. Są tak dobrze zorganizowani, że nie zdziwiłbym się, gdyby obserwowali postępy śledztwa, żeby improwizować… na wypadek gdybyśmy za bardzo się zbliżyli.

– Byłoby niegłupie z ich strony – usłyszeli głos Gemmy. Przyszła ze swojego gabinetu i stanęła obok, z długopisem w ręku. – Tym bardziej nie należy rozgłaszać, co się działo w szkole. A póki co, Heck… pozwól na słówko.

Wszedł za nią do gabinetu, zdejmując kurtkę. Był tam już nadkomisarz Garrickson; rozebrany do koszuli, wertował stos raportów. Zaledwie chrząknął w odpowiedzi na „Dzień dobry" Hecka. Gemma wśliznęła się za biurko i skinęła na sierżanta, żeby sobie przysunął krzesło. Posłuchał.

– Niestety nic istotnego od jednostek do walki z gangami – oznajmiła. – Jestem w kontakcie z Merseyside, GMP i West Yorkshire. Nikt tam nie uważa, że przestępstwa tego rodzaju pasują do którejkolwiek z monitorowanych grup.

Heck wzruszył ramionami.

– Właściwie to żadna niespodzianka. Cała ta sprawa świadczy o krańcowej dewiacji... Ciągle powtarzam, że to nie jest robota zwyczajnego kryminalisty.

Garrickson jęknął.

– Tylko nie ten psychobełkot. Skoro nie szukamy przestępców, to kogo szukamy?

– Mogę jedynie panu powiedzieć, że to coś bardzo odbiegającego od normy. I bardzo trudnego do wyjaśnienia, zwłaszcza że sprawcy nie odnoszą żadnej widocznej korzyści.

– Te historie z dreszczykiem? – Garrickson nie wydawał się przekonany. – Ten numer z popisywaniem się?

Heck kiwnął głową.

– To jedno wyjaśnienie. Drugim może być fanatyzm religijny, ale osobiście w to wątpię. Shawna miała niezły pomysł. Uważa, że mamy do czynienia z umyślną profanacją. Wie pan, ohydne czyny obliczone na to, żeby zranić i zaszokować jak najwięcej ludzi. To by na pewno pasowało do narcystycznego profilu.

– Narcystyczny zabójca dla dreszczyku. – Gemma się zamyśliła. – Są raczej indywidualistami.

– Jeden indywidualista może kontrolować pozostałych – odparł Heck. – Mistrz manipulacji, który otoczył się nieudacznikami, wyrzutkami... naiwniakami, wykonującymi każdy rozkaz.

– Jak sekta? – podsunęła.

– Im dłużej o tym myślę, tym bardziej wydaje się to możliwe – przyznał Heck. – Chociaż nie stawiałbym na dużą grupę. Najwyżej garstka wyznawców.

Garrickson przyglądał mu się z fascynacją.

– Teraz już spekulujemy na całego, co?

– No, im bardziej potworna zbrodnia, panie nadkomisarzu, tym trudniej nakłonić ludzi do uczestnictwa...

– Doskonale zdaję sobie z tego sprawę. Po prostu nie rozumiem, jakim sposobem przeszliśmy od niewiedzy do wysyłania listów gończych za rodziną Mansona...

Do gabinetu wtargnęła Shawna.

– Przepraszam, szefowo. Ale powinnaś zobaczyć ten e-mail.

Gemma wzięła od niej kilka wydruków i przeczytała uważnie – nie raz, lecz dwa razy. Potem odłożyła je na biurko i podniosła wzrok.

– Laboratorium udało się ustalić profil DNA z włosa znalezionego pod paznokciami Ernesta Shapiro. Co więcej, mamy trafienie. Włos należy do niejakiego Camerona Boyda z Longsight, Manchester... trzydzieści trzy lata, dobrze znany. Boyd jest notowany za rabunek, kradzieże samochodów, ciężkie uszkodzenie ciała i gwałt.

– Nazywali go Cam Szpic – dodała Shawna. – Bo jego ulubioną bronią był zaostrzony śrubokręt.

Garrickson wydawał się zachwycony.

– Taki trop to rozumiem! Powinniśmy natychmiast go zgarnąć i zafundować mu trzeci stopień!

Heck wziął z biurka jeden z wydruków.

– Znani wspólnicy? – zapytała Shawnę Gemma.

– Do wyboru, do koloru, szefowo. On niczym nie gardzi...

– Seryjne zabójstwa? – zaciekawił się Heck.

– No... do tej pory nie – przyznała Shawna. – Ale to krętacz. Chyba sami widzicie?

– Jasne... tylko że to zwyczajne rzeczy. Kradzieże samochodów, rabunki.

– I gwałt? – przypomniała Shawna.

Heck postukał w wydruk.

– Został skazany za zgwałcenie swojej dziewczyny. Niezbyt miły facet, ale to jeszcze nie znaczy, że jest zboczeńcem.

– Co sugerujesz? – zapytał Garrickson.

– Nie wiem. – Heck skupił wzrok na Gemmie. – To postęp, nie zaprzeczam... trzeba to sprawdzić. Ale, szefowo, jeśli ścigamy standardowych przestępców, to czy nasze wtyczki do tej pory nie dałyby nam jakiegoś cynku? Spójrzcie na kartotekę Boyda: rzucił szkołę w wieku szesnastu lat, zresztą i tak ciągle go zawieszali. Był nie tylko chuliganem, ale i skończonym tępakiem. Skąd miałby wiedzieć, jak prawidłowo wykonać ukrzyżowanie?

– Musiałby tylko obejrzeć film – zauważył Garrickson.

– Zdaniem profesora Fillinghama wcale nie.

– Czy nie mógł być tylko pomocnikiem? – zasugerowała Shawna. – Wynajętym do fizycznej roboty?

Heck wypuścił powietrze w długim wydechu.

– Przypuszczam, że mógł.

Garrickson zachichotał.

– Przypuszczasz? Jak to miło z twojej strony.

Heck znowu odwrócił się do Gemmy.

– Szefowo, to tylko przeczucie, ale myślałem, że będziemy szukać bardziej wykształconych podejrzanych. Wiem, że to mało prawdopodobne, ale pisarz, historyk...

– Heck – przerwała mu – mówisz poważnie, że mam zignorować ślad DNA?

– Nie... – Zorientował się poniewczasie, że zażądał od niej zaakceptowania czegoś, na co nie mogła się zgodzić. Co więcej, prosił o to dla siebie. Nie można dyskutować z DNA. Cameron Boyd musiał być w to zamieszany do pewnego stopnia. Może jako mięśniak, jak sugerowała Shawna. Wciąż jednak pozostawała wątpliwość. – Słuchaj, szefowo... kiedy wy się zajmiecie Boydem, pozwól mi przeczesać wydziały uniwersyteckie na terenie Merseyside i Greater

Manchester. Przedostatni rok i wyżej. Zobaczymy, czy na coś trafię.

– Na własną rękę? – zapytała Gemma. – Wiesz, ile to zajmie?

– Mam ze sobą Andy'ego Gregsona.

Garrickson odepchnął się od biurka i wstał.

– Więc najpierw Charles Manson, a teraz szalony profesor... zgadza się?

– Nie do końca – odparł Heck.

Nadkomisarz odwrócił się do Gemmy.

– To są bzdury, szefowo. Twój minister bez teki znowu chce pohasać na swobodzie. Skończymy z taką liczbą ofiar jak podczas śledztwa w sprawie Miłych Facetów.

Heck już chciał mu powiedzieć, gdzie może sobie wsadzić swoje krzykliwe garnitury i wymyślne jedwabne chusteczki, ale Gemma mu przerwała.

– Heck! – ostrzegła. Spojrzał na nią i zamknął usta. – Przepraszam – ciągnęła. – Widzę, że dużo o tym myślałeś, ale zgadzam się z Mikiem. Nie możemy sobie pozwolić, żeby z ciebie zrezygnować, a co dopiero z ciebie i Gregsona. Goni nas czas. Za dzień czy dwa ci psychole mogą znowu uderzyć. Więc na razie musimy się skupić na konkretnych dowodach, nie na teorii.

– Albo fantastycznych wymysłach – dodał Garrickson.

Heck wiedział, że przegrał, i pewnie nie bez powodu. Wciąż mieli za mało ludzi, fakt. Tak czy owak, jak tylko pojawił się trop DNA, konkurencyjne teorie straciły znaczenie. Pod koniec dnia miał do zaoferowania tylko domysły, a tymczasem zegar zabójców tykał. Musieli się trzymać priorytetów.

Zapukano do drzwi i wszedł Gary Quinnell.

– Przepraszam, że przeszkadzam, szefowo, ale właśnie dostaliśmy telefon z laboratorium. Odcisk zdjęty z zapałek w spalonej ciężarówce został zidentyfikowany. – Zajrzał do papierów trzymanych w wielkiej jak bochen chleba dłoni, zanim je podał. – Należy do niejakiego Terry'ego Mullany'ego… z Manchesteru.

Shawna niemal się zachłysnęła.

– Szefowo, Mullany to następny przestępca z Longsight! Jest na liście jako znany wspólnik Camerona Boyda!

Garrickson trzasnął otwartą dłonią w biurko.

– To przesądza sprawę.

– Możliwe. – Gemma zachowała spokój. – Ale jeszcze ich nie zgarniamy. – Zawołała: – Sierżancie Fisher, mogę tu pana prosić?!

Eric Fisher wszedł niespiesznie do gabinetu.

– Szefowo.

– Dwie rzeczy – powiedziała Gemma. – Przede wszystkim, czy jest cokolwiek z kamer przemysłowych z parkingu ciężarówek w Longsight, skąd ukradziono spaloną scanię?

– Żadnych przydatnych zdjęć, szefowo. Ale wciąż sprawdzają nagrania z kamer między Longsight a Manor Hill.

– Okej. Po drugie, jakie jest najbliższe święto?

– No… są różne święta. Może warto wziąć pod uwagę urodziny królowej.

– Którego to wypada? – zapytał Garrickson.

– Dwudziestego pierwszego kwietnia – odparł Fisher. – Oczywiście nie mają żadnego religijnego znaczenia, ale są powszechnie znane.

– Chyba to nie takie wielkie święto? – zapytał Quinnell.

– Musi być wielkie? – rzuciła Shawna.

– Nie wiemy – odparła Gemma. – Za mało danych, żeby cokolwiek zakładać. – Wstała. – Okej, plan jest taki… Mike, zrób harmonogram. Chcę, żeby dwuosobowe zespoły pracowały przez całą dobę, śledziły każdy ruch tych dwóch zbirów aż do dwudziestego pierwszego kwietnia i dalej w razie potrzeby.

Garrickson kiwnął głową.

– Tak jest, szefowo.

– Eric, zbierz wszystko, co masz na tych dwóch. – Podała mu akta Boyda i Mullany'ego. – Teraz to nasi najważniejsi podejrzani. Chcę wiedzieć, gdzie mieszkają, co zamierzają, z kim się spotykają… wszystko!

Fisher chwycił dokumenty i wyszedł.

Gemma obeszła biurko z miną kogoś, kto wreszcie ma przed sobą cel.

– Heck, ten odcisk to było znakomite trafienie. Dobra robota.

Kiwnął głową.

– Shawna, chodź ze mną – nakazała. – Miałaś do czynienia z Boydem i Mullanym, kiedy pracowałaś w Manchesterze?

– Nie, wcześniej się przeniosłam. Ale mogę pogadać z paroma chłopakami stamtąd, którzy mieli… – Głos Shawny ucichł, kiedy razem z Quinnellem wyszła za Gemmą z gabinetu.

Heck ruszył za nimi, ale skręcił do automatu z napojami w kącie. Claire już tam stała, zdmuchując piankę z kubka parującego cappuccino.

– Czajnik w kuchni się zepsuł? – zagadnął.

– O, cześć – odpowiedziała. – Nie, ale tamta rozpuszczalna jest taka obrzydliwa. Zresztą nie wiadomo, czy ta będzie lepsza.

Zaryzykowała łyczek i natychmiast się skrzywiła. Heck uśmiechnął się i wziął sobie herbatę.

– Właśnie widziałam twój samochód – oznajmiła Claire. – Co się stało?

– Ach…. – Spróbował się roześmiać. – Normalne zużycie przy pracy.

– Można nim jeździć?

– Niezgodne z przepisami. Przynajmniej Gemma nie pozwoli mi go wziąć. Pożyczyłem inny z floty miejscowego wydziału śledczego. Volkswagena golfa. Ma z tysiąc lat. Tak czy owak, zawsze jeżdżę jakimś gruchotem. A jak ty sobie radzisz?

– Bez problemu – odparła z cierpkim uśmiechem. – Oczywiście nie mam chwili wytchnienia. Kiedy rano wstałam, miałam na sekretarce osiemdziesiąt pięć wiadomości. Jedną od telewizyjnego producenta filmów dokumentalnych. Chciał wiedzieć, jak blisko jesteśmy zamknięcia sprawy, bo planuje nowy film o sadystycznych zabójcach i chciałby umieścić „Krzyżowca"... jego określenie, nie moje... na honorowym miejscu.

Heck prychnął.

– Fani morderców. Do tego też będziesz musiała przywyknąć.

– Wątpię, czyby się tak napalali, gdybyśmy ich postawili twarzą w twarz z prawdziwym trupem.

– Szczerze mówiąc, nie jestem pewien. – Heck dopił herbatę i wrzucił pusty kubek do najbliższego kosza. – Słuchaj, muszę lecieć... mamy kilka nowych tropów.

– Heck – powiedziała, kiedy się odwracał. – Dzięki.

Obejrzał się.

– Za co?

– Za wszystko. Że byłeś kumplem, że próbowałeś mnie podnieść na duchu.

– Wszyscy czasem potrzebujemy pogłaskania po główce.

Uśmiechnęła się i kiwnęła głową, ale nie mógł nie zauważyć, że wygląda blado, już zmęczona. A jeszcze nie minęło południe.

ROZDZIAŁ 20

Kiedy Gracie i Chantelle ocknęły się w całkowitych ciemnościach, mogły tylko obejmować się i szlochać.

Oszołomienie wywołane narkotykiem szybko minęło i stopniowo dotarła do nich cała groza ich położenia. Znajdowały się w podziemnym lochu, o czym świadczyły wilgoć i smród – w pobliżu widocznie płynął ściek.

– To na pewno jakaś gra – wyjąkała Chantelle. – Jakaś okrutna, podła gra.

– Wątpię, czy to jest gra, Chant – odparła Gracie.

– Więc czemu to robią?

– Nie mam pojęcia, kochana. – Gracie nie wiedziała, jakim cudem udaje się jej być tą silniejszą, chociaż też się trzęsła ze strachu.

Słyszała różne historie, niektóre tak okropne, że nie chciała o nich myśleć; nie tylko o zamordowanych dziewczynach. Morderstwa to zwyczajna sprawa, niemal ulga po tym, co jej opowiadano: dziewczyny więzione przez lata w szafach z małymi otworami, żeby mogły oddychać; dziewczyny znajdowane z powiekami sklejonymi superklejem, cipkami zszytymi zszywaczem; dziewczyny przykute łańcuchami w piwnicach, wykorzystywane jako maszynki do rodzenia dzieci.

Bóg jeden wie, co je tutaj czeka. Gracie już postanowiła, że prędzej zabije Chantelle, niż pozwoli, żeby ją spotkało coś takiego, a potem popełni samobójstwo. Nie wiedziała, jak to zrobi, ale każda śmierć wydawała się lepsza od długotrwałych tortur i męczarni. Coś w końcu będzie musiała zrobić, ale teraz wiedziała tylko, że musi być silna przez wzgląd na swoją dziecinną przyjaciółkę. Więc stłumiła szloch, otarła łzy z oczu i smarki z nosa i przytuliła Chantelle jeszcze mocniej. Dziewczyna oparła głowę na jej ramieniu. Gracie pocałowała i przygładziła suche, sztywne włosy.

– Dlaczego oni nam to robią, Grace? – załkała Chantelle. – Dlaczego tak nas nienawidzą? Nikomu nie robimy krzywdy.

– Nie wiem, skarbie, po prostu nie wiem.

– My tylko oferujemy usługi. To my ryzykujemy, to my musimy się taplać w brudzie i niewiele za to dostajemy. Parę funciaków, nic więcej.

– Wiem, skarbie.

– Pamiętasz dwa lata temu, jak ten skurwiel mnie zbił, zlał mnie pasem tak, że ledwie mogłam chodzić? Wyzywał mnie od zasyfionej kurwy?

– Pamiętam.

Gracie z pewnością nie mogła zapomnieć. Był sobotni wieczór w środku lata i to ona na wpół zaniosła Chantelle do szpitala, a potem stała obok niej na ostrym dyżurze i podpierała ją, bo nie było gdzie usiąść. Czekały tam prawie przez trzy godziny, praktycznie ignorowane, bo z powodu prowokujących strojów i rozmazanego makijażu personel wziął je po prostu za dwie kolejne pijane lafiryndy.

– Dlaczego on to zrobił? – trajkotała Chantelle. – Cały czas chodzę się badać. Nie poszłabym na ulicę, gdyby coś ze mną było nie tak, przecież wiesz.

– Wiem...

– A ta ładna blondyneczka. Co ona z tego ma?

– Kto wie, skarbie. Może ona też jest więźniem?

– Nie sądzę.

– Nie. – Gracie też tak nie myślała.

Ta platynowowłosa laseczka wydawała się zbyt pewna siebie. Siedemnastoletnia smarkula – nie mogła mieć więcej lat, oceniła Gracie – podchodzi do dwóch ulicznic całkiem na luzie, bez mrugnięcia okiem, w ogóle się nie przejmując obskurnym otoczeniem. Jakim cudem czterdziestoczteroletnia Gracie jej nie przejrzała? Uświadomiła sobie, że to była starannie przećwiczona rutyna: kłamstwa o filmie porno, propozycja zawrotnie wysokiej zapłaty, luksusowa przejażdżka. Jakby blondyneczka robiła to nie pierwszy raz. Gracie nie mogła powstrzymać jęku na tę myśl.

– Co? – zapytała Chantelle.

– Nic… nic, skarbie.

– No co? Powiedz mi!

– Mam nadzieję, że jesteś zadowolona, ty mała zdziro! – wrzasnęła Gracie w ciemność nad głową.

Wcześniej, jak tylko się ocknęła, obmacała ścianę dookoła. Nie było żadnego wyjścia, co znaczyło, że zrzucono je z góry. Siedziały w jakiejś jamie.

– Słyszysz mnie?! – krzyknęła głosem tak piskliwym, że zabrzmiał jak skrzek. – Ty zdziro! Ty wredna mała zdziro! To cię kręci, żeby więzić ludzi, którzy ci nie zrobili nic złego?

– Szsz! – syknęła Chantelle, przyciskając usmarkany palec do ust Gracie. – Rozgniewasz ich.

Co za różnica? – o mało nie powiedziała Gracie. Co oni mogą nam zrobić, czego już nie zaplanowali? Ale się nie odezwała, tylko znowu objęła przyjaciółkę i przytuliła mocno. Tym razem obie płakały.

ROZDZIAŁ 21

Dowiedziawszy się o Cameronie Boydzie i Terrym Mullanym, Mike Garrickson zorganizował cztery dwuosobowe ekipy, których zadaniem była całodobowa obserwacja tych dwóch przez następne kilka dni.

W Longsight w Manchesterze – dzielnicy obskurnej według wszelkich kryteriów – Heck, Gregson i trzy pozostałe pary detektywów mieli się zmieniać co osiem godzin, które spędzali, głównie siedząc w samochodach naprzeciwko komunalnego mieszkania Boyda albo włócząc się po brudnych ulicach, przebrani w robocze ciuchy, ukradkiem śledząc każdy ruch podejrzanego, notując, z kim rozmawiał, i kontaktując się przez zarezerwowany kanał radiowy. Kilka kilometrów dalej, w Rusholme, identyczną operację prowadzono z Terrym Mullanym.

Gdyby nie wiedzieli wcześniej, że Cameron Boyd jest przestępcą, łatwo mogli to wydedukować. Miał około metra osiemdziesięciu wzrostu, był dobrze zbudowany i wyglądał groźnie: chuda twarz, wąskie oczy, wiecznie nieogolony. Przetłuszczone mysiobrązowe włosy tworzyły niechlujną strzechę, na policzkach widniały blizny i dzioby po ospie. Ręce i szyję pokrywało mnóstwo brzydkich tatuaży, garderoba składała się głównie z zatłuszczonych drelichów, starej skórzanej kurtki i sortów wojskowych. Chodził posuwistym krokiem, kuląc ramiona i wysuwając głowę do przodu jak wilk. Same codzienne czynności świadczyły o jego paskudnym charakterze, chociaż jak na ironię nigdy zbyt wiele nie robił. Ekipa obserwacyjna rzadko widywała go przed lunchem. Potem zwykle śledzili go na trasie z mieszkania do miejscowej knajpy serwującej rybę z frytkami, do bukmachera albo do kiosku, gdzie kupował gazetę, papierosy i karton mleka. Niekiedy wstępował do monopolowego i wychodził z plastykową torbą napełnioną puszkami lagera. Wszędzie ludzie ustępowali mu z drogi. Nie otwierał drzwi staruszkom ani matkom z dziećmi; niedbale rzucał niedopałki na ziemię, zgniatał i ciskał dookoła puszki po piwie i torby po chipsach, nie szukając kosza. Wieczorami odbywał rundę po pubach, gdzie spotykał się z innymi szczuropodobnymi osobnikami. Wychodził dopiero po północy i człapał do domu, zwykle zatrzymując się co najmniej raz, żeby się odlać na czyjąś skrzynkę pocztową.

Pomimo narzucanej sobie profesjonalnej obojętności Heck czuł się przygnębiony banalną rutyną życia Boyda: puste dni, zwyczajne nieróbstwo, wieczne dojenie kasy państwowej, wygodna akceptacja faktu, że ani pens z tych pieniędzy nie będzie dobrze wydany. Heck zdawał sobie sprawę, że krytycznie ocenia gościa. I co z tego? To należało do jego obowiązków. Oczywiście jedyne, czego nie zaobserwowali, śledząc Camerona Boyda, to przestępstwa. I taki był prawdziwy powód ich frustracji. Heck nadal nie uważał, że Boyd był mózgiem kierującym tymi zabójstwami, jednak wyraźnie był z nimi w jakimś stopniu powiązany – chociaż samo to niewątpliwie stanowiło zagadkę, zważywszy na dotychczasową kartotekę podejrzanego, obejmującą same rutynowe przestępstwa – dlatego rozwiązanie tej sprawy stało się naglącą koniecznością. Heck zakładał, że jeśli będą pilnować Boyda bez przerwy, w końcu przynajmniej przyłapią go na czymś nielegalnym, a wtedy będą mogli się do niego dobrać. Ale nic takiego się nie stało. Interesowały ich również kryjówki, do jakich mógł ich doprowadzić, ponieważ to tam mogły zostać ukrzyżowane ofiary. Widocznie jednak Boyd nie miał dostępu do takich miejsc, podobnie jak Terry Mullany, czego Heck się dowiedział od Shawny McCluskey.

Dziewiątego dnia tej nużącej obserwacji wypadały urodziny królowej, które oprócz krótkiej wzmianki w mediach, dotyczącej salwy armatniej w Hyde Parku i przy Tower, przeszły niemal niezauważone. Cameron Boyd również nie przerwał swojej monotonnej egzystencji, żeby je świętować. Albo sprofanować. Ponieważ jednak zbliżały się następne uroczyste okazje, podjęto decyzję, żeby kontynuować śledzenie.

Następnego dnia po urodzinach królowej Heck i Gregson znowu spędzali nudne godziny w kolejnym nieoznakowanym samochodzie blisko mieszkania Boyda. Tym razem rozsiedli się w kabinie zaniedbanej furgonetki Bedford, zaparkowanej dwadzieścia metrów dalej po tej samej stronie ulicy co jego dom, zamiast na otwartym pustym placu naprzeciwko. W tej nowej pozycji musieli prowadzić obserwację przez lusterka boczne i wsteczne, co wymagało większego skupienia i wydawało się jeszcze bardziej męczące niż zwykle. Wnętrze furgonetki było obrzydliwe: brudne i wilgotne, cuchnące papierosami i octem po rybie z frytkami, którą obżerała się poprzednia ekipa. Chociaż to nie stłumiło głodu narastającego pod koniec popołudnia.

– Czyja kolej iść po herbatę? – zapytał Heck.

– Chyba moja. – Gregson potarł kciukami oczy, żeby pozbyć się resztek drzemki, na którą sierżant mu pozwolił. – To co zwykle?

Heck chrząknął potwierdzająco. „To co zwykle" mogło oznaczać albo burgera i frytki z pobliskiego McDonalda, albo tłuste paszteciki z mięsem z piekarni trochę dalej, albo bułkę z bekonem i keczupem z baru przekąskowego przy następnym skrzyżowaniu. Heck osiągnął etap, kiedy było mu już wszystko jedno.

Gregson, wyglądający stosownie po robociarsku w ciężkich buciorach, dżinsach i grubej kurtce, wyśliznął się z furgonetki i odszedł powolnym krokiem.

Heck nadal wpatrywał się w lusterko wsteczne i znowu się zastanawiał, czy to możliwe, że podjęli całkowicie zły trop. Czyżby jego pierwsze przeczucie było słuszne, czyżby Boyd i Mullany nie mieli nic wspólnego z tą sprawą? Odcisk tego drugiego mógł się znaleźć przypadkiem w spalonej ciężarówce. Stopiony bieżnik opon nie pozwalał uzyskać pewności, że na hałdzie żużlu był ten sam pojazd. Ale nie. DNA Boyda stanowiło niezaprzeczalny dowód – musieli to wyjaśnić.

Rozmyślał nad tym jeszcze przez kilka minut, podczas gdy na zewnątrz wiatr pędził śmiecie po ulicy. To była Norfolk Avenue, dziwnie przyjemnie brzmiąca nazwa. Podobnie jak Suffolk Avenue – następna przecznica – i Cumbria Road trochę dalej, a potem Hampshire Street i Derbyshire Walk. Szkoda, że wszystkie wyglądały jak zapuszczone slumsy, z zardzewiałymi, rozklekotanymi samochodami przy krawężnikach, połamanymi płotami i ogródkami, w których piętrzyły się kupy gnijących odpadków.

Drzwi nagle się otworzyły i Andy Gregson wdrapał się do szoferki z większym niż zwykle pośpiechem. Podał Heckowi torebkę z pasztecikiem i puszkę coli, a potem rzucił mu wieczorną gazetę.

– Spójrz na to – powiedział.

Zauważywszy nietypowy rumieniec na policzkach poste-runkowego, Heck wepchnął jedzenie na deskę rozdzielczą i rozłożył gazetę.

Główne zdjęcie sceny ukrzyżowania, zajmujące niemal całą pierwszą stronę, zmontowano ze zdjęć w internecie, zrobionych przez kierowców przejeżdżających autostradą, chociaż ofiary były teraz mniej rozmazane. Nie to jednak było najgorsze. Olbrzymi nagłówek głosił:

DZIEŃ PROFANACJI!

Poniżej mniejszy pasek:

Policja rozpaczliwie poszukuje seryjnego zabój-cy nazwanego „Profanatorem"

Heckowi lekko zjeżyły się włosy, kiedy czytał pierwsze dwa akapity:

Krew jeszcze nie wyschła na wiadukcie auto-strady, gdzie seryjni zabójcy, bliźniacy Jordan i Ja-son Savage'owie, zostali zabici podczas policyjne-go pościgu, i kurz jeszcze nie opadł po skandalu wywołanym przez kardynalne błędy popełnione w tym śledztwie, a tymczasem wyłącznie „Herald" ujawnia, że na wolności jest następny maniak. Ten obecny szaleniec, który zamordował siedem osób w brutalnym sześciomiesięcznym szale zabijania, nazywany jest przez ścigające go jednostki specjal-ne Profanatorem, ponieważ wydaje się przestrze-gać cyklu „dni świątecznych".

Mimo że nieznany zabójca reklamuje się na potęgę i stosuje odrażające metody, żeby zbezcze-

ścić nasze najbardziej ukochane święta, jak dotąd
działa bezkarnie, gdyż policja nie potrafi go po-
wstrzymać.

Niedawne ukrzyżowanie trzech osób w Mersey-
side, które tak wstrząsnęło społeczeństwem, to
tylko jedno ogniwo w tym straszliwym łańcuchu
zbrodni...

– Mają wszystko – stwierdził Gregson. – Połączyli wszystkie sprawy. Nawet nazywają go Profanatorem. Skąd, do cholery, wzięli ten szczegół?

Przezwisko „Profanator", nieumyślnie ukute przez Shawnę McCluskey, przyjęło się od razu. W przypadkach seryjnych zabójstw z reguły używano przezwisk. Zwłaszcza w tej sprawie, gdzie nie znano liczby zamieszanych osób, łatwiej było mówić po prostu „Profanator" niż „sprawcy" albo „osoby odpowiedzialne". Jednak biorąc pod uwagę delikatną naturę tego śledztwa, Heck uważał za nierozsądne, żeby tworzyć tak chwytliwy i sensacyjny przydomek. Teraz okazało się, że miał rację.

– Pewnie któryś z was – powiedział.

Policzki Gregsona jeszcze bardziej poczerwieniały.

– Mówisz, że ktoś z Merseyside się wygadał?

– Albo ktoś z JSP. Co za różnica? W końcu ktoś zawsze wypaple. Prasa aż nadto im to wynagradza. I tak nie moglibyśmy długo tego utrzymać w sekrecie.

Odłożył gazetę, wyobrażając sobie wściekłość szefostwa Scotland Yardu. Skrzywił się na myśl o telefonach, które teraz zaczną bombardować gabinet Gemmy. Oczywiście płacono jej dużo więcej za ponoszenie takiej odpowiedzialności i może to była pewna pociecha... nadal jednak nie chciałby być na jej miejscu.

– Przeprowadzą śledztwo – ostrzegł Gregson.

- I powinni. - Heck usiadł prosto. - Ale to nie nasz problem. Skoro o tym mowa, jaka jest następna wielka okazja, na którą czekamy?

Gregson zajrzał do notesu.

- Dzień Świętego Jerzego... to jutro.

Heck zastanowił się. Dzień Świętego Jerzego. Z jakiegoś powodu to nie wróżyło dobrze.

- Następna jest wigilia Świętego Marka - dodał Gregson. - Niewiele o tym wiem.

- Podobno to dobry dzień na przepowiadanie przyszłości.

- Świetnie. Może zatłuką kogoś na śmierć kryształową kulą. Prawdziwa impreza jest za osiem dni, według Erica Fishera. Trzydziesty kwietnia... Beltane. Eric uważa, że to całkowicie pogańskie święto... Ooo, Boyd się ruszył!

- Nie widzę go - odparł Heck, zerkając w swoje lusterko.

- Idzie w tę stronę.

Heck ponownie chwycił gazetę, rozłożył ją i osunął się na fotelu tak, żeby go zakrywała. Gregson nachylił się, udając, że grzebie w nieistniejącej torbie na narzędzia. Boyd niespiesznie ich minął. Obserwowali go czujnie, kiedy się oddalał.

- Ostatnim razem ty poszedłeś, teraz moja kolej. - Heck otworzył drzwi, potem zwinął gazetę i wsadził do tylnej kieszeni. - Daj mi pięć minut, potem ruszaj. Nie dzwoń, ja zadzwonię do ciebie.

Początkowo wędrowali zwykłą chaotyczną trasą przez niekończący się labirynt krętych uliczek i małych domków. Tym razem jednak, zamiast wejść do miejscowego bukmachera albo monopolowego, Boyd pomaszerował przez Longsight do West Gorton, gdzie wszedł do małej narożnej kawiarni. Heck czekał naprzeciwko na przystanku autobusowym, wciąż czytając gazetę. Obserwował ukradkiem, jak Boyd usiadł przy oknie i żarłocznie pochłonął jajka, frytki i chleb z masłem. Heck wezwał przez komórkę Gregsona.

Chłopak pojawił się po kilku minutach i zaparkował furgonetkę w bocznej uliczce.

Dochodziła siódma, zanim Boyd znowu się ruszył, i zaczynało zmierzchać. Dwa autobusy, już z zapalonymi światłami, minęły przystanek Hecka. Dla zachowania pozorów wsiadł do trzeciego, wysiadł na następnym przystanku i wrócił biegiem. Właśnie zbliżał się do kawiarni, kiedy Boyd wyszedł na chodnik. Heck skoczył w bramę, ale tamten ruszył w przeciwnym kierunku, z rękami w kieszeniach. Po chwili detektyw kontynuował śledzenie, informując przez telefon Gregsona.

Zmierzch gęstniał, zapadała ciemność, uliczne latarnie zapalały się jedna po drugiej. Jakieś trzydzieści metrów dalej Boyd wszedł do pubu The Hayrick*. Nazwa przywoływała obrazy idylli: wiejska gospoda z muru pruskiego, kryta strzechą. W rzeczywistości jednak był to obskurny budynek, w połowie z czerwonej cegły, w połowie pokryty szarym tynkiem, z brudnymi oknami i zardzewiałym żelaznym prętem, na którym niegdyś wisiał szyld.

– Andy? – powiedział Heck do komórki. – Gdzie jesteś?

– Na Hyde Road – odparł Gregson. – A ty?

– Pub The Hayrick na Gorton Lane. Wejdę do środka i zamówię kolejkę… jakbym na kogoś czekał. Przyjdziesz za dziesięć minut?

– Jasne.

Wnętrze pubu odpowiadało zewnętrznemu wyglądowi. Światło było mętne, w brązowym odcieniu, tapicerka wytarta. Chociaż od kilku lat obowiązywał zakaz palenia, na ścianach i suficie widniały żółtawe plamy świadczące o tym, że lokalu dawno nie odnawiano. Nieliczna klientela pasowała do otoczenia. Na jednym końcu baru siedział

---

* Hayrick (ang.) – stóg siana.

zgarbiony staruszek ze strąkowatymi siwozielonymi włosami, sącząc dużą szkocką. W połowie baru siedziała kobieta w średnim wieku, z nadwagą, przesadnie umalowana; jej ciasna dżinsowa minispódniczka odsłaniała pulchne uda obciągnięte siatkowymi pończochami. Dwóch chłopaków, najwyżej siedemnastoletnich, z włosami obciętymi bardzo krótko i wygolonymi z tyłu w fantazyjne wzory, okupowało automat do gry, ładując w niego monetę za monetą, kłócąc się i żłopiąc piwo. Obok nich siedziała ze znudzoną miną dziewczyna, również z grubym makijażem, również w minispódniczce i szpilkach; nie mogła mieć więcej niż szesnaście lat, chociaż obok niej stał wózek dziecięcy. Boyd siedział samotnie w kącie, z butelką lagera na stole.

– Dwa piwa proszę – powiedział Heck. – Duże.

Barman, co najmniej sto dwadzieścia kilo żywej wagi, ze zniszczoną twarzą i długimi, zwisającymi rudymi włosami, obsłużył go bez słowa. Heck zerknął na kobietę w siatkowych pończochach. Uśmiechnęła się. To był całkiem miły uśmiech, ciepły i przyjazny; pod tą całą tapetą kiedyś pewnie była niezłą laską. Ale nie zagadał do niej. Zabrał piwa, minął stolik Boyda – przestępca nawet na niego nie spojrzał – i wszedł przez otwarte drzwi do sali bilardowej, chwilowo pustej.

Wybrał miejsce na ukos do wejścia, żeby mieć oko na zwierzynę, i dla zachowania pozorów przygotował stół bilardowy. Pięć minut później do środka wparował Andy Gregson. Boyd bywał w różnych knajpach w czasie, kiedy go śledzili. Do tej wcześniej nie zaglądał, ale nie różniła się od innych pod względem przygnębiającej atmosfery.

– Facet naprawdę umie żyć, co? – zagadnął Gregson zniżonym głosem, kiedy podjęli leniwą grę w bilard.

– Chcesz wiedzieć, co myślę? – zapytał Heck. – Przyczaił się między skokami.

– Taaa?

– Nikt nie prowadzi takiego spokojnego życia. Widocznie to samo jest z Mullanym. Piwo wieczorem, w łóżku do południa, lunch w garkuchni, bukmacher po południu, znowu na piwo... spotkać się z paroma osobami, pogadać i do domu. Zbyt łatwe. On i Mullany to najlepsi kumple. Ale nie spotkali się od dwóch tygodni. To też podejrzane.

– Kto obstawia Mullany'ego dziś wieczorem? – zainteresował się Gregson.

– Gaz i Shawna. – Heck wbił kolorową bilę. – Jutro z nimi pogadam i ustalimy, co wiemy. Zakładając, że dzisiaj nic ciekawego się nie zdarzy.

ROZDZIAŁ 22

Chociaż Shawna McCluskey przez siedem lat była gliną w Manchesterze, zanim się przeniosła do JSP w Londynie, nigdy nie pracowała w wydziale E, czyli w południowej części miasta. Pełniła służbę osiem kilometrów dalej, w Salford, w wydziale F, toteż znała Camerona Boyda i Terry'ego Mullany'ego tylko z reputacji. Nigdy nie miała z nimi do czynienia osobiście ani z żadnymi innymi przestępcami w tej okolicy. Zatem wydawało się rozsądne, żeby posłać ją tam po cywilnemu na obserwację.

To był zwykły pech, że Theo Taylor, członek gangu, znany też jako „Mr Ed"* z powodu żółtych, wystających końskich zębów, właśnie wtedy się tam zjawił. Niegdyś w Salford Shawna aresztowała go trzy razy – raz za włamanie, raz za posiadanie niebezpiecznego narzędzia i raz za rabunek. Za to ostatnie powinien co najmniej na kilka lat wylądować w więzieniu, ale jego adwokat wykonał intelektualną gimnastykę nad jakąś kwestią prawną, co wpłynęło na sędziego i Mr Ed wyszedł na wolność. Shawna i wszyscy inni w sal-

---

* *Mr Ed* (*Koń, który mówi*) – amerykański serial emitowany w latach 1958–1966, którego głównym bohaterem był koń potrafiący mówić.

fordzkim wydziale śledczym czuli się wtedy oszukani, ale prawo to prawo, nawet jeśli czasami jest do dupy. W końcu nie miało to wielkiego znaczenia, ponieważ Mr Ed wkrótce potem znikł z oczu. Najwyraźniej się przeprowadził, co wszystkich ogromnie ucieszyło.

Problem w tym, że przeprowadził się tutaj, do Rusholme.

– Detektyw posterunkowa McCluskey, zgadza się?! – wrzasnął. – Wiedziałem, kurwa!

Znajdowali się w supermarkecie. Terry Mullany nie zwykł robić zakupów. Zaskoczył tym Shawnę McCluskey i Gary'ego Quinnella, nawet kiedy się okazało, że wpadł do sklepu tylko po skrzynkę piwa. Ale mieli strasznego pecha, że akurat wtedy wpakowali się na Mr Eda.

– Co mi pani chce przylepić w tym tygodniu, pani detektyw?! – wrzeszczał.

Shawna zagapiła się na niego z niedowierzaniem. Miał na sobie długą żółtą kurtkę i wystrzałowy fioletowy dres do biegania, zestaw, który wyglądał trochę śmiesznie na jego wysokiej, niezgrabnej sylwetce. Wciąż nie naprawił zębów – wyglądały jak nierówny rząd żółtych kołków – ale śmiał się głośno, podchodząc z wyciągniętymi rękami, a za nim chichotała zgraja jego kretyńskich kumpli.

– Co to ma być?! – ryknął. – Kradzież w sklepie? Kurwa, nawet jeszcze nic nie wybrałem… ale co tam, spróbujmy! Chętnie popatrzę, jak znowu w sądzie wypruwają z ciebie flaki!

Shawna mniej się przejmowała Mr Edem niż Terrym Mullanym. Spojrzała na drugą stronę alejki, w kierunku kas. Mullany stał na końcu kolejki ze skrzynką piwa, ale podobnie jak inni klienci usłyszał zamieszanie i obejrzał się. Przyglądał się Shawnie w skupieniu i pewnie wreszcie dotarło do niego, jakie to dziwne, że zauważył ją albo kogoś podobnego raz czy dwa w ciągu ostatnich dni. Nagle wyrwał się z kolejki, rzucił zakupy i pobiegł w jej stronę ciężkimi, niezdarnymi krokami.

Shawna zesztywniała, nie wiedząc, co facet zamierza, ale po jego pustym spojrzeniu poznała, że właściwie patrzył gdzieś poza nią. Nie chciał atakować, tylko uciekać.

Mullany był obleśnym typem z ustami szerokimi jak u ropuchy, płaskim nosem i oczami osadzonymi głęboko w bladej twarzy. Ale miał co najmniej metr osiemdziesiąt wzrostu i ważył z pięćdziesiąt kilo więcej od Shawny. Ona jednak została wyszkolona w manchesterskiej policji, gdzie nie pozwalano uciec przestępcy... no, chyba że cię znokautował.

Tak więc zastąpiła mu drogę.

Mullany biegł dalej.

Spróbowała przykucnąć i rozpostarła ramiona w nadziei, że go zablokuje. Ale zarobiła tylko kopniaka prosto w twarz kolanem okrytym drelichem. Ból przeszył jej głowę, trzasnęła chrząstka...

A potem leżała na plecach, walnąwszy bokiem głowy o podłogę.

– Hej! – usłyszała czyjś okrzyk.

To był ten bufon, Mr Ed; pewnie zdumiony – i nie na żarty oburzony – że nie chodziło o niego. Krew zabulgotała jej w gardle, kiedy uniosła głowę, żeby się rozejrzeć. Mr Ed i jego kumple odskoczyli na bok, Mullany przecisnął obok nich potężne cielsko i lewym barkiem pchnął Eda w klatkę piersiową. Ten wpadł plecami na starannie ustawioną piramidę puszek spaghetti.

– G... Gary – wyjąkała Shawna do radia. – Zdekonspirowałam się. Sukinsyn ucieka przez zaplecze...

Mullany przedarł się przez magazyn supermarketu, kopniakami usuwając pudła z drogi, roztrącając na boki personel. Wybiegł na zewnątrz przez drzwi dla dostawców z tyłu i zeskoczył z betonowej rampy na miejsce rozładunku, wyciągając z kieszeni komórkę. Zza najbliższego rogu wyskoczyło z rykiem silnika i piskiem opon poobijane volvo.

Mullany uzyskał połączenie. Nie czekał, żeby usłyszeć głos kumpla, tylko od razu zaczął wrzeszczeć:

– Zwiewaj! Nakryli nas! Nie wiem, gdzie jesteś, ale wiej, kurwa!

Kiedy Gary Quinnell wyskoczył z volvo, wydawał się taki ogromny, że przez ułamek sekundy Mullany nie mógł pojąć, jak facet się tam w ogóle zmieścił. Był nie tylko wysoki, ale i potężny jak byk, z szyją grubą jak słup telegraficzny.

– Daj no to, chłopaczku – powiedział złowróżbnie Gary Quinnell.

Mullany cisnął telefonem o najbliższą ścianę z rozpaczliwą nadzieją, że aparat wyląduje gdzieś w rzece albo w ścieku, skąd nie da się go wyłowić, po czym znowu próbował uciekać. Quinnell wyrósł mu na drodze. Mullany spróbował zmienić kierunek, ale gliniarz znowu go zablokował.

Blok jak w rugby zastosowany przez wielkiego gliniarza okazał się nieco bardziej skuteczny od tego, który usiłowała wykonać jego koleżanka. Kiedy krzepkie ramię wbiło się w wydatny brzuch Mullany'ego, niedoszły uciekinier miał wrażenie, że przecięto go na pół. Został rzucony na beton z takim impetem, że powietrze ze świstem uszło mu z płuc. Quinnell wylądował na nim, ponad sto kilo kości i mięśni, wielkim jak szynka przedramieniem miażdżąc mu tchawicę.

– Jesteś aresztowany, ty mały draniu!

• • •

W The Hayrick Cameron Boyd usłyszał tylko początek tego zamieszania. Stał sztywno wyprostowany, przyciskając telefon do ucha. Pod wpływem szoku krew odpłynęła mu z twarzy. Obrócił się gwałtownie i rozejrzał po wnętrzu pubu. Nie widział nikogo wyraźnie podejrzanego. Ta zdzira przy barze? Nie ma mowy. Sam barman? Bez szans. Widywał tu tego grubasa mnóstwo razy. Dzieciaki w kącie były za młode.

Potem usłyszał dzwonek innego telefonu.

Zerknął w lewo, na wejście do sali bilardowej. Tam było dwóch facetów, tak? Jeden miał rude włosy, piegi i śmieszne uszy. Ale to ten drugi, którego Boyd widział – ten szczupły, ciemnowłosy – odebrał telefon i stał teraz z komórką przy uchu, z kijem w ręce. Wyglądał na twardego gościa, ale wydawał się zaniepokojony. Potem ten z uszami wszedł w pole widzenia i zajrzał do baru – jego wzrok napotkał spojrzenie Boyda.

I Boyd wiedział.

Obaj wiedzieli.

ROZDZIAŁ 23

– Przepraszam, Heck, zdekonspirowano mnie – powiedziała Shawna do ucha Hecka. Wydawała się półprzytomna. – Jakiś cholerny błazen sprzed lat. Musieliśmy przymknąć Mullany'ego.

Stół przewrócił się z trzaskiem, kiedy Gregson wypadł z sali bilardowej.

Heck odwrócił się – w samą porę, żeby zobaczyć, jak Boyd przebiega przez pub, przewracając po drodze szklanki, i znika w drzwiach prowadzących do toalety. Gregson skoczył za nim. Heck dołączył do pościgu. Obaj detektywi zostali zaatakowani w wąskim, ciemnawym korytarzyku. Boyd nie wypuścił swojej szklanki i teraz cisnął nią w przeciwników; uderzyła w ścianę, szkło się rozprysnęło i obaj odruchowo się skulili. Boyd wybiegł z pubu tylnym wyjściem.

– Nic ci nie jest?! – zawołał Heck.

– Nic!

– Sukinsyn ucieka. Wiesz, co to znaczy, prawda?

– Orientuję się, sierżancie!

– Cokolwiek się stanie… w żadnym razie nie pozwól mu uciec!

Za pubem znajdował się mały parking. Prowadził do niego wyboisty podjazd, który zakręcał w lewo obok budynku i dochodził do głównej drogi. Wąska alejka odgałęziała się w przeciwną stronę. Po Boydzie nie zostało ani śladu. Heck i Gregson zatrzymali się zdyszani.

– Sprawdź od frontu – polecił Heck, kierując się w alejkę. – Jeśli go nie zobaczysz, bierz furgonetkę.

Gregson kiwnął głową i ruszył z kopyta. Heck pokonał dwadzieścia metrów alejką, która opadała między murami z surowej cegły, kiedy usłyszał z przodu brzęk blaszanej puszki.

– Detektyw sierżant Heckenburg, JSP... do Kontroli Echo! – krzyknął, przełączając kanały w radiu.

– JSP? – nadeszła odpowiedź.

– Ścigam podejrzanego w sprawie zabójstw Profanatora... alejką za pubem Hayrick! Potrzebuję szybko wsparcia. Odbiór!

– Przyjąłem, sierżancie. Poślemy tam kogoś. Odbiór!

Alejka opadała coraz bardziej stromo. Heck minął miejsce, gdzie toczyła się pusta puszka. Ktoś właśnie ją potrącił. W kieszeni zapiszczała komórka. Przytknął ją do ucha.

– Heckenburg!

– Sierżancie, to ja! – krzyknął Gregson. – Gdzie pan jest?

– Nie wiem... za chwilę ci powiem. Spróbuj objechać pub od tyłu.

Wybiegł z alejki na równy teren. Z prawej strony zobaczył uliczkę pomiędzy szeregowymi domami. Na wprost stał parterowy budynek z płaskim dachem, który wyglądał jak klub robotniczy. Dalej rozciągał się nierówny otwarty teren z kilkoma zaparkowanymi samochodami. Za nimi wznosiły się wysokie, monolityczne sylwetki bloków mieszkalnych. W ich stronę uciekała odległa postać.

– Mam go! – krzyknął Heck do radia. – Biegnie obok klubu Marii Magdaleny, kieruje się do bloków. Odbiór.

Słyszał w oddali syreny, ale zbyt daleko. Radio zatrzeszczało w odpowiedzi, wiadomości przekazywano tam i z powrotem.

– Sierżancie?! – ryknął Gregson w telefonie. – Nie mogę pana znaleźć!

– To jakby ślepy prowadził ślepego, Andy! Kieruj się według radia!

W pewnej odległości Boyd przeskoczył przez metalową barierę drogową, zgramolił się z wybrukowanej skarpy i zniknął w przejściu podziemnym. Heck też przesadził barierę i o mało nie skręcił sobie kostki. Zadrobił bokiem po bruku, na dole zatoczył się i upadł, cudem omijając rozbite szkło. Kiedy się pozbierał, Boyd był już jakieś osiemdziesiąt metrów dalej i biegł co sił w nogach.

– Sierżancie Heckenburg, proszę podać swoją dokładną lokalizację. Odbiór! – rozległ się głos z centrali.

Heck podał ją w biegu, chociaż wiedział, że tyle stali i betonu wokół niego i nad nim zniekształci przekaz.

– Celem jest Cameron Boyd! – dodał. – Biały mężczyzna, trzydzieści trzy lata, mocno zbudowany. Pewnie go dobrze znacie. Ubrany w czarną płócienną kurtkę, biały T-shirt, spodnie khaki!

Na końcu podziemnego przejścia Boyd odbił w lewo i zniknął. Kilka sekund później Heck skręcił za róg i zobaczył, jak ścigany biegnie przez plac zabaw. Syreny wypełniły noc. Kątem oka Heck dostrzegł migające niebieskie światła, wciąż jednak za daleko – radiowozy pędziły przez mosty w niewłaściwym kierunku albo stały na wiaduktach i próbowały go zlokalizować. Tymczasem Boyd wybiegł przez furtkę z siatki na drugim końcu placu zabaw. Heck pogonił za nim następną uliczką. Po obu stronach ciągnęły się szeregowe domy, a na końcu jezdnię przegradzał rząd betonowych słupków, jednak kiedy Boyd do nich dotarł, padły na niego dwa snopy światła z reflektorów i zza rogu z piskiem opon wyjechał samochód. To była furgonetka Bedford. Drzwi po stronie kierowcy otworzyły się gwałtownie i wyskoczył Andy Gregson.

Boyd wyhamował z poślizgiem. Obrócił się, spostrzegł Hecka... i skoczył w lewo, w stronę ogrodzenia z pozbijanych drzwi. Ze zwinnością prawdziwego desperata podskoczył, uchwycił obiema rękami górną krawędź tej chwiejnej konstrukcji i jednym płynnym ruchem przerzucił się na drugą stronę.

– Wracaj do wozu! – krzyknął Heck do Gregsona. – Spróbuj go zatrzymać!

Młodszy gliniarz kiwnął głową i pobiegł z powrotem.

Zlany potem, z płucami obolałymi od wysiłku, Heck wgramolił się na płot i przelazł na drugą stronę, na zacienione podwórko, gdzie jakiś mały, obły kształt rzucił się na niego, warcząc. To był pitbul, na szczęście uwiązany. Heck ominął go i przeszedł przez otwartą furtkę, za którą wąski pasaż prowadził w lewo do schodów. Na szczycie samotna żarówka oświetlała ceglane łukowe wejście. Rozległ się trzask pękającego drewna.

Heck wbiegł na schody, biorąc po trzy stopnie naraz. Wejście otwierało się na korytarz łączący liczne mieszkania komunalne. Pierwsze drzwi po lewej stronie zostały zredukowane do szczątków roztrzaskanej płyty pilśniowej. Heck wcisnął się do środka. Po drugiej stronie otyły mężczyzna w średnim wieku, który widocznie siedział wcześniej w fotelu przed małym telewizorem w kącie, teraz klęczał, osłaniając jedną ręką nos, z którego obficie płynęła krew. Spojrzał na Hecka mętnym wzrokiem i wskazał otwarte drzwi.

– Jaki tu jest adres? – zapytał Heck.

– G... Gornall Rise – wyjąkał mężczyzna.

Heck przekazał szczegóły przez radio, przebiegając przez

małą sypialnię z otwartym oknem. Za nim znajdował się spadzisty dach. Heck wspiął się na parapet, zeskoczył i pobiegł. Gumowe podeszwy jego butów ślizgały się na dachówkach mokrych po deszczu. Dotarł do krawędzi i w odległości dwóch i pół metra zobaczył następny dach, z którego opadała zygzakiem drabinka przeciwpożarowa do ponurej alejki jakieś sześć metrów niżej. Boyd był już na dole i skręcał za róg, roztrącając pojemniki na śmieci.

Heck cofnął się kilka metrów, rozpędził się i skoczył. Uderzył mocno całym ciałem o schody pożarowe i ledwie się utrzymał. Zawisnął na jednej ręce – zardzewiałe żelazo paliło mu wykręcone palce – zanim zdołał się porządnie chwycić. Zlazł na dół, pospieszył za róg i spojrzał ponad stalowym ogrodzeniem w głęboki kanion. Dołem samochody pędziły w obu kierunkach. Pięćdziesiąt metrów na prawo Boyd pokonywał łukowy stalowy mostek. Dotarł na drugą stronę i znikł w następnym wejściu.

Heck ruszył za nim ze znużeniem. Wejście prowadziło do tunelu wyłożonego kafelkami. Biegnąc nim, słyszał nad głową ogłuszające wibracje, które brzmiały jak odgłos jadącego pociągu. Po kilku sekundach wspiął się na kolejne schody i wyszedł na stację Ashbury, kierunek zachodni. Rzeczywiście pociąg właśnie przyjechał i stał teraz na peronie. To był miejscowy skład, tylko cztery wagony. Przez brudne okna Heck widział całkiem sporo pasażerów. Rozejrzał się. Na drugim końcu do pociągu wsiadała starsza pani z dwójką dzieci. Bliżej wsiadał młody człowiek z plecakiem. Nikogo więcej nie było w zasięgu wzroku, ale drzwi pociągu były otwarte co najmniej od minuty – Boyd mógł wsiąść, zanim Heck się zjawił. Zwlekał niezdecydowany. Ostry elektroniczny pisk, ostrzegający, że drzwi się zamykają, wyrwał go z bezruchu. Heck rzucił się do przodu. Zdążył wskoczyć do najbliższego wagonu. Syknęły zamykające się drzwi i pociąg ruszył z szarpnięciem. Heck z rozpędu o mało nie upadł. Zaledwie jednak odzyskał równowagę, gdy człowiek siedzący niecałe pięć metrów dalej, odwrócony plecami, zerwał się i obrócił.

To był Boyd. Blady jak upiór, ze zmierzwionymi włosami zlepionymi potem.

– Przeklęty pies! – wypluł, pryskając śliną zza zepsutych brązowych zębów. – Nie mogłeś odpuścić, kurwa!

Sięgnął prawą ręką pod lewą pachę i wyciągnął długi na jakieś trzydzieści centymetrów śrubokręt, z rączką owiniętą taśmą izolacyjną, z końcem zaostrzonym jak igła.

Heck spiął się wewnętrznie, ale Boyd nie zaatakował, tylko wycofywał się przejściem między siedzeniami. Pasażerowie wreszcie się zorientowali, że coś się dzieje. Zamarli albo się cofnęli, przerażeni widokiem obnażonej stali. Jedna osoba znalazła się blisko Boyda; z prawej strony: dziewczyna na oko osiemnastoletnia, gotka, z wymyślnym makijażem, piercingiem i zielonymi włosami postawionymi w kolce. Wrzasnęła, kiedy Boyd chwycił ją za kołnierz grubego czarnego płaszcza, postawił na nogi i przyłożył jej szpikulec do szyi.

– Przeklęty pies! – syknął ponownie.

– Proszę o spokój! – zawołał Heck. – Jestem funkcjonariuszem policji i nikt inny nie musi się w to mieszać.

– Taaa, powiedz im, kim jesteś, ty pieprzony psie! – Boyd się zaśmiał. – Przez ciebie ta laska zginie, i cała reszta. Ostrzegam cię, kurwa... cofnij się!

– Lepiej się zastanów, Cameron. – Heck zbliżył się ostrożnie. – Siedzisz w gównie po szyję i nie masz dokąd uciekać.

Dziewczyna zaskomlała. Szpikulec wbijał się tak mocno w jej białą szyję, że pojawiły się kropelki krwi.

– Ostrzegam cię, zabiję tę dziwkę!

211

– A ja wepchnę ci ten przyrząd tak głęboko w dupę, że będziesz nim dłubał w zębach!

Nikt nie zauważył, że za plecami Boyda otworzyły się drzwi między wagonami i wszedł konduktor, wysoki facet pochodzący z Karaibów. Nawet Heck, odwrócony twarzą w tamtą stronę, zobaczył go dopiero wtedy, kiedy było za późno. Początkowo konduktor wydawał się zaskoczony sytuacją, ale potem rysy jego twarzy stwardniały – widocznie w tym pociągu już wcześniej zdarzały się napaści. Zbliżył się, przekładając przez głowę pasek czytnika, jednak Boyd wyczuł go w ostatniej sekundzie. Oparł stopę na tyłku swojej ofiary i pchnął ją w stronę Hecka, zanim się odwrócił. Konduktor wyprowadził prawy sierpowy, ale Boyd zablokował cios lewą ręką i uderzył szpikulcem, nie dźgnął, tylko walnął jak maczugą. Trafił konduktora w nasadę nosa, która pękła ukośnie.

Konduktor zatoczył się do tyłu i upadł na ławkę.

Tymczasem popchnięta na Hecka dziewczyna zemdlała. Heck musiał ją złapać i opuścić na podłogę. Podniósł wzrok w samą porę, żeby zobaczyć, jak Boyd zamachnął się trzymanym za pasek czytnikiem i cisnął w niego. Ciężki kawał metalu śmignął w powietrzu. Detektyw zrobił unik, ale czytnik zawadził o skroń z taką siłą, że rzuciło go na kolana.

Gorący strumyczek popłynął po boku twarzy. Heck spróbował skupić wzrok. Zobaczył, że Boyd znika w drzwiach na końcu wagonu. Oszołomiony detektyw niezdarnie ruszył za nim. Przystanął na chwilę, żeby sprawdzić, co z konduktorem, wciąż leżącym na ławce. Mężczyzna, którego przystojna hebanowa twarz zmieniła się w zniekształconą krwawą maskę, był zamroczony, ale przytomny.

– Zajmijcie się nim! – wrzasnął Heck do pasażerów.

Ruszył dalej przejściem, wykrzykując wskazówki do radia. Kiedy wszedł do drugiego wagonu, pociąg właśnie wjechał na następną stację. Drzwi otworzyły się z sykiem. Pasażerowie, którzy nie zdawali sobie sprawy, co się dzieje, zaczęli wysiadać, blokując mu przejście. Próbował się przepychać między nimi.

– Z drogi! Policja!

Na drugim końcu wagonu Boyd zeskoczył na peron. Heck zaklął, rzucił się w bok i wysiadł przez bliższe drzwi. Ludzie tłoczyli się wokół niego, musiał ich odpychać i jednocześnie usiłował informować, że jest z policji. Podniósł wzrok i zobaczył, że Boyd już idzie po wąskiej kładce w stronę wyjścia ze stacji i dotrze tam za parę sekund.

Heck rozejrzał się.

Stacja Ardwick wznosiła się nad ruchliwą drogą. Czterdzieści metrów dalej, nad torami prowadzącymi w kierunku zachodnim, znajdował się wysoki do piersi kamienny mur. Dwa zardzewiałe żelazne pierścienie odsłaniały drabinkę awaryjną opadającą z drugiej strony. Musiałby przekroczyć podwójne tory, ale i tak byłoby szybciej niż przepychanie się przez zatłoczoną kładkę. Nie zastanawiał się, czy to rozsądne, tylko zeskoczył z peronu i sprawdziwszy, że droga wolna, sprintem pokonał tory. Wskoczył na mur – i odkrył, że różnica wysokości jest większa, niż przypuszczał. Jakieś dwanaście metrów niżej przetaczały się w obie strony strumienie samochodów, budząc echa w tunelach pod mostem. Drabinka powinna sięgać do chodnika na dole, chociaż widziana pod tak ostrym kątem wyglądała, jakby kończyła się wyżej.

Heck nie miał czasu się tym martwić. Przeszedł na drugą stronę muru i zaczął schodzić. Dzwoniło mu w uszach. Drabinka była niewygodnie wąska; musiał przekładać ręce i stopy dokładnie jedną pod drugą. W połowie drogi zorientował się, że konstrukcja składa się z kilku części, nasuniętych na siebie. Pod jego ciężarem pierwsza część automatycznie się odłączyła i zjechał trzy metry. Wyhamował z szarpnięciem, które niemal go oderwało od szczebli. Pod wpływem wstrząsu odłączyła się trzecia, ostatnia część drabinki i zniosła go aż nad ziemię. Ręce mu się ześliznęły i ostatnie półtora metra spadł jak kamień, ale wylądował na nogach. Skręcił za róg, na brukowaną boczną uliczkę – w samą porę, żeby zobaczyć Camerona Boyda, który biegł w jego stronę od wyjścia ze stacji.

Zlana potem twarz zbira przybrała wręcz komiczny wyraz; Heck śmiałby się, gdyby nie był tak wyczerpany.

Przestępca skręcił i przeciął główną drogę, lawirując między trąbiącymi pojazdami, przeskakując przez maski. Heck pobiegł za nim. Zatrąbiło jeszcze więcej klaksonów, samochody hamowały z poślizgiem, żeby go nie przejechać. Brakowało mu tchu, żeby odpowiadać na wywrzaskiwane przekleństwa kierowców. Przez zgiełk przebijały się syreny policyjne, ale jeszcze nie pojawiły się błękitne koguty. Boyd dotarł na drugą stronę i wpadł w alejkę między dwoma obskurnymi sklepikami. Heck krzyknął do radia:

– Stacja Ardwick! Przeciął główną drogę... to chyba Devonshire Street!

Na końcu alejki znajdowała się wysoka zakratowana brama, ale była otwarta. Boyd już przez nią przebiegł i pędził teraz przez małą parcelę zawaloną cegłami. Heck poczłapał za nim. Naprzeciwko ogrodzenie z siatki oddzielało parcelę od bocznic kolejowych, gdzie baraki, betoniarki i zaparkowane koparki świadczyły o trwających pracach budowlanych. Boyd zatrzymał się, podniósł kawał zardzewiałego łańcucha i rzucił. Łańcuch owinął się Heckowi wokół nóg jak bolas i spętał go. Dzięki temu Boyd zdobył trochę dodatkowego czasu, teraz jednak spomiędzy baraków i nakrytych plastykiem stosów materiałów budowlanych wystrzeliły światła reflektorów. Nadjechała furgonetka.

– Dobra robota, Andy! – krzyknął Heck, wyplątując się z łańcucha. Chwiejnym krokiem wbiegł na bocznicę.

Boyd niezdarnie ruszył w stronę torów kolejowych, chociaż wysoka druciana siatka zagradzała mu dalszą drogę. Słysząc za sobą pisk hamulców furgonetki, usiłował skręcić między sterty cegieł. Ta przed nim miała tylko niewiele ponad metr wysokości. Wdrapał się na nią, zatoczył się i spróbował przeskoczyć na następną, znacznie wyższą.

Heck wciąż znajdował się w odległości około pięćdziesięciu metrów, ale widział, co się dzieje. Widział również, że Andy Gregson wspina się w ślad za Boydem.

– Dokąd leziesz?! – krzyknął Gregson. – Cholerny idiota! Poddaj się!

Boyd przeskoczył na następną stertę cegieł i następną. Gregson był młodszy i w lepszej formie, no i znacznie mniej zmęczony. Stale nadrabiał dystans, kiedy wspinali się na coraz wyższe poziomy po luźnych cegłach. Boyd znajdował się jakieś pięć metrów wyżej i zmierzał na szczyt najwyższej sterty, kiedy pośliznął się i pierwsza cegła obsunęła się spod jego stopy.

To był wypadek – nie ulegało wątpliwości; Heck widział to wyraźnie, biegnąc do przodu. Niemniej cegła przeleciała ze dwa metry, zanim trafiła Gregsona w twarz. Druga spadła z podobnej wysokości, tak samo jak trzecia, która walnęła go w środek czaszki. Tę akurat stertę ułożono byle jak. Zamiast starannie wyrównanych warstw, składała się z pojedynczych stosów opartych o siebie nawzajem. Toteż kiedy jeden z tych słupków się przewrócił, pociągnął za sobą kolejne. Cała konstrukcja się rozpadła i Boyd rąbnął o ziemię po drugiej stronie. Zaparło mu dech w piersi, ale zachował na tyle przytomności umysłu, żeby się przetoczyć raz, drugi i trzeci, aż znalazł się poza zasięgiem niebezpieczeństwa.

Andy Gregson miał mniej szczęścia. Pierwsze trzy cegły uderzyły go tak mocno, że osunął się bezwładnie, półprzytomny, i lawina zwaliła się na niego.

– ANDY! – wrzasnął Heck, ale jego głos utonął w kakofonicznym, dudniącym łoskocie. Po kilku sekundach przedzierania się przez duszącą chmurę ceglanego pyłu znalazł młodego policjanta skręconego do tyłu, na wpół pogrzebanego w popękanych cegłach. Głowę i tors miał całkowicie zasypane, ale nieznacznie się poruszał.

– Detektyw sierżant Heckenburg do Kontroli Echo! – krzyknął Heck do radia. – Pilna wiadomość! Detektyw posterunkowy Gregson poważnie ranny. Przyślijcie karetkę na bocznicę kolejową obok Devonshire Street, szybko! Zaraz! I dajcie mi jakieś wsparcie, na litość boską! – Gorączkowo odwalał na boki gruz. – Andy?

Odsłonił koszulę pokrytą brudem i przesiąkniętą krwią, a potem straszliwie zmasakrowaną twarz, obie kości oczodołu i kości jarzmowe prawdopodobnie złamane, nos spłaszczony, liczne rany sięgające daleko poza linię włosów, z których płynęła świeża krew. Przyłożył dwa palce do szyi Gregsona, żeby sprawdzić tętnicę; wciąż pulsowała, ale dzieciak tracił życiodajny płyn w zastraszającym tempie. Heck słyszał syreny, jednak wciąż bardzo, bardzo daleko.

– Przyślijcie tu kogoś natychmiast! – ryknął do radia. – Ranny ma poważne obrażenia głowy i inne urazy.

– Nic mi nie jest, sierżancie – wymamrotał Gregson. – Nic…

– Wszystko będzie dobrze – zapewnił go Heck. – Za chwilę przyjedzie karetka.

Przerwał mu grzechot siatki. Podniósł wzrok. W odległości niecałych trzydziestu metrów, za pagórkiem zwalonych cegieł, Cameron Boyd usiłował się wspiąć na siatkowe ogrodzenie. Heck z trudem powstrzymał się od przekleństw.

– Wrócę za minutę, stary – powiedział do ucha Gregsona. – Najwyżej minuta.

Boyd dotarł tylko na wysokość półtora metra i wyraźnie nie miał siły, żeby wspinać się dalej; zawisł bezradnie w powietrzu. Heck powinien bez trudu złapać go z tyłu i ściągnąć. Ale ponownie, instynktem dzikiego zwierzęcia, Boyd wyczuł bliskość detektywa. Odwrócił się i zeskoczył, jednak kolana się pod nim ugięły i był zbyt wyczerpany, żeby się uchylić przed pierwszym ciosem wymierzonym przez Hecka. Pięść detektywa trafiła go w lewą stronę twarzy. Boyd rozciągnął się jak długi na ziemi.

– Nie musisz nic mówić – powiedział Heck. Boyd próbował odpełznąć na czworakach. Heck kopnął go w tyłek. – Ale to zaszkodzi twojemu adwokatowi… – Boyd przetoczył się do przodu, tym razem dźwignął się na nogi, sięgnął pod kurtkę i wyciągnął szpikulec. Detektyw uśmiechnął się krzywo, bo teraz mógł twierdzić, że działał w obronie własnej – …jeśli przemilczysz coś, na czym później możesz się oprzeć w sądzie.

Boyd zaatakował z podniesionym szpikulcem. Heck trzasnął go przedramieniem w gardło.

– Ale cokolwiek powiesz… – Boyd wypuścił szpikulec i osunął się na ziemię z charkotem. Heck złapał go za przepocony kołnierz i uniósł na jakieś pół metra, żeby następny prawy sierpowy trafił go prosto w szczękę – …może być użyte jako dowód!

ROZDZIAŁ 24

– Powinienem pana poinformować, że sfotografowaliśmy obrażenia mojego klienta i zamierzamy złożyć oficjalną skargę – oznajmił adwokat.

Nazywał się Snodgrass i miał nieskazitelny garnitur, jak zwykle prawnicy, ale miał też cofnięty podbródek, krótkie piaskowe włosy i wodniste niebieskie oczy.

– Proszę bardzo – powiedział Heck. Szli korytarzem aresztu śledczego na posterunku policji w Longsight. – Detektyw posterunkowy Gregson i ja chętnie zeznamy w każdym przesłuchaniu, że widzieliśmy, jak pański klient spadł z pięciometrowej sterty cegieł.

– Powinien być w szpitalu, nie tutaj.

– Lekarz z Greater Manchester uznał, że można go przesłuchać. Mnie to wystarczy.

– Pańska postawa jest mało pomocna, sierżancie Heckenburg.

Heck odwrócił się do niego.

– Nie, panie Snodgrass, mało pomocny jest pański upór, żeby reprezentować obu tych... podejrzanych.

Drzwi do pokojów przesłuchań znajdowały się naprzeciwko siebie, po dwóch stronach korytarza. Przy tych po lewej stał Gary Quinnell, przy prawych Shawna McCluskey, z plastrem na nosie prawie równie wielkim jak opatrunek Hecka na skroni. W pokoju pilnowanym przez Quinnella przebywał Terry Mullany; w tym drugim – Cameron Boyd.

Snodgrass tylko wzruszył ramionami.

– Skoro obaj moi klienci zostali zatrzymani jako podejrzani o popełnienie tych samych przestępstw, konkretnie serii ohydnych zabójstw, to się wydaje całkowicie rozsądne.

– To wcale nie jest rozsądne – odparował Heck. – To najstarsza znana taktyka opóźniająca i nikt się na to nie nabierze! Wie pan, że to znaczy, że możemy przesłuchiwać tylko jednego podejrzanego naraz. Umyślnie gra pan na zwłokę.

Zwykle nie pogrywał tak ostro z przedstawicielami prawa. Ci faceci tylko wykonywali swoją pracę, mimo instynktownej niechęci społeczeństwa. W przeszłości niejeden osaczony policjant wiele zawdzięczał ich krętackim umiejętnościom. Ale w tej właśnie chwili Gemma czekała w szpitalu Longsight Royal, gdzie Andy Gregson przechodził poważną operację.

• • •

– Wiesz, że w sądzie rozerwą cię na strzępy, tak? – Boyd wyszczerzył zęby po drugiej stronie stołu w pokoju przesłuchań. Nie był to ładny widok; brązowe zęby i tak były w opłakanym stanie, teraz jeszcze kilku brakowało. Wokół spuchniętych warg wciąż widniały plamy krwi.

– Za co, Cameron? – zapytał Heck.

Boyd zerknął z zadufaną miną na Snodgrassa, który siedział obok niego i robił notatki.

– On pyta, za co! No, może za skopanie mnie po cholernej twarzy, kiedy mnie aresztowałeś?

– Stawiałeś opór przy zatrzymaniu, Cameron… bardzo gwałtowny opór. Właściwie zaatakowałeś mnie śmiercionośną bronią. – Heck wyjął szczelnie zamkniętą plastykową torebkę zawierającą tak zwany szpikulec Boyda. – Dla przypomnienia, pokazuję Cameronowi Boydowi dowód rzeczowy MH1, czyli profesjonalny śrubokręt, którego czubek został zaostrzony w szpic. To twoje, prawda, Cameron?

– Nigdy w życiu nie widziałem tego gówna.

– Jeszcze nie został zbadany, ale na pewno znajdą na nim pełno twoich odcisków palców, skoro wymachiwałeś nim jak nożem, kiedy mnie zaatakowałeś.

– Sam to upozorowałeś. Włożyłeś mi go do ręki, kiedy leżałem nieprzytomny.

– Użyłeś go również przeciwko dziewczynie, Sally Baines. Jechała dziś wieczorem pociągiem z Glossop do Manchester Piccadilly, tym samym, do którego wsiadłeś na stacji Ashbury około dwudziestej pierwszej czterdzieści. Może pamiętasz... założyłeś jej blokadę ramienia i przycisnąłeś szpikulec do gardła. Skaleczyłeś ją, Cameron, zraniłeś ją do krwi. A ona tylko siedziała i czytała gazetę.

Boyd nonszalancko wzruszył ramionami.

– Szkoda mi tej foczki, ale to nie byłem ja.

– Oprócz Sally Baines był też Martin Ruckworth. Konduktor w tym samym pociągu. Pamiętasz go? Trzasnąłeś go szpikulcem w nasadę nosa, powodując poważne obrażenia twarzy. Na pewno sobie przypominasz.

– Ta sama odpowiedź. To nie byłem ja.

– W pociągu byli jeszcze inni ludzie, którzy cię widzieli – odezwała się Shawna McCluskey.

Boyd spojrzał na nią i znowu wzruszył ramionami.

– No to widzieli kogoś innego. Przykro mi, że stały się te złe rzeczy, ale jak mówiłem, to nie byłem ja.

– Jeśli to prawda – podjął Heck – to dlaczego, kiedy mnie zobaczyłeś przy wyjściu ze stacji Ardwick, uciekłeś na bocznicę kolejową?

– Teraz dochodzimy do prawdy. – Boyd obejrzał swoje brudne, obgryzione paznokcie. – Nie jechałem tym pociągiem, ale byłem na Ardwick. Sprawdzałem rozkład jazdy na tablicy. Jutro jadę do mamy w Hadfield. Wychodzę, skręcam za róg i widzę ciebie. Właśnie zeskoczyłeś z tej drabiny. Nie miałem pojęcia, kim ty, kurwa, jesteś, ale wyglądałeś całkiem jak bandzior, musisz przyznać. Rzuciłeś się na mnie, przestraszyłeś mnie, więc uciekłem. Kiedy zacząłeś mnie gonić, dałem w długą. A niby co miałem robić?

– Twierdzisz zatem, że pomylono tożsamość? – zapytała Shawna. – Detektyw sierżant Heckenburg i detektyw posterunkowy Gregson ścigali kogoś innego i niesłusznie wzięli cię za tę osobę?

– A co, nie mogło tak być? – odparł Boyd. – W nocy? Kiedy ten facet dostał szału? Wyglądał jak kompletny wariat. Spocony, oczy wytrzeszczone.

Shawna się uśmiechnęła.

– Ciekawa historyjka, Cameron. Ale w rzeczywistości pościg rozpoczął się, kiedy wybiegłeś z pubu The Hayrick w Gorton, gdzie detektywi Heckenburg i Gregson obserwowali cię wcześniej.

– Obserwowali kogoś innego. Nie mnie.

– Co naprawdę nas interesuje, Cameron, to dlaczego w ogóle uciekłeś z The Hayrick – powiedział Heck. – Mamy twoją komórkę, więc wiemy, że rzuciłeś się do ucieczki, jak tylko odebrałeś telefon od swojego wspólnika, Terry'ego Mullany'ego.

– Terry to mój kumpel. Dzwoni do mnie od czasu do czasu. To nic nie znaczy.

– Więc przyznajesz, że byłeś w pubie The Hayrick, kiedy odebrałeś ten telefon?

– Co to za różnica, kurwa? Nie zrobiłem nic złego.

– Więc czemu uciekałeś jak zając? – zapytała Shawna. – Czemu tak rozpaczliwie chciałeś nawiać, że zraniłeś dwoje niewinnych cywilów, w tym jednego poważnie?

– Możesz się wypierać do woli incydentu w pociągu, Cameron – powiedział Heck. – Ale mamy twoje odciski na broni i spisane zeznania świadków. Musimy tylko przeprowadzić policyjną konfrontację i wszyscy ci, których napadłeś, nie wspominając o pozostałych pasażerach pociągu, rozpoznają cię bez trudu. I to zanim jeszcze obejrzymy nagrania z kamer ochrony.

– Ukartowane – prychnął Boyd. Wciąż zachowywał się jak ktoś, kto nie ma się czym martwić, ale kropla potu spływająca po lewym policzku zdradzała napięcie. – Zawsze to samo.

– Spróbujmy z innej beczki – zaproponował Heck. – Gdzie byłeś piątego listopada w zeszłym roku?

Boyd udał rozbawienie.

– Zaraz, nie gadaj… chcecie mnie wrobić w te morderstwa Profanatora?

– Gdzie byłeś? – powtórzyła Shawna.

– Pewnie w jakimś pubie, oglądałem fajerwerki, za które nie płaciłem… jak każdy gość z odrobiną rozumu.

– Często jeździsz do Preston, tak?

– Nigdy w życiu nie byłem w żadnym pieprzonym Preston.

– A co z Yorkshire? – zapytał Heck. – Często tam jeździsz?

– Jak najrzadziej, kurwa.

– Czy byłeś tam w grudniu zeszłego roku, zwłaszcza w czasie świąt Bożego Narodzenia?

– Nie. Lubię spędzać święta w domu.

Heck odchylił się na oparcie krzesła.

– Mamy świadka, który mówi co innego. Mamy świadka, który nie tylko potwierdzi twoją obecność w Yorkshire, ale także w Leeds, na miejscu drugiej zbrodni.

Boyd prychnął.

– Jakiego pieprzonego świadka?

– Ciebie, Cameron – oznajmiła Shawna. – Ty jesteś tym świadkiem.

Snodgrass podniósł zaciekawiony wzrok znad papierów. Boyda na chwilę zamurowało.

– Wydajesz się trochę zdziwiony – zauważył Heck.

– Bo gadacie bzdury, dlatego.

– Czy twoje DNA też gada bzdury?

Boyd zesztywniał. Snodgrass odłożył papiery. Heck patrzył z zainteresowaniem. Mowa ciała przestępcy wyrażała raczej strach niż winę.

– Ja… słuchajcie! – wyjąkał. – Nie wiem, co sobie kombinujecie, ale ja i Terry nigdy nikogo nie zabiliśmy.

– Ty i Terry, hę? – rzucił Heck. – Przynajmniej przyznajesz, że ty i Terry siedzicie w tym razem.

– W niczym razem nie siedzimy! – Boyd podniósł głos. – Kapujesz, ty pieprzony psie?!

Snodgrass położył mu rękę na ramieniu, ale Boyd strząsnął ją gniewnie.

Heck zachował wystudiowany spokój.

– Więc czemu obaj zwaliście, kiedy się połapaliście, że was śledzimy?

– To nie miało z tym nic wspólnego.

– Z czym nie miało nic wspólnego?

– Nie przypasujecie mi tych pieprzonych morderstw!

– Dajemy ci szansę, żebyś przedstawił swoją wersję.

– Terry'ego też tu trzymacie, tak?

– Jest w pokoju obok – potwierdziła Shawna.

– On wam powie dokładnie to samo. Nie mamy nic wspólnego z tym zasranym Profanatorem.

– Sąd zawsze się spodziewa co najmniej zaprzeczenia – odparł Heck. – Ale póki co mamy twoje słowo przeciwko dowodom rzeczowym. Marnie wyglądają twoje widoki, kolego.

– Przepraszam, sierżancie – wtrącił Snodgrass. – Czy mogę porozmawiać z moim klientem na osobności?

Heck przeniósł spojrzenie z jednego na drugiego: Boyd nagle nerwowy, z rozbieganym wzrokiem, Snodgrass niewzruszony jak zawsze.

– Jasne – powiedział. – Przesłuchanie przerwane, dwudziesta druga trzydzieści osiem.

Kilka minut później on i Shawna popijali herbatę na korytarzu.

– I co myślisz? – zapytała cicho.

Heck pokręcił głową.

– Myślę, że to kupa cholernych bzdetów.

– Jak to?

– Boyd nie jest seryjnym zabójcą. To zwykły opryć, który naprawdę wierzy, że bardzo sprytnie sobie poczyna, zaprzeczając oczywistościom. Bezmózgi idiota, który uważa za zwycięstwo marnowanie czasu w pokoju przesłuchań.

– On ma kartotekę, udokumentowana przemoc jeszcze z czasów, kiedy był młodociany.

Heck wrzucił kubek do najbliższego kosza.

– Co by mu z tego przyszło? Widziałaś jego akta... to złodziej i pijak.

– Daj spokój, Heck... mamy jego DNA. To musi być on.

– Wątpię, Shawna, naprawdę wątpię.

Zanim zdążyli powiedzieć coś więcej, drzwi do pokoju przesłuchań się otworzyły i wyszedł Snodgrass.

– Sierżancie, mój klient chciałby znowu pogadać.

– Och, pogadać?

– Chciałby się przyznać.

W pierwszej chwili Heck pomyślał, że się przesłyszał.

– Sam się przyznaje?

Snodgrass odparł z powściągliwą pewnością siebie:

– Nie do tych zabójstw, nie.

• • •

– Seria włamań? – powtórzyła Gemma z dokładnie tak udręczoną miną, jakiej Heck się spodziewał, kiedy wyszedł na policyjny parking, żeby się z nią spotkać.

Jakby wielka sensacja dnia – opublikowanie historii o Profanatorze – nie była dostatecznie stresująca, musiał jeszcze dobić Gemmę złymi nowinami.

– Włamania kwalifikowane – dodał. – Poważna sprawa.

Z trzaskiem zamknęła drzwi samochodu.

– On i Mullany?

– Aha. Przyznali się do trzech.

– Gdzie?

– Levenshulme, Fallowfield i Stockport.

– Kto się tym zajmuje?

– Wydział Kryminalny GMP. Już tu jadą. Oczywiście chcą z nami rozmawiać.

– Więc dlatego Boyd i Mullany uciekali? – upewniła się Gemma.

– To ma sens. Podejrzewali, że policja ich namierza. I namierzała, tylko z innych powodów... Oczywiście tego nie wiedzieli.

– I Boyd spodziewa się, że uwierzymy mu na słowo? Kiedy DNA wykazuje coś całkiem innego?

– Obawiam się, że jest w tym coś więcej, szefowo. – Heck starał się nie wyglądać tak ponuro, jak się czuł. – Właśnie się dowiedzieliśmy czegoś jeszcze: On ostatnio siedział.

Weszli już na posterunek i w korytarzu dołączyła do nich Shawna. Podjęła wątek.

– Odsiedział dwadzieścia osiem dni za napaść na portiera w nocnym klubie, szefowo.

– Kiedy? – zapytała Gemma.

– Dwudziestego czwartego listopada zeszłego roku – wyjaśniła Shawna. – Do dwudziestego pierwszego grudnia.

– Ernest Shapiro został zamurowany w tym kominie w Leeds nie później niż siedemnastego grudnia – dodał Heck. – Podczas gdy Boyd odbywał karę.

– Więc czemu Boyd nam tego nie powiedział, kiedy go aresztowaliśmy, zamiast się przyznawać do innych przestępstw?

– Bo nie wiedział, że Shapiro tkwił w tym kominie sporo ponad tydzień – wyjaśniła Shawna. – Myślał, że to się stało przed samymi świętami, kiedy już wyszedł na wolność i był prawdopodobnym podejrzanym.

Gemma stała w milczeniu, z bladą twarzą wyrażającą niedowierzanie.

– Szefowo – powiedział łagodnie Heck – Cameron Boyd nie może być Profanatorem.

– Czyli dowód, który znaleźliśmy na miejscu świątecznej zbrodni, był podłożony?

Heck przytaknął.

– Prawdziwi zabójcy usiłowali go wrobić. Spalona ciężarówka też była przynętą. Dlatego nie spalili kabiny kierowcy, bo tam zostawili odcisk palca Mullany'ego, żebyśmy go znaleźli. To też była przynęta.

– Ogień mógł jednak dotrzeć do kabiny – zauważyła Gemma. – Sporo ryzykowali.

– Nie tak dużo, jeśli podpalili ciężarówkę i zaraz dali nam cynk. Prawdą jest, że nie wiemy dokładnie, kiedy podłożono ogień. Po zastanowieniu wydaje się nieprawdopodobne, żeby paliło się przez całą noc. – Heck pokręcił głową. – Powinienem był się połapać przynajmniej z tym odciskiem kciuka... był zbyt doskonały. Na dodatek był w środku kabiny. Jeśli ktoś naprawdę chce zatrzeć za sobą ślady, to dlaczego wraca do środka, jak już zaczęło się palić? Gdyby podpalacz był tak niedbały, żeby wyrzucić tekturowe zapałki, zrobiłby to na zewnątrz. Ale nie mogli ryzykować, że spadnie deszcz, zmoczy je i zamaże odcisk palca. Ktoś nas wodzi za nos, a my mu pomagamy, bo nie widzimy cholernie oczywistych rzeczy.

ROZDZIAŁ 25

– Tak więc, kogo wkurzyłeś, Cameron? – zainteresowała się Gemma.

Boyd siedział za stołem w pokoju przesłuchań i ponownie prezentował swój upiorny brązowy uśmiech. Nie był specjalnie zachwycony rozwojem wypadków, ale wyraźnie cieszył się z przewagi, którą we własnym przekonaniu uzyskał.

– Nie wiem. Jak daleko mamy sięgnąć?

– Bardzo spokojnie przyjmujesz to, że ktoś próbował cię wrobić w serię zabójstw – zauważył Heck.

Boyd wzruszył ramionami.

– To tylko wy myśleliście, że mnie wrobicie, dopóki się nie okazało, że nie możecie.

– Przychodzi ci na myśl ktoś konkretny? – drążyła Gemma.

– Teraz mam wam pomagać? Kurwa, żarty sobie stroicie?

– To ciebie zabójca wziął na cel – przypomniał Heck. – Nie nas.

Boyd parsknął.

– Co mam powiedzieć? Jestem pieprzonym przestępcą. Zawsze narobię sobie wrogów, z każdej strony.

– Spróbuj się zastanowić, Cameron – nalegał Heck. – Ten ktoś jest o niebo lepszy od zwykłych szumowin, z którymi się zadajesz. Dość łatwo zdobyć tekturowe reklamowe zapałki z odciskiem palca. Pewnie wystarczyło pogrzebać w koszu na śmieci za domem Terry'ego. Ale jakim cudem twoje DNA znalazło się u bożonarodzeniowej ofiary? Skoro taki z ciebie spryciarz, chyba byś zauważył, gdyby ktoś ci wyrwał kosmyk włosów.

Boyd po raz kolejny wzruszył ramionami.

– Niech mnie kopną w tyłek, jeśli wiem... o, przepraszam, ty już mnie skopałeś, prawda? Nie martw się. – Znowu wyszczerzył zęby. – Mój papuga zrobił zdjęcia. I tak rozerwiemy cię na strzępy w sądzie.

• • •

Wieczorem na OIOM-ie było ciszej, jednak wciąż panował tu większy ruch niż na innych szpitalnych oddziałach o tak późnej porze. Miękkie podeszwy butów szurały na wypolerowanych posadzkach, personel krzątał się po salach, sprawdzał karty i podawał lekarstwa pacjentom. Andy Gregson leżał w specjalnym pokoju na końcu głównego korytarza. Heck przyjrzał mu się przez okienko w drzwiach.

Chłopak spoczywał nieruchomo na podwyższonym łóżku, z głową niewidoczną pod warstwami pooperacyjnych opatrunków, oddychający i odżywiany przez rurki. Kable łączyły go z rzędem popiskujących monitorów. Miał również podłączoną kroplówkę, którą właśnie zmieniał młody pielęgniarz w błękitnym uniformie. Obok łóżka spała zwinięta w fotelu bardzo młoda kobieta, właściwie dziewczyna – niewątpliwie żona Gregsona, Marnie. Makijaż miała rozmazany, twarz spoconą, kasztanowe włosy do ramion w nieładzie. Jakiś troskliwy członek personelu przykrył ją kocem.

– W czym mogę pomóc? – zapytał ktoś z akcentem z Glasgow.

Heck obejrzał się i zobaczył obok siebie krępą rudowłosą kobietę. Ona również nosiła szpitalny uniform; plakietka na kołnierzu informowała, że to Mavis Malone, przełożona pielęgniarek.

– Przepraszam – powiedział Heck, pokazując legitymację. – Detektyw sierżant Heckenburg. Partner detektywa Gregsona.

Zmierzyła go profesjonalnym spojrzeniem i uświadomił sobie, że ocenia jego stan zdrowia.

– Pan też jest porządnie poobijany.

– To była ciężka noc.

– Mogę poprawić panu opatrunek?

– Nie trzeba.

– Chyba jednak trzeba.

Heck sięgnął do skroni i namacał lepki strzęp, pozostałość przylepionego wcześniej plastra. Kiedy odjął palce, czubki były umazane czerwienią.

– Ee... chyba... tak.

Uśmiechnęła się i zaprowadziła go do podręcznego stolika.

– Jak się czuje Andy? – zapytał.

– Wyzdrowieje. – Oczyściła skaleczenie, po czym starannie i delikatnie nałożyła nowy opatrunek. – Doznał pęknięcia czaszki z wgłębieniem, które neurochirurg zdołał wyrównać bez żadnych komplikacji. Usunęliśmy również krwiak nadtwardówkowy. Tomografia komputerowa nie wykazała krwawienia w innych miejscach. Teraz podajemy mu mannitol... Zmniejsza ciśnienie wewnątrzczaszkowe.

– Z całym szacunkiem, ale to dla mnie chińszczyzna. Czy on całkiem wyzdrowieje? Czy będzie mógł znowu pracować?

– Jeśli rekonwalescencja będzie przebiegać prawidłowo, całkowicie odzyska zdrowie.

230

Heck wrócił do okienka, zastanawiając się, dlaczego nie czuje większej ulgi – pewnie dlatego, że był otępiały ze zmęczenia. Za szybą młoda para spoczywała w bezruchu: Marnie zwinięta w fotelu, Gregson nieprzytomny na łóżku. Razem tworzyli obraz skrzywdzonej niewinności. Detektyw z wydziału zabójstw często widuje takie rzeczy, ale zawsze bardziej boli, kiedy chodzi o kogoś bliskiego.

Ze znużeniem powlókł się przez OIOM do wyjścia. Chociaż na chwilę, bez powodzenia, próbował wyrzucić z myśli wszystkie problemy. Bez dowodów DNA i odcisku palca śledztwo zabrnęło w kolejną ślepą uliczkę. Dokąd teraz – naprawdę nie wiedział.

– Proszę się nie martwić, nic mu nie będzie – powiedziała pielęgniarka Malone, uśmiechając się, kiedy mijał jej biurko.

Heck kiwnął głową w podziękowaniu, ale nie mógł się zdobyć, żeby odpowiedzieć jej uśmiechem.

Na zewnątrz parking, który w dzień pękał w szwach, teraz był prawie pusty, nie licząc bmw Gemmy, które właśnie wjechało na miejsce postojowe obok pożyczonego volkswagena Hecka.

– Czy powinnam znowu tam iść? – zapytała Gemma, wysiadając z samochodu. Spojrzała niechętnie na ogromny, bezosobowy budynek, gdzie światła były w większości wygaszone albo przyciemnione.

Heck wzruszył ramionami.

– Jeśli chcesz, szefowo. Ale on jest nieprzytomny.

– Jak się czuje?

– Podobno wyjdzie z tego.

– A jak ty się czujesz?

– No, to zależy. – Pociągnął nosem i wepchnął ręce do kieszeni. – Jestem zmęczony, ale też nakręcony. Jeśli to ma sens. Nie wiem, czy dzisiaj zasnę.

– Możesz przynajmniej spróbować. Masz. – Wyjęła termos z kieszeni płaszcza. Kiedy odkręciła nakrętkę, rozszedł się aromat kawy wzmocnionej czymś, chyba irlandzką whiskey. Napełniła plastykowy kubek i podała mu. – Nie mówię, że pomoże ci zasnąć, ale to dobry środek znieczulający.

Pociągnął kilka łyków i oddał jej kubek.

– Co myślisz o Boydzie?

– Chyba nigdy w życiu nie spotkałam kogoś tak głupiego.

– Dba o własne interesy.

– Taaa... i nie pomoże nam znaleźć kogoś, kto tak go nienawidzi, że wrabia go w serię okrutnych morderstw.

– Jak sam mówił, mnóstwo ludzi go nienawidzi. W areszcie nic mu nie grozi. Teraz jego największym zmartwieniem jest, jak się wykręcić z trzech kwalifikowanych włamań.

Zaśmiała się bez wesołości.

– Życzę mu powodzenia. Rozmawiałeś z Marnie Gregson?

– Spała.

– Szkoda. Przydałoby jej się parę słów pociechy od partnera, którego jej mąż tak wychwala.

– On mnie wychwala? – zdumiał się Heck. Czym, do cholery, na to zasłużył? Czyżby zaimponował młodemu detektywowi swoją postawą, wyrażającą znużenie światem? A może brakiem szacunku dla autorytetów i lekkomyślną pewnością siebie? Jeśli Gregson był na tyle żółtodziobem, że nie poznał się na tych żałosnych bzdetach, budził przez to jeszcze większą sympatię i jego nieszczęście bolało nieskończenie bardziej. – Niewiele miałbym dla niej słów pociechy – odezwał się wreszcie. – Nie mógłbym nawet jej powiedzieć, że Andy ucierpiał w słusznej sprawie.

Gemma nie odpowiedziała, tylko spojrzała w niebo.

– Zanosi się na deszcz.

Nacisnęła breloczek przy kluczyku i drzwi bmw się

otwarły. Kiedy wsiedli do środka, znowu napełniła kubek. Heck ponuro pociągnął łyk.

– Wiesz, Mark... – zaczęła z wahaniem; rzadko zwracała się do niego po imieniu. – To był przygnębiający dzień. Ale nie jest tak źle. Nikt inny ci tego nie powie, więc ja powiem. To, co zrobiłeś dziś wieczorem, to był kawał świetnej policyjnej roboty.

– No bo świetny ze mnie gliniarz. – Ale mówił to bez przekonania. Oddał jej kubek.

– Chcę tylko, żebyś wiedział, jak się cieszę, że jesteś w zespole.

– To jest marchewka, a gdzie kij? – zapytał.

– Czasami robisz z siebie skończonego durnia, ale każdemu się zdarza, prawda?

Patrzył szklanym wzrokiem, jak karetka zahamowała z piskiem opon przed podwójnymi drzwiami oddziału nagłych wypadków. Ratownicy wybiegli na zewnątrz. Pielęgniarze ostrożnie wysunęli z tyłu nosze, jeden trzymał kroplówkę z solą fizjologiczną.

– Ty i ja powinniśmy byli wtedy zostać razem – powiedział powoli. – Powinniśmy byli spróbować to utrzymać.

Gemma łyknęła wzmocnionej kawy.

– Taaa, bo wtedy nie byłoby tego syfu.

– Wtedy nie musielibyśmy tego robić na szpitalnym parkingu o trzeciej nad ranem.

– Słucham? – Rozejrzała się. – Przecież nic nie robimy.

– Może w tym problem.

Znowu spojrzała przed siebie.

– Nie oglądaj przeszłości przez różowe okulary, Heck. W ten sposób niczego się nie nauczysz na własnych błędach.

– Błędach?

Heck zdawał sobie sprawę, że nie myśli jasno, że ze zmęczenia mąci mu się w głowie, ale czasami wtedy widzi się rzeczy wyraźniej, prawda? A teraz, kiedy sobie przypominał wspólną przeszłość z Gemmą – kiedy oboje byli młodymi przebojowymi funkcjonariuszami w rejonie Bethnal Green, przeżywającymi dokładnie te same stresy, pracującymi na tych samych wyczerpujących zmianach, w podobnie zwariowanych godzinach, dzięki czemu mogli pod koniec dnia paść sobie w ramiona i od razu przejść do rzeczy bez żadnych wstępów – to się wcale nie wydawało takie złe. Nawet z perspektywy czasu. Ani telefony w środku nocy, ani terkot budzika o świcie nie stanowiły zagrożenia dla tego związku.

– To wszystko jest zbyt absorbujące, Heck – powiedziała Gemma niemal obojętnie. – Nie poradzilibyśmy sobie z własnym życiem.

– No, ludzie różnie sobie radzą, prawda? – odparł. – Ty jakoś się ustawiłaś. Ale popatrz na mnie. Popatrz, kim jestem.

Spojrzała na niego, na wpół rozbawiona.

– I nie zgodziłbyś się na nic innego. Przynajmniej ciągle to powtarzasz. Co to były za brednie w stylu klasy pracującej, które wygłaszałeś: „Jestem policjantem, nie administratorem. Jestem detektywem, nie urzędasem". Tak, tak, bardzo szlachetnie z twojej strony. Ale nie opowiadaj mi łzawych historyjek…

– Och, przymknij się!

– Słucham?

– Słyszałaś.

– Cholernie dobrze słyszałam! Nie mów mi, żebym się przymknęła! Jestem twoją przełożoną, czy może zapomniałeś?

– Taaa, chyba zapomniałem. – Znowu popatrzył na ambulans. – Przy tobie łatwo zapomnieć.

Pogrążyli się w sennym milczeniu.

– Tylko nas posłuchaj – odezwała się wreszcie Gemma. – Jak stare małżeństwo.

– Ale bez tych dobrych stron.

– Jezu Chryste, rozchmurz się. Tego mi tylko brakowało, żebyś zaczął świrować.

– Przepraszam, po prostu... – Westchnął. – No... prawdę mówiąc, jestem samotny.

– Wystartuj do Claire. Chyba się dostatecznie zaprzyjaźniliście.

– Jesteśmy tylko kolegami. W każdym razie Claire się stara.

– Co ty powiesz.

– Nie zrozum mnie źle, jest ładna, seksowna... ale za każdym razem, kiedy na nią patrzę, widzę przestraszoną dziewczynkę. A ja nie chcę dziewczynki... chcę kobiety. – Znowu na nią spojrzał. – Z którą mogę się kochać przez całą noc, szaleńczo i bez wytchnienia. Która będzie mi warczeć do ucha. Która, jeśli ją ugryzę, też mnie ugryzie. Krótko mówiąc, chcę lwicy.

Tym razem Gemma spojrzała na niego niemal z wyrzutem.

– Prawdziwy pies z ciebie, wiesz, Heck? Przecież to ty mnie rzuciłeś!

– Myślisz, że trzeba mi to przypominać?

– Wszystko mi jedno.

– Chyba jednak nie.

Nachylił się i pocałował ją. Przycisnął usta do jej ust i próbował rozchylić jej wargi językiem... ale trzymała je zaciśnięte. W końcu zrezygnował i cofnął się.

– Lepiej się czujesz? – zapytała chłodno.

– Do cholery, Gemma!

Przekręciła kluczyk, silnik ożył z warkotem.

– Jesteś zestresowany, Heck. I wyczerpany. Potrzebujesz snu. Jak wszyscy.

– Chcesz, żebym wrócił. Wiem.

– Nawet jeśli chcę, czy ty mnie zechcesz? – Popatrzyła na niego z powagą. – Naprawdę? Szczerze? I nie chodzi tylko o dobre rżnięcie? Powiedz uczciwie. Bo rano to byłby dla nas obojga wielki problem.

– Okej. – Spróbował odsunąć logikę na bok. – Po prostu… są takie chwile, wiesz?

– Och, wiem, Heck. Tylko że nie zawsze są takie chwile, prawda? Nawet w naszym świecie dymanko bez zobowiązań nie codziennie pozwala zapomnieć o tym syfie dookoła.

– Naprawdę tęsknię za tobą – powiedział.

Wrzuciła bieg.

– Widujesz mnie codziennie.

– Nie, wcale nie. Widzę karykaturę. Widzę maskę, którą nakładasz.

– Taaa, jasne, jestem urzędasem.

– Nigdy tak o tobie nie myślałem.

– Idź spać, Heck. Zanim powiesz coś, czego naprawdę pożałujesz.

Nadąsany, wygramolił się z samochodu, zamknął za sobą drzwi i poczuł lodowate krople deszczu. Przynajmniej w tym miała rację. Pewnie miała rację i w innych sprawach. Zastukał w okno po stronie pasażera. Opuściła szybę.

– Przepraszam – powiedział.

– To dla ciebie prawie obce słowo – zauważyła. – Na pewno wiesz, co to znaczy?

– Nie za to, że chciałem się z tobą przespać… za to, że nazwałem cię karykaturą.

– To coś nowego, muszę przyznać. A teraz proszę się odsunąć od wozu, sierżancie. Zobaczymy się rano.

Wyjechała z parkingu w chmurze spalin, zostawiając Hecka na deszczu.

– Dobrze poszło – powiedział do siebie.

Chociaż patrząc na miniony dzień, chyba rzeczywiście nie poszło najgorzej.

ROZDZIAŁ 26

– Więc incydent w Longsight tak naprawdę nie miał nic wspólnego z morderstwami Profanatora? – zapytał pierwszy reporter.

– Zgadza się – potwierdziła Claire.

– Ale to prawda, że detektyw z Merseyside pomagający w tym śledztwie został ranny?

– Jak podano w oficjalnym komunikacie prasowym, detektyw posterunkowy Andrew Gregson, przydzielony na stałe do wydziału śledczego St Helens, wczoraj w nocy przeszedł operację neurochirurgiczną w Longsight Royal Infirmary. Operacja się udała i pacjent już czuje się lepiej.

– Jak to się stało?

– Wszystkie informacje zawarte są w oświadczeniu dla prasy.

Claire bardzo się starała nie okazywać złości. Źle spała w nocy i ostatnie, czego potrzebowała – o siódmej rano – to kolejnej konfrontacji na stopniach posterunku. Po przebudzeniu spojrzała na szare niebo i siąpiący deszcz i uznała, że taka pogoda zniechęci reporterów, ale się myliła. Znowu się zjawili, stłoczeni pod parasolkami i kapturami kurtek, niczym stado wygłodniałych sępów.

– Rozumiem, że dwaj podejrzani zostali zatrzymani

237

w związku z serią włamań, badanych przez Greater Manchester Police – odezwała się tleniona blondynka. – Czy te włamania na pewno nie mają związku ze zbrodniami Profanatora?

– O ile nam wiadomo, nie – odparła Claire.

– Więc dlaczego się nimi zajmowaliście?

– Rozmaite jednostki policyjne czasem pomagają sobie nawzajem. To normalne.

– W związku z zabójstwami, którymi wasi ludzie powinni się zajmować – powiedział zahartowany liverpoolski pismak z tupecikiem – czy jesteście pewni, że jak dotąd popełniono ich tylko siedem?

Claire przytaknęła.

– Przyjęliśmy takie założenie.

– Ale nie tak dawno temu byliście pewni, że popełniono tylko trzy morderstwa? Przynajmniej… tak nam powiedzieliście.

– Czy nazwisko Tara Greenwood coś pani mówi? – zapytała Miss Perhydrolu.

– Słucham? – zdziwiła się Claire.

– A Lorna Arkwright? To są ofiary nierozwiązanych morderstw z lat dwa tysiące dziewięć i dwa tysiące dziesięć. Prima aprilis i Remembrance Sunday*.

Claire nie miała najmniejszego pojęcia, o czym ta baba mówi. Mogła tylko bezradnie wzruszyć ramionami.

– Z pewnością, gdyby się cofnąć do annałów nierozwiązanych zbrodni, znalazłoby się sporo spraw, które pokrywają się z datami świąt.

– Taaa, ale czy wy przejrzeliście te daty? – zapytał ktoś

---

*Remembrance Sunday – święto obchodzone w Zjednoczonym Królestwie w drugą niedzielę listopada ku pamięci mężczyzn i kobiet, którzy polegli w dwóch wojnach światowych oraz późniejszych konfliktach.

inny. – Społeczeństwo jest przerażone również dlatego, że ekipa policyjna, której powierzono schwytanie tych zabójców, to ta sama ekipa, która zignorowała kluczowe dowody i pozwoliła Maniakom z M1 zabić jeszcze pięć ofiar.

– Ta sama policja, która zeszłej nocy w Manchesterze aresztowała niewłaściwych podejrzanych – dodał pismak w peruce.

– Społeczeństwo ma prawo wiedzieć, jakie niebezpieczeństwo mu grozi – podchwyciła Miss Perhydrolu.

Wtedy wtrącił się Heck. Kierował się do centrum koordynacyjnego na tyłach, ale widok tej stłoczonej, przepychającej się zgrai, żądającej, żeby „pozwolono im wykonywać ich obowiązki", to było więcej, niż mógł znieść.

– W kwestii społeczeństwa i tego, ile ma prawo wiedzieć – zaczął, stając na stopniach obok Claire – Tara Greenwood została zatłuczona na śmierć w prima aprilis dwa tysiące dziewiątego roku, w Lincolnshire...

– Ee, kim pan jest? – zapytała Miss Perhydrolu, zaskoczona nagłym pojawieniem się tego szorstkiego, poważnego mężczyzny z posiniaczoną, pokaleczoną twarzą.

– Detektyw sierżant Heckenburg – odpowiedział. – Może sobie pani przypomina, że głównym podejrzanym o zamordowanie Tary Greenwood był Johnny Repton, jej chłopak, z którym mieszkała. Został oskarżony, ale później uniewinniony, kiedy świadkowie spośród szerokiego kręgu jego znajomych złożyli zeznania, które, chociaż w wielu przypadkach mocno wątpliwe, zapewniły mu wystarczające alibi. Lorna Arkwright została zgwałcona i uduszona w Humberside w Remembrance Sunday w dwa tysiące dziesiątym roku, kiedy wracała do domu z nocnego klubu. Głównym podejrzanym w tamtej sprawie był Wayne Hubbard, zbiegły skazaniec, który odsiadywał wyrok za trzy inne gwałty. Hubbard do dziś pozostaje głównym podejrzanym, ponieważ go nie aresztowano. Został przeszmuglowany za granicę przez przyjaciół, którzy przedtem ukrywali go w kilku różnych domach w jego rodzinnych stronach. Właśnie w czasie, kiedy się ukrywał, napadł podobno na Lornę Arkwright, która, nawiasem mówiąc, miała dopiero trzynaście lat. Więc w kwestii społeczeństwa i tego, ile musi wiedzieć, może raczej powinniście zapytać, ile już wie?

Zmierzył poważnym wzrokiem uciszony tłum.

– Czasami więcej, niż myślicie. To wszystko na dziś rano.

Odwrócił się i pociągnął Claire do środka. Za nimi na nowo podniósł się gwar pytań, ale Heck zamknął drzwi posterunku.

– Ja... mam im przekazać jeszcze kilka najnowszych wiadomości... – wyjąkała Claire.

– Nieważne.

Poprowadził ją przez drzwi dla personelu, a potem przez cały budynek na tyły i przez parking.

– Chryste – powiedziała, kiedy dotarło do niej całe znaczenie tego, co właśnie zrobił. – Już widzę te nagłówki: „Społeczeństwo oskarżone o zabójstwa Profanatora!".

– Ostatecznie to ich wina, prawda? Kto tworzy te potwory, jeśli nie społeczeństwo?

– Akurat teraz operacja Święto nie potrzebuje takich nagłówków...

– To tylko nagłówki, Claire. Na drugi dzień nikt ich nie pamięta. Jakoś to przeżyjemy.

Dotarli do centrum koordynacyjnego, ale Claire przystanęła. Nie chciała wchodzić w takim stanie. Z oczu popłynęły jej łzy gniewu.

– Na litość boską, Heck! Dla ciebie to nic... ale oni będą mnie znowu męczyć o te nierozwiązane morderstwa i może jeszcze o inne. Nic o nich nie wiem!

– Pogadaj z Erikiem Fisherem – poradził, podając jej jednorazową chusteczkę. – On wie.

240

– Jak to?

– Claire, nie urodziliśmy się wczoraj. Odgrzebaliśmy już każde nierozwiązane zabójstwo popełnione w to czy inne święto, do pięciu lat wstecz. Żadne nie pasuje. Prawie we wszystkich przypadkach mieliśmy prawdopodobnych podejrzanych, którzy o włos uniknęli skazania. Pogadaj z Erikiem. On cię wprowadzi w temat.

– Ktoś powinien mnie o tym uprzedzić – warknęła jeszcze ostrzejszym tonem.

– Masz rację. Powinni.

– Czułam się jak kompletna idiotka...

Chciał odpowiedzieć, że ona też należy do ekipy dochodzeniowej, więc jej obowiązkiem było sprawdzić parę rzeczy. Wiedział, że praktycznie nie miała wolnej chwili, chociaż nie zaszkodziłoby, gdyby przynajmniej zapytała. Ale przechodziła teraz chrzest bojowy i podejrzewał, że nie wyjdzie z tego bez szwanku. Ani żadne z nich, skoro o tym mowa. On sam bynajmniej nie tęsknił do spotkania z Gemmą po tym, jak się rozstali poprzedniego wieczoru.

Dlatego oczywiście Gemma była pierwszą osobą, którą zobaczył w głównym centrum koordynacyjnym. Szła prosto do niego w towarzystwie Mike'a Garricksona. Oboje mieli na sobie płaszcze.

– Było następne – powiedziała, zanim Heck zdążył się odezwać.

Zamarł w pół kroku. W całym zamieszaniu kompletnie zapomniał, że to Dzień Świętego Jerzego. Spojrzał na Shawnę McCluskey, która siedziała przy biurku pod ścianą. Wyglądała na chorą.

• • •

– Znaleźć tu cokolwiek to bułka z masłem, no nie? – ironizował Charlie Finnegan na tylnym siedzeniu volkswagena

Hecka, kiedy wjechali na parking przed zoo w Horwich. – Ilu klientów codziennie się tu przewija? Tysiąc, dwa…

– Weź na wstrzymanie, Charlie – poprosiła Shawna. – Wszyscy wiemy, że to będzie gówniana robota.

Wysiedli i stanęli na mokrym od deszczu parkingu.

– W każdym razie jest dużo nagrań – zauważył Gary Quinnell, spoglądając na mur otaczający zoo, wysoki na pięć metrów, na którym co pięćdziesiąt metrów rozmieszczono kamery ochrony.

– Przestałam ufać technologii – odparła Shawna. – Jeszcze ani razu nam nie pomogła.

Heck milczał. Zbliżało się południe, ale w powietrzu czuło się chłód i niebo pociemniało. Deszcz siąpił uporczywie. Smugi niebieskiego światła migotały na mokrym asfalcie. Policjanci z GMP stali w milczących grupkach, ich odblaskowe płaszcze przeciwdeszczowe lśniły od wilgoci. Kilka metrów dalej Gemma wysiadła ze swojego bmw, naciągając płaszcz. Za nią wysiadł Garrickson. Claire, która również siedziała w samochodzie Gemmy, nie ruszyła się z miejsca; zapewne dostała polecenie, żeby zaczekać w środku. Patrzyła przez szybę na Hecka, nie okazując żadnych emocji. Spróbował się uśmiechnąć, ale nie odwzajemniła uśmiechu. Szczerze mówiąc, nie wysilał się specjalnie.

– Proszę, pilnujcie, żebyśmy się trzymali wyłącznie miejsc publicznych – powiedziała Gemma, prowadząc ich przez główne wejście do zoo. – Oczywiście omijamy wszystkie miejsca odgrodzone taśmą.

– Jeszcze więcej kamer – zauważył Quinnell, kiedy weszli na placyk z toaletami po jednej stronie i zamkniętymi sklepikami z pamiątkami po drugiej. – Co z ochroniarzami?

– Było dwóch – odpowiedział Garrickson. – Dwaj starsi faceci. Wzięli tę fuchę, żeby doczekać do emerytury. To oni podnieśli alarm dziś rano.

- Wcześniej nic nie zauważyli?
- Raczej nie. Uśpiono ich flunitrazepamem.

Quinnell rozejrzał się dookoła.

- Ten sam środek podano ofiarom ukrzyżowania.
- Zgadza się.
- Jak ich uśpiono? - zainteresowała się Shawna.
- Zdaje się, że jeden z nich miał zwyczaj wychodzić na papierosa, więc zostawiał otwarte drzwi awaryjne na tyłach ich biura. Te drzwi prowadzą również do kuchni, gdzie robili sobie herbatę.

Quinnell był pod wrażeniem.

- Sprawcy odrobili lekcje.
- Chyba to coś więcej - odezwał się Heck. - Ale będziemy wiedzieli na pewno, kiedy sprawdzimy nagrania z kamer. Jeśli za dobrze się tutaj orientowali...
- Co masz na myśli? - zapytała Shawna. - Że to robota kogoś stąd?

Heck wzruszył ramionami.

- Zwiedzający widzą tylko jedną czwartą tego, co się dzieje w takich miejscach. Jeśli sprawcy znali zoo jak własną kieszeń, warto się nad tym zastanowić.

Gemma oglądała teraz dużą tablicę z mapą na środku placu, po czym ruszyła bez słowa. Inni poszli za nią.

Zoo w Horwich, jedne z najstarszych w Anglii, otwarte w latach trzydziestych ubiegłego wieku, zajmowało około stu dwudziestu hektarów, z czego jakieś czterdzieści przeznaczono dla zwiedzających. Była to bardzo popularna atrakcja i w rankingach czasopisma „Forbes" stale figurowała wśród najlepszych ogrodów zoologicznych na świecie. Zaprojektowano ją w typowy, przyjazny rodzinie sposób: asfaltowe alejki wiły się wśród wypielęgnowanych kęp tropikalnej roślinności, rozgałęziały się raz po raz, wspinały na kładki, opadały do tuneli, w każdym miejscu zapewniając jak najlepszy widok na wybiegi dla zwierząt. Ponieważ zaczynał się sezon letni, większość wybiegów była zajęta. Wielkie koty spacerowały w klatkach, żyrafy szarpały liście na gałęziach, szympansy siedziały skulone i przemoczone na odgrodzonych fosą wysepkach, obserwując w ciszy, jakby świadome, że dzieje się coś niezwykłego. Były też miejsca piknikowe wyposażone w bambusowe stoły i krzesła oraz placyki zabaw z huśtawkami i drabinkami. Wszędzie było pusto, tylko gdzieniegdzie stał samotny gliniarz z GMP, okryty od stóp do głów odblaskową zielenią, błyszczącą od deszczu.

Dotarli do Pawilonu Gadów po zapętlonej ścieżce oznakowanej rysunkami węży i jaszczurek. Z zewnątrz budynek imitował styl wiktoriański, z wieżyczkami na dachu, zieloną terakotą na ścianach i wysokimi, wąskimi witrażowymi oknami przedstawiającymi roślinność tropikalną. Zatrzymali się tylko na chwilę, żeby obejrzeć kamerę ochrony w południowo-wschodnim rogu budynku, której obiektyw został przebity aluminiową strzałą.

– Jak blisko trzeba podejść, żeby oddać taki strzał? – zastanawiała się głośno Shawna.

– Normalny człowiek raczej nie trafiłby nawet stąd – stwierdził Quinnell.

– To jest normalny człowiek – sprzeciwił się Garrickson. – Nie dajmy się ponieść wyobraźni.

Nikt się z nim nie spierał. Ale również nikt się z nim nie zgodził.

Zabójcy najwyraźniej weszli do Pawilonu Gadów przez drzwi służbowe z tyłu, które rozbili młotem kowalskim. Najpierw wyłączyli alarm, przeciąwszy kable szczypcami do cięcia drutu; kolejny dowód według Hecka, że dobrze znali to miejsce. W środku umundurowany policjant o ponurej twarzy przedstawił się jako inspektor Perkins z Bolton Central i powiedział, że zaprowadzi ich na jedną z galerii dla zwiedzających, gdzie sprawcy nie dotarli. Kiedy wchodzili na górę, deszcz bębnił w dachówki, spływał po witrażowych oknach i napełniał mroczną klatkę schodową plątaniną złudnych cieni.

Wreszcie dotarli do stalowej poręczy, gdzie rozmieszczono już kamery i mocne lampy halogenowe. Przez skośny dach z perspeksu zajrzeli do jamy głębokiej na trzy metry, o wymiarach sześć na dziesięć metrów. Co najmniej dwie trzecie wypełniała zielonkawa woda, chociaż teraz na powierzchni pływały czerwone szumowiny. Na brzegach rosła bujna tropikalna roślinność.

Stały mieszkaniec tej sadzawki, sześciometrowy krokodyl, samiec, został przeniesiony do zamkniętego pomieszczenia w innej części budynku, podczas gdy dwóch lekarzy sądowych, ubranych w wodery – oprócz zwykłych kombinezonów Tyvek – badało pozostałości jego ostatniego posiłku.

– Dzień Świętego Jerzego – powiedział niepotrzebnie Eric Fisher. – Powinniśmy byli to przewidzieć.

– Nikt nie mógł tego przewidzieć – oświadczył Garrickson. Nawet on był wstrząśnięty tym widokiem.

Dało się rozpoznać, że ofiara była niegdyś człowiekiem, ale tylko dlatego, że nadal miała tors i cztery fragmentaryczne kończyny, wszystkie straszliwie okaleczone, z całkowicie zdartą skórą, z mięśniami oderwanymi od kości. Narządy wewnętrzne wylewały się z tułowia śliską, splątaną masą. Głowa, chociaż nadal połączona z szyją, została zmiażdżona na coś bezkształtnego, białe odłamki kości prześwitywały spod strzępków poszarpanego ciała i kępek gęstych, zlepionych krwią włosów. Twarzy nie było. Łańcuch, którym skrępowano ofiarę, wciąż był widoczny, wciąż spięty kłódką, natomiast podarte, przesiąknięte krwią resztki ubrania walały się wśród roślin. Na mulistym brzegu sadzawki leżał różowy sandałek na wysokim obcasie, w którym tkwiła odcięta stopa o paznokciach polakierowanych na zielono – dowód, że ofiara była płci żeńskiej.

– Widocznie Kongo tylko ją potarmosił – powiedział głucho inspektor Perkins. – Inaczej nic by nie zostało.

Garrickson spojrzał na niego z ukosa.

– Kongo?

– Krokodyl, który to zrobił.

– Co to znaczy „potarmosił"? – spytała Gemma.

Perkins wzruszył ramionami.

– Tutaj zwierzęta są dobrze karmione. Więc krokodyl nie był głodny.

Wreszcie Heck wypowiedział na głos straszliwą myśl, która dręczyła ich wszystkich.

– To znaczy, że on tylko… się nią bawił.

Perkins przełknął ślinę i przytaknął. Nie mógł oderwać wzroku od rzeźni na dole; twarz miał białą jak kreda.

– Całą noc, jak oceniają. O szóstej rano, kiedy przyszli ochroniarze, wciąż to robił

– Jezus, Maria, Józefie święty – westchnęła Shawna.

Nie zamierzała się modlić, ale Gary Quinnell podjął tym samym tonem:

– Zmiłujcie się nad nami wszystkimi… i nad tą nieszczęsną duszą, która umarła tu samotnie i w takich cierpieniach.

Nikt z pozostałych nie był wierzący, ale nikt nie protestował.

ROZDZIAŁ 27

Z dnia na dzień zoo w Horwich stało się największą
sceną zbrodni w brytyjskiej historii, ale zgodnie z przepowiednią Charliego Finnegana, zbieranie informacji w tym
miejscu okazało się koszmarem. Kamery ochrony, chociaż
tak liczne, zarejestrowały zdumiewająco mało pożytecznego
materiału, co zdawało się potwierdzać podejrzenia Hecka,
że sprawcy działali na znajomym terenie.

W raporcie napisał:

*Sprawcy w zoo albo mieli dokładny plan terenu,
albo znali procedury w najdrobniejszych szczegó-
łach. Dowodzi tego wysoce skuteczny atak na pracowników ochrony zoo – który, biorąc pod uwagę całkowity brak śladów w aneksie kuchennym
pomieszczenia ochrony, został prawdopodobnie
przeprowadzony przez pojedynczego dywersanta –
oraz szybkość, z jaką reszta zespołu przemieściła
się bezbłędnie z miejsca wtargnięcia w północno-
-wschodnim narożniku muru (wysokim tylko na
2,5 metra i wychodzącym na teren nieużytków
znanych lokalnie jako Czerwone Mchy) do Pawilo-*

nu Gadów, pokonując niemal 500 metrów. Sprawcy poruszali się w całkowitej ciemności i nie używali latarek.

Należy również zaznaczyć, że sprawcy zdołali ominąć wszystkie główne kamery ochrony. Wiemy o tym, ponieważ nie dotarli do Pawilonu Gadów najprostszą trasą. Skręcili na południe wokół wybiegów dla lwa i tygrysa, ale mogli skrócić sobie drogę o połowę, gdyby poszli z drugiej strony. Oczywiście wtedy musieliby przejść obok ekspozycji Nocny Las, gdzie stoją dwa słupki z kamerami skierowanymi na wschód i na zachód. Okrążyli również wybiegi wielbłąda i nosorożca, zamiast wybrać krótszą drogę przez Wyspę Lemurów. Musieli natknąć się na kamery, ale ominęli kamerę obok Wyspy Lemurów, która działa, natomiast nie obawiali się tej na granicy wybiegów nosorożca i wielbłąda, która nie działa.

Następnej wskazówki może dostarczyć kamera obejmująca południowe wejście do Pawilonu Gadów. Ta kamera również funkcjonowała, ale sprawcy musieli przejść bezpośrednio pod nią, żeby się dostać do budynku. Zatem strzała, która rozbiła obiektyw i uszkodziła kamerę, nie tylko świadczy o wysokich umiejętnościach i znacznej wprawie łucznika (czego dowodzi również podwójne zabójstwo na West Pennine Moors w lutym), ale oznacza również, że sprawcy doskonale znali zagrożenie stwarzane przez tę konkretną kamerę i z góry zaplanowali, jak ją unieszkodliwić.

Wszystko to sugeruje znajomość systemu ochrony zoo wykraczającą daleko poza normę. Proponuję, żeby każdy pracownik zoo w Horwich został prześwietlony i gruntownie przesłuchany.

Pomimo wszystko zabójcy nie uniknęli wykrycia przez system bezpieczeństwa. Kamera zamocowana na dachu ptaszarni zarejestrowała z pewnej odległości, jak tuż po drugiej nad ranem przechodzą po kładce obok wybiegu nosorożca. Było ich pięciu czy sześciu – dokładnej liczby nie dało się ustalić. Wszyscy byli w ciemnych ubraniach, mieli maski i kaptury i dźwigali plecaki. Co przerażające, dwaj nieśli szamoczący się tobół, który wyglądał jak owinięty prześcieradłem. Najwyraźniej weszli na teren w północno-wschodnim narożniku, bo chociaż zabrali drabiny, po których wspięli się na mur, na ziemi u jego podnóża zostały ślady, a pasmo drutu kolczastego na szczycie zostało świeżo wycięte.

Jak przy poprzednich zabójstwach, odkrycie nawet tych skąpych szczegółów zabrało nieznośnie dużo czasu. Policjanci przeglądali całe godziny nagrań, zanim znaleźli to, czego szukali. Badania kryminalistyczne trasy, którą przeszli zabójcy, miały się przeciągnąć o jeszcze co najmniej jeden dzień i jak dotąd niczego nie wykryły.

Tymczasem świat na zewnątrz oblężonego sanktuarium, którym było główne centrum koordynacyjne w Manor Hill, zdawał się rozpadać. Na każdym kanale informacyjnym wrzało; gazety codzienne wpadły w szał. W telewizji ciągle pokazywano twarz Claire, jeszcze bardziej zmęczoną, jeszcze bardziej udręczoną. Poprzedniego ranka, kiedy zobaczyła fotografie zmasakrowanych zwłok, zataczając się, dobrnęła do łazienki i zwymiotowała. Trzeba przyznać, że nie ona jedna.

Ze względu na opłakany stan niezidentyfikowanej dotąd ofiary minął prawie cały bardzo stresujący tydzień, zanim sporządzono pełny raport patologa. Gemma zebrała w centrum koordynacyjnym wszystkich, których znalazła, gdy wreszcie otrzymała ten dokument.

– Ofiara to kobieta rasy białej, w wieku od dwudziestu pięciu do trzydziestu lat – oznajmiła. – Odetchniecie z ulgą... prawdopodobnie odetchniecie z ulgą, kiedy się dowiecie, że większość obrażeń na jej ciele powstała *post mortem*. Właściwą przyczyną śmierci był tętniak serca. Zmarła, kimkolwiek była, miała chore serce, prawdopodobnie wskutek nadużywania alkoholu albo narkotyków. Tak osłabione serce nie mogło wytrzymać skrajnego przerażenia, jakiego doznała ofiara, kiedy ją opuszczano... – Gemma przez chwilę miała trudności z formułowaniem odpowiednich słów; zdawało się, że się rozpłacze. – Kiedy... ją opuszczano do sadzawki krokodyla. Innymi słowy, panie i panowie, umarła ze strachu.

Nikt się nie odezwał, kiedy dotarła do nich cała groza takiej śmierci. Z pewnością nikt nie poczuł ulgi. Okej, może to było trochę lepsze niż wielogodzinne systematyczne rozszarpywanie przez ogromnego krokodyla, ale niemal nie sposób było sobie wyobrazić przerażenia, jakie ogarnęło tę nieszczęsną kobietę. Jak bardzo trzeba się bać, żeby od tego umrzeć?

Heck napotkał spojrzenie Claire z drugiej strony pokoju. Twarz miała szarą, oczy pełne łez.

Gemma położyła dokument na stole, gdzie każdy mógł go sam przeczytać.

– Czasem stykamy się z czymś po raz pierwszy – powiedziała dziwnie gawędziarskim tonem. – Ale nigdy nie doświadczyłam tego tyle razy w jednym śledztwie.

– I wciąż nie mamy pojęcia, kim ona była? – zapytała Shawna McCluskey.

– Oczywiście badamy jej DNA – odparła Gemma. – Na razie żadnych trafień.

– Alkoholiczka? – rzucił Eric Fisher. – Ćpunka? Na pewno mamy ją w kartotece.

– Może tak, może nie... nie gromadzimy już całych tomów, jak dawniej.

– Na pewno była prostytutką, szefowo? – zapytał ktoś inny.

– Wskazują na to resztki jej ubrania.

Zdjęcia tego, co zostało z ubrania ofiary – strzępki czarnych nylonowych pończoch, poszarpane fragmenty siatkowego podkoszulka i oczywiście różowy sandałek na wysokim obcasie – wyświetlały się już na ekranie za plecami Gemmy. Heck przyjrzał się im uważnie. We współczesnej Wielkiej Brytanii czasami trudno było odróżnić profesjonalistki od dziewczyn, które tylko wyszły się zabawić – zarówno pod względem zachowania, jak i skąpego stroju – jednak te podarte szmatki wyglądały na tanie i zużyte, nie jak kreacja na sobotni wieczór.

– W takim razie musimy zacząć sprawdzać zgłoszenia zaginionych osób – powiedział. – Skupić się na prostytutkach i narkomankach.

Gemma przytaknęła z roztargnieniem. Oczywiście to zabierze całą wieczność. Brytyjskie córy Koryntu stanowiły w najlepszym razie płynną populację. Jednak trop to trop, a innych tropów w zoo nie znaleźli. Łańcuch, którym skrępowano ofiarę, poddano drobiazgowemu badaniu. Wypolerowany metal zawsze był pewniakiem dla chłopców z laboratorium. Pięknie zachowywały się na nim odciski palców, a jeśli w dodatku tworzył ruchome połączenia jak w łańcuchu, istniała spora szansa, że znajdą się inne fizyczne ślady: przyszczypnięty naskórek albo wyrwany włos. Wyznaczono także funkcjonariuszy, żeby porównali nagrania z kamer rejestrujących ruch pieszy i samochodowy w tej okolicy – mnóstwo materiału.

To wszystko były dobre propozycje, ale Gemma nie zareagowała pozytywnie, przynajmniej nie od razu. Heck odczytywał mowę jej ciała; nigdy nie widział jej tak przygnębionej.

– Musimy też wziąć pod uwagę, że do Beltane zostały dwa dni – dodała. – Na początku, kiedy Eric zestawił listę, uważał, że to najbardziej prawdopodobna data w tym miesiącu na... złożenie ofiary, profanację, jak zwał, tak zwał.

– Czy oni zdążą zorganizować następną tak szybko po tej ostatniej? – zapytał Charlie Finnegan.

Gemma wzruszyła ramionami.

– Nie wiemy. Nic nie wiemy. Ale pomyślcie, ludzie, trzydziesty kwietnia. Beltane albo Noc Walpurgii... tak nazywana w niektórych częściach Europy... należy do najważniejszych świąt w okultystycznym kalendarzu. Mówimy o wiedźmach, druidach, demonach.

– Idealna okazja, żeby stało się coś złego – stwierdził Gary Quinnell.

– Zgoda, ale skoro nie wiemy, gdzie ani nawet co złego się stanie, nie mamy jak się przygotować. – Gemma ponownie wzruszyła ramionami. – Mogę tylko doradzić czujność. Miejcie oczy i uszy otwarte. Na razie to tyle.

Zespół gwałtownie powrócił do życia; Heck nadal obserwował Gemmę, zmartwiony, że wydawała się taka zagubiona pośród tego całego rozgardiaszu. To trwało tylko przez kilka sekund, a potem znowu była sobą, sprawna i kompetentna – wydawała rozkazy podniesionym głosem, beształa wszystkich za opieszałość – jednak Heckowi nie podobało się to, co zobaczył. Gemma zawsze była wzorem opanowania, opoką, świetną organizatorką – ale może po raz pierwszy przytłoczyły ją rozmiary tej operacji, rozprzestrzeniającej się we wszystkich kierunkach w niekontrolowany sposób.

Dziesięć minut później wezwała go do gabinetu i kazała zamknąć drzwi. Siedziała za biurkiem, skąd przyglądała mu się uważnie.

– Pewnie trochę za późno, żeby o to pytać, ale czy ze-
tknąłeś się kiedyś z czymś podobnym?

Heck pokręcił głową.

– Nigdy nie słyszałem o niczym podobnym.

Potarła czoło.

– Oczywiście to tylko śledztwo w sprawie zabójstwa,
jak każde inne. Nie możemy pozwolić, żeby te demoniczne
aspekty nas rozpraszały. Trzeba się z tym uporać w tradycyjny sposób.

Zaniepokoił go ton jej głosu, ponieważ sprawiała wrażenie,
że kieruje te rady przede wszystkim do siebie. Wyglądała na
zmęczoną, zestresowaną i chociaż nie użyłby określenia „bezbronna" – słowa „Gemma" i „bezbronna" nigdy nie mogłyby
się pojawić w tym samym zdaniu – promieniowało z niej znużenie, jakby na chwilę przestała udawać i nie przejmowała się,
że ludzie to zobaczą. A przynajmniej, że on to zobaczy. Zastanawiał się, w jakim charakterze go tu zaprosiła: podwładnego,
kolegi, przyjaciela... czy kogoś jeszcze?

– Dlatego musimy się skupić, Heck. Zwłaszcza ty. Nie
żebyś dotąd się obijał... – Rzuciła mu niemal błagalne spojrzenie. – Ale potrzebuję moich najlepszych zawodników
w absolutnie szczytowej formie... bo inaczej boję się, że te
dranie nas pokonają.

– Nie pokonają – zapewnił. – Gwarantuję ci.

– Pokonają nas, jeśli to zrobią choćby jeszcze jeden raz.
A najwyraźniej chcą pobić rekord.

– Dopadniemy ich.

Wstała i włożyła żakiet od kostiumu.

– I tak trzymaj. Jedziemy do więzienia Strangeways.

– Strangeways?

– Do aresztu. Cameron Boyd podobno chce pogadać.
Nie martw się... nie zapraszam cię, żebyś mnie trzymał za
rączkę. Wyraźnie poprosił o spotkanie z nami obojgiem.

Wyszli do centrum koordynacyjnego, które jeszcze nigdy nie wydawało się tak ciasne, hałaśliwe i zatłoczone. Mimo kosztów najwyższe dowództwo nie mogło zignorować prośby Gemmy o więcej ludzi. To oznaczało dodatkowe biurka wciśnięte w ograniczoną przestrzeń, dodatkowe telefony i terminale komputerowe, które zwiększały ogólny zgiełk. Pośród tego wszystkiego Heck natknął się na Claire, która tkwiła przed tablicą ogłoszeniową oblepioną zdjęciami z miejsca zbrodni w zoo.

Nie zadała sobie trudu, żeby poprawić fryzurę i makijaż. Policzki miała blade jak kreda. Nawet jej miętowozielone oczy straciły blask.

– Wyglądasz okropnie – powiedział, zaskoczony.

Ruchem głowy wskazała zdjęcia.

– Mogło być gorzej.

– Czemu nie wyjdziesz zaczerpnąć powietrza?

– Tak, żeby mnie zmasakrowała ta banda reporterów. Znowu.

– Claire…

– Było kiedyś takie wyrażenie: banalność zła. – Mówiła niemal z płaczem, a jednak wciąż wpatrywała się w fotografie z miejsca zbrodni, skupiona na groteskowych obrazach, jakby próbowała w nich znaleźć sens. – To znaczy, że najgorsze czyny często popełniają mali ludzie, którzy bez tego nic nie znaczą. Ale ludzie, którzy to zrobili, coś znaczą, prawda, Heck? W tym nie ma nic banalnego!

– Claire, posłuchaj…

Pokręciła głową.

– Czegoś takiego nigdy sobie nie wyobrażałam. Nie jestem naiwna, wiedziałam, że będę oglądać straszne, krwawe sceny. Jestem nerwowa, ale myślałam, że sobie poradzę. Jednak będę z tobą absolutnie szczera… nie wiem, czy sobie poradzę. Naprawdę nie wiem, czy się do tego nadaję.

Heck spojrzał w stronę drzwi. Gemma już wyszła do samochodu.

– Claire, wszystkich nas to poruszyło...

– Nie wciskaj mi kitu, Mark. Ciebie nie. Nie ciebie – powtórzyła niemal oskarżycielskim tonem. – Jesteś tu w swoim żywiole. Możesz opowiadać, jak tego nienawidzisz, i pewnie w jakimś minimalnym stopniu tak jest. Ale jesteś w tym dobry. Po to żyjesz. Niektórym to imponuje, ale ja... ja nawet tego nie ogarniam.

Odwróciła się i ruszyła z powrotem do swojego pokoju, gdzie znowu natarczywie dzwonił telefon.

– Pogadamy później! – zawołał za nią.

Pomachała mu, nie odwracając się.

Na parkingu Heck zaofiarował się prowadzić i Gemma się zgodziła, co rzadko się zdarzało. Jednak kiedy wyjechali na drogę, najwyraźniej doszła do siebie. Przejrzała się w lusterku puderniczki i skrzywiła na to, co zobaczyła. Wyciągnęła z torebki szczotkę, przeczesała niesforne popielatoblond loki, a potem na nowo umalowała usta i podkreśliła oczy ołówkiem. Gemma nie należała do kobiet przesadnie eksponujących swoją urodę, ale wiedziała, że jest atrakcyjna, i nigdy nie wahała się tego zademonstrować – trzeba wykorzystywać wszystko, co dodawało sił.

– Dobry pomysł – pochwalił Heck.

– Co?

– Doprowadzenie się do porządku. Ludzie to docenią.

– Taaa, bo przecież nie można wymagać, żeby przyjmowali rozkazy od jakiejś laski, jeśli nie wygląda wystrzałowo.

– Wiesz, o co mi chodzi. Jeśli zobaczą, że ty pękasz, sami też się załamią.

– Wiem. – Zatrzasnęła puderniczkę. – Ale... Chryste, Heck, boję się pomyśleć, co się może stać za dwa dni. No wiesz... Beltane. Dawniej nic nie znaczyło. Słowo, które

255

czasami słyszałam na filmach o czcicielach diabła. A teraz? – Pokręciła głową.

– Gdyby to było takie proste, musielibyśmy tylko obserwować najbliższy zdekonsekrowany kościół – odparł.

– Opowiedz mi jeszcze raz o tej twojej teorii... że za tymi zabójstwami stoi jakiś pokręcony intelektualista.

– No... – zaczął. – Tutaj działa wykształcony umysł, chociaż porządnie wypaczony. Ale skłamałbym, gdybym nie przyznał, że porobiło się tak dziwacznie, że za cholerę nie wiem, o co chodzi. Ktoś albo próbuje szydzić z tych starodawnych świąt, albo zwrócić na nie uwagę... i jednocześnie zemścić się na świecie, który go nie docenił. To zwykła motywacja tych obsesyjnie egocentrycznych psychopatów.

Gemma zastanowiła się.

– Ogólnie się uważa, że ignorancja i ubóstwo rodzą nienawiść. Ci, którzy dzięki wykształceniu zdołali polepszyć swój los, rzadko mają problemy, które muszą odreagować poprzez przemoc.

– Zawsze istnieją odstępstwa od normy – zauważył Heck. – Przypomnij sobie Harolda Shipmana*. Cokolwiek się dzieje, ktoś rozgrywa skomplikowaną, rozbudowaną grę i czerpie wielką satysfakcję z cierpień ofiar. Tak czy owak, nie mamy do czynienia ze zwykłą przestępczością. To wszystko jest zbyt sprytne.

– Jak mówiłeś... cyrkowy pokaz makabry.

Przytaknął.

– I zgadnij, kim są cholerni klauni.

---

* Harold Shipman (1946–2004) – angielski lekarz domowy z Manchesteru, zwany Doktorem Śmierć; przeszedł do historii jako seryjny morderca, który zabił najwięcej osób (około 215).

ROZDZIAŁ 28

Cameron Boyd wkroczył do więziennego pokoju przesłuchań z miną człowieka świadomego swojej przewagi. Stalowe drzwi się zatrzasnęły i więzień opadł na krzesło po drugiej stronie stołu, naprzeciwko Gemmy i Hecka.

– Cudownie znowu was widzieć. – Wskazał swój pomarańczowy strój. – Jak wam się podoba mój nowy garniturek?

– Pasuje ci – odparł Heck.

– Trochę niemodny.

– Przyzwyczaisz się.

Boyd pokazał brązowe zęby w uśmiechu.

– Nie jestem taki pewien.

– Skończ z tymi bzdurami, Boyd – odezwała się Gemma. – Oderwałeś nas od ważnego śledztwa, więc nie marnuj naszego czasu bardziej, niż to konieczne.

Popatrzył na nią, jakby rozbawiony.

– Lubi pani szybko załatwiać sprawy, panno Piper? Myślałem, że po ostatnim... kiedy przyskrzyniliście nie tego gościa... razie nauczyła się pani większej ostrożności.

– Wiesz, Cameron – powiedziała Gemma – ta nawijka w stylu „jaki ze mnie sprytny drań" byłaby bardziej przekonująca, gdyby nie czekała cię długa odsiadka.

257

– Zabawne, że pani o tym wspomniała. Bo właśnie o tym chciałem z wami pogadać. – Nachylił się, wciąż szczerząc zęby. – Wy dwoje myślicie, że zapuszkowaliście mnie na dłużej, co? Ale tak naprawdę nie o mnie wam chodzi.

– Masz rację – przyznał Heck. – Ty jesteś tylko przeszkodą, niczym więcej.

– W takim razie możecie się za mną wstawić.

– Słucham? – zdziwiła się Gemma.

Boyd wciąż szczerzył zęby.

– Ostatnim razem, jak rozmawialiśmy, pytaliście, czy nie pamiętam, żeby ktoś mi wyrwał kosmyk włosów. No więc zgadnijcie… właśnie sobie przypomniałem.

– Kto?

– Aaa… – Pogroził palcem. – W życiu nie ma nic za darmo. No, chyba że tutejsze żarcie. Gówniane, ale zawsze lepiej smakuje, kiedy to podatnicy płacą rachunki. W każdym razie… mogę wam dokładnie powiedzieć, kto mi wyrwał włosy i kiedy to się stało. Ale musicie mi wyświadczyć przysługę.

– Mów – ponagliła Gemma.

– Jak wiecie, ja i Tezza Mullany staniemy przed sądem za trzy kwalifikowane włamania. Mamy nie większe szanse niż kot w piekle. Dostaniemy najmarniej po piętnaście lat.

– Jaka szkoda. – Heck się zaśmiał.

– Ty też pożałujesz, świński ryju! – warknął Boyd.

– Trochę grzeczniej, Cameron – ostrzegła go Gemma. – Albo wyjdziemy i nici z układu.

– Chcę złagodzenia zarzutów. Zmieńcie na zwyczajne, pospolite włamania, wykasujcie ten kawałek z „kwalifikowanymi", to wam powiem, co chcecie wiedzieć.

– Chyba żartujesz.

– Wyglądam, jakbym żartował?

– Związywałeś ludzi w ich własnych domach – przypomniała Gemma. – Przykładałeś im ostre przedmioty do gardeł, do oczu.

– Przeżyją. Słuchajcie, i tak mnie posadzą... tyle że na trzy, góra cztery lata.

– Też mi sprawiedliwość – prychnął Heck.

Boyd odchylił się na oparcie krzesła.

– To jest cena moich informacji.

– Za wysoka – uznała Gemma. – Załatwiałam papierkową robotę przy tych włamaniach, których dokonaliście z Terrym Mullanym. Nawiązałam łączność z manchesterskimi detektywami, którzy prowadzili śledztwo. Te włamania należały do najgorszych, z jakimi się zetknęłam. Moim zdaniem piętnaście lat to za mało. Ty i Mullany powinniście dostać dożywocie.

– W takim razie rozmowa jest skończona. – Boyd wstał. – Na pewno nie chcecie tego przemyśleć?

– Nie ma nad czym myśleć – oświadczyła stanowczo Gemma.

Znowu wyszczerzył zęby i zabębnił w drzwi.

– Wasza strata.

•   •   •

Na zewnątrz przestało padać, ale wciąż było zimno i pochmurno. Gemma nie wsiadła od razu do volkswagena Hecka, tylko stała zamyślona. Obejrzała się na bezosobową górę cegieł, jaką było więzienie Strangeways.

– Boyd to krętacz pierwszej wody, chyba wiesz? – powiedział Heck.

– No... teraz już się nigdy nie dowiemy.

– Brałaś pod uwagę, żeby mu dać, czego chce?

– Mówisz poważnie?

– Chociaż oskarżą go o włamanie, to nie znaczy, że sędzia nie pozna wszystkich faktów. Wyda surowy wyrok.

259

– I tak facet dostanie mniej, niż mu się należy.

– Zgoda, ale mnie się to wydaje całkiem proste. – Heck poluzował krawat. – Ten, kto zdobył DNA Boyda, jest powiązany z Profanatorem. Mógłby nas doprowadzić prosto do niego.

Gemma pokręciła głową.

– Wątpię, czy udałoby mi się złagodzić zarzuty, nawet gdybym chciała. Ja nie żartowałam… te kwalifikowane włamania to cholernie poważna sprawa. GMP rzuciłaby się na nas z pazurami, gdybyśmy tylko spróbowali. I mieliby rację. Przykro mi, Heck, ale w tym zawodzie muszą być jakieś zasady. Boyd i Mullany powinni jak najdłużej siedzieć za kratkami. Nie zamierzam temu przeciwdziałać, bez względu na to, co mogłabym w ten sposób uzyskać.

– Nawet gdybyś dzięki temu mogła uratować czyjeś życie?

Rzuciła mu udręczone spojrzenie, ale zanim zdążyła odpowiedzieć, zapiszczał jej telefon. Jeszcze bardziej sposępniała, kiedy zobaczyła numer dzwoniącego.

– Witam, panie dyrektorze – powiedziała.

Heck czekał cierpliwie, podczas gdy Gemma kiwała głową, od czasu do czasu wtrącając parę słów.

– Tak jest… oczywiście… tak, jutro.

– Więc jutro, hę? – zagadnął Heck, kiedy się rozłączyła.

– Od razu po lunchu, w biurze Joego.

– Później w tygodniu jesteś w Old Bailey, tak?

– Owszem, tak się składa. Cooper kontra Regina. Joe mówi, żebym przyszła dzień wcześniej. Możemy załatwić dwie sprawy za jednym zamachem. – Obdarzyła go nikłym uśmiechem. – Miło się z tobą pracowało.

– To będzie tylko raport z postępów.

– I popatrz, ile mam mu do pokazania.

– Wspomnisz o ofercie Boyda?

– Taaa, jasne! Wiem, co on odpowie. Że jestem szanowanym oficerem policji wysokiej rangi i powinnam łapać przestępców, a nie ich przekupywać. A jeśli tego nie potrafię, znajdzie się ktoś inny.

– Nie zaszkodzi mu powiedzieć, że Boyd złożył ofertę. Przynajmniej uwolnisz się od ciężaru odpowiedzialności.

Rzuciła mu następne szczere spojrzenie.

– Czy wyglądam, jakbym potrzebowała się uwolnić od ciężaru?

– Chcesz usłyszeć prawdę?

– Wsiadaj do samochodu.

Przejechali czterdzieści kilometrów z powrotem do Merseyside w niemal całkowitym milczeniu, nawet nie komentując wczesnowieczornego tłoku na jezdni. W połowie drogi znowu się rozpadało, szare smugi deszczu smagały ponury postindustrialny krajobraz. Gemma wciąż milczała i spoglądała przez przednią szybę, po której szorowały wycieraczki.

Wjechali na parking przed motelem i popatrzyli na bezosobowy budynek. Wyglądał zwyczajnie, funkcjonalnie. Nic dziwnego, że już pierwszego dnia ochrzcili go: „Motel Bez Nazwy".

– Wiesz co, nie musimy tam wchodzić – powiedział Heck. – Możemy pójść gdzieś na drinka. Żeby się odprężyć. Nie zaszkodzi… oboje jesteśmy skonani.

– Nie. – Zmierzyła go wystudiowanym spojrzeniem z ukosa. – Myślę, że to niezbyt mądry pomysł. Bo gdybyśmy poszli razem się napić, w tej chwili czuję się tak… że tym razem to ja podrywałabym ciebie. A jak mówiłam wcześniej, to nie byłoby dobre dla żadnego z nas.

Wysiadła z samochodu i zamknęła za sobą drzwi.

– Mów za siebie – mruknął Heck pod nosem.

ROZDZIAŁ 29

– Heck! – wrzasnął Garrickson z drugiego końca centrum koordynacyjnego.

Nadkomisarz siedział w fotelu Gemmy, ale chyba nie było mu zbyt wygodnie, wydawał się wręcz znękany. Krawat miał nietypowo rozluźniony, marynarkę cisnął w kąt; dzielił uwagę między rozmaite formularze porozrzucane na biurku a ekran laptopa.

– Co masz na dzisiaj w rozkładzie? – zapytał, nie podnosząc wzroku.

– Rozpracowujemy personel zoo – odparł Heck. – Pomyślałem, że warto też zrobić listę byłych pracowników. Wszystkich, którzy ostatnio odeszli.

– Dobry pomysł. Włącz to do rozpiski i daj komuś innemu. Właśnie odebrałem telefon od komisarza Kane'a z centrum koordynacyjnego w Leeds.

– Tak? – Heckowi nie podobała się ta wiadomość.

– Ma dla nas następnego trupa.

– O Jezu.

– Ale osobiście nie jestem do tego przekonany. – Garrickson odwrócił laptopa.

Heck spojrzał na kolejne ziarniste zdjęcia miejsca zbrodni,

tym razem z emblematem policji West Yorkshire w górnym prawym rogu. Jakość była tak fatalna, że początkowo nie rozumiał, co właściwie widzi. Dodatkowo sprawę utrudniało ostre światło lamp i woda kapiąca z jakiejś bramy. Wyglądało to jak obszarpany człowiek, skulony w pozycji embrionalnej wśród mnóstwa zgniecionych, nasiąkniętych deszczem kartonów. Głowa ofiary przypominała zdeptane, rozmoczone pudełko po butach, oblane krwią, która zrobiła się czarna.

– Sfotografowano to w Manningham, Bradford, około dwóch godzin temu – oznajmił Garrickson. – Jakiś włóczęga z głową rozwaloną kamieniem.

– Nie wygląda na jednego z naszych – stwierdził Heck.

– Ja też tak uważam. Ale miejscowy gliniarz powiedział Kane'owi, że możliwe, że z tego miejsca została porwana NN znaleziona w sadzawce krokodyla. Ponoć ubranie, którego opis rozesłaliśmy, jest bardzo podobne... – zajrzał do notesu – ...do stroju miejscowej dziwki, Chantelle Richards. Zniknęła ze swojego rewiru prawie miesiąc temu razem z koleżanką, Gracie Allen.

– I to jest ten rewir?

– Na to wygląda. Możliwe, że ten biedak widział, kto zabrał dziewczyny, i dlatego go zatłukli...

Heck kiwnął głową. Warto było sprawdzić.

– Dobrze, że Ben Kane jest na miejscu.

Garrickson wyłączył komputer.

– Ben Kane przejął sprawę w naszym imieniu. Wysłałem mu zeskanowany rentgen zębów, który zrobiliśmy dziewczynie od krokodyla. Zaniósł skan do miejscowej kliniki, gdzie Chantelle Richards chodziła na okresowe badania. Ale Kane jest też zastępcą oficera dochodzeniowego w sprawie zabójstwa Świętego Mikołaja, więc nie może sam wszystkiego robić.

Heck wiedział, co zaraz usłyszy.

- Domyślam się, że chcesz mnie tam przenieść?

Garrickson odchylił się na oparcie fotela.

- Dlaczego nie? Jesteś naszym „panem z ruchomym przydziałem", przynajmniej tak mi wszyscy mówią. – Zgarnął ze stołu dokumenty, w których Heck rozpoznał wydruki z faksu, i pchnął bezładny stos w jego stronę. – Tu masz niezbędne papiery. I gazu, gazu, sierżancie... musimy złapać kilku zabójców!

* * *

Chociaż Bradford nie leżało daleko, około osiemdziesięciu kilometrów – prosto autostradą M62, która wznosiła się i opadała niczym kolejka górska, pokonując wysokie wrzosowiska Penninów – jazda się ciągnęła: ruch na drodze był niemrawy i zwalniał coraz bardziej. Kiedy Heck w ślimaczym tempie pokonywał skrzyżowanie Rockingstone Moss, rozpętała się burza. Chmury brzemienne deszczem, posiniaczone jadowitą zielenią i purpurą, rozwarły się wśród piekielnych błyskawic i z nieba lunął istny potop; deszcz bębnił w dachy samochodów, szarpiąc wycieraczki. Kępiasta trawa na wrzosowiskach położyła się płasko pod jego naporem; wkrótce na jezdni zebrało się kilka centymetrów wody.

Wczesnym popołudniem Heck wjechał wreszcie do drugiego największego miasta w zachodnim Yorkshire, kilka godzin później, niż powinien. Ciągle lało jak z cebra, przemoczeni przechodnie przebiegali przez zakorkowane ulice, osłaniając się parasolami lub teczkami. Przynajmniej GPS Hecka działał niezależnie od pogody i doprowadził go w końcu we właściwe miejsce, do podupadłej dzielnicy pustych parcel i budynków przeznaczonych do rozbiórki. Jednak w wąskich bocznych uliczkach tłoczyło się tyle radiowozów miejscowej policji i pojazdów z wydziału śledczego, że Heck musiał zaparkować prawie kilometr dalej. Zapiął kurtkę, naciągnął kaptur i ruszył alejką między dwoma rzędami szeregowych domów o oknach zabitych deskami. Niedaleko, pod zniszczonym wiaduktem kolejowym, migotały niebieskie światła.

Zwykły „profesorski" strój detektywa komisarza Bena Kane'a krył się pod obszernym sztormiakiem. Kane czekał przy zewnętrznym kordonie odgradzającym miejsce zbrodni, na brukowanej kocimi łbami bocznej uliczce, wciśniętej pomiędzy zrujnowaną fabrykę a wiadukt, pod którym wyrastał mokry od deszczu las śmieci: zepsute lodówki, wraki samochodów, połamane meble i zapleśniałe materace.

– Gdzie są wszyscy inni? – zapytał Kane, widząc, że Heck jest sam.

– Kogo jeszcze się spodziewałeś? – odparł Heck, spoglądając ponad taśmą. W silnym blasku łukowych lamp, które policja z West Yorkshire ustawiła pod wiaduktem, widział nieruchome ciało włóczęgi nawet z odległości trzydziestu metrów.

– Chyba żartujesz. – Kane wskazał mężczyzn i kobiety, niektórych w kombinezonach Tyvek, innych w płaszczach przeciwdeszczowych i kapeluszach, stojących w czujnym milczeniu pod każdym dostępnym kawałkiem dachu. – Oni i tak już myślą, że jesteśmy bandą cholernych idiotów.

– Też czytają gazety, co? – rzucił Heck.

– Wcale nie muszą. Czekają, żeby się dowiedzieć, czy przejmujemy tę sprawę, żeby mogli popracować na miejscu zbrodni. Raczej się nie spodziewali, że będą czekać cały dzień.

Heck kiwnął głową w stronę trupa.

– Jemu się już nie spieszy, prawda?

– Bardzo zabawne. Rzecz w tym, że po pięciu godzinach sterczenia tutaj ciągle nie możemy zdecydować, czy on jest ich, czy nasz. A kiedy proszę o pomoc, przysyłają mi jednego człowieka.

– Mamy kilka innych ofiar – przypomniał mu Heck. – Czas śmierci?

– Lekarz ocenia, że jakieś dwadzieścia dni temu.

– Tej samej nocy, kiedy zaginęła Chantelle Richards?

– Mniej więcej.

– Jakieś wyniki zdjęć rentgenowskich?

– Jeszcze nie. Ośrodek medyczny, do którego je wysłałem, to takie miejsce, gdzie przyjmują wszystkich. Dużo bezdomnych tam się leczy. Mają istny młyn przez całą dobę, siedem dni w tygodniu.

– No, nie możemy wymagać, żeby żywi pacjenci czekali z powodu martwych. – Heck rozejrzał się dookoła. – Widzę, że to zadupie, ale powinni znaleźć tego biedaka szybciej niż po trzech tygodniach.

– Był schowany w tym pudle – wyjaśnił Kane. – Mógł tak leżeć jeszcze dłużej, ale policja się tu zjawiła, kiedy dwie miejscowe dziwki znalazły ulotkę Crimestoppers z tą biedną dziewczyną od krokodyla i stwierdziły, że rozpoznają ubranie. Skojarzyły sobie, że od dłuższego czasu nie widziały dwóch koleżanek, Chantelle Richards i Gracie Allen, więc to zgłosiły. – Podał Heckowi dwa dokumenty w czystych plastykowych koszulkach. – To są ich zeznania. Podobno to był stały rewir Richards i Allen, więc miejscowe gliny przyjechały i zaczęły grzebać, i patrzcie tylko, co znaleźli…

Heck rozejrzał się po śmieciowisku pod torami kolejowymi.

– A inni bezdomni? Nikt nic nie widział… jak te dziewczyny zostały porwane, a facetowi rozwalono głowę?

– Kurwa, Heck! Dowiedziałem się o tym dopiero przed paroma godzinami. Powinienem kierować centrum koordynacyjnym w Leeds. Nie mam czasu ani ludzi, żeby tropić po mieście bezdomnych meneli, którzy mogą coś wiedzieć. Dlatego liczyłem, że jej wysokość przyśle ekipę.

– Czy któraś z zaginionych kobiet ma rodzinę?

Kane znowu zajrzał do notesu.

– Tak, Chantelle Richards. Ma dwójkę dzieci, ale z nimi nie mieszka. Oficjalnie są pod opieką jej matki.

– Czy pokazano im zdjęcia ubrania?

– Nie wiem.

– Czy oni w ogóle wiedzą, że zgłoszono jej zaginięcie?

– Oczywiście. No, przynajmniej matka wie. Pewnie zamartwia się na śmierć.

– O rany, czy myślisz…

– Słuchaj, wiem, do czego zmierzasz. – Kane zniżył głos do ochrypłego szeptu. – Uważasz, że ktoś powinien tam pójść. No więc powiem ci tyle: jeśli sądzisz, że to ja zawiadomię poczciwą staruszkę i dwa maleństwa, że ich ukochana mamusia może… może, Heck!… została rozszarpana przez cholernego krokodyla, to się mylisz!

Heck nie mógł go za to zganić. Żaden policjant nie paliłby się do wypełnienia tego obowiązku.

– A co z funkcjonariuszami do spraw kontaktów z rodziną?

– Nie mamy nikogo po tej stronie Penninów, jedyna miejscowa ofiara do tej pory to Ernest Shapiro, a on nie miał rodziny.

– Czy policja z West Yorkshire nie może nam pomóc?

– Mogę zapytać.

– Jeszcze nie zapytałeś?

– Nawet nie próbuj mnie osądzać, Heck! Siedzę w robocie po uszy. Tak czy owak, musimy czekać na wyniki z ośrodka medycznego. Przy odrobinie szczęścia powiedzą nam, że to nie Richards. Wtedy możemy przekazać ten cały bałagan z powrotem yorkshirskiej policji i znowu zająć się tym, czym powinniśmy.

– Czy się okaże, czy nie, że Chantelle Richards to dziewczyna od krokodyla, sama ta możliwość to już postęp. Nie możemy nic im nie mówić tylko dlatego, że wolimy, żeby kto inny nas wyręczył.

Kane wsadził ręce do kieszeni sztormiaka.

– W takim razie, sierżancie Heckenburg, ty jesteś facetem z centrali – oświadczył z ponurą miną.

• • •

Heck postanowił nie czekać na wyniki z ośrodka medycznego, częściowo dlatego, że przyzwoitość wymagała, żeby zawiadomić rodzinę, a częściowo dlatego, że teraz inna rzecz nie dawała mu spokoju.

Ponad miejskimi blokami i starymi przemysłowymi dachami wciąż błyskało na przedwcześnie pociemniałym niebie. Heck z trudem przebijał się przez chaotyczny popołudniowy ruch, reflektory jego samochodu rozcinały ulewę.

– Garrickson – powiedział głos na drugim końcu linii.

– To ja! – krzyknął Heck do komórki, jednocześnie próbując kierować się według GPS-u do miejsca o nazwie Great Horton.

– Masz coś? – zapytał Garrickson.

Heck zerknął na zeznania świadków.

– Dziewczyna od krokodyla została zidentyfikowana po ubraniu przez kilka koleżanek po fachu. To znaczy czarne pończochy, dżinsowa spódnica, różowe pantofle na wysokich obcasach... pojedynczo tego jest na kopy, ale zebrane razem to cholerny zbieg okoliczności. Myślę, że to nasza dziewczyna, co znaczy, że martwy włóczęga też jest nasz.

Zapadło krótkie milczenie, kiedy Garrickson przetrawiał wiadomość i niewątpliwie zastanawiał się, jak, u diabła, mogą kierować również centrum koordynacyjnym w Bradford.

– Kurde, słuchaj, musimy być pewni, zanim oficjalnie przejmiemy sprawę.

– Niedługo będziemy pewni. Panie nadkomisarzu, jest coś jeszcze.

– Mów.

– Wprawdzie jest za późno dla Chantelle Richards, ale może nie dla tej drugiej babki, Gracie Allen.

– Są jakieś wskazówki, że jeszcze żyje?

– Nie ma żadnych. Ona jeszcze nie wypłynęła, ale w końcu wypłynie, to pewne jak cholera, i Bóg jeden wie, co jej zrobią. Musimy spróbować wszystkiego, żeby temu zapobiec.

– Zamieniam się w słuch.

– Wymyśliłem tylko tyle, żebyśmy poprosili Claire Moody o podanie fałszywej wiadomości. Niech okłamie prasę, że zatrzymaliśmy kilku sprawców i oni sypią. To blef, ale może reszta bandy się wystraszy i zwieje, zanim popełnią kolejną zbrodnię.

Garrickson się zastanowił.

– Jeśli spanikują, może po prostu zabiją dziewczynę i porzucą ciało.

– I tak ją zabiją.

– Oczywiście najpierw muszę to uzgodnić z nadinspektor Piper.

– Lepiej niech pan się pospieszy, panie nadkomisarzu. Ci faceci działają według własnego harmonogramu.

– Zaraz spróbuję ją złapać. – Garrickson się rozłączył.

Heck przemilczał argument, że gdyby porywacze zabili drugą dziewczynę w panice, bo policja depcze im po piętach, przynajmniej zabiliby ją szybko, bez tortur czy okrutnych rytuałów. Niewielka pociecha dla tej biednej kobiety, ale zawsze lepsza niż alternatywa.

Dziesięć minut później dotarł do domu Irene Richards, matki zaginionej prostytutki. Ta dzielnica wydawała się lepiej utrzymana niż zapuszczone slumsy, skąd porwano dwie kobiety, jednak stare szeregowe domy pod ołowianym niebem, w zacinającym deszczu, wyglądały ponuro i wyraźnie chyliły się ku upadkowi. Dom, w którym mieszkała Irene Richards, sąsiadował z małym parkiem, chociaż zdziczałym i rozmokłym.

Wzdłuż szeregu domów prowadził wąski brukowany chodnik. Irene Richards mieszkała pod numerem dziewiątym. Z wnętrza płynęło ciepłe światło. Heck zapukał do pomalowanych na czerwono drzwi i właśnie wtedy zadzwoniła jego komórka.

– Mówi Kane – odezwał się odległy, przygnębiony głos.

– Tak?

– Właśnie dostałem raport medyczny. Te zdjęcia rentgenowskie pasują.

Drzwi się otworzyły.

– Słyszałeś, Heck? – powiedział mu Kane do ucha. – Dziewczyna z sadzawki krokodyla to na pewno Chantelle Richards.

Heck z trudem skupił uwagę na kobiecie stojącej w progu. Zgodnie z przepowiednią Kane'a wyglądała jak poczciwa starsza pani: prawdopodobnie po sześćdziesiątce, w kapciach, luźnych spodniach i rozpinanym swetrze. Miała starannie ułożone siwe loki i uprzejmy, lecz pytający uśmiech. Dwoje ładnych dzieci, dziewczynka i chłopczyk, pewnie w wieku dwóch i trzech lat, stało po obu stronach babci i każde trzymało ją za rękę. Dziewczynka ubrana była w sukienkę w kwiatki i buciki z klamerkami; chłopczyk miał na sobie T-shirt z Kaczorem Donaldem.

ROZDZIAŁ 30

Wychodząc z gabinetu Joego Wullertona w New Scotland Yardzie, Gemma czuła się odrobinę podniesiona na duchu. W gruncie rzeczy spotkanie mogło przebiegać znacznie gorzej. Przynajmniej nadal miała swoje stanowisko i zespół, chociaż jedno i drugie zdawało się wisieć na włosku. Na dworze grzmiało; przez wszystkie okna widziała londyńskie niebo, tak szare, że niemal zielone. Do budynku przesączał się upiorny, posępny półmrok. W oddali rozbłysnął zygzak błyskawicy. Deszcz bębnił o dachy.

Gemma właśnie doszła do wniosku, że Wullerton – po pięćdziesiątce, mocno zbudowany, z gęstym wąsem, sennymi oczami i upodobaniem do rozpinanych swetrów oraz koszul bez krawata – nie udawał, kiedy sprawiał wrażenie miłego, łagodnego osobnika. Ale zawsze podejrzewała, że pod tą dobroduszną powierzchownością kryje się żelazny charakter, i dzisiaj to się potwierdziło.

„Przeanalizujmy wspólnie, co się tu dzieje, Gemmo – powiedział z ożywieniem. – Jednostka do spraw Seryjnych Przestępstw została stworzona specjalnie, żeby zapewniać miejscowym siłom śledcze i konsultacyjne wsparcie przy najpoważniejszych przestępstwach. Nikt nie ma lepszych kwalifikacji od ciebie i twojego zespołu, żeby rozpracować tę sprawę. Nikt. Jesteście naszą ostatnią linią obrony. Ale jak zareaguje społeczeństwo, jeśli nie zdołacie tego dokonać? Prawdą jest, że po czymś takim chyba nikt z nas nie utrzyma stanowiska. Pamiętaj, że jestem najwyższy w hierarchii. W oczach wielu ludzi to również moja wina. Tutaj ważą się losy Krajowego Zespołu do spraw Przestępczości... czy jesteśmy elitarną ekipą zwalczającą zbrodnię, czy kosztownym luksusem? To zależy od ciebie, Gemmo".

Kiedy dotarła do siedziby Jednostki do spraw Seryjnych Przestępstw, prawie nikogo nie zastała – co było zrozumiałe, skoro większość ekipy wyjechała na północ. Prawdę mówiąc, przyjęła to z ulgą. Nie miała ochoty z nikim rozmawiać, kiedy wędrowała głównym korytarzem, wyjmowała klucze z torebki i otwierała drzwi swojego gabinetu. W środku kopniakami zrzuciła pantofle i opadła na fotel.

Pożegnalne słowa Joego Wullertona wciąż rozbrzmiewały jej w głowie.

„Nie jestem takim szefem, który mówi: «Nie obchodzi mnie, jak to zrobicie». Musimy działać w ramach systemu, ale użyj wszelkich dostępnych środków, przekraczaj wszelkie granice, myśl niekonwencjonalnie. Tylko złap tych psycholi, Gemmo... Złap ich jak najszybciej!".

Włączyła telewizor stojący w rogu, nastawiła czajnik i wrzuciła do kubka torebkę herbaty oraz szczyptę mleka w proszku. Czekając, aż woda się zagotuje, oparła się wygodnie i skakała po kanałach, zatrzymując się tylko na wiadomościach dotyczących sprawy. Claire Moody była w środku chaotycznego reportażu. Włosy miała w nieładzie, twarz szarą. Nie wyglądała najlepiej, ale to się nie liczyło, dopóki wykonywała swoją pracę.

– Więc może nam pani powiedzieć, na którym posterunku są przetrzymywani dwaj podejrzani? – zapytał reporter.

– Ze względów bezpieczeństwa nie mogę – odparła Claire.

Gdybyśmy tylko naprawdę mieli w areszcie dwóch podejrzanych, pomyślała Gemma. Garrickson zadzwonił wcześniej, tuż przed jej spotkaniem z Wullertonem, i przekazał sugestię Hecka, żeby rozpowszechnić fałszywą historyjkę jako próbę uratowania zaginionej prostytutki, Gracie Allen. Gemma wyraziła zgodę niemal bez namysłu. Nie był to najlepszy pomysł, ale jaki mieli wybór? Na ekranie trwało dociekliwe przesłuchanie. Claire tym razem znajdowała się w pomieszczeniu i zachowywała się tak, jakby prowadziła prawdziwą, dobrze przygotowaną konferencję prasową. To miało sens. Pomogło jej stworzyć wrażenie, że zespół panuje nad sytuacją. Jednak Claire była sama. Przynajmniej Garrickson powinien siedzieć obok niej.

– Czy możemy się spodziewać następnych aresztowań? – zapytał ktoś.

– Taką mamy nadzieję, tak.

– Ale nie spodziewacie się?

– Za wcześnie, by o tym mówić.

Gemma przygryzła wargę. Ta odpowiedź nie brzmiała przekonująco. Claire powinna była powiedzieć: „Tak". Czemu nie, do diabła? I tak kłamali na potęgę. Chodziło o to, żeby wykurzyć winnych, nie uspokoić, że nic im nie grozi.

– Z którym konkretnie zabójstwem mają związek ci aresztowani? – zapytał inny reporter.

– Chyba... ee... – zająknęła się Claire. – Chyba... z zabójstwem Tary Greenwood.

Serce Gemmy zamarło.

Nastąpiło krótkie milczenie, a potem eksplozja zdumionych pytań.

– Tara Greenwood została zamordowana w Lincolnshire w dwa tysiące dziewiątym roku! – zawołał redaktor telewizyjnego programu kryminalnego. – Czy to znaczy, że rozszerzyliście śledztwo?

– Czy Lorna Arkwright też była ofiarą Profanatora?! – krzyknął ktoś inny.

– Przepraszam… przepraszam – bąknęła pospiesznie Claire. – Pomyliłam się. Podejrzany, który obecnie przebywa w areszcie, nie został zatrzymany w związku z zabójstwem Tary Greenwood.

– Podejrzany? Wcześniej pani mówiła, że dokonaliście dwóch aresztowań.

– Tak, oczywiście…

– Czy podejrzanych zatrzymano w związku z różnymi zabójstwami?

– Tak, myślę, że tak. – Claire nie wyglądała, jakby tak myślała. W jej pustych oczach odbijały się błyski fleszów.

– Czy któryś z nich jest zatrzymany w związku z zabójstwem Tary Greenwood?

– Nie… proszę mi wybaczyć. Śmierć Tary Greenwood nie ma nic wspólnego z tą serią zabójstw.

– Więc właściwie zatrzymano podejrzanych o które morderstwa? – zapytał prowadzący.

– Głównego podejrzanego zatrzymano w związku z zamordowaniem Ernesta Shapiro.

– Czy może pani potwierdzić, że macie jeszcze jednego podejrzanego? – odezwał się ktoś inny. – Nie wydawała się pani zbyt pewna.

– Drugi podejrzany został aresztowany w Manchesterze – wyjaśniła Claire.

– Po tej stronie Penninów popełniono kilka zabójstw, panno Moody, więc w związku z którym?

– Tary Greenwood – odparła Claire. – Nie, przepraszam, ona nie... to znaczy podejrzana. Nie rozmawiano z nią w tej sprawie...

– Z nią? Czy to znaczy, że drugi podejrzany jest kobietą?

– Nie ma... przepraszam, chodziło mi o Tarę Greenwood. Nie, Ernesta Shapiro. Nie ma drugiej...

– Nie ma drugiej podejrzanej?

– Nie, chciałam powiedzieć, że drugi podejrzany nie jest kobietą...

Gemma walnęła w przycisk „off" i chwyciła komórkę.

– Szefowo? – odezwał się odległy głos Garricksona. – Wszystko w porządku?

– Nie, cholera! I dziwię się, że o to pytasz! Wyciągnij ją stamtąd natychmiast!

– W środku konferencji?

– Gdzie jesteś, Mike? Chowasz się w pieprzonym kiblu? Zabieraj ją stamtąd, zanim wyjdziemy na jeszcze większych durniów! A kiedy tam wrócę, lepiej niech na biurku czeka na mnie twoje pisemne wyjaśnienie, dlaczego nie siedziałeś przy tym konferencyjnym stole, żeby ją chociaż trochę odciążyć!

Rozłączyła się i cisnęła komórkę na podłogę.

Gemma Piper z zasady nie płakała. Wiele razy w swojej karierze chciała zapłakać – nad małżonkami w żałobie, nad maltretowanymi dziećmi, nad ofiarami gwałtów i rabunków, które dygotały i szlochały, usiłując jej opowiedzieć, co się stało. Nigdy jednak nie chciała płakać nad sobą. Wbił jej to do głowy ojciec, któremu nie udało się awansować ponad rangę inspektora. „To męski zawód, skarbie", powiedział jej tego dnia, kiedy rozpromieniona oznajmiła, że zaproszono ją na rozmowę w sprawie pracy. „Zawsze taki był i zawsze będzie. Dlatego cokolwiek się stanie, nie pozwól im się złamać. Bo wtedy zwalą się na ciebie jak tona końskiego łajna. Cokolwiek powiedzą, cokolwiek zrobią... nawet nie mrugnij, nawet nie drgnij i nie waż się uronić ani jednej łzy. Bo tylko tego potrzebują, żeby cię rozedrzeć na strzępy".

Wiele razy szukała oparcia w tych mądrych słowach nieżyjącego już ojca i teraz też się ich trzymała – niemal tak kurczowo, jak trzymała się krawędzi biurka.

ROZDZIAŁ 31

Pod wieczór w domu w Great Horton zjawiły się dwie funkcjonariuszki po cywilnemu z policji West Yorkshire, obie przeszkolone do kontaktów z rodzinami ofiar, i Heck mógł wyjść. Na zewnątrz stał przez kilka minut w ulewnym deszczu, myśląc, że tylko furia żywiołów może zmyć ból, rozpacz i zgrozę, na które patrzył z bliska przez tyle godzin wśród pogrążonej w żałobie rodziny.

– Hej, Heck! – Ben Kane podszedł pod osłoną dużego parasola. – W końcu załatwiłem, żeby ci kogoś podesłali.

– Nie mogłeś mnie tam zostawić trochę dłużej? – burknął Heck. – Świetnie się bawiłem.

Przepchnął się obok Kane'a i ruszył do samochodu.

– Dokąd znowu idziesz? Musimy pogadać.

Heck obejrzał się.

– O czym?

– O tym, czy żona Baracka Obamy nosi majtki, czy chodzi z gołym tyłkiem. Jak to o czym? Czy otwieramy następne centrum koordynacyjne tu, w Bradford, czy mam rozpracować również to zabójstwo? Prowadzę już jedno śledztwo w Leeds.

Heck wzruszył ramionami.

– Wracaj do Leeds i zajmij się tamtym.

– Tak?

– Tak. Idź pokontemplować przez parę dni ten rozbity kominek. A ja tymczasem znajdę drani, którzy to zrobili!

● ● ●

Nad grzbietami Penninów wciąż grzmiało, kiedy Heck jechał na zachód w stronę Lancashire. Ponury krajobraz tonął w strumieniach deszczu. Detektyw postawił otwartego laptopa na fotelu pasażera i pisał, jedną ręką trzymając kierownicę. Zanim skończył, zjeżdżał już przez wrzosowiska do Manchesteru. Zamknął komputer, wyłowił z kieszeni komórkę i zadzwonił do Jen Weeks. Oczywiście było już po szóstej. Personel administracyjny jednostki skończył pracę. Trudno.

– Tak, Jen... tu Heck – powiedział. – Przepraszam, że tak późno. Wiem, że skończyłyście na dzisiaj, ale czegoś potrzebuję. Specjalna wizyta w więzieniu. To samo co ostatnim razem. Cameron Boyd. Jest w skrzydle aresztanckim w Strangeways. – Słuchawka wybrzęczała kilka sprzeciwów. – Nie – odparł Heck – o to jedno na pewno nie musimy się martwić. Boyd będzie uszczęśliwiony, kiedy się dowie o mojej wizycie.

Burza ścigała Hecka aż do Manchesteru. Kiedy lawirował po ruchliwych ulicach, lało bez przerwy. Wreszcie dotarł do więzienia, którego potężna sylweta górowała nad okolicą niczym gotycko-industrialna forteca. Deszcz spływał po bezokiennej fasadzie z czerwonej cegły, woda chlustała z rynien. Heck musiał przejść tylko krótki kawałek z parkingu dla odwiedzających, ale i tak przemókł do suchej nitki.

Cameron Boyd uważał, że to śmieszne.

– O kurwa – zarechotał, siedząc przy tym samym stole,

przy którym Heck i Gemma przesłuchiwali go poprzedniego dnia. – Deszczyk nas złapał, co?

Heck uśmiechnął się.

– Tobie to już nie grozi, prawda?

– Mądrala. – Boyd rozejrzał się pokoju przesłuchań, gdzie byli sami. – No... a gdzie twoja seksowna szefowa?

– Zajęta.

– Za bardzo zajęta, żeby mnie odwiedzić? Troszkę mnie to dziwi. Nie myślałem, że zwykły detektyw sierżant ma uprawnienia, żeby zawierać taką umowę, o jaką mi chodzi.

Heck postawił laptopa na stole i go włączył.

– Jedyna umowa, na jaką masz szansę, Cameron, to że łaskawy naczelnik więzienia przydzieli ci trochę większą celę... pod warunkiem że pomożesz nam złapać Profanatora.

Boyd znowu zarechotał.

– Ciągle gramy ostro? To twoja jedyna taktyka, co?

– Kto wyrwał ten kosmyk włosów, który znaleźliśmy pod paznokciami Ernesta Shapiro?

– Nic się nie zmieniło od zeszłego razu. Wiesz, co musisz zrobić.

– Zaraz się przekonasz, Cameron, że sporo się zmieniło. – Heck obrócił laptopa. – Widzisz?

Boyd mimowolnie zerknął i zobaczył mnóstwo tekstu na ekranie.

– To jest zeznanie świadka – wyjaśnił Heck. – Moje. Zostanie dołączone do raportu z aresztowania jako spóźnione uzupełnienie.

– I co z tego, kurwa?

– Według tego zeznania właśnie sobie przypomniałem coś w związku z twoją sprawą. Dotyczy posterunkowego Gregsona, kiedy próbował cię aresztować.

Szyderczy uśmieszek Boyda zbladł.

– To, co się stało temu żółtodziobowi, to był wypadek.

– Niestety nie. – Heck pokręcił głową. – Siedziałeś na szczycie tej sterty cegieł i umyślnie nimi w niego rzucałeś. Trafiłeś go cztery czy pięć razy. Oczywiście w głowę. Sterta rozsypała się dopiero wtedy, kiedy zobaczyłeś, że się zbliżam, i próbowałeś uciekać.

– Jesteś cholernym łgarzem!

Heck udał, że jest urażony.

– Nie wierzysz mi? Wszystko tu jest, zobacz… więc musi być prawdą.

– Cholerny załgany drań!

– W ostatecznym rachunku, Cameron, nie ma znaczenia, co myślisz. Bo to zeznanie jest teraz załącznikiem do e-maila i muszę tylko kliknąć na „Wyślij", widzisz? – Na ekranie najechał kursorem na odpowiednią ramkę; jego kciuk zawisł złowrogo nad klawiaturą. – Jak tylko to zrobię, załącznik pójdzie prosto do komisarza Burgessa, który prowadzi twoją sprawę. To znaczy, że do zarzutów przeciwko tobie dołożą próbę zamordowania funkcjonariusza policji.

– Pierdolisz głupoty!

– Zamiast piętnastu lat za kwalifikowane włamanie, Cameron, dostaniesz dożywocie. Albo gorzej… Andy Gregson jeszcze się nie wylizał.

– Pierdolisz zwykłe głupoty! Nie możesz teraz tego zmyślić. Nikt ci nie uwierzy.

– Założysz się? Tamtego wieczoru też doznałem urazu głowy. Pamiętasz ten czytnik biletów, który mi rzuciłeś w twarz? – Heck wskazał blednący ślad na skroni. – Opatrzyli mi to w tym samym szpitalu, do którego przywieźli Gregsona. Będzie w dokumentacji. Nikt się nie zdziwi, że później sobie wszystko przypomniałem.

– To był wypadek, ty wredny psie! Moi prawnicy będą mieli z tobą używanie.

– Myślisz? Jak ci się zdaje, ile razy składałem zeznania przed sądem koronnym, Cameron? Ilu takich bandziorów jak ty gnije dzięki mnie w więzieniu?

– Pieprzony draniu, rozerwą cię na strzępy!

– Chcesz zaryzykować? Kiedy musisz tylko powiedzieć coś, co i tak ci nie zrobi żadnej różnicy?

Boyd ściskał krawędzie stołu tak mocno, że zbielały mu knykcie. Spoglądał nienawistnie na Hecka, ale brakło mu słów.

– Przyniosłem nawet papiery – dodał Heck. Wyciągnął spod kurtki urzędowy formularz i położył na stole. Potem wyjął długopis. – Ty złożysz zeznanie, na którym mi zależy, a ja nacisnę „Kasuj" zamiast „Wyślij".

– Ty jebany... – Boyda wciąż dławił bezsilny gniew.

– Decyzja należy do ciebie, Cameron.

Boyd wyraźnie nie chciał mówić. Współpraca z policją była sprzeczna z jego najgłębszymi przekonaniami. Ale siedział w gównie po szyję, a teraz jeszcze groziło mu dożywocie.

– To... to było w pubie The Moorside. Levenshulme.

– Kiedy? – zapytał Heck.

– Kilka miesięcy temu.

– Możesz podać datę?

– Jakoś na początku listopada.

– Opowiedz.

– Taka jedna blondynka przyszła z facetem – zaczął Boyd. – Nie widziałem ich przedtem. Właściwie para dzieciaków. Osiemnaście lat, góra. Ale była superzgrabna i ubrana jak zwykła zdzira.

– Opisz ją.

– Jak mówiłem, blondynka, bardzo długie włosy. Prawie do tyłka. Obcisły biały top, dżinsowa minispódniczka.

– A ten facet?

Boyd wzruszył ramionami.

– Nie zwracałem na niego większej uwagi. Mniej więcej w tym samym wieku. Wysoki, jakieś metr osiemdziesiąt pięć, metr dziewięćdziesiąt. Dość dobrze zbudowany, jak sportowiec. Trochę jakby z wyższych sfer.

– Co masz na myśli?

Boyd patrzył z niepokojem, jak Heck notuje wszystko na formularzu zeznania.

– Słuchaj, jeśli moje nazwisko na tym będzie i przeczytają to w sądzie…

– Albo Profanator dostanie dożywocie, Cameron, albo ty! – warknął Heck. – Nie zaczynaj się wykręcać teraz, kiedy do czegoś dochodzimy! Tamten facet, z wyższych sfer, czyli?

– Nie słyszałem, jak mówił. Ale wyglądał… nie pasował do The Moorside. Taki bardziej wytworny.

– Jakieś cechy szczególne któregoś z nich? – naciskał Heck. – Tatuaże, kolczyki, znamiona, blizny?

– Daj spokój! To było pięć miesięcy temu.

– Opowiedz dokładnie, co się stało.

– Przyszli około ósmej wieczorem. Na początku trzymali się osobno. Ale potem ta laska zaczęła kokietować wszystkich miejscowych.

– To znaczy?

– No… grała muzyka, rozumiesz. A ona zaczyna tańczyć. Bardzo seksownie. Prowokuje wszystkich, zachęca starszych gości, żeby z nią zatańczyli.

– Co robił jej chłopak?

– Siedział tylko w kącie i popijał dietetyczną colę. Pamiętam, bo pomyślałem: co za pieprzony złamas.

– Jak był ubrany?

– Kurtka, dżinsy, adidasy.

– Nic nie mówił?

– Nie. Więc myślę sobie, że może to prostytutka, a on jest jej alfonsem.

– Alfons z wyższych sfer?

– No tak... nie pasuje, co? Więc potem myślę, że może ona lubi balety, no wiesz. Dyma się na okrągło, a on tylko siedzi i wali gruchę. W każdym razie ona w końcu podchodzi i siada mi na kolanach. Całkiem nieproszona. Nie pamiętam, co mówiła, ale dyszała, jakby była nieźle podjarana. Pytała mnie, gdzie można się zabawić, takie rzeczy.

– Ona też była z wyższych sfer?

Boyd zastanowił się.

– Tak jakby. Nie miejscowa. Oczywiście nie zwracam na to większej uwagi, bo mam w gaciach sztywnego drąga.

– Jej facet coś na to powiedział?

Boyd ponownie pokręcił głową.

– Tylko tam siedział. Pamiętam, jak pomyślałem, że jeśli ten palant teraz się wtrąci, wykopię go na środek przyszłego tygodnia... ta dziwka sama o to prosi. W każdym razie potem lecimy z nią w ślinę. W końcu wyciągnęła mnie na dwór za pasek i posunąłem ją za pubem, pod ścianą kibla. – Boyd uśmiechnął się na wspomnienie miłych chwil. – To znaczy ona nie miała majtek, ja byłem twardy jak skała. Raz-dwa rozpięła mi rozporek i ładowałem ją prosto w...

– Oszczędź mi szczegółów.

– Hej, podobno chcesz wiedzieć, co się stało? – Boyd rzucił Heckowi wyzywające spojrzenie, jakby ostrzegał: wszystko albo nic. – Dotykała mnie wszędzie, kapujesz? Jęczała, piszczała. Przerżnąłem ją na wylot. Nawet się nie rozebrałem... ale ona szarpała mnie za ubranie. I szarpała za włosy.

– Za włosy?

– Dokładnie. Była taka napalona, że wyrywała mi włosy cholernymi garściami. Oczywiście ja też byłem napalony, więc wtedy prawie tego nie zauważyłem i nie protestowałem.

Heck zastanowił się nad tym.

– Co się stało potem?

– No, kiedy skończyliśmy, po prostu usiadłem na dupie. Byłem kompletnie wykończony. Ona zwyczajnie odeszła... obciągnęła spódniczkę, posłała mi całusa. I tyle. Facet wyszedł z pubu, razem skręcili za róg i znikli.

– Poznałbyś ją, gdybyś ją znowu zobaczył?

– Tak, ale nigdy więcej jej nie widziałem.

– A tego faceta?

– Może bym sobie przypomniał, nie wiem.

– Cameron, dziesięć minut temu powiedziałeś, że rozerwą mnie na strzępy w sądzie za opowiadanie kłamstw. A poważnie, myślisz, że jak przyjmą to twoje zeznanie?

Boyd wzruszył ramionami.

– Jeśli mi nie wierzysz, jest dowód. Kamera ochrony na tyłach The Moorside. Będzie na filmie.

– To się stało w listopadzie? Jakie są szanse, że nagranie jeszcze istnieje?

Boyd nachylił się, jakby dzielił się poufną informacją.

– Jeden z tamtejszych barmanów, Pete Dwyer, mieszka na górze. To maniak porno. Byłem w tej jego kawalerce. Wygląda jak zaplecze burdelu w Bangkoku. Przypadkiem on też odpowiada za kamery ochrony, więc o ile znam Dwyera, ta blond laska jest teraz gwiazdą porno. No więc, to ci wystarczy?

Heck westchnął.

– Tylko głupek opowiedziałby mi taką bajeczkę i spodziewał się, że ją łyknę. No, ale ty jesteś głupkiem, Cameron. Jednak chwilowo nie zostawiasz mi wielkiego wyboru. – Postawił kropkę po ostatnim zdaniu zeznania i przesunął kartkę przez stół razem z długopisem. – Przeczytaj i podpisz.

Boyd usłuchał, ale potem patrzył podejrzliwie, jak Heck składa kartkę, wsuwa pod kurtkę, chowa do kieszeni długopis i zamyka laptopa.

– Ej! Mówiłeś, że skasujesz to zmyślone zeznanie świadka.

– Nie tak prędko. – Heck wstał. – Najpierw chcę sprawdzić, co Pete Dwyer ma do powiedzenia.

– Powie ci, że nie kłamię.

– Jeśli tak, to dobrze. – Heck podszedł do drzwi i zapukał. – Ale słuchaj, Cameron. Chciałbym ci odpuścić, ale nie będę cię okłamywał, że przez następne piętnaście lat nie przyda mi się więzienny kapuś.

– Ty skurwielu! – syknął Boyd.

Drzwi się otworzyły.

– To zeznanie nigdzie nie trafi – obiecał Heck – dopóki dalej będziesz dostarczał informacje.

ROZDZIAŁ 32

Heck człapał przez mokry parking w stronę Motelu Bez Nazwy. Nie wiedział, jak jest późno, ale był tak wyczerpany, że chciał tylko ściągnąć wilgotne ubranie i paść na łóżko. Chociaż był głodny, brakowało mu energii, żeby poszukać czegoś do jedzenia. Jego pokój znajdował się na półpiętrze, na końcu krótkiego korytarzyka, na który wychodziło tylko dwoje innych drzwi. Chociaż w tym budynku zakwaterowano całą JSP, jeszcze nigdy nie widział ani nie słyszał nikogo na tym poziomie.

Aż do teraz.

Claire siedziała na półpiętrze, z opuszczoną głową, oplatając rękami kolana. W pierwszej chwili pomyślał, że śpi. Miała na sobie szlafrok i puchate kapcie; wilgotne włosy zbiły się w strąki, jakby niedawno wzięła prysznic. Ale kiedy podniosła wzrok, wcale nie wyglądała na zrelaksowaną. Oczy miała czerwone i zapuchnięte, wargi jej drżały.

– Cześć – powiedział Heck.

– Cześć – odpowiedziała cicho. – Bardzo późno wracasz. Czekam od wieków.

– Przepraszam. Ta robota nie ma końca. Dobrze się czujesz?

– Niespecjalnie. – Zaśmiała się. Nie była pijana, ale czuł

od niej alkohol. – Dzisiaj naprawdę dałam ciała. Na konferencji prasowej.

– Słyszałem kawałek przez radio – powiedział obojętnie. Wyraźne zmieszanie Claire mogło wywołać groźne konsekwencje, ale szczerze mówiąc, był zbyt zmęczony, żeby się tym przejmować.

– Niezłe przedstawienie, co? Nic dziwnego, że potem nadkomisarz Garrickson pasy ze mnie darł. Był absolutnie okropny. Nikt jeszcze mnie tak nie zrugał.

– Olej go.

– Zawiodłam was wszystkich.

– Mówiłem ci… nagłówki zapomina się po jednym dniu.

– Może to o jeden dzień za późno.

– Dlaczego tu siedzisz?

– A jak myślisz?

Spojrzał na zegarek.

– Już prawie dziesiąta.

– Ta prostytutka umrze przeze mnie, prawda?

– Claire, ta prostytutka umrze, bo wpadła w łapy zboczeńców, których kręci torturowanie ludzi.

– Podpisałam na nią wyrok śmierci. Tak powiedział nadkomisarz Garrickson.

– Szansa uratowania tej dziewczyny dzięki kłamstwu, że wpadliśmy na trop zabójców, to był blef. W ogóle nie powinnaś się zadręczać z tego powodu.

Obdarzyła go dzielnym, ale krzywym uśmiechem.

– No… właśnie po to przyszłam. Po naprawdę parszywym dniu… szczypta mądrości Marka Heckenburga. Pomyślałam, że jeśli facet, przed którym mnie ostrzegano, że potrafiłby sprzedać kondomy w żeńskim klasztorze, nie pomoże mi znaleźć pozytywnej strony tego wszystkiego, to nikt mi nie pomoże. I tak… – zatoczyła się, wstając – wypiłam parę drinków, zanim zapytasz.

– Chciałem tylko zapytać, czy nie wypiłabyś jeszcze jednego? Na dobranoc. Mam butelkę w pokoju.

Przed paroma dniami taka propozycja wydawałaby się wyjątkowo bezczelna, ale od tamtego czasu dużo się wydarzyło.

– Jasne. – Claire pociągnęła nosem i potarła czoło. – Czemu nie?

Pokój Hecka w Motelu Bez Nazwy nie wzbudzał zachwytu: bielone ceglane ściany, wykładzina podłogowa w kostkach, biurko, fotel, pojedyncze łóżko, roleta w oknie (z nudnym widokiem na autostradę M62), mdły obrazek oraz mała przyległa łazienka z prysznicem tak wąskim, że niektórzy jego znajomi mogliby tam wejść tylko bokiem.

– Poważnie, nie przejmuj się tą konferencją prasową – powiedział Heck, zamykając za nimi drzwi. – Nikt z nas nie jest cholernym ideałem, a już najmniej ten nadęty kretyn, nasz kochany nadkomisarz.

– Ty nigdy się nie załamujesz, co? – rzuciła, opadając na fotel. Nie zabrzmiało to całkiem jak komplement.

Heck wyjął butelkę bushmillsa i dwa papierowe kubki.

– Nawet w środku tego cholernego koszmaru jakoś zachowujesz zimną krew – ciągnęła. – Zaciskasz zęby i dalej próbujesz rozwiązać sprawę.

Wzruszył ramionami, nalewając im na trzy palce.

– To moja robota.

– Ja miałam tylko dotrzymać sekretu i patrz, co się stało. Podał jej drinka i usiadł na łóżku.

– Nie twoja wina, że się wydało. To paskudna gra. Nie wszyscy nasi wrogowie są po przeciwnej stronie. Nawet ja i Gemma, chociaż siedzimy w tym od lat, jeszcze całkiem się tego nie nauczyliśmy.

– Ładna przemowa. – Smętnie pociągnęła z kubka. – Ale wiem, co wy dwoje o mnie myślicie.

– Garrickson nie mówi w imieniu moim ani Gemmy...

– Nieważne, co powiedział Garrickson. Pyskuje, bo to prostak i lubi tyranizować podwładnych. Wy dwoje jesteście bardziej dyskretni, ale wszyscy myślicie to samo.

– Skąd wiesz?

Claire pociągnęła następny długi łyk; jej porcja już zniknęła.

– Bo też bym tak myślała na waszym miejscu. Jestem tylko ciężarem, słabym ogniwem w łańcuchu, a nie można tolerować ani jednego słabego ogniwa, kiedy próbuje się złapać bandę morderców. Prawda? Wszyscy w tym zespole muszą być na najwyższym poziomie, a mnie do tego daleko.

– To było głupie, żeby od razu w pierwszym miesiącu przydzielić ci takie ważne zadanie.

– Interesujące. – Wyciągnęła kubek po dolewkę, a on posłusznie dolał. – Nie jesteś przygotowany, żeby mnie okłamać... żeby zapewnić, że wszystko będzie w porządku.

– Wyrządziłbym ci niedźwiedzią przysługę, gdybym cię okłamał.

– Właśnie. I dlatego z samego rana składam rezygnację.

Heck spodziewał się czegoś takiego, jednak jakoś go to nie wzruszyło. Polubił Claire i podziwiał jej bojowego ducha. Teraz wstyd mu było, że początkowo widział w niej tylko ładną buzię. Ale widział również, jak walczyła, żeby się nie rozsypać. Jeśli nie mogła znieść przemocy, a najwyraźniej nie mogła, pomimo usilnych starań, to jej miejsce nie było tutaj.

– Widzę, że nie próbujesz mi tego wyperswadować – skomentowała.

– To twoja decyzja.

– I tak to by niczego nie zmieniło, gdybyś próbował.

Wstała, przeszła przez mały pokoik i klapnęła obok niego na łóżku. Przy tym ruchu szlafrok jej się rozchylił i oka-

289

zało się, że pod spodem jest naga. To mogła być erotyczna chwila, ale Claire ledwie to zauważyła. Zadrżała i oparła głowę na ramieniu Hecka.

– Nie wiedziałam, że na świecie może istnieć takie zło.

Objął ją ramieniem i lekko pocałował we włosy.

– Wiesz, nie zawsze jest tak źle.

– Myślałam, że nie zamierzałeś mnie okłamywać.

– To nie jest kłamstwo.

– Ten wydział ściga najgorszych z najgorszych. Po to go stworzono.

– Również ich łapiemy; chronimy przed nimi społeczeństwo.

– Zgadzam się, i może czasami to ci dodaje kopa. Ale nie próbuj osładzać czegoś, czego nie można osłodzić. Jesteście trochę bliżej tego, żeby ich złapać?

– Mamy kilka nowych tropów.

– Innymi słowy nie. Widzisz, Mark, nawet ty potrafisz oszczędnie dozować prawdę. Lepiej ode mnie, a mnie za to płacą.

– Claire, nie masz się czego wstydzić. Nie każdy wytrzymuje w takiej pracy.

– Oni mnie traktowali jak wroga. – Przez chwilę wydawała się nie tyle zraniona na to wspomnienie, ile zdumiona, zaszokowana. – Próbowałam im przekazać informacje, a oni potraktowali mnie… jakbym to ja była przestępcą… nie zabójcy, którzy to wszystko robią, tylko ja.

– Nikt nie reaguje dobrze w takiej okropnej sytuacji. Ani społeczeństwo, ani prasa. Wszyscy podnoszą wrzask. Jeśli jesteśmy na linii ognia, co się często zdarza, bo zwykle nie ma nikogo innego, po prostu musimy przyjąć to na klatę.

– No, ja nie mam takiej silnej klaty jak ty. – Odwróciła głowę, jakby oceniała jego wygląd, a potem pocałowała go w kącik ust.

– Co robisz? – zapytał nieufnie.

Powoli zarzuciła mu ręce na szyję.

– Heck, po dzisiejszym dniu może już nigdy się nie zobaczymy. – Mówiła chrapliwie, na przydechu. – Więc czemu nie zakończyć na wysokiej nucie, co?

– Claire, jesteś zdenerwowana.

– No chodź, chcesz tego tak samo jak ja.

– I pijana.

– No to co?

Nawet kiedy ich wargi się złączyły, Heck wiedział, że to zły pomysł, ale ona przywarła do niego swoimi krągłościami i jej język, chociaż lekko nasycony alkoholem, niewątpliwie smakował słodko.

ROZDZIAŁ 33

Gracie nie miała pewności, kiedy dokładnie Chantelle znikła z jamy. Dzień i noc straciły znaczenie w tym miejscu, gdzie niemal zawsze panowała ciemność. Co parę godzin opuszczało się wiadro z wodą i jedzeniem, które prawie się nie zmieniało – chleb, ser, bekon – czy to na śniadanie, lunch czy kolację. Toteż Gracie szybko straciła wszelkie poczucie czasu. Nie wiedziała, jak długo tu siedzi. Gdyby miała zgadywać, mniej więcej tydzień temu obudziła się sama. Wtedy wydawało się niemożliwe, żeby ktoś zakradł się na dół i porwał jedną z nich bez wiedzy tej drugiej. Chantelle z pewnością próbowałaby stawić opór. To powinno wystarczyć, żeby zbudzić Gracie z męczącego snu. Ale nie pamiętała nic takiego.

Później, podczas długich, samotnych godzin, przyszło jej do głowy, że podano jej narkotyk. Miała dreszcze i mdłości, głowa pękała jej z bólu – chociaż nie mogła ustalić przyczyny z całą pewnością, ponieważ uwięzienie w lochu nie wychodziło jej na zdrowie. Mimo że regularnie piła wodę, gardło ją bolało od ustawicznych błagań kierowanych w ciemność na górze. Przy tych nielicznych okazjach, kiedy opuszczano lampę, żeby mogła zajrzeć do wiadra, piekły ją oczy odzwyczajone od światła. Ponieważ nie było żadnych sprzętów do siedzenia, przez cały czas siedziała na ziemi, ze skrzyżowanymi nogami albo oparta o ścianę; stawy ją bolały, łapały skurcze. No i smród jej własnych odchodów. Po drugiej stronie jamy urosła cała góra i cuchnęła nie do wytrzymania. Czasami wymiotowała od tego smrodu, a kiedy już nie miała czym, męczyły ją suche torsje. Bóg jeden wie, jakich zarazków się nawdychała tu na dole.

– Kimkolwiek jesteś, cokolwiek dla mnie zaplanowałeś, lepiej zrób to szybko – zaskrzeczała w ciemność na górze. – Bo pewnie niedługo tu umrę…

Głowa jej opadła na obolałe ramiona. Teraz wyczerpywał ją sam wysiłek podniesienia głosu.

Huk padającego drewna wzbudził echo.

Gracie zamarła, błyskawicznie otworzyła oczy i wytężyła wzrok.

Pojawiło się światło, ale nie takie, jakie widywała przedtem – żarówka elektryczna przymocowana do kabla z wiadrem. To światło miało czerwonawy odcień, drżało i kołysało się na boki. Lampa naftowa, zrozumiała Gracie. Wisiała jakieś trzy metry nad nią i powoli opadała. Coś wylądowało z łupnięciem w jamie. Coraz silniejszy blask oświetlił zakończenie drabinki sznurowej.

Gracie odpełzła do tyłu, aż uderzyła o ścianę. Pot zrosił jej twarz, serce waliło jak szalone. Czy to już? Czy to ta chwila?

Z góry opuszczał się ciemny, zgarbiony kształt. Lampa wisiała mu u pasa, czerwony poblask odbijał się od kolistych ceglanych ścian. Po sylwetce Gracie poznała, że to mężczyzna. Wylądował na dnie lochu odwrócony do niej plecami. Był wysoki, mocno zbudowany, ubrany w wysokie buty i kurtkę przeciwdeszczową; odrzucony kaptur odsłaniał zmierzwione czarne, sterczące włosy. Zanim odwrócił się do Gracie, wiedziała, kogo zobaczy – młodego człowieka, który razem z jasnowłosą dziewczyną zwabił je w pułapkę.

Wtedy, chociaż taki atrakcyjny, wydawał się nerwowy i nieśmiały. Nosił okulary i uśmiechał się jak mały chłopiec, ale był przystojny: kwadratowa szczęka, błyszczące niebieskie oczy, mocne czerwone usta i prosty, ostry nos. Nadal wyglądał atrakcyjnie, jeśli miała być szczera, ale w zimny, surowy sposób. Kiedy odczepił lampę od paska i podniósł, uświadomiła sobie z niedowierzaniem, jaki jest młody. Najwyżej osiemnaście lat.

Drugą ręką wyjął coś spod kurtki: płaski metalowy przedmiot kształtu i rozmiaru niewielkiej książki telefonicznej. Kiedy upuścił to na ziemię i zobaczyła gumowany wierzch oraz neonowe cyferki migające na szklanym froncie, zrozumiała, że to waga elektroniczna. Widok tak zwyczajnego przedmiotu w pierwszej chwili, może absurdalnie, zmniejszył jej przerażenie, ale bardzo szybko uderzyło ją, jakie to dziwaczne.

Dziwaczne nigdy nie wróży nic dobrego.

– Czego... czego chcesz ode mnie? – wyjąkała.

Nie spojrzał na nią, tylko dał jej znak, żeby wstała. Jednocześnie wyciągnął z kieszeni coś zrolowanego i rozwinął. Wyglądało jak centymetr krawiecki.

Powoli, walcząc z mdłościami, Gracie dźwignęła się na nogi.

– Słuchaj, ja... ja nie wiem, o co tu chodzi. Gdybyś tylko mi powiedział...

Ale on wciąż milczał. Starannie rozciągnął taśmę i przytrzymał obok niej w powietrzu, żeby zmierzyć jej sto sześćdziesiąt pięć centymetrów wzrostu. Strzelił palcami i wskazał wagę.

– Chcesz mnie zważyć? – O mało się nie roześmiała z tego wariactwa.

Ponownie strzelił palcami z irytacją, wciąż unikając jej wzroku, chociaż jego oczy nagle się rozjarzyły, jakby wypełnione gwałtowną, lecz powstrzymywaną furią. Znowu przestraszona, pokonując zawrót głowy, niezdarna w wysokich butach za kolana, weszła ostrożnie na wagę i stanęła, chwiejąc się na boki. To wszystko rozbawiłoby ją do łez, gdyby nie czuła się chora ze strachu i wyczerpania. Sekundę później chłopak odepchnął ją łokciem, podniósł urządzenie i schował z powrotem pod kurtkę.

– Posłuchaj – zaczęła. – Skończ... po prostu skończ z tym szaleństwem. Błagam cię... przecież nic na tym nie zyskasz. – Kiedy znowu odwrócił się do drabiny, jej głos wzniósł się, nabrał piskliwych tonów. – Na litość boską, chyba nie zostawisz mnie znowu w ciemnościach?

Rzuciła się do przodu, wczepiła ręce w jego ubranie i próbowała na nim zawisnąć. Odwrócił się do niej i powoli, cierpliwie, ale z miażdżącą przewagą siły ujął jej nadgarstki w wielkie dłonie w rękawicach i oderwał ją od siebie. Przez ulotną chwilę ich twarze dzieliło tylko kilka centymetrów – twarz Gracie mizerna, mokra od łez, jej porywacza nieskazitelna i lodowato obojętna. Jednym pchnięciem odrzucił ją do tyłu. Upadła i wylądowała twardo na pośladkach, ale prawie nie poczuła bólu, który przeszył jej osłabione ciało.

– Nie... tylko nie to – zaszlochała. – Nie zostawiaj mnie tutaj. Proszę, nie wytrzymam tego, nie wytrzymam...

– Już niedługo.

To były pierwsze słowa, które do niej powiedział – pierwsze słowa, jakie w ogóle usłyszała, odkąd znikła Chantelle – dlatego początkowo była tak zaszokowana, że zamknęła usta i gapiła się na porywacza z niemym niedowierzaniem.

Uśmiechnął się na widok jej reakcji, ale w jego uśmiechu nie było ani odrobiny ciepła, ani odrobiny życzliwości. Nawet nie nazwałaby tego złym uśmiechem – raczej całkowicie pustym. Nie kryły się za nim żadne emocje.

– A... a co wtedy? – zapytała drżącym głosem; zbyt późno się zorientowała, że zadanie takiego pytania mogło się okazać błędem.

Postawił jedną stopę na szczeblu sznurowej drabinki, ale znieruchomiał i przechylił głowę, jakby się namyślał.

– Znasz święto pierwszego maja?

Mówił jak ktoś wykształcony, w jego głosie nie wyczuwało się żadnego akcentu, ale nagle pojawiły się emocje. Napięcie. Wzburzenie.

– Majowe święto?

Obejrzał się przez ramię, oczy mu błyszczały jak wypolerowane guziki.

– W naszych czasach zjełczałe polityczne wydarzenie, popierane przez tych, którzy zastąpili naszą ukochaną religijną i kulturową ideologię bezduszną humanistyczną doktryną własnej produkcji, doktryną, która w praktyce okazała się najbardziej nikczemną w historii ludzkości.

Dobry Boże, pomyślała Gracie, jeszcze bardziej oszołomiona. O czym on mówi? On jest szalony.

– Tak... znam majowe święto – zaryzykowała. – Chyba.

– Dobrze. – Zaczął się wspinać, piekielny blask wznosił się razem z nim, niżej zostawała tylko ciemność. – Przywrócimy, a raczej ty przywrócisz, mu dawną chwałę.

– Zaczekaj, proszę, powiedz mi, co to znaczy!

Ale nie odezwał się więcej i po kilku sekundach zniknął. W górze coś ciężkiego i drewnianego z hukiem opadło na miejsce i wśród beznadziejnych jęków Gracie zgasł ostatni promyk szkarłatnego światła.

ROZDZIAŁ 34

Pub The Moorside, wysoki, wąski budynek z czerwonej cegły, stał obok łukowego mostu i nieużywanej stacji na linii kolejowej Manchester–Buxton. Po jednej stronie leżał rozległy, typowy wiktoriański cmentarz, z omszałymi grobowcami i smutnymi, okopconymi sadzą aniołami, natomiast z drugiej strony zaczynało się ogromne osiedle domów komunalnych. Niewątpliwie dawniej rozciągały się tam wrzosowiska, z którymi sąsiadował pub*.

Heck przyglądał mu się z samochodu. To był z pewnością najbardziej ponury pub, do którego jak dotąd zaprowadziło go śledztwo. Oczywiście wyglądał jeszcze gorzej na tle zachmurzonego, deszczowego nieba, a nastrój Hecka też nie poprawiał sytuacji.

Obudził się rano zmarznięty i sam.

Poprzedniego wieczoru zerkanie pod rozchylony szlafrok Claire podnieciło go jak każdego zdrowego, normalnego mężczyznę, ale ona była pijana i bezbronna. Całował ją długo i głęboko, jednak opamiętał się, zanim sprawy zaszły za daleko, i pomimo jej bełkotliwych protestów – oraz we-

---

* Moor (ang.) – wrzosowisko.

wnętrznego głosu wrzeszczącego ochryple, że takich zdesperowanych sukinsynów jak on nie stać na cholerną moralność! – zawiązał jej z powrotem szlafrok, odprowadził ją przez korytarze do pokoju i położył do łóżka, ponieważ w drzwiach straciła przytomność. Za taki szlachetny czyn mogła go czekać nagroda w niebie, ale raczej nie na ziemi, rozmyślał posępnie. Nie dość, że rano obudził się sam, to znalazł wsunięty pod drzwi liścik od rzeczonej damy, w którym ponownie zapewniała, że nie wraca do pracy. Tłumaczyła, że to dla niej za wiele, i chociaż w końcu prawdopodobnie by się zahartowała, obecnie potrafiła sobie wyobrazić tylko przyszłość pełną rzeczy, których nie chciała oglądać. Miała nadzieję, że zrozumie i nie będzie jej zbytnio potępiał.

"Dzięki za wszystko", kończył się liścik Claire.

Heck zamknął drzwi swojego volkswagena i wszedł do pubu. Chociaż budynek był duży, wykorzystywano tylko niewielką jego część. Drzwi prowadzące do innych pomieszczeń były pozamykane, przed nimi piętrzyły się stoły i krzesła. Sam kontuar był nieduży, najwyżej dwa i pół metra długości, ze stertą wyświechtanych gazet na jednym końcu i przenośnym telewizorem na drugim; właśnie leciały pierwsze tego dnia wyścigi konne. Nie nadeszła jeszcze pora lunchu, ale kilku samotnych, bezrobotnych pijaczków już się tam zebrało.

Barmanka wyglądała sympatycznie: młoda i ładna, z jasnymi włosami zebranymi w koński ogon. Biały T-shirt i obcisłe dżinsy podkreślały jej dorodną figurę. Odezwała się z polskim akcentem:

– Cześć. Co podać?

Heck mignął legitymacją i powitalny uśmiech dziewczyny zgasł.

– Detektyw sierżant Heckenburg – przedstawił się. – Podobno pracuje tu chłopak nazwiskiem Dwyer? Pete Dwyer.

Niepewnie kiwnęła głową.

– Tak... ee, Pete dzisiaj nie pracuje.

– Podobno mieszka na górze?

Wzruszyła ramionami.

– No więc mieszka czy nie mieszka? – Heck dawno już minął etap, kiedy mógł tolerować kręcenie.

– Ja... ee... – Nagle jakby przestała rozumieć po angielsku.

– Panienko, jeśli się spodziewasz, że uwierzę, że nie wiesz, czy tu mieszka jeden z twoich współpracowników, to bierzesz mnie za głupca, a ja tego nie lubię. Tak bardzo nie lubię, że jeśli w tej chwili nie powiesz mi dokładnie tego, co chcę wiedzieć, mogę cię aresztować za utrudnianie śledztwa. Pete Dwyer. Gdzie on jest?

Barmanka obejrzała się nerwowo na pozostałych klientów, chociaż nikt nie zwracał na nich większej uwagi. Nie chcąc jednak ryzykować, wyjęła długopis i nabazgrała dwie cyfry na podkładce do piwa. 19.

Heck kiwnął głową i odszedł.

Na górne piętra wchodziło się przez drzwi po lewej stronie obok toalety. Klatka schodowa była brudna i nieoświetlona, tapeta spleśniała, chodnik wytarty. Po drodze Heck minął kilka innych pokojów. Niektóre stały otworem, ciemne, wilgotne wnętrza cuchnęły stęchłym piwem. Numer dziewiętnasty znajdował się na ostatnim piętrze, na wąskim, skrzypiącym podeście oświetlonym przez pojedynczy zakurzony świetlik. Zza samotnych drzwi dochodziło niskie pulsowanie muzyki: hard rock, któremu akompaniowały stękania i pojękiwania.

„Ta jego kawalerka wygląda jak zaplecze burdelu w Bangkoku", powiedział Cameron Boyd.

Heck zapukał.

– Kto tam? – usłyszał opryskliwy głos.

– Pete, muszę zamienić z tobą parę słów.

– Pytałem, kto tam?

– Możesz wyjść? Zajmę ci tylko chwilę.

Rozległo się szuranie stóp i drzwi uchyliły się odrobinę. Facet, który wyjrzał przez szparę, był wysoki i chudy. Miał szopę ciemnych włosów, pociągłą twarz ze śladami po trądziku i wystającą szczękę. Ubrany był tylko w bokserki i skarpetki nie do pary.

Heck zrobił krok, pchnął barkiem drzwi i odrzucił faceta do tyłu.

– Detektyw sierżant Heckenburg, Jednostka do spraw Seryjnych Przestępstw. Mogę wejść? Och... dziękuję.

Dwyer wylądował na podłodze z takim hukiem, że cały pokój się zatrząsł i po ekranach kilku komputerów przebiegło drżenie. Wszystkie wyświetlały różne rodzaje perwersyjnego porno; na tym naprzeciwko Hecka piegowata rudowłosa dziewczyna uczesana w warkoczyki figlowała z szetlandzkim kucem w stajni pełnej nawozu. Zafascynowany Heck rozejrzał się dokładniej. Tandetne półki uginały się pod ciężarem płyt DVD; niektóre w kolorowych plastykowych pudełkach wyglądały na legalne, inne miały kartonowe okładki i ręcznie wypisane etykiety. Z otwartego pudła w kącie wysypywały się importowane zagraniczne filmy. Heck przypuszczał, że są zagraniczne, ponieważ na wszystkich okładkach widniały zdjęcia japońskich uczennic. Na podłodze walały się brudne ubrania wśród puszek po piwie, nieumytych talerzy i sztućców. Rozgrzebane łóżko było niechlujne i zawilgocone.

– Przeszkodziłem ci w brandzlowaniu, tak? – zagadnął Heck. – Czy to jest raczej działalność handlowa?

Dwyer gramolił się z podłogi z gniewną miną, ale wyraźnie wolał się nie zbliżać.

– Hej, nie wiem, za kogo ty się, kurwa, uważasz...

– Powiedziałem ci, kim jestem. – Heck pokazał legitymację, ale wciąż przenosił wzrok z jednego ekranu na drugi. – No, no... to się nazywa ekstremalny segment rynku, Pete. Pewnie zwyczajny towar zbyt łatwo zdobyć, co? W naszych czasach faceci jak ty muszą bardziej się wysilić, żeby zarobić?

– To do mojego własnego użytku – odparł Dwyer obronnym tonem.

– Nawet jeśli, aż strach pomyśleć, co Jednostka do spraw Cyberprzestępczości z tego wyciągnie.

– Nie robię nic złego. Tu nie ma nic nielegalnego.

– Może nie, ale najpierw zechcą to dokładnie obejrzeć. Przewiozą wszystko do biura, oczywiście w sterylnych torbach na dowody. – Heck wysunął szufladę. Zapełniały ją nieoznakowane dyski komputerowe i pendrive'y. – Masz tu sporo przestrzeni dyskowej, Pete. Przesianie tego wszystkiego zabierze nam dużo czasu. Ale musimy dbać o bezpieczeństwo, rozumiesz?

– Nie możesz tego zrobić. – Dwyer podniósł drżący palec. – To jest bezprawne przeszukanie.

– A co ty na to, Pete, gdybym ci powiedział, że tak naprawdę nie twoja kolekcja nas interesuje?

– Gówno mnie to obchodzi. Nie możesz mi grozić. Znam swoje prawa.

Heck uśmiechnął się.

– Nie masz żadnych praw. Jesteś małym, brudnym pasożytem żerującym na ludzkich słabościach. Więc nawet jeśli to jest bezprawne przeszukanie, następne takie nie będzie. A jeśli w tym pokoju jest coś, czego nie powinno tu być, pójdziesz do więzienia. Twój wybór.

Dwyer wciąż ciężko dyszał.

– Co... co chcesz wiedzieć?

– Cameron Boyd.

– O kurwa.

– Nie martw się. Jest w pierdlu i nieprędko wyjdzie.

– On ma kumpli.

– Na okrężny sposób uratujesz mu tyłek, więc pewnie będzie zadowolony, że puściłeś farbę.

– Co on znowu zrobił?

– W listopadzie zeszłego roku posunął na stojaka jedną blondynkę tu za pubem.

Dwyer zrobił zakłopotaną minę, ale kiwnął głową.

– Taaa, pamiętam.

– Okej, więc powiedz, jak to było.

– No... – Dwyer ciągle wydawał się zdziwiony, że nie pyta go o coś poważniejszego. – To było trochę dziwne. Przyszła do pubu i zaczęła podrywać facetów. Nie za forsę, jeśli o to chodzi. Przynajmniej tak myślę.

– I wybrała Boyda, bo jej się spodobał?

– Wybrała go z jakiegoś powodu. On się nikomu nie może podobać.

– Widzę, że dobrze to pamiętasz. Sfilmowałeś ich?

– Właściwie nie. Ale nagrało się przez zewnętrzną kamerę ochrony.

– No to rzućmy okiem.

Dwyer przyjrzał mu się nieufnie, zanim pogrzebał w szufladzie i wyciągnął pendrive'a.

– Skopiowałem nagranie i zmontowałem, żeby to wrzucić na jedną z tych compo. No wiesz, prawdziwe nagrania z kamer bezpieczeństwa, jak ludzie to robią.

– Nie. Nie wiedziałem o tym.

– To niszowy interes. – Dwyer wsadził dysk do portu komputera. – Nigdy za dużo nie widać. Ale nawet według tych standardów jakość jest gówniana.

Obraz, który pojawił się na ekranie, był czarno-biały i nieustannie pikselował. Przedstawiał dwoje ludzi opartych o ceglaną ścianę, ale niewiele więcej było widać. Mężczyzną mógł być Boyd, a druga postać wyglądała jak szczupła jasnowłosa dziewczyna, chociaż widoczny był tylko czubek jej głowy i fragment profilu. Żadnych wyraźnych rysów twarzy.

– Czy ona tu była od tamtej pory? – zapytał Heck.

– Nie zauważyłem.

– A wcześniej?

Dwyer wzruszył ramionami.

– Nigdy jej nie widziałem. Ale powiem ci, kto mógł widzieć. Mick Muppet.

Heck uniósł brwi.

– Jeden z naszych stałych klientów. Ciągle tu siedzi.

• • •

Mick Muppet tak długo był stałym klientem The Moorside, że miał tu własne miejsce – boks tuż na lewo od kontuaru, nad którym wisiała drewniana tabliczka z napisem:

Kącik Micka

Dawno przekroczył osiemdziesiątkę, brązową skórę miał niewiarygodnie pomarszczoną, ale zgodnie ze swoim przezwiskiem niesamowicie przypominał telewizyjną kukiełkę, Waldorfa. Miał gęste siwe bokobrody, potężną szczękę i duże, smętne oczy osadzone po obu stronach bulwiastego nosa pokrytego guzami. Niezbyt do tego pasował wojskowy kapelusz i wiekowa kurtka moro.

– Byłem komandosem, zanim zapytasz – burknął, dopijając pintę piwa mild.

– Tak myślałem – powiedział Heck, odsuwając krzesło. – Mogę się przysiąść?

– Wolny kraj. Dzięki takim ludziom jak ja.

– Jestem z policji.

– Co ty powiesz.

– Możemy pogadać?

– Trochę mi zaschło w gardle. – Mick zakasłał. – Kiepski ze mnie rozmówca, kiedy mam suche gardło.

Heck odwrócił się do baru, gdzie obok polskiej barmanki pojawił się Dwyer i spoglądał nerwowo, wpychając poły koszuli do dżinsów.

– Jeszcze pintę milda proszę! – zawołał Heck.

– Dzięki serdeczne – powiedział Mick, kiedy postawiono przed nim pełną szklanicę. – Chodzi o tę laseczkę, tak? Tę blond lalkę z listopada?

– Jak zgadłeś?

– Dziwna sprawa. Żeby ładna młoda panienka robiła takie rzeczy. Została zamordowana, tak?

– O ile wiemy, nie.

Mick wydawał się nicco zdziwiony.

– Ja tam bym nie ufał temu gnojowi, który ją wyprowadził na dwór.

– Więc ktoś ją wyprowadził na dwór? – upewnił się Heck.

Mick przytaknął, pociągając piwo.

– Taki młody napakowany typek z wredną gębą, z Longsight. Tam mieszka sama hołota. Złodzieje i ćpuny. Przez nich ten kraj schodzi na psy.

– Czy wiesz, kim ona jest, Mick? Bo musimy się z nią skontaktować.

Mick dokończył swojego milda i odstawił pustą szklankę, oblizując usta.

– To poważna rzecz – dodał cierpliwie Heck.

– Jak moje pragnienie, synu, jak moje pragnienie.

Heck zasygnalizował, że zamawia następną pintę piwa. Kiedy ją przyniesiono, Mick popatrzył na nią smętnie.

– Zawsze myślałem, że pinty milda są jak autobusy.

– To znaczy, że nigdy ich nie ma, kiedy ich potrzebujesz?

- Zgadza się. A kiedy się zjawiają, to zwykle parami.
- Przynieście mu jeszcze jedną! – zawołał Heck. – No więc wiesz, kim ona jest?
- Nie znam jej nazwiska, synu. Nie przedstawiła się, prawda? I tak pewnie podałaby fałszywe, skoro chodzi do takich miejsc, żeby dawać dupy.
- Rozpoznałbyś ją?
- Chyba tak. Już ją przedtem widziałem.

Heck przyjrzał mu się uważnie.

- W tym pubie?

Wargi Micka zadrżały, kiedy się zastanawiał.

- Odwiedzam tyle pubów, rozumiesz. Nie mogę sobie przypomnieć.
- Do tej pory przypominałeś sobie bez problemów.
- W moim wieku trzeba regularnie oliwić mózgownicę.
- Pete! – zawołał Heck w stronę baru. – Proszę jeszcze jedną pintę milda.
- Nie była w pubie – oznajmił Mick. – Widziałem ją na zewnątrz. Kilka tygodni przed tym numerem z mięśniakiem z Longsight. Zobaczyłem ją w porze lunchu, kiedy wchodziłem. Tamtym razem nie była ubrana do bzykanka. Miała chyba kurtkę z kapturem. Widziałem tylko górną część, bo siedziała na miejscu pasażera w takiej szpanerskiej bryce. Tylko zaparkowali... jakby oglądali to miejsce.
- Kto prowadził? Ten młody facet, z którym była za drugim razem?
- Chyba nie. – Mick myślał przez chwilę, potem uśmiechnął się z satysfakcją, kiedy postawiono przed nim kolejną pintę. – Starszy gość, cięższy. Nie widziałem go wyraźnie. Mam osiemdziesiąt osiem lat, wiesz? I tak sporo ze mnie wyciągnąłeś.
- Rozpoznałbyś tego gościa?
- Chyba miał okulary, małe, ale nie jestem pewien.

– A co z samochodem? Mówiłeś, że był szpanerski.

Mick spuścił wzrok. Puste szklanki sprzątnięto. Została tylko jedna, w połowie pełna.

– Samotnie wygląda, prawda?

– Tankuj tak dalej, to naprawdę niczego sobie nie przypomnisz.

– Jak dożyjesz mojego wieku, synku, będziesz mógł mnie pouczać o szkodliwości picia.

– Wiesz, Mick, twój wkład zostanie doceniony. Możesz nam pomóc w rozwiązaniu bardzo poważnego przestępstwa, ale jeśli będziesz mnie dalej naciągał, to też będzie można uznać za przestępstwo.

Mick wyszczerzył zęby.

– To następna rzecz, kiedy będziesz w moim wieku, synu... mam to gdzieś.

– Jeszcze jedno proszę! – zawołał Heck w stronę baru.

– Nie znam marki – powiedział Mick. – Szary. Zabójczo elegancki. Chcesz, żebym ci go narysował?

Heck zagapił się na niego.

Mick wzruszył ramionami.

– Od ciebie zależy, ale nie dostaniesz nic lepszego. Kiedyś spędziłem dziesięć tygodni na stanowisku obserwacyjnym, śledząc ruchy japońskich oddziałów na drodze pod Imphal.

Heck podszedł do baru.

– Potrzebuję papier i ołówek.

– To nie szkoła – burknął Dwyer z irytacją.

– Zrób, o co proszę, dobra? Cameron ci za to podziękuje.

– A co z tymi pięcioma pintami milda?

– Zapisz je na swój rachunek.

– Ee? – Dwyer wydawał się zbity z tropu.

– W wydziale śledczym już nie dostajemy dodatku na drinki. Na jakim ty świecie żyjesz, Pete?

ROZDZIAŁ 35

Rysunek w kieszeni Hecka jako dowód przedstawiał znikomą wartość.

Mick Muppet zapewne miał niegdyś smykałkę do szkicowania japońskich czołgów i broni, ale przez sześćdziesiąt dziewięć lat nastąpiło wyraźne pogorszenie. Prymitywny obrazek, narysowany całkowicie z pamięci, mógł ewentualnie przedstawiać jaguara XF, ale nawet gdyby Mick Muppet stworzył najbardziej realistyczne dzieło sztuki, odkąd Andy Warhol miał swoje piętnaście minut sławy, nie zatytułowałby go *Jaguar XF*. Sam przyznawał, że nie rozpoznał ani marki, ani modelu samochodu, a bez numeru rejestracyjnego nawet takie szczegóły niewiele dawały. Na razie jednak Heck postanowił się tego trzymać – głównie ponieważ nie mógł znieść myśli, że śledztwo, którym zajmował się przez trzy tygodnie, doprowadziło go dokładnie donikąd.

Późnym popołudniem dotarł do Manor Hill, ale w wejściu do budynku natknął się na Garricksona, który właśnie wychodził, naciągając kurtkę na garnitur.

– Gdzie byłeś? – zapytał nadkomisarz.

– Tropiłem DNA Boyda.

– I?

- Na razie nic.

- Nieważne. - Garrickson ruszył przez parking, kiwając na Hecka, żeby szedł za nim. - Pojedziesz ze mną do Preston.

- Do Preston?

- Podczas twojej przydługiej nieobecności wiele się zdarzyło.

- Niech pan nie mówi, że mamy następne zwłoki.

- Nie, ale najgorsze jeszcze przed nami. Za siedem godzin zaczyna się Beltane.

- Nie powinniśmy zbyt sztywno się tego trzymać - powiedział Heck. - Według listy Erica w maju jest osiemnaście możliwych dat.

- Chyba że zdusimy to w zarodku.

Z posterunku wyszedł Gary Quinnell. On też wkładał kurtkę przeciwdeszczową.

- Co się dzieje? - zapytał Heck, kiedy wielki Walijczyk się z nim zrównał.

- Mamy nowy trop. Cholernie dobry.

Załadowali się do forda kugi Garricksona i przejechali przez barykadę dziennikarzy oraz wozów transmisyjnych. Nadkomisarz, chociaż niekoniecznie wesoły, wydawał się w nieco bardziej przyjaznym nastroju niż zwykle.

- Wiesz, że Claire Moody złożyła rezygnację? - zagadnął.

- Tak - mruknął Heck.

- Do niczego się nie nadawała, cholera. Nie będziemy za nią tęsknić, ale i tak ją opieprzyłem.

Heck bardzo chciał coś powiedzieć, ale zdołał się ograniczyć do bezpieczniejszych tematów.

- Co to za nowy trop?

- Trochę to ironiczne. - Garrickson pokręcił głową, dodając gazu. - Góra kazała nam trzymać gęby na kłódkę, ale gdyby jakiś kutas nie wypaplał wszystkiego prasie, nigdy nie mielibyśmy tego przełomu.

– Nie nadążam.

– Jakaś babka, Tabby Touchstone... podobno redaguje magazyn grozy.

– Magazyn grozy?

– Taaa... – Garrickson zachichotał bez humoru. – Na takich kretynach musimy polegać, żeby popchnąć to śledztwo do przodu. W każdym razie skontaktowała się z nami dziś po południu. Podobno sześć lat temu przytrafiło jej się coś dziwnego. Jakiś autor horrorów przysłał jej opowiadanie pod tytułem *Krwawe święto*. Opisywało bandę obłąkanych morderców, którzy celebrowali starożytne święta, składając ofiary z ludzi. Coś ci się kojarzy?

– Co to za pisarz? – zapytał Heck.

– Nazywa się Dan Tubbs. Nie, ja też o nim nie słyszałem. Ale najważniejsze, że w tym całym *Krwawym święcie* niektóre zabójstwa są trochę podobne do naszych.

– O czym my rozmawiamy? Że ktoś to wszystko zerżnął z jakiegoś kiczowatego horroru?

– Śmieszne, co? A my łamaliśmy sobie nad tym głowy. Zlałbym się w gacie ze śmiechu, tylko że płakać mi się chce. Ale posłuchaj: Tabby Touchstone odrzuciła opowiadanie, argumentując, że jest mało prawdopodobne. Że coś takiego nie mogłoby się zdarzyć w prawdziwym życiu.

– Dobrze kombinowała – wtrącił Quinnell.

– Wtedy ten facet... Tubbs... zrobił się niemiły i przysłał jej list z pogróżkami, w którym obiecał jej pokazać, że się myliła.

– Powiedzcie mi, że właśnie jedziemy do tego Tubbsa – poprosił Heck.

– Pół godziny temu sprawdziliśmy listę wyborców. Facet ciągle mieszka pod tym samym adresem, z którego do niej wtedy pisał. Ribbleton w Preston, tylko pięćdziesiąt kilometrów na północ stąd i niecały kilometr od nieużytków, gdzie w ostatnią rocznicę spisku prochowego ktoś zrobił pieczeń z Barry'ego Butterfielda.

– Potrzebujemy też tego listu – oświadczył Heck.

– Dostaniemy go. Tabby Touchstone jest dość pedantyczna. Przechowuje wszystkie dokumenty. Wydział śledczy w Brighton właśnie odbiera od niej zeznania.

Skręcili z M62 na M6 i pół godziny później wjechali do Preston w Lancashire. Krążyli po Ribbleton, bliskim przedmieściu, sprawdzając kolejne podupadłe okolice, aż zaparkowali na ulicy sąsiadującej z Plumpton Brow, gdzie mieszkał tajemniczy Dan Tubbs. Heck spodziewał się, że na miejscu zastaną część ekipy przydzielonej do zabójstwa z piątego listopada, ale widocznie Garrickson ich nie uprzedził.

– Wszyscy inni są zajęci – wyjaśnił, kiedy wysiadali z forda.

Heck rozejrzał się. Mżawka ustała, ale puste ulice wciąż lśniły od wilgoci. Dzień był zimny i wietrzny, bardziej jak jesień niż środek wiosny.

– Okej, więc czemu nie zabraliśmy więcej ludzi z Manor Hill? – zapytał.

– Też są zajęci.

To mogła być prawda. Nikt z operacji Święto nie siedział bezczynnie i nie robił łańcuchów ze spinaczy, ale chociaż ich trzech powinno wystarczyć, żeby sobie poradzić z jednym zatrzymanym, Gemma nie chciałaby tak ryzykować i zapewniłaby im wsparcie dodatkowych sił. Garrickson powinien rozumować tak samo, lecz z niewiadomego powodu zdecydował inaczej. Heck zastanawiał się, czy nadkomisarz trafił na czarną listę Gemmy za to, że zostawił Claire na lodzie podczas konferencji prasowej, i próbował teraz umocnić swoją pozycję, kreując się na tego, który rozwiązał sprawę. Zabrał ze sobą Hecka i Quinnella jako goryli, ale nie chciał zbyt licznej grupy, żeby się nie dzielić zasługami. Ten powód nie wydawał się na tyle istotny, żeby wkraczać w niedostatecznej sile.

Przeszli pasażem łączącym obie ulice, brodząc po kostki w śmieciach. Kiedy dotarli na Plumpton Brow, stanęli na końcu alejki, obserwując znajdujący się trzy domy dalej numer trzydzieści sześć, gdzie mieszkał Tubbs. Podobnie jak wszystkie pozostałe, był w opłakanym stanie: chropowate, pokryte sadzą cegły, porysowane i powgniatane drzwi frontowe. Jednak w oknie na piętrze zza cienkiej zasłony przebijało światło.

– Po prostu wchodzimy na wariata i zamykamy gościa? – zapytał Quinnell, wyraźnie podzielając zastrzeżenia Hecka. Gemma poświęciła sporo czasu, żeby nauczyć swoich pupilków z JSP ostrożności. Wiele za tym przemawiało, ale z tych samych powodów odpowiedź Garricksona, że zmarnowali już za dużo czasu na obserwację podejrzanych, zamiast ich aresztować, również brzmiała sensownie. Musieli zacząć odnosić sukcesy.

Czekali przez chwilę, rozglądając się po okolicy. Wciąż nie widzieli żywej duszy.

– Heck, pójdziesz ze mną do frontowych drzwi – rozkazał Garrickson. – Gary... naokoło od tyłu. Uważaj, żeby nikt cię nie zobaczył.

Quinnell kiwnął głową i znikł w alejce.

Heck i Garrickson nadal czekali. Ulica nie była już wymarła. Na samym końcu pojawiła się jakaś postać i powoli zmierzała w ich kierunku. Cofnęli się kilka kroków w głąb alejki. To była staruszka w sfatygowanym płaszczu przeciwdeszczowym i kapciach, z siwymi cienkimi włosami nawiniętymi na lokówki. Weszła do jednego z domów. Drzwi zamknęły się za nią z hukiem, budząc echo.

Ciągle czekali.

– Dlaczego czegoś nie powiesz, jeśli myślisz, że źle to rozgrywam? – odezwał się Garrickson.

Heck wzruszył ramionami.

– To pana impreza, nadkomisarzu. To pan na tym wygra albo przegra. Ale jeśli to ma znaczenie, też uważam, że powinniśmy dokonywać aresztowań.

Garrickson znowu skupił uwagę na domu.

– To dobry trop. Musisz przyznać.

– Najlepszy, jaki dotąd mieliśmy... co mnie niepokoi. Ten Tubbs mówi komuś, że zamierza popełnić serię zbrodni, które wymyślił w fikcyjnym opowiadaniu? A potem naprawdę je popełnia? Myślałem, że mamy do czynienia z kimś trochę mądrzejszym.

– No, przynajmniej spełnia twoje wymogi. Co takiego mówiłeś? Że on będzie naukowcem albo pisarzem?

Heck musiał się z tym zgodzić. Zadzwonił telefon Garricksona. Quinnell zawiadamiał ich, że zajął pozycję na tyłach.

– Okej. – Nadkomisarz zapiął kurtkę. – Do roboty.

Kiedy przechodzili przez ulicę w stronę domu, Heck znowu zerknął na okno na piętrze. Mógłby przysiąc, że zasłona drgnęła.

– Najpierw z nim porozmawiamy – zapowiedział Garrickson. – Ale jeśli nie zechce współpracować, zagramy ostro. Cokolwiek powie, pójdzie z nami.

Jak tylko zapukali do frontowych drzwi, usłyszeli tupot ciężkich stóp na wewnętrznych schodach. Drzwi odskoczyły do środka na długość zabezpieczającego łańcucha i przez szparę wyjrzało gburowate oblicze. Gospodarz był o dobre parę centymetrów wyższy od obu gliniarzy, miał nalaną, brodatą twarz i wytrzeszczone, przekrwione oczy. Wielki mięsień piwny rozpychał mu trykotowy sweter. A jednak mężczyzna miał najwyżej dwadzieścia osiem lat.

– Taaa? – rzucił podejrzliwie.

– Daniel Tubbs? – zapytał Garrickson.

– A kto chce wiedzieć? – Teraz, kiedy gospodarz zdążył im się przyjrzeć przez parę sekund i nie spodobało mu się to, co zobaczył, w jego głosie zamiast podejrzliwości zabrzmiała czysta agresja. Zarośnięte policzki z wolna poczerwieniały.

Garrickson pokazał legitymację tylko po to, żeby drzwi zatrzasnęły mu się przed nosem z taką siłą, że pył posypał się z cegieł nad nadprożem. Nawet Heck się tego nie spodziewał, ale na szczęście zamek nie zaskoczył, drzwi odbiły się od framugi i kiedy Garrickson pchnął je barkiem, wyrwał łańcuch z obejmy.

Znaleźli się w mrocznym przedpokoju o gołych ścianach, jedynie z ohydnym linoleum na podłodze. Ciągnął się przez cały dom aż na tyły, gdzie teraz Tubbs powinien otwierać drzwi i dawać w długą.

Ale nie uciekł.

Czekał na nich jakieś trzy metry dalej.

Co więcej, przed nim stał ogromny doberman z nastawionymi uszami i wyszczerzonymi szablastymi kłami; ślinił się i warczał.

– Zabij ich, Toby! – rozkazał Tubbs.

– Jesteśmy z policji! – próbował krzyknąć Garrickson.

Ale pies już ich dopadł, szarpał i kąsał. Zanim Heck zdążył odskoczyć, doberman zatopił zęby przez spodnie w jego lewym udzie.

– Boże Wszechmogący! – Heck walnął obiema pięściami w długi, wąski łeb bestii, początkowo bez skutku, bo zęby wciąż wbijały się w jego ciało.

Garrickson też tłukł i kopał psa.

– Odwołaj go, ty czubku, mówiłem ci, jesteśmy glinami!

– Mniejsza o mnie… – wydyszał Heck – dorwij sukinsyna!

Garrickson przepchnął się obok bestii. Dan Tubbs czekał na niego parę metrów dalej, szczerząc zęby wśród zmierzwionej brody.

– No to masz poważne kłopoty, koleś! – krzyknął Garrickson.

– Ty też.

Tubbs wyjął zza pleców kij bejsbolowy i wyjąc jak opętany, wziął potężny zamach. Garrickson zdążył tylko osłonić się lewym ramieniem. Kij opadł z przerażającą siłą. Trzask pękającej kości dotarł pewnie nawet do uszu Gary'ego Quinnella, który, sądząc po odgłosach łomotania dobiegających z zewnątrz, usiłował wedrzeć się do domu.

– Gary, rusz się! – wrzasnął Heck. – Cholera!

Doberman rozluźnił szczęki tylko po to, żeby zamknąć paszczę na jego lewym kolanie z miażdżącą siłą. Heck próbował odskoczyć, ale bezskutecznie; krew płynęła strumieniami przez rozdarcia w nogawce spodni. Garrickson osunął się na kolana, lewe przedramię zwisało mu pod makabrycznym kątem. Tubbs, z oczami wytrzeszczonymi jak marmurowe kulki w twarzy nabiegłej purpurą, stał nad nim triumfalnie. Heck nie miał wyboru – wbił psu w oczy oba palce wskazujące. Doberman cofnął się ze skowytem. Heck doskoczył i kopnął go w gardło; zwierzę padło.

– Skurwysyn! – ryknął Tubbs i rzucił się do przodu z kijem w ręku. Ale Garrickson wciąż blokował mu drogę i zdołał owinąć zdrowe ramię wokół jego nóg. Olbrzym runął jak długi na linoleum. Garrickson wrzasnął piskliwie, kiedy w trakcie upadku wykręcił sobie złamane ramię.

Heck rzucił się na Tubbsa, który próbował się podnieść. Szamotali się, jednak po chwili olbrzym dźwignął go i cisnął bokiem na kaloryfer. Z głębi domu wciąż dochodziło gorączkowe walenie i łomotanie, aż wreszcie tylne drzwi ustąpiły z hukiem, sypiąc odłamkami mlecznego szkła, i Quinnell wtargnął do środka. Tubbs, który trzymał Hecka za kark przypartego do ściany i zamierzał właśnie rozwalić mu głowę kijem bejsbolowym, obejrzał się. Heck z całej siły opuścił zdrową nogę i zgniótł obcasem palce stopy napastnika. Tubbs odtańczył do tyłu. Mimo wszystko wymierzył cios kijem, ale Heck zdołał się uchylić i kij odłupał tylko kawał tynku ze ściany.

W końcu Quinnell włączył się do walki. Był mniej więcej rozmiarów Tubbsa, tylko sprawniejszy. Mocowali się zaciekle, ale Quinnell szybko uzyskał przewagę i zadał przeciwnikowi dostatecznie solidny cios w szczękę, żeby powalić go oszołomionego na kolana, a wtedy Heck skuł mu ręce za plecami.

– Ty porąbany świrze! – wysapał mu do ucha. – Może nawet nie jesteś facetem, którego szukamy… ale za to posiedzisz sobie do sześćdziesiątki.

ROZDZIAŁ 36

– Słuchajcie, ja mam napady furii – protestował Tubbs.

– To znaczy, że masz paskudny charakter? – zapytał Quinnell, ściskając jedną ręką skuty nadgarstek zatrzymanego.

– To rodzaj depresji. Przepisują mi na to środki uspokajające.

– Wcale mnie to nie dziwi. Twoje miejsce jest w wariatkowie, chłopaczku. Ale będziesz miał szczęście, jeśli się tak łatwo wykręcisz.

Stali na chodniku przed numerem trzydziestym szóstym na Plumpton Brow. Parkowało tu również kilka miejscowych radiowozów i furgonetka do transportu więźniów. Sąsiedzi wylegli przed domy i komentowali zniżonymi głosami.

Tubbs, odprowadzając smętnym wzrokiem niknącą w mroku karetkę pogotowia, która zabrała Garricksona, chyba szczerze żałował swoich postępków. W ciągu ostatnich piętnastu minut zaszły w nim również inne zmiany. Gniew wyciekł z niego jak woda z durszlaka, zachowanie stało się niemal dziecinne. Wydawał się oszołomiony widokiem migających niebieskich świateł, odbijających się w fasadzie jego domu.

Heck, którego rana została oczyszczona przez jednego

z sanitariuszy, a spodnie pospinane agrafkami, stał kilka metrów dalej, obok sierżanta w mundurze.

– Hej, czekajcie! – zawołał Tubbs, kiedy dwóch posterunkowych go odciągało. – Czekajcie, proszę!

Detektyw podniósł rękę i policjanci się zatrzymali.

– Słuchajcie, ja... ja się przyznam, okej? – wyrzucił z siebie pospiesznie Tubbs. – Przyznam się!

– Rozumiesz, że zostałeś pouczony? – spytał Heck.

– Tak, tak, jasne. Słuchajcie, to było jakieś dwa miesiące temu, kiedy to zrobiłem. Będę współpracował. Powiem wszystko. Chcę tylko to mieć za sobą.

– Co zrobiłeś? – zapytał Heck.

– Użyłem tej karty kredytowej. Kupiłem na nią parę rzeczy. Wiem, że to była głupota, ale jestem spłukany, rozumiecie.

Heck i Quinnell wymienili spojrzenia.

– Co to za karta kredytowa? – zapytał Heck.

– Lesa Atkinsona. Tego faceta z pubu. Zawsze jest nawalony jak stodoła. To była łatwizna. Dopiero po paru dniach zauważył, że karta zniknęła. Myślał, że ją zgubił. Miałem wyrzuty sumienia, więc użyłem jej tylko raz. Wiem, że jestem idiotą, ale to jedyne przestępstwo, jakie popełniłem w życiu. Od tamtej pory siedziałem tu i srałem ze strachu, czekając, aż po mnie przyjdziecie. Dlatego spanikowałem.

Heck nagle poczuł się bardzo zmęczony.

– Jaka jest twoja prawdziwa historia, Dan? Kim dokładnie jesteś i po co codziennie wstajesz?

– Jestem pisarzem.

– To zawód na pełny etat?

– Dawniej byłem portierem w ośrodku zdrowia, ale zwolnili mnie kilka lat temu. Wtedy myślałem, że to dobrze... że będę mógł się skupić na pisaniu. Ale prawie nic nie opublikowałem.

– A co z *Krwawym świętem*? – zapytał Quinnell.

– Hę? – Tubbs wydawał się zaskoczony.

Heck przejął inicjatywę.

– Nie napisałeś opowiadania pod tytułem *Krwawe święto*?

– Nowelę, tak. Skąd o tym wiecie?

– O czym jest?

– Ee... – Tubbs wciąż nie mógł się pozbierać. – O kulcie pogan. Składali ludzi w ofierze na specjalne święta. Sami możecie zobaczyć. Mam na górze sporo egzemplarzy.

Heck i Quinnell weszli na piętro, podczas gdy Tubbs został w holu pod okiem miejscowych gliniarzy. Wykrzykiwane przez niego wskazówki skierowały ich do sypialni od tyłu, gdzie jedynymi meblami było kilka regałów zawalonych stosami brudnych, zadrukowanych kartek. Na końcu środkowej półki leżał schludniejszy stosik około pięćdziesięciu broszurek – na pierwszy rzut oka niewiele więcej niż niechlujnie zszyte samizdaty, ale każda miała na okładce tę samą ilustrację: odcięta głowa i dwie odcięte dłonie zatknięte na pikach. Tytuł nad obrazkiem głosił:

KRWAWE ŚWIĘTO

Heck przekartkował jedną z broszur i zatrzymał się po kilku stronach, żeby poczytać.

– Posłuchaj tego. Walentynki. Dwoje kochanków przyłapanych na bzykaniu w samochodzie. Wycięto im serca i przybito strzałą do drzewa.

– Nie całkiem to samo – zauważył Quinnell.

– Ale blisko. A to: Wielki Piątek. Ksiądz przybity do krzyża zrobionego z ławek w jego własnym kościele. Dwóch miejscowych złodziejaszków, którzy próbowali zwędzić ołów z kościelnego dachu, zostaje ukrzyżowanych obok niego.

Quinnell popatrzył na niego z niedowierzaniem. Słowa nie były potrzebne.

Tubbs przyglądał im się skonsternowany, kiedy z tupotem schodzili po wąskich schodach.

– Mówisz, że siedziałeś tu i srałeś ze strachu, Dan – rzucił Heck i trzasnął jedną broszurą o pierś więźnia. – Miałeś cholernie dobry powód.

– Co wy jesteście, pieprzona policja literacka? To opowiadanie. Nikt go nawet nie chciał. Wysłałem je tylko do jednego wydawcy, kobiety, a ona je odrzuciła. Powiedziała, że jest nierealistyczne.

– Wiemy – przyznał Quinnell. – Ale czy nie zagroziłeś jej wtedy, że „pokażesz, że się myliła"?

– Zaraz, zaraz, chwila! – Na prostacką twarz Tubbsa stopniowo wypełzła tępa zgroza. – Chyba nie mówicie o tych morderstwach Profanatora? Jezu Chryste Przenajświętszy, chyba żartujecie!

– Wysłałeś list z pogróżkami do Tabby Touchstone czy nie?

– Tak, tak! – Tubbs gorączkowo kiwnął głową. – Ale to były zwykłe bzdury. Widzicie, jaki jestem. Tracę panowanie nad sobą i robię różne rzeczy, których potem żałuję.

Wprawdzie należało się spodziewać żarliwych zaprzeczeń, jednak Heck nie mógł zignorować męczącego przeczucia, że to nie ten człowiek. Pobieżny ogląd mieszkania ujawnił naczynia niezmywane od tak dawna, że rozwinęły się na nich interesujące kultury bakteryjne, dywany nabite okruchami z dziesięcioleci, gzyms kominka w salonie zastawiony pigułkami. Na dodatek Tubbs sprawiał wrażenie skończonego debila – dostatecznie duży i dostatecznie pomylony, żeby w chwili złości spuścić komuś ciężki łomot, ale niezdolny nawet odpowiednio pokierować własnym życiem, a co dopiero zorganizować serię przemyślnych, starannie zaplanowanych mordów.

– Kiedy zaczęły się zbrodnie Profanatora – zagadnął Heck – nigdy nie pomyślałeś: zaraz, tu jest jakiś związek? Czy ktoś wykorzystał moje pomysły?

Tubbs jęknął głośno.

– Mówiłem wam... nikt nigdy nie kupił tego opowiadania. Wysłałem je tylko do jednego wydawcy i nigdzie więcej po tym, jak mi powiedziała, że to śmierdząca kupa gówna! – Powoli, konwulsyjnie zaczął się wyrywać i Quinnell musiał pomóc dwóm mundurowym, zanim udało się go poskromić, chociaż tym razem obyło się bez kopania i wrzasków. Tubbs zawisł w ich uścisku, dysząc ciężko. Łzy spływały mu po twarzy, bardziej łzy smutku niż wściekłości.

– Więc Tabby Touchstone to jedyna osoba poza tobą, która czytała to opowiadanie? – upewnił się Heck.

– Tak. Powiedziała, że jest takie durne, że nie odważyłem się go wysłać nigdzie indziej.

– A co miałeś na myśli, kiedy do niej napisałeś, że jej udowodnisz, że się myliła?

– Na litość boską, miałem na myśli to, że je poprawię, a potem sam wydam. Zgarnę za nie kasę i nie będę musiał płacić żadnym bezużytecznym pośrednikom. I jak widzieliście na górze, nie sprzedałem ani jednego cholernego egzemplarza. Kosztowało mnie to więcej, niż na tym zarobiłem.

– Jesteś absolutnie pewien, że nikt inny nie widział tego tekstu?

– Nikt nie chciał tego kupić... och! – Wyraz twarzy Tubbsa gwałtownie się zmienił. – O w mordę!

– Co jest? – zapytał Heck.

– Sześć lat temu... Brytyjski Konwent Fanów Horroru w Bristolu. Zabrałem je tam. Kurwa, każdy palant mógł je sobie wziąć.

– O czym ty gadasz?

– Nie mogłem ich sprzedać, więc pomyślałem, że je rozdam. No wiecie, wykorzystam jako chwyt reklamowy, żeby sobie wyrobić nazwisko. Więc porozkładałem je na stołach w całym hotelu. Ale tylko jakieś dwadzieścia sztuk.

– Ile zabrano?

– Nie wiem. Nigdy nie sprawdzałem.

Heck ścisnął nasadę nosa, żeby się upewnić, że jeszcze żyje, zanim odwrócił się do umundurowanego sierżanta.

– Jeśli pańscy ludzie mogliby go zabrać do Preston Central, byłoby świetnie. Jest aresztowany jako podejrzany o kradzież karty kredytowej, czerpanie zysków z oszustwa, za ciężkie uszkodzenie ciała policjanta i co tam jeszcze wymyślę w związku z tym psem. Dojadę za dziesięć minut, żeby to uporządkować.

Tubbs, wciąż protestujący, został wyciągnięty na zewnątrz i zamknięty w okratowanym przedziale na tyłach więźniarki. Furgonetka zniknęła w obłoku spalin.

Quinnell oparł się o rozbitą framugę.

– I co myślisz?

– To nie on. – Heck potarł zmasakrowane udo, które pulsowało ostrym bólem, kiedy poszarpane mięśnie się kurczyły. – Żałuję, ale to nie on.

– A co z tą Tabby Touchstone? Wydaje się... nie wiem, trochę wiedźmowata.

– I powinna. Redaguje magazyn grozy. Pewnie to tylko pseudonim literacki. Zobaczymy, co o niej myślą w Brighton. Ale nie mam wielkich nadziei.

ROZDZIAŁ 37

To wydawało się śmieszne u kobiety w jej wieku, ale Claire nigdy jeszcze nie przejechała takiej odległości późno w nocy; nie sama.

Początkowo wyjazd o północy wydawał się rozsądnym pomysłem. Drogi będą puste i w niecałe trzy godziny dojedzie do domu. A gdyby dręczyła ją niepewność i obawy z powodu tej nagłej ucieczki? Może kilka godzin za kółkiem, z oczami przyklejonymi do rozwijającej się wstęgi pustego asfaltu, pomoże jej odzyskać właściwą perspektywę. Nie spodziewała się jednak, że drogi będą aż tak puste.

Lasy i pola rozciągały się dookoła jak mroczna otchłań. Od czasu do czasu z naprzeciwka śmigały samochody, ale Claire widziała tylko jeden pojazd po swojej stronie jezdni, odkąd wjechała na M62, co samo w sobie trochę ją niepokoiło. Tamten samochód wciąż trzymał się z tyłu, w odległości około sześćdziesięciu metrów, oczywiście prawie niewidoczny, zaledwie para niemrugających świecących oczu, ale jadący ze stałą prędkością stu dziesięciu kilometrów na godzinę – jak ona. Początkowo fantazjowała, że nieznany samochód ściga ją od motelu, że może ktoś z zespołu przejrzał jej zamiary i teraz ją śledzi. Szybko jednak odrzuciła tę myśl jako paranoję napędzaną poczuciem winy.

Okej, nie powinna się wymykać w środku dochodzenia, nawet jeśli była cywilem; można to postrzegać jako zaniedbanie obowiązków. Ale nie rozumiała, jak ktokolwiek mógłby podejrzewać, że to planowała – głównie dlatego, że wcale tego nie planowała. Podjęła decyzję pod wpływem chwili i nie przyszło to jej łatwo (chociaż znowu dostała straszliwy opieprz od nadkomisarza Garricksona). Wiedziała, że tak się nie robi, i gardziła sobą za to, ale naprawdę nie rozumiała, po co miałaby się dłużej kręcić po Manor Hill. Zawiodła wszystkich, włącznie ze sobą. Wyraźnie nie nadawała się do tego zawodu i tylko robiła z siebie pośmiewisko.

Nie zawarła jednak tych przemyśleń w liście z rezygnacją, który wysłała e-mailem do nadinspektor Piper. Napisała do Gemmy nie więcej, niż powiedziała Heckowi poprzedniej nocy; że nie nadaje się na to stanowisko i im szybciej odejdzie, tym lepiej dla wszystkich. Na razie nie otrzymała odpowiedzi.

Ponownie zerknęła w lusterko wsteczne. Samochód został daleko z tyłu, prawie zniknął, co przyjęła z pewną ulgą. Wprawdzie wydawało się trochę podejrzane, że nie zdołał jej wyprzedzić na pustej szosie, kiedy jechała tylko niewiele ponad setką, jednak zakładanie, że ktoś z zespołu ją śledzi, było bezsensowne. W tej chwili mieli dużo większe zmartwienia. Ponownie spojrzała w lusterko. Samochód był już na skraju pola widzenia i wciąż malał.

Ale, Boże... wymykanie się w środku nocy świadczyło o prawdziwej desperacji.

Ponownie targnęły nią wątpliwości. Jak to będzie wyglądało? Nawet najbardziej życzliwi powiedzą, że uciekła od odpowiedzialności, i w żaden sposób nie mogła temu zaprzeczyć. Szczerze wierzyła, że zepsuła wszystkim robotę i nie mogłaby im spojrzeć w oczy, a jeśli druga porwana prostytutka umrze „przez jej pieprzoną niekompetencję", jak się wyraził wściekły Garrickson, nie chciała, żeby kazano jej oglądać zdjęcia z miejsca zbrodni. Jednak nie miało sensu udawać, że nie wstydziła się swojej postawy, zalatującej śmierdzącym tchórzem. Claire zawsze szczyciła się swoją lojalnością i stoicyzmem. To prawda, że nigdy jeszcze nie zetknęła się z takimi okropnościami, ale z natury nie poddawała się łatwo. Im bardziej o tym myślała, tym bardziej bolało.

Znowu spojrzała w lusterko. Samochód trochę się zbliżył, ale wciąż dzieliło ich ponad sto metrów. Potem coś innego zwróciło jej uwagę – ostrzegawcze światełko obok kolumny kierownicy.

Wskaźnik paliwa.

Pierwszą reakcją Claire był szok. Przecież zatankowała zaledwie parę dni wcześniej i od tamtego czasu prawie nie używała samochodu. Drugą reakcją była kolejna fala samokrytyki. Chryste, przecież to absurd tak się zamyślić, żeby dopiero teraz to zauważyć! Trzecią reakcją była panika, ponieważ kreska wskaźnika przekroczyła już czerwone pole, a według GPS-u najbliższa stacja obsługi znajdowała się w Burtonwood, dobre piętnaście kilometrów dalej. Claire zjechała na wolniejszy pas i próbowała obliczyć szanse, że się tam dotelepie, jednak podejrzewała najgorsze. Zgodnie ze wskaźnikiem paliwa ciągnęła na oparach.

Pojawił się zjazd prowadzący do Clock Face i Bold Heath, dwóch miejscowości, o których nigdy nie słyszała. Oczywiście to nie miało znaczenia, jeśli w okolicy znajdowała się stacja benzynowa. Claire skręciła w zjazd. Chyba lepiej zjechać z autostrady, skoro miało jej zabraknąć paliwa.

Zjazd kończył się sto metrów dalej na skrzyżowaniu w kształcie litery T. Claire zwolniła przed nim, ale nie odważyła się zatrzymać z obawy, że już nie ruszy. Wybrała lewe odgałęzienie, które wyglądało na opuszczoną drogę klasy B. Na razie nie widziała ani śladu stacji benzynowej, z pewnością jednak wkrótce się pojawi. Merseyside było hrabstwem rolniczym w większym stopniu, niż mogli to sobie wyobrazić ludzie z zewnątrz, lecz nie dziczą. Wszędzie rozprzestrzeniały się zespoły miejskie, nawet jeśli teraz za oknami przesuwały się tylko pola zalane blaskiem księżyca i mroczne lasy. Claire ponownie sprawdziła wskaźnik paliwa, który opadł tak nisko, że nie pojmowała, jakim cudem samochód ciągle jedzie. Nawet gdyby minęła pub czy restaurację, o tak późnej porze byłyby zamknięte. Chociaż mogłaby skorzystać z parkingu. Przynajmniej zjechałaby z drogi.

A co potem?

Czy mogła zadzwonić do Automobile Association? Nie wiedziała, czy przyjadą po kogoś tak tępego, że dopuścił do braku paliwa. Na pewno istniała miejscowa pomoc drogowa, ale pozostawało to samo pytanie. Oczywiście mogła zadzwonić do centrum koordynacyjnego, czynnego przez całą dobę. Ktoś jej pomoże, chociaż będzie się czuła jak największa kretynka na ziemi.

Z napięciem wpatrywała się przed siebie, starając się jak najmniej dotykać pedału gazu, żeby samochód toczył się własnym rozpędem, minimalizując zużycie paliwa. Pokonała serpentynę, czarno-białe zygzaki przemknęły w światłach reflektorów. Dalej znowu zaczynał się las – gęsty i liściasty, zamykający drogę z obu stron.

A potem ocalenie. Minęła drugi zakręt i jakieś trzydzieści metrów dalej zobaczyła coś, co wyglądało na stację benzynową, z zadaszeniem i sklepem. Nie widziała żadnych świateł, i nic dziwnego, ale to nie miało znaczenia – przynajmniej rano będzie mogła zatankować. Ostatnie kilka metrów przejechała gładko jak po maśle, silnik zgasł dopiero wtedy, kiedy zatrzymała się na betonowym placyku obok dystrybutorów.

Z ulgą osunęła się na kierownicę.

Dopiero po minucie znowu podniosła wzrok i zobaczyła kłódki na zakratowanych oknach i drzwiach sklepu. Niektóre szyby za przerdzewiałymi kratami były powybijane. Placyk zaścielały śmiecie i opadłe liście. Na dystrybutorach osiadła gruba warstwa kurzu.

Claire z niedowierzaniem zamknęła oczy. Głowa jej opadła, podbródek oparł się o klatkę piersiową. Teraz nie miała wyboru, musiała zadzwonić do AA. No, nic strasznego. W najgorszym razie poradzą jej, co robić. Sięgnęła do torebki na przednim fotelu pasażera, pogrzebała w środku, ale nie mogła znaleźć komórki. Zirytowana, zapaliła górne światło, zajrzała do torebki, przetrząsnęła ją obiema rękami, wciąż jednak nie natrafiła na telefon wśród kosmetyków i przyborów toaletowych. Zdumiona, wysiadła i obeszła samochód dookoła, żeby sprawdzić na podłodze pod fotelem pasażera – i odkryła, że klapka wlewu paliwa jest otwarta.

Korek był odkręcony i wisiał na plastykowym pasku. Przynajmniej wyjaśniła się tajemnica, dlaczego zabrakło jej paliwa. Widocznie nie zamknęła wlewu po przedwczorajszym tankowaniu i jeździła z otwartym bakiem. Ale nie... coś się nie zgadzało. Przecież w nowoczesnych samochodach bak na benzynę ma zawór, żeby nie dopuścić do wychlapywania płynu.

Ktoś go otworzył, pomyślała i przeszedł ją dreszcz.

Korek nie nosił żadnych śladów uszkodzeń, więc nie został wyłamany. Czyli ktoś siedział w jej samochodzie i użył dźwigni pod kierownicą.

Włosy na karku powoli stanęły jej dęba.

Czy włamano się do samochodu? Znowu odpowiedź przecząca – nie widziała żadnych zniszczeń. Co znaczyło, że ktoś wykorzystał okazję, kiedy samochód nie był zamknięty, a jedyna taka możliwość pojawiła się w motelu, kiedy Claire podjechała od frontu i weszła do budynku, żeby zwrócić klucz do pokoju. Początkowo nie mogła znaleźć nocnego recepcjonisty, więc spędziła tam co najmniej dwadzieścia minut. Czy to wystarczyło? Teoretycznie tak, ale jakie jest prawdopodobieństwo, że złodziej benzyny czatuje w środku nocy...

Dobry Boże, czyżby zabrał również jej komórkę?

Szarpnięciem otworzyła drzwi po stronie pasażera i sprawdziła podłogę pod fotelem. Ani śladu telefonu. Wybebeszyła torebkę. Komórki nie było. Natomiast, co bardziej niepokojące, była portmonetka – zawierająca co najmniej pięćdziesiąt funtów w banknotach i drobnych oraz wszystkie karty kredytowe.

Więc zwyczajny złodziej dostał się do samochodu, przeszukał jej torebkę, po czym zabrał telefon, ale nie ruszył pieniędzy?

Taaa, akurat.

Drżąc ze strachu, rozejrzała się po milczących zaroślach, wdzierających się ze wszystkich stron na opuszczoną stację. Próbowała sobie tłumaczyć, że to tylko domysły. Przecież nic się nie stało poza tym, że skończyła się jej benzyna. Nie, benzynę jej ukradziono. Podobnie jak telefon. Czy to możliwe, że ktoś obserwował motel i tylko czekał na sposobność?

Oczywiście znała już odpowiedź. Znowu zabrzmiały jej w uszach podsłuchane słowa sierżanta Fishera: „Bez względu na motywacje tych czubków, oni są cholernie dobrze zorganizowani. Sposób, w jaki wybierają ofiary, zwabiają je w pułapki... Nie zdziwiłbym się, gdyby obserwowali postępy śledztwa, żeby improwizować...". Przypomniała sobie samochód, który za nią jechał na autostradzie – i w tej samej chwili usłyszała zbliżający się warkot silnika. Odwróciła się gwałtownie. Reflektory przemknęły po drodze w kierunku, z którego przyjechała.

Kimkolwiek byli, zbliżali się powoli, jakby czegoś szukali.

Claire cofnęła się na placyk. Nawet gdyby znalazła jakąś kryjówkę, jej micra stała na widoku. Zobaczą, że tu jest.

To obłęd, próbowała przekonać samą siebie. To nie mogą być ci sami ludzie. Ale dobry Boże Wszechmogący! Przed oczami stanęły jej zdjęcia ofiar – zniekształcone i okaleczone szczątki, istoty ludzkie zredukowane do miazgi i chrząstki. Ile razy mogli ją zobaczyć w telewizji? Jezu Chryste, dobry Boże, tylko nie to... tylko nie ja!

Odwróciła się i rzuciła do ucieczki. Świadoma narastającego warkotu silnika i coraz jaśniejszego światła, dopadła do drzwi sklepu. Łzy przerażenia wypełniły jej oczy. Obiema rękami uderzyła w przerdzewiały metal i ku jej niedowierzaniu drzwi się uchyliły.

Claire stanęła w progu, mrugając, wpatrzona w ciemne, zatęchłe wnętrze.

Ruszyła niezdarnie do przodu, roztrącając kopniakami zwały zakurzonych ulotek reklamowych. Wnętrze sklepu zapełniały niewyraźne kształty, ledwie dostrzegalne w ciemnościach: rzędy pustych regałów, szkieletowych i poprzewracanych. Brnęła pomiędzy nimi, potykała się i obcierała sobie kostki, kichała w kłębach kurzu. Potem przez zakratowane okno wpadł snop światła. Po ścianie w głębi przemknęły zniekształcone cienie, kiedy reflektory samochodu omiotły placyk przed stacją. Claire zakręciła się bezradnie, nie wiedząc, co robić, i w tej samej chwili światło zgasło.

Ledwie mogła w to uwierzyć. Czy samochód pojechał dalej?

Stała bez ruchu, serce waliło jej w piersi. Słyszała warkot silnika, coraz słabszy, w miarę jak samochód się oddalał.

Upłynęło jeszcze kilka sekund, zanim odważyła się odetchnąć, i kilka minut, zanim zaryzykowała powrót do drzwi, żeby wyjrzeć na placyk.

Micra stała samotnie obok niszczejących dystrybutorów. Claire wytężyła słuch. Cisza.

Ostrożnie wysunęła się na zewnątrz i ruszyła do swojego samochodu.

Nawet nie miała pewności, czy rzeczywiście została obrabowana. Może podczas ostatniego tankowania zachowała się zbyt niedbale? Może upuściła gdzieś komórkę? Oparła się o karoserię, jej tętno powoli zwalniało. Potem podeszła do niskiego murku, oddzielającego placyk od drogi. Wiosenna noc była taka cicha i po raz pierwszy w tym roku taka ciepła. W powietrzu unosił się zapach kwiatów i ściętej trawy. Angielska wieś, pomyślała Claire, besztając się w duchu za głupotę – gdzie złe rzeczy raczej się nie zdarzają. Spojrzała w lewo na wąską szosę, w kierunku, w którym przed chwilą odjechał krążący samochód.

Ale wciąż tam stał.

Zaparkowany jakieś czterdzieści metrów dalej.

Przodem do niej.

Nagle zapaliły się długie światła.

Claire musiała zebrać wszystkie siły, żeby zawrócić do sklepu. Za nią silnik ożył z rykiem. Jęcząc, wpadła do środka i zatrzasnęła za sobą drzwi. Oczy już jej się przyzwyczaiły do ciemności, więc chwyciła coś leżącego w pobliżu, co wyglądało jak stary mop, oparła jeden koniec o drzwi od wewnątrz, a drugi zaklinowała o najbliższą listwę przypodłogową. Okręciła się, szukając jakiejś kryjówki. W tej samej chwili znowu zalało ją oślepiające światło. Tym razem cienie pomknęły w drugą stronę.

Samochód wjeżdżał na placyk.

Ze szczęknięciem zaciągnięto hamulec ręczny.

Claire próbowała się przedostać przez pomieszczenie, nie wpadając na nic. Możliwe, że jeszcze nie wiedzieli, dokąd poszła. Mogli, naprawdę mogli pomyśleć, że opuszczony sklep jest zamknięty na klucz.

Na zewnątrz rozbrzmiały kroki.

Claire znowu się okręciła. Nie widziała wyraźnie przez zakratowane okna, ale jakąś postać – rozmazana sylwetka – przesunęła się w kierunku drzwi.

Jestem tu bezpieczna, szepnęła do siebie. Nie zgadną, że dostałam się do środka. Będą szukać w lesie. Rozróżniała teraz w mroku kontuar do obsługi klientów. Za nim majaczył wysoki, wąski prostokąt, jeszcze ciemniejszy niż otaczające go cienie. Drzwi, uświadomiła sobie, uchylone drzwi. Zrobiła krok w tamtą stronę, ale kopnęła coś metalowego, co zabrzęczałoby głośniej, gdyby się nie potoczyło na porozrzucane stosy starych magazynów.

Mimo wszystko zamarła, nie śmiejąc odetchnąć.

Na dworze również zapadła cisza, ale po kilku sekundach rozległo się głuche, przeciągłe skrzypienie. Ktoś napierał całym ciężarem na drzwi. Claire gorączkowo przegramoliła się przez kontuar. Po drugiej stronie leżały plastykowe butelki i puste opakowania po chipsach, które trzeszczały i chrzęściły pod nogami.

Skrzypienie drzwi raptownie ustało.

Claire zamarła, z twarzą zlaną potem.

BANG! Potężne uderzenie wstrząsnęło całym budynkiem.

Potem nastąpiło drugie i trzecie.

Rzuciła się do przodu, przerażona bardziej, niż dotąd uważała za możliwe. Pchnęła półotwarte drzwi. Za nimi znajdował się drugi pokój, niemal całkowicie ciemny; tylko odrobina księżycowej poświaty przesączała się do środka przez wysokie okno z mlecznego szkła. Claire obrzuciła pokój szybkim spojrzeniem, zidentyfikowała następne drzwi na drugim końcu – i zesztywniała na widok ludzkiej sylwetki obok nich.

Przez sekundę była tak wstrząśnięta, że nie mogła nawet jęknąć. Potem jednak dotarła do niej prawda: częściowo dzięki sztywnej, nieruchomej postawie, częściowo dzięki bezwłosej czaszce i pustej, nijakiej twarzy.

Manekin na postumencie. Zwykła rzecz w magazynie.

Następne donośne łupnięcie we front małego budynku wyrwało ją z odrętwienia. Przebiegła przez pokój do drzwi naprzeciwko, również uchylonych. Za nimi wąski korytarzyk prowadził do drzwi otwartych na zewnątrz, na asfaltowy parking nakrapiany plamami księżycowego blasku, a dalej zaczynały się zarośla. Zawahała się. Księżyc świecił jasno. Miała przed sobą prostą drogę ucieczki, a jednak z jakiegoś powodu zwlekała.

Nikogo tam nie było. Ten, kto za nią tu przyjechał, wciąż próbował się włamać od frontu. Kolejny ciężki cios wylądował na drzwiach. Trzonek od mopa okazał się mocniejszy, niż się spodziewała, ale nie mógł zbyt długo wytrzymać. Weszła w korytarzyk, ale zatrzymała się po czterech krokach.

Ruch.

Czy liście zadrżały? Nie, nie to... ponieważ teraz znowu dostrzegła ruch.

Cień na asfalcie. W pierwszej chwili trudno było wypatrzeć jeden konkretny cień wśród tylu innych, ale kiedy wytężyła wzrok, nie mogła się mylić. Cień niewątpliwie miał kształt mężczyzny – głowa, ramiona, tors; niewiarygodnie szeroki tors, niewiarygodnie długie, małpie ramiona. Claire wycofała się przez korytarzyk do magazynu. Kolejne grzmiące uderzenie rozległo się echem w całym budynku, przy akompaniamencie trzasku drewna, kiedy trzonek mopa zaczął pękać. Bezradna, mamrocząca Claire kręciła się w kółko.

Ludzie zamurowani żywcem, przybici do krzyży, rzucani krokodylom na pożarcie, na litość boską!

Z twarzą zalaną łzami wcisnęła się w ciemne, wąskie miejsce za manekinem. Kto wie, może nie będą szukać zbyt dokładnie? Albo może będą, ale jej nie znajdą? Rozległo się następne uderzenie i ostry trzask, kiedy pękł trzonek mopa. W korytarzyku wychodzącym na tyły kroki zadudniły na posadzce.

– Jeszcze jest szansa – zaskomlała Claire cienkim głosem. – Zawsze jest szansa.

– Nie dzisiaj – szepnął ktoś za nią w ciemności. Zanim zdążyła zareagować, szczupłe, lecz muskularne ramię zacisnęło się na jej gardle i zdusiło krzyk. Gorący oddech oparzył jej kark. – Zdecydowanie nie dzisiaj.

* * *

Heck i Quinnell przez ładnych parę godzin przesłuchiwali Tubbsa w Preston Central na okoliczność jego rozmaitych przestępstw.

Kiedy zdenerwowanie ustąpiło i do głosu doszła bardziej wojownicza strona osobowości, więzień nie był już tak uległy jak zaraz po aresztowaniu, chociaż wypieranie się zbrodni Profanatora brzmiało prawdziwie w jego ustach. Wcześniejsze śledztwo wykazało, że Tubbs nie miał żadnych znajomości w przestępczym świecie i dotychczas nie był notowany, również za przestępstwa o podłożu sadystycznym albo seksualnym. Co więcej, rewizja przeprowadzona w jego domu przez funkcjonariuszy z Preston nie wykryła nic podejrzanego z wyjątkiem karty kredytowej na cudze nazwisko.

W końcu Tubbs został oskarżony o kradzież karty kredytowej, oszustwo i napaść na nadkomisarza Garricksona i na tej podstawie zatrzymany w areszcie.

Załatwiwszy to wszystko, Heck i Quinnell pojechali do miejscowego szpitala, gdzie dowiedzieli się, że Garrickson doznał otwartych złamań kości promieniowej i łokciowej. Nadkomisarz siedział samotnie w poczekalni na ostrym dyżurze, nagi do pasa, z kurtką zarzuconą na ramiona, z lewą ręką zagipsowaną od czubków palców do barku. Naszprycowany środkami przeciwbólowymi, wydawał się półprzytomny, twarz miał szarą i zmiętą jak wilgotny papier. Kiedy jednak zobaczył Hecka i Quinnella, kąciki jego ust uniosły się w wysilonym uśmiechu.

– Postawiliśmy mu zarzuty? – zapytał bełkotliwie.

– Nie zabójstwa, szefie – odparł Heck. – To nie on.

Garrickson kiwnął głową, jakby od początku to podejrzewał.

– Co za pieprzony debil.

– Święta racja – zgodził się Quinnell.

Pomogli nadkomisarzowi wyjść na zewnątrz, gdzie wstawał błękitno-złoty brzask i ptaki świergotały w żywopłotach. Wreszcie nadeszła wiosna. Garrickson był taki zamroczony, że nie pytał o dalsze szczegóły dotyczące Tubbsa. Po dziesięciu minutach jazdy do motelu zasnął na tylnym siedzeniu. Pięć minut później Quinnell zapadł w drzemkę na fotelu pasażera. Heck ziewał za kierownicą; wszystko go bolało, cały zesztywniał, ale frustracja i rozczarowanie nie pozwalały mu zasnąć.

Potem zapiszczała jego komórka.

Spojrzał na zegar na tablicy rozdzielczej. Właśnie minęła piąta rano, więc podejrzewał, że stało się coś złego. Kiedy zobaczył, że dzwoni Shawna McCluskey, podejrzenie zmieniło się w pewność.

ROZDZIAŁ 38

Majowy słup wzniesiono w miejscu zwanym Fiddler's Meadow, czyli właściwie na polu uprawnym w wiejskiej okolicy Cheshire, w połowie drogi między Whitchurch a Nantwich.

To był maik tylko z nazwy. Wysoki drewniany pal pomalowano na biało, z różowym szlaczkiem dookoła. Zwisało z niego kilka wstążek, wskazujących na jego charakter, ale niemających znaczenia. Najbardziej interesujący obiekt tkwił na szczycie, jakieś dwa i pół metra nad ziemią. Kiedy Heck, Shawna McCluskey i Gary Quinnell zobaczyli go po raz pierwszy z pobliskiej wiejskiej drogi, przypominał lalkę brutalnie wykręconą przez jakieś obłąkane dziecko. Jednak kiedy podeszli bliżej, zobaczyli, że to człowiek. Przynajmniej resztka człowieka.

To było ciało kobiety. Czubek słupa został widocznie zaostrzony w bardzo cienki szpic, na który ją nabito pionowo, możliwe, że przez pochwę, ale raczej przez odbyt, żeby ją utrzymać w wyprostowanej pozycji. Ramiona miała przywiązane do boków czymś, co wyglądało jak girlandy z dzikiej róży, głowę opasywała ciemna obręcz, a twarz była zwęglona nie do rozpoznania. Ponury lekarz sądowy, który stał już tam na drabinie, powiedział im, że żelazna obręcz była rozpalona do czerwoności, kiedy ją włożono na głowę ofiary. Teraz ostygła, ale przedtem przepaliła kość na wylot, co prawdopodobnie spowodowało śmierć.

– Majowa Królowa musi mieć koronę – zauważył Heck.

Kobieta miała na jednej nodze wysoki za kolano skórzany but, drugi spadł i leżał u stóp słupa; tego rodzaju obuwie wskazywało na osobę dość lekkich obyczajów. Na jej tandetne ciuchy narzucono ekstrawagancką jasnoniebieską suknię, wprawdzie zwisającą w strzępach, zabrudzoną krwią i fekaliami, jednak wciąż dającą się rozpoznać jako szata koronacyjna. W pewnym sensie to stanowiło kolejną zniewagę dodaną do groteskowego okaleczenia, ale nie tak wielką jak zielona wiosenna trawa, błękitne niebo i różowe girlandy kwiatów wiśni na drzewach sąsiadujących z polem.

• • •

Jadąc tu, wiedzieli, że zobaczą coś złego.

Co innego mogli myśleć, przeciskając się przez labirynt policyjnych samochodów blokujących większość dróg dojazdowych? Jakieś pięćdziesiąt metrów dalej spostrzegli dwóch starszych funkcjonariuszy drogówki w czapkach z daszkiem i koszulach z krótkimi rękawami, próbujących uspokajać młodszego kolegę, pochylonego nad krzakiem jeżyn i wymiotującego obficie. Widzieli łzy w oczach nawet bardziej zahartowanych gliniarzy. Ci, którzy nie płakali, mieli twarze jak z granitu, wyrażające gniew połączony z niedowierzaniem. Shawna próbowała zasięgnąć wśród nich informacji, żeby ustalić ramy czasowe, ale w odpowiedzi tylko tępo kręcili głowami.

– To musi być czarownictwo, prawda? – zapytał wojowniczo młody posterunkowy o dzikich oczach. Był taki młody, że pewnie jeszcze na stażu, ale to mu nie przeszkodziło zaczepić Hecka i Quinnella, kiedy stanęli przy taśmie. – Jakiś rodzaj czarnej magii?

Heck zdawał sobie sprawę, że są niedaleko od Alderley Edge*, ale nie odpowiedział.

– Nie wiemy – przyznał Quinnell.

– A w ogóle coś wiecie?! Cokolwiek?! – wrzasnął stażysta. – Bo ktoś musi złapać tych pieprzonych szaleńców! Wy chyba nie umiecie, kutasy!

Dwóch innych miejscowych policjantów odciągnęło wzburzonego młodzika. Heck, który bez powodzenia próbował się dodzwonić do Gemmy, schował komórkę i znowu spojrzał na żałosną postać na słupie, na zakrwawione strzępy koronacyjnej szaty powiewające w majowym wietrze.

Shawna wróciła do taśmy.

– Podobno ciało znalazła jakaś staruszka, która wyprowadzała swoje dwa pudle. Lekarz określa czas śmierci z grubsza między jedenastą wczoraj wieczorem a pierwszą w nocy. Nie potrafi powiedzieć, jak długo przedtem tkwiła na palu. Rozpaloną koronę nałożono pod koniec.

– Więc żyła, kiedy ją nabili na pal?

– Na to wygląda. Lekarz uważa, że prawdopodobnie zrzuciła z nogi drugi but, kiedy wiła się w spazmach bólu.

– Chryste…

Zanim Heck zdołał w pełni wyrazić swoje obrzydzenie, w jego kieszeni zapiszczała komórka.

Oddzwaniała Gemma. Zrelacjonował jej wszystko, od zranienia Mike'a Garricksona do najnowszego zabójstwa; zaznaczył, że nie znają jeszcze tożsamości ofiary, ale to prawie na pewno Gracie Allen, druga zaginiona prostytutka z Bradford. Mówił głuchym, beznamiętnym głosem,

---

* Alderley Edge – wioska w hrabstwie Cheshire, gdzie znajduje się słynny kamienny krąg druidów.

patrząc, jak dźwig sprowadzony przez policję z Cheshire opuszcza zmasakrowane ciało na ziemię, gdzie czekali policyjny patolog i jego asystent.

Kiedy Gemma wreszcie się odezwała, głos miała zmęczony i przygnębiony.

– Nie pytam, czy jesteś w stanie pokierować centrum koordynacyjnym pod moją nieobecność, Heck, bo wiem, że tak, ale wrócę jak najszybciej. Zeznaję jako świadek jeszcze co najmniej przez jeden dzień.

Zanim Heck zdążył jej powiedzieć, żeby się nie martwiła, ktoś z personelu medycznego pomachał, żeby zwrócić jego uwagę.

– Muszę kończyć, szefowo. Odezwę się do ciebie.

Kiedy chował komórkę do kieszeni, jeden z patologów przyniósł coś do taśmy. Przedmiot został już umieszczony w sterylnej plastykowej torebce, jednak Heck rozpoznał skrawek zakrwawionego papieru. Na świstku nagryzmolono ołówkiem kilka prawie nieczytelnych znaków.

– To było w jej lewym bucie – oznajmiła młoda patolog. – Tym, który miała na nodze.

Heck naciągnął lateksowe rękawiczki, zanim podniósł torebkę pod światło. Pognieciony, wilgotny papier niemal się rozpadał, ale dało się rozróżnić kilka znaków, które mogły być cyframi nabazgranymi w mniej więcej równych rzędach, jedna pod drugą.

– To jest numer rejestracyjny samochodu – oświadczył.

Quinnell wydawał się zaskoczony.

– Dlaczego trzymała go w bucie?

– Niektóre dziwki zaczęły tak robić – wyjaśniła Shawna. – Jako rodzaj polisy ubezpieczeniowej. – Odsunęła się na bok, kiedy dwaj grabarze przetoczyli na wózku ciało, teraz zamknięte w tymczasowej trumnie. – Chociaż na niewiele się przydała.

– Może jednak się przyda w jej przypadku – mruknął Heck. – Nawet jeśli pośmiertnie.

– Tyle że tego się nie da odczytać – zauważył Quinnell. – Możemy to prześwietlić albo co?

– Raczej nie pomoże, bo jest napisane ołówkiem – odparł Heck. – Ale to bez znaczenia.

Pożyczył radio od jednego z mundurowych i ustalił sygnał wywoławczy do najbliższego centrum komunikacji.

– Jednostka do spraw Seryjnych Przestępstw z Fiddler's Meadow do Foxtrot Zulu.

Radio zatrzeszczało.

– Foxtrot Zulu na linii. Odbiór.

– Tu detektyw sierżant Heckenburg. Proszę o sprawdzenie rejestracji pojazdu.

– Proszę mówić.

– Wszystko z następujących... – Ponownie spojrzał na strzępek papieru. – Pełny numer nieznany, dokładna kolejność nieznana, ale zawiera następujące elementy: Tango albo Yankee, nie mam pewności, zero... Golf... Charlie.

– Proszę czekać.

– Pewnie są dziesiątki kombinacji – odezwał się Quinnell.

Heck nie odpowiedział. Zauważył, że rozmowy w pobliżu przycichły. Policjanci z Cheshire obserwowali ich z zainteresowaniem.

– Foxtrot Zulu do detektywa sierżanta Heckenburga – zaćwierkało radio.

– Odbiór, proszę mówić.

– Tango albo Yankee, zero, Golf, Charlie. Jest osiemset czterdzieści trzy możliwości. Odbiór.

Shawna jęknęła. Quinnell wyszczerzył zęby.

– Czy można uściślić przeszukiwanie? – zapytał Heck. – Zawęzić do jaguarów? Odbiór.

Czekali cierpliwie, świadomi, że wszyscy obecni na miejscu zbrodni czekają razem z nimi.

– Foxtrot Zulu do detektywa sierżanta Heckenburga.

– Proszę mówić.

– Na liście jest trzydzieści osiem jaguarów. Odbiór.

Serce Hecka waliło.

– Ile z nich jest szarych? Odbiór.

Odpowiedź nadeszła natychmiast:

– Jedno trafienie, szary jaguar XF. – Heck zacisnął prawą pięść. – Numer Bravo-Yankee-sześć-zero-Lima-Golf-Charlie. Właściciel: Leo Enwright, pięćdziesiąt cztery lata, niekarany. Ostatni znany adres: Akademia St Bardolph's, Riphall, Staffordshire. Odbiór.

– Szkoła? – zdumiał się Quinnell.

Oszołomiona Shawna gapiła się na Hecka.

– Mówiłeś, że to może być naukowiec. Jezu Chryste, Heck, mamy go!

– Czekaj! – Heck podniósł rękę. – Nie róbmy niczego pochopnie.

– Ale wszystko pasuje…

– Wygląda, jakby pasowało – sprostował. – Zanim wykonamy ruch, dowiedzmy się jak najwięcej o Leo Enwrighcie.

ROZDZIAŁ 39

Gemma jechała autostradą M6, kiedy zadzwoniła komórka.

Widząc, że to Shawna McCluskey, Gemma nie wiedziała, czy powinna się martwić, czy mieć nadzieję. Zabójstwo w majowe święto wstrząsnęło krajem jak jeszcze żadne do tej pory. Między innymi dlatego możliwie szybko urwała się z procesu w sądzie Old Bailey i teraz pędziła na północ.

Odebrała telefon w trybie głośnomówiącym.

– Shawna?

– Szefowo, gdzie jesteś?

– Właśnie zjechałam z płatnej autostrady. A co?

– Minęłaś już stację obsługi w Stafford?

– Jeszcze nie. Czemu?

– Możesz tam skręcić i spotkać się z kilkorgiem z nas?

– Shawna, co ty robisz na stacji obsługi w Stafford?

– Powiem ci, jak tam dojedziesz, szefowo.

– Czekaj, Shawna. Czy złapaliśmy jakiś trop?

– Nie powinnam tego mówić, szefowo, żeby nie zapeszyć, ale tak.

• • •

Zgodnie z poleceniem Gemma zjechała z autostrady przy stacji obsługi w Stafford i zastała Hecka czekającego na nią przy drzwiach. W garniturze i krawacie, ogolony, wyglądał nietypowo elegancko. Miał czelność wyrazić rozczarowanie, kiedy zobaczył, że jest ubrana jak zwykle do jazdy samochodem, w dres i tenisówki.

– Masz ze sobą ubranie na zmianę, szefowo? – zapytał.

– Czemu? Co się dzieje?

– Coś na tyle wytwornego i seksownego, że powinnaś wyglądać na chłodną profesjonalistkę, którą jesteś.

– Tak, mam... bo zawsze wożę w bagażniku podręczną torbę, skoro nigdy nie wiem, kiedy mnie wezwą na dywanik, żebym wytłumaczyła kolejną wpadkę mojego zespołu.

Zadowolony, kiwnął głową i gestem zaprosił Gemmę do środka. Jak zwykle późnym rankiem kłębiły się tam tłumy właścicieli aut, ale zaprowadził ją do baru kawowego, gdzie w kącie przy stole siedziało kilku członków zespołu.

Nadinspektor usiadła, a Shawna wręczyła jej filiżankę kawy.

– Okej – powiedziała Gemma. – Czy ktoś zechce mi wyjaśnić, dlaczego wszyscy opuściliście swoje stanowiska, kiedy mamy następne zabójstwo?

– Zajmują się tym, szefowo – zapewnił Heck. – Dostaliśmy mnóstwo nowych ludzi z Cheshire. Doświadczeni detektywi plus mundurowi do odwalania czarnej roboty. Nadkomisarz Garrickson znowu kieruje centrum koordynacyjnym.

Gemma zrobiła zdumioną minę.

– Myślałam, że Garrickson ma złamaną rękę?

– Ma – potwierdził Heck. – Ale sam się zgłosił dziś rano. Oczywiście nie może opuścić biura, ale kieruje operacją.

– W godzinie próby poznasz człowieka – stwierdziła Gemma, wciąż lekko niedowierzającym tonem.

– W tej chwili śledztwo dotyczące wczorajszego zabójstwa na maiku jest prowadzone we wszystkich kierunkach – oświadczył Heck. – Ale żaden nie wygląda tak obiecująco jak ten. – Pchnął przez stół w jej stronę wydruk, kolorowe zdjęcie ściągnięte z sieci. – Poznaj Leo Enwrighta. Doktora Leo Enwrighta we własnej osobie.

Mężczyzna na fotografii wyglądał staro jak na swoje pięćdziesiąt parę lat. Był ubrany w sztruksową marynarkę, koszulę w kratę i krawat w kwiecisty deseń. Miał pulchne, obwisłe policzki i kręcone siwe włosy, sztywne jak stalowa wata, sięgające do obfitych bokobrodów. Zza małych, okrągłych okularów spoglądały jasnozielone oczy. Na twarzy gościł przebiegły koci uśmiech.

– Kto to jest? – zapytała Gemma.

– Najpierw ci powiem, jak do niego trafiliśmy – odparł Heck.

Opowiedział o niepełnym numerze rejestracyjnym znalezionym w bucie Gracie Allen, numerze należącym prawdopodobnie do szarego jaguara, prawie na pewno tego samego jaguara, który przywiózł blond dziewczynę do pubu w Longsight – tę samą dziewczynę, która wyrwała Cameronowi Boydowi kilka włosów.

– Enwright jest wdowcem w średnim wieku – ciągnął Heck. – Wykłada w Akademii St Bardolph's, prywatnej szkole w pobliżu wioski Riphall, jakieś piętnaście kilometrów stąd. Doktoryzował się z antropologii, ale jako nauczyciel specjalizuje się w historii, filozofii, angielskim i dramacie. Opublikował kilka artykułów z dziedziny... uważaj... folkloru.

Gemma przyjrzała mu się uważnie.

– Na razie nieźle.

– Będzie jeszcze lepiej. Enwright ma kartotekę. Dorastał w trudnych warunkach. Jako dziecko został porzucony przez rodziców hipisów i trafił do sierocińca. Z takiej traumy niektórzy nigdy nie mogą się wyleczyć. Wkrótce potem zainteresowała się nim policja. Aresztowano go kilka razy za drobne kradzieże i akty wandalizmu. W szkole i w miejscowym kościele.

– Przemoc? – zapytała Gemma.

– Okazjonalnie – odparła Shawna. – Został też aresztowany za okrucieństwo wobec zwierząt. Nie muszę ci mówić, szefowo, że to modelowy przykład seryjnego zabójcy.

– I coś jeszcze – dodał Heck. – Facet jest nauczycielem, więc ma pod ręką grono akolitów, którzy mogą mu pomagać.

Po raz pierwszy Gemma wydawała się zaszokowana.

– Chyba nie myślisz o uczniach?

– To szkoła z internatem. Okej, głównie dla nadzianych, ale zawsze są odmieńcy… samotne, wyalienowane dzieciaki. Takie zwykle szukają mentorów, a kto się lepiej do tego nadaje niż najbardziej charyzmatyczny nauczyciel w szkole, bo taki podobno jest Enwright. – Heck widział, że wciąż nie jest przekonana; nachylił się, naruszając jej osobistą przestrzeń. – Szefowo, kiedy Mike Garrickson po raz pierwszy wyśmiał tę teorię, wspomniał o Charlesie Mansonie. No więc, to jest całkiem niezła analogia. Mansonowi zabrało tylko dwa lata, żeby zmienić grupę schludnie ostrzyżonych uczniów w masowych morderców. Jeśli Leo Enwright to nasz człowiek, miał na to sześć lat.

– I to nie wszystko – dorzuciła Shawna. – Jeden z tamtejszych uczniów jest synem nadkomisarza Eddiego Stapletona z GMP. Co by wyjaśniało, skąd mieli informacje o tych przestępcach z Longsight. Drugi, Anthony Worthington, pochodzi z Bolton w Greater Manchester. Przez dwa ostatnie sezony w lecie pracował jako sprzątacz i chłopiec na posyłki… w zoo w Horwich.

Gemma zachowała spokój, ale mocno splotła palce. Heck wiedział, co myśli szefowa – kiedy coś wygląda zbyt pięknie, żeby było prawdziwe, zwykle nie jest prawdą.

– Dlaczego? – zapytała. – Dlaczego Enwright zacząłby teraz zabijać? W średnim wieku?

– Jego żona zginęła siedem lat temu. W wypadku drogowym. To mogło w jakiś sposób zmienić jego psychikę.

– Heck, zdajesz sobie sprawę, że to są tylko poszlaki?

– Owszem. I dlatego dziś po południu moja żona i ja odwiedzimy tę szkołę, żeby się rozejrzeć.

– Twoja żona?

– Ty albo Shawna, szefowo. Zależy, która z was ma ochotę na tę rolę. Odgrywamy rodziców z perspektywami. Już się umówiłem. W porządku, rano rozmawiałem z Joem Wullertonem. Mamy pełną autoryzację.

– Nie zapominasz o czymś? Półtora tygodnia temu przerwałeś wywiad telewizyjny. Możesz zostać rozpoznany.

Heck się uśmiechnął.

– Na to liczę.

ROZDZIAŁ 40

– Więc kim jesteśmy? – zapytała Gemma, poprawiając makijaż.

– Mark i Gemma Heckenburgowie – odparł, skręcając jej bmw w ośmiokilometrowy podjazd do Akademii St Bardolph's. – Jesteśmy parą bankowców z Londynu. Ja jestem bankierem inwestycyjnym odnoszącym znaczne sukcesy. Dużo podróżuję, co znaczy, że nie mam czasu na życie rodzinne. Ty pracujesz w rekrutacji. Specjalizujesz się w międzynarodowej bankowości.

– Mam nadzieję, że również odnoszę sukcesy?

– Wkrótce otwierasz biuro w Dubaju, więc musisz być w tym dobra. Nasz syn Thomas to zdolny młodzieniec, który właśnie skończył jedenaście lat – ciągnął Heck. – Przyjechaliśmy ocenić, czy St Bardolph's jest dla niego odpowiednią szkołą.

– Dalej uważam, że byłoby łatwiej, gdybym po prostu miała nakaz – burknęła Gemma, chowając kosmetyczkę i wiercąc tyłkiem, żeby usiąść wygodnie w eleganckiej obcisłej spódnicy.

Heck wzruszył ramionami.

– Ty tu rządzisz, ale czy naprawdę tego chcesz? Zrobić nalot na szkołę w trakcie semestru? Wywrócić wszystko do góry nogami? A jeśli się mylimy? Wywołamy maksimum zamieszania w szkole. Maksimum stresu dla dzieciaków. Szefostwo obedrze nas ze skóry. Moim sposobem możemy po cichu rozpracować to miejsce. Jeżeli okaże się czyste... no to nikomu nie stanie się krzywda. A jeśli dalej będziemy coś podejrzewać, możemy później zdobyć nakaz. Poza tym właśnie ja powinienem tu się zjawić, żeby ich wykurzyć. Jeśli mnie rozpoznają i ucieknął, to jakby się przyznali.

Gemma się nie sprzeciwiała. Rozmawiali już na ten temat i Heck ją przekonał.

Na długiej drodze dojazdowej nie widzieli innych samochodów. Był początek maja, słońce świeciło na perłowobłękitnej kopule nieba, rozświetlając zielony krajobraz Staffordshire. Rozległe tereny mieniły się mnogością kwiatów i młodych liści. Szkoła, którą w końcu zobaczyli, składała się z kilku starych kamiennych budynków, bardzo eleganckich i porośniętych bluszczem, otoczonych przez szerokie trawniki.

– Chcesz mi wmówić, że banda psychotycznych zabójców mieszka w takim miejscu? – odezwała się Gemma, kiedy zaparkowali na żwirowym placyku przed głównym budynkiem.

Heck również był zafascynowany. Miejsce tchnęło atmosferą czcigodnej starości; zajrzawszy do internetu, dowiedzieli się, że pochodzi z czasów elżbietańskich i wśród licznych oryginalnych elementów może się poszczycić rzeźbami „zielonego człowieka"*, zegarami słonecznymi i nawet kryjówkami dla księży** – jednak te historyczne szczegóły

---

* Zielony człowiek (ang. Green Man) – element architektoniczny przedstawiający ludzką twarz z wyrastającymi z ust pnączami lub okrytą liśćmi.

** Kryjówki dla księży (ang. *priest holes*) – kryjówki budowane w Anglii w XVI i XVII wieku w domach należących do rodzin, które pozostały przy katolicyzmie wbrew prawu państwowemu, wymagającemu przyjęcia zwierzchnictwa króla/królowej nad Kościołem w Anglii. Kryjówki te służyły działającym w podziemiu duszpasterzom katolickim za schronienie w razie rewizji.

jakoś współgrały z niezwykłą naturą popełnianych zbrodni. Heck dostrzegł łacińskie motto wyryte na nadprożu nad głównym wejściem:

Novit enim Dominus qui sunt eius

To znaczyło mniej więcej: „Pan rozpozna swoich". Z niewiadomych powodów zmroziły go te słowa.

Kiedy wysiedli z samochodu, z wejścia wybiegła im na spotkanie zaaferowana kobieta w średnim wieku. Była niska i przysadzista, z czupryną jaskraworudych włosów, bez wątpienia farbowanych. Nosiła wygodne półbuty, tweedowy żakiet i spódnicę oraz rozwianą czarną togę. Na obfitym biuście kołysały się okulary zawieszone na długim łańcuszku.

– Wanda Clayley – przedstawiła się z promiennym uśmiechem, wyciągając wymanikiurowaną dłoń. – Wicedyrektorka. Z pewnością państwo Heckenburgowie?

Heck uścisnął rękę pani Clayley.

– Zgadza się. Jakże miło panią poznać.

– Doktor Harding, dyrektor, przywitałby państwa osobiście, ale ma dzisiaj ważne spotkanie w Ministerstwie Oświaty.

– Nic nie szkodzi – zapewnił Heck, w duchu zadowolony.

– A więc? – Pani Clayley nie przestawała się promiennie uśmiechać. – Zamierzają państwo umieścić u nas swojego syna Thomasa?

– Pod warunkiem że wszystko będzie nam odpowiadało – zaznaczył Heck.

– Oczywiście. – Pani Clayley się rozejrzała. – Nie przyjechał z państwem?

– Ferie się skończyły, więc wrócił do szkoły.

– Jaka to szkoła?

– St Lucien's w Bromley.

– Trzeba przyznać, że wysyłają go państwo daleko do gimnazjum.

– Nie byle jakiego gimnazjum – zauważyła Gemma.

– Nie, oczywiście. – Kobieta zaśmiała się, prowadząc ich do środka. – Miałam na myśli... co państwa przyciągnęło do Staffordshire?

– No cóż, St Bardolph's konsekwentnie osiąga jedne z najlepszych wyników egzaminów w kraju. – Heck bardzo się starał nie sprawiać wrażenia, że wykuł na pamięć folder reklamowy szkoły. – Macie obszerną listę słynnych absolwentów i wielu z nich trafia do Oksfordu i Cambridge.

– Szczycimy się tym, muszę przyznać – przytaknęła pani Clayley.

Poniekąd było zrozumiałe, że nieznacznie ich przepytywała. Przy piętnastu tysiącach za semestr nie chciała marnować czasu dla jakichś nieudaczników.

Hol wejściowy przypominał dekoracje do starych angielskich komedii studia Ealing, z obsesją na punkcie klasy i tradycji. Był przestronny i przewiewny, z posadzką z czarno-białych kafelków, ze starannie ułożoną boazerią na ścianach i suficie. Na gzymsach widniały kolejne łacińskie sentencje, wypisane złotymi literami. Na każdej kolumnie wisiały szkolne fotografie, w gablotkach na trofea stały grawerowane puchary i tarcze. Powietrze przesycał ostry zapach pasty do podłogi. Po jednej stronie na dużej oszklonej tablicy wystawiono portrety grona pedagogicznego szkoły. Heck rozpoznał to samo zdjęcie doktora Enwrighta, które ściągnął ze szkolnej strony internetowej. Pani Clayley wyjaśniała, kto jest kim, szczegółowo omawiając kwalifikacje każdej osoby.

– Doktor Enwright? – powtórzył Heck. – Nazwisko brzmi znajomo.

– Zapewne, jeśli pan nas wyszukał w sieci – odparła pani Clayley. – Leo Enwright jest naszą dumą i chlubą. Uczy historii, ale jest nie tylko doskonałym nauczycielem, również prowadzi mnóstwo zajęć pozalekcyjnych. Daje z siebie wszystko i nigdy nie prosi o nic w zamian. Sprawuje tutaj oficjalną opiekę duszpasterską, ale kieruje też szkolnym kółkiem historycznym, co może nie brzmi imponująco, ale w St Bardolph's jesteśmy bardzo dumni z tej organizacji. Rozmach jego działalności zapiera dech w piersi. Oczywiście to wszystko są zajęcia pozaprogramowe, ale wypełniają uczniom każdą chwilę. Doktor Enwright od początku za tym stał i nadal tym kieruje... niemal w pojedynkę.

Dopiero kiedy rozpoczęli „wielkie tournée", żeby użyć określenia pani Clayley, dostrzegli pierwszych uczniów. Dzieci nosiły konwencjonalne mundurki – chłopcy granatowe swetry i bordowe krawaty, dziewczynki błękitne fartuszki. Wszystkie zachowywały się grzecznie i uprzejmie, spokojnie przechodziły z klasy do klasy. Bardzo się to różniło od atmosfery Dzikiego Zachodu w ogólniaku w Lancashire, do którego uczęszczał Heck.

– Uczniowie piątej i szóstej klasy są w swoich internatach i w salach ogólnych, zwolnieni z lekcji, bo przygotowują się do egzaminów – wyjaśniła pani Clayley, kiedy wędrowali klasztornymi korytarzami, udekorowanymi fotografiami, które przedstawiały niezliczone aspekty szkolnego życia: wakacje, wycieczki, zawody sportowe, przedstawienia teatralne. Trwały lekcje, ale kilka klas było pustych i mogli do nich zajrzeć. Sale wyglądały surowo, wysokie i wąskie, wypełnione sztywnymi rzędami połączonych ławek i krzeseł.

Pani Clayley gadała niezmordowanie, wychwalając zalety szkoły, ale Heck słuchał tylko jednym uchem. Rozglądał się za jakimiś poszlakami czy osobliwościami, za czymś – czymkolwiek! – co poruszyłoby czułą strunę. Początkowo niczego takiego nie zauważyli, potem jednak pani Clayley zaprowadziła ich do szkolnych warsztatów stolarskich, gdzie chwilowo nie odbywały się zajęcia i gdzie znajdowało się mnóstwo różnorodnych narzędzi do obróbki drewna i stosy świeżo pociętych belek. Heck pomyślał o solidnie skonstruowanych krzyżach na hałdzie żużlu obok autostrady M62.

Po stolarni zwiedzili szkolny teatr. Pani Clayley zaprowadziła ich za kulisy, do garderób i działu kostiumów.

– Wszystkie ręcznie wykonane tutaj w szkole – oznajmiła, wskazując rzędy stalowych wieszaków zapełnionych wymyślnymi strojami z różnych epok. Heck przypomniał sobie kostium Świętego Mikołaja oraz szatę koronacyjną Majowej Królowej; ani jedno, ani drugie nie pochodziło od żadnego znanego producenta.

Następnie pani Clayley poprowadziła ich do hali sportowej. Właśnie odbywały się zajęcia wuefu, toteż goście przespacerowali się po korytarzach wokół hali i obejrzeli jeszcze więcej fotografii: zwycięskie, prezentujące trofea drużyny z różnych okresów i różnych dyscyplin. St Bardolph, jak się okazało, miała w ofercie nie tylko tradycyjne rugby, futbol, krykiet, siatkówkę i hokej, ale również tenis, pływanie, gimnastykę i... łucznictwo.

Serce Hecka na chwilę zamarło, kiedy wicedyrektorka niedbale wspomniała, że szkoła ma własną strzelnicę łuczniczą na zewnątrz, tuż za boiskiem. Zwróciła ich uwagę na szereg zdjęć. Na jednym Heck zobaczył krzepkiego jasnowłosego młodzieńca z nowoczesnym łukiem w rękach i kołczanem na plecach pełnym strzał. Łuk wzbudził jego szczególne zainteresowanie. Zgodnie z raportem balistycznym broń, z której zginęła młoda para na West Pennine Moors, była znacznie większej mocy niż przeciętny łuk sportowy – prawdopodobnie nowoczesny łuk myśliwski przystosowany do zawodów. Ten na zdjęciu to chyba łuk bloczkowy, pomyślał Heck: podwójnie zakrzywiony i wyposażony w system bloczków – kable i mimośrody – żeby nagiąć ramiona i zmagazynować ogromną energię.

Chłopak trzymający łuk uśmiechał się do obiektywu, ale uśmiech nie sięgał oczu.

– To Doug Latimer – oznajmiła dumnie pani Clayley. – Chodzi do szóstej klasy i niedługo skończy szkołę. Jest międzyokręgowym mistrzem młodzików w łucznictwie regionu North Midlands.

Heck starał się nie patrzeć na Gemmę, kiedy szli przez następne korytarze, oglądając kolejne fotografie. Na jednej grupa ośmiu starszych uczniów w dżinsach i bluzach uśmiechała się do aparatu, siedząc przy ognisku przed starym drewnianym budynkiem. Zdjęcie przyciągnęło wzrok Hecka, ponieważ wśród uczniów był doktor Enwright, a także mistrz łuczniczy Doug Latimer. W dodatku była tam dziewczyna o długich platynowoblond włosach. Chociaż obdarzona urodą cherubina, wydawała się dziwnie odległa, jakby jej uśmiech – podobnie jak uśmiech Latimera – był tylko zdawkowym grymasem.

– Szkolne kółko historyczne – objaśniła pani Clayley. – To, o którym państwu wspominałam. Musicie poznać pana Enwrighta, skoro już przyjechaliście. Jeśli on was nie przekona, żebyście przysłali do nas syna, to nikomu się to nie uda.

– Wysoko pani ceni jego wkład w działalność szkoły – zauważyła Gemma.

– Szczerze mówiąc, jest nieoceniony. Kółko historyczne jest całkowicie samowystarczalne i samorządne. Jednak tyle się udzielają. Organizują specjalne zajęcia dzienne, święta, szkolne parady i tak dalej.

– Więc to nie tylko kółko naukowe? – zapytała Gemma.

– No nie, ale służy celom edukacyjnym. Prowadzą wszelkiego rodzaju badania.

– Internet to wspaniała rzecz, kiedy się czegoś szuka – stwierdził Heck.

– Mój Boże, tak – zgodziła się pani Clayley. – Niemniej korzystają też z naszych bibliotek. Regularnie jeżdżą na weekendowe wycieczki. Oczywiście pod nadzorem pana Enwrighta. Kiedy się zaangażują w jakiś projekt, potrafią poruszyć niebo i ziemię.

Heckowi włosy zjeżyły się na te słowa i na widok niewinnych młodzieńczych twarzy. Spostrzegł, że jasnowłosa dziewczyna trzyma się za ręce z wysokim, posępnym młodzieńcem o sterczących czarnych włosach. Podpis pod zdjęciem zawierał wszystkie nazwiska; blondynka nazywała się Jasmine Sinclair, chłopiec trzymający ją za rękę nazywał się Gareth Holker. Był przystojny w ugrzeczniony sposób ucznia szkoły prywatnej, ale nie uśmiechał się i jak na kogoś tak młodego wyglądał niezwykle surowo. Na innej fotografii stał w zabłoconym stroju do rugby pośrodku stratowanego boiska, trzymając srebrną plakietkę. Tam też się nie uśmiechał.

Heck wskazał to zdjęcie. Pani Clayley kiwnęła głową.

– Gareth to nasz szkolny kapitan sportowy i przewodniczący klasy. To wielka odpowiedzialność, a on traktuje swoją funkcję bardzo poważnie. Ten chłopiec jest naszą wielką dumą. – Zniżyła głos. – Wprawdzie to osobiste informacje, ale nie waham się ich ujawniać, ponieważ świadczą o zakresie usług, jakie oferujemy w St Bardolph's. Gareth przyszedł do nas wkrótce po tym, jak jego rodzice zginęli w katastrofie samolotowej. Był zdruzgotany, biedny dzieciak, kompletnie zamknięty w sobie. Nie miał żadnych krewnych oprócz zamożnego wuja, którego rzadko widywał. Ale doktor Enwright wziął go pod swoje skrzydła. Nie tylko razem założyli kółko historyczne, które jakby tchnęło w Garetha nowe życie, ale sprawujący opiekę duszpasterską doktor Enwright odgrywał rolę zastępczego ojca. Stopniowo pomógł chłopcu odzyskać siły, zarówno intelektualnie, jak i na polu sportowym.

– Czyli uwolnił bestię? – zagadnął Heck.

Pani Clayley zmarszczyła brwi.

– Nie użyłabym tego określenia, ale jest dość trafne.

– Co to za budynek? – zapytała Gemma, wskazując drewnianą konstrukcję na zdjęciu z ogniskiem.

– Nazywamy go Starym Pawilonem. Jakieś dziesięć lat temu przeniesiono szkolne boisko do krykieta i zbudowano nowy pawilon, więc stary stał pusty. Doktor Enwright poprosił o pozwolenie, żeby go wykorzystać na spotkania kółka historycznego, a dyrektor chętnie się zgodził. Naprawdę musicie państwo poznać doktora Enwrighta. – Skierowała ich w przyległy korytarz. – Jeśli jest w swoim gabinecie, na pewno poświęci wam kilka minut.

Za następnym rogiem minęli dwójkę uczniów, których Heck rozpoznał ze zdjęcia z ogniskiem. Chłopiec był niski na swój wiek i chudy, z masą luźno opadających marchewkoworudych loków. W przeciwieństwie do niego dziewczyna była atletycznie zbudowana, a kruczoczarne włosy miała krótko ścięte. Oboje stanęli jak wryci na widok dwojga gości.

Pani Clayley skinęła głową i uśmiechnęła się, mijając uczniów. Wyprowadziła gości na zewnątrz, na zalany słońcem prostokątny trawnik. Heck obejrzał się niedbale. Dwoje uczniów jawnie gapiło się na nich.

Najwyraźniej rozpoznali przybyszów, co dobrze rokowało.

Pani Clayley tokowała o zaletach wiejskiego środowiska; mówiła, że w letnim semestrze starsi uczniowie mogą wychodzić na zewnątrz i uczyć się na świeżym powietrzu. Heck udawał, że słucha i pochwala, ale kiedy dotarli na drugi koniec trawnika, znowu się obejrzał. Dwójka uczniów również wyszła na zewnątrz. Dołączyła do nich trzecia postać; Heck rozpoznał jasne włosy i potężną sylwetkę mistrza łuku, Douga Latimera. Na razie żadne z nich nie rzuciło się do ucieczki.

Kiedy rozgadana pani Clayley weszła do następnego budynku, Heck zerknął na Gemmę. Pokazała mu tekst, który ukradkiem wysłała do Shawny:

Czekać w pogotowiu. Ale wezwijcie posiłki z Wydz. PS: uzbrojone wsparcie.

ROZDZIAŁ 41

Doktor Leo Enwright zajmował przestronny i okazały gabinet, zapełniony skórzanymi meblami i wytapetowany od podłogi do sufitu książkami poświęconymi jego ulubionym dziedzinom. Łukowe okna o romboidalnych szybkach, osłonięte festonami bluszczu, wychodziły na słoneczne boisko do krykieta, gdzie facet w kombinezonie ogrodnika leniwie jeździł tam i z powrotem na walcu do wyrównywania trawników.

Doktor Enwright był niższy, niż się spodziewali, ze sporą nadwagą, ale nosił tę samą pogniecioną sztruksową marynarkę i krawat w kwiecisty deseń co na szkolnej fotografii. Miał pewną charyzmę, którą natychmiast wyczuli. Wstał zza biurka i powitał ich jak starych przyjaciół, ściskając im ręce i przemawiając głębokim, grzmiącym głosem. Szybko ustalił, jaki gatunek herbaty preferują – miał wszystkie rodzaje pod słońcem – i zaparzył ją dla nich w ozdobnym srebrnym imbryku.

Pani Clayley usiadła z boku i uśmiechała się pobłażliwie, podczas gdy doktor Enwright elokwentnie i z ożywieniem przedstawiał siebie, szkołę i jej etos. Heck nie mógł się opędzić od myśli, że facet trochę za bardzo się stara. Okej, trudno było skojarzyć tego jowialnego, elokwentnego jegomościa ze zdeprawowanym osobnikiem znanym jako Profanator, ale Heck wiele razy spoglądał w puste oczy zabójców. Spotykał mistrzów podstępu i oszustwa – i szybko zaczął podejrzewać, że doktor Enwright, którego widzą, to tylko gra. Lecz jednego był pewien. Nawet jeśli sługusi Enwrighta rozpoznali w nich gliniarzy, sam Enwright ich nie rozpoznał – jeszcze nie. Zresztą Hecka to specjalnie nie dziwiło. Jakoś nie potrafił sobie wyobrazić poczciwego doktora oddającego się tak bezmyślnym zajęciom, jak oglądanie telewizji.

– Podobno ma pan bardzo wypełniony harmonogram zajęć pozalekcyjnych? – zagadnął detektyw.

– A tak. – Enwright uśmiechnął się szeroko. Małe okularki nienaturalnie powiększały jego oczy, siwe włosy, skręcone jak stalowa wata, sterczały niesfornie; Heckowi przypomniała się drwiąca wzmianka Garricksona o „szalonym profesorze". – Program sportowy w St Bardolph's nie ma sobie równych. Jednak nie przyłożyłem do tego ręki, mimo najszczerszych chęci. Moje małe królestwo to kółko historyczne.

– Brzmi bardzo interesująco – stwierdziła Gemma. Usiadła, podczas gdy Heck wciąż stał. – Thomas, nasz syn, najbardziej lubi historię.

– Jak wspaniale! – Enwright zatarł ręce. – No cóż, powinienem z góry uprzedzić, że nie zajmujemy się wyłącznie historią. Przynajmniej nie tylko suchymi, zakurzonymi faktami, jeśli państwo mnie rozumieją. Naturalnie spotykamy się, żeby dyskutować o wydarzeniach historycznych, zwykle w rocznice, jako rodzaj upamiętnienia.

– Upamiętnienia? – powtórzył Heck.

– Upamiętnianie przeszłych wydarzeń to główny cel kółka historycznego.

Detektyw zerknął w bok i zauważył małą grupkę uczniów – do tych dwojga, którzy pierwsi ich zobaczyli, dołączyli teraz inni, wszyscy ze zdjęcia przy ognisku. Kręcili się na skraju boiska do krykieta, przechodzili pod oknem nauczyciela historii i zaglądali, niby mimochodem, do środka.

– Wszystkich nas zasmuca – ciągnął Enwright – że współczesne społeczeństwo pozwoliło tak bardzo spłycić i zminimalizować wiedzę o tamtych wydarzeniach i ludziach, którzy nas stworzyli.

Jako ostatni przeszedł za oknem gabinetu Doug Latimer.

– Zgodzi się pan ze mną, panie Heckenburg?

Heck kiwnął głową.

– Absolutnie.

– Słyszałam, że organizujecie przedstawienia? – zagadnęła Gemma.

Enwright przytaknął.

– Istotnie. Kółko historyczne kieruje szkolnymi uroczystościami, czyli w skrócie: organizujemy apele, zabawy szkolne, kiermasze, parady, tego rodzaju rzeczy. I tak... pokazy i przedstawienia na specjalne okazje. Niektóre są humorystyczne i satyryczne, wszystkie mają poszerzać wiedzę o świątecznych dniach w roku, ale również zabawiać publiczność.

– W efekcie zmieniacie te uroczystości w zabawę – stwierdził Heck.

Następni uczniowie przedryfowali za oknem. Nawet jeśli Enwright uważał, że się dziwnie zachowują, nie zareagował.

– Lubię tak myśleć – przyznał. – Świetna zabawa. Dla wszystkich uczestników.

– No cóż... – Gemma wstała. – Wygląd na to, że Thomas trafi we właściwe miejsce. Będzie miał dwanaście lat, kiedy rozpocznie tu naukę. Chyba nie będzie za młody, żeby dołączyć do pana grupy?

Enwright ponownie się uśmiechnął.

357

– Przyjmujemy uczniów w każdym wieku.

Założę się, że tak, pomyślał Heck. Im młodsi i bardziej podatni, tym lepiej.

Na chwilę uwagę Enwrighta przyciągnęło elektroniczne pianie koguta. Spojrzał na biurko i Heck zorientował się, że nauczyciel właśnie otrzymał esemesa. W tej samej chwili detektyw dostrzegł coś jeszcze. Na końcu rzędu tomów oprawnych w skórę leżała sterta czasopism formatu A5. Magazyn na wierzchu, niechlujnie wydrukowany i byle jak zszyty, nosił znajomy tytuł:

KRWAWE ŚWIĘTO

– A więc… – Gemma sięgnęła po torebkę. – Chyba możemy powiedzieć, że obejrzeliśmy wszystko, co chcieliśmy zobaczyć.

Pani Clayley również wstała, przekonana, że szkolny gwiazdor ponownie wypełnił swoją część zadania i przyciągnął ucznia płacącego czesne.

Po drugiej stronie biurka Enwright zesztywniał, jakby połknął kij od miotły, kiedy odczytywał wiadomość z telefonu. Podniósł wzrok na Gemmę i uśmiechnął się samymi wargami.

– Bardzo się cieszę, że mogłem pomóc.

– Ogromnie pan nam pomógł – zapewnił Heck.

Enwright odwrócił się do niego.

– Fatygowali się państwo z tak daleka, żeby obejrzeć naszą szkołę.

– Zawsze trzeba się dokładnie upewnić, z czym mamy do czynienia – odparł Heck.

– I upewniliście się dokładnie, tak?

– Widzieliśmy więcej niż potrzeba, doktorze Enwright – powiedziała Gemma. – Serdeczne dzięki. Kochanie, musimy już jechać.

Enwright sztywno skinął głową i kiedy wychodzili z gabinetu, zaczął pospiesznie wystukiwać odpowiedź na esemesa. Pani Clayley gawędziła pogodnie, prowadząc ich przez korytarze z powrotem do głównego wyjścia. Po drodze Heck wyczuł, że mają towarzystwo. Zerknąwszy przez ramię, zobaczył dwoje uczniów idących powoli za nim, chłopca i dziewczynę. Wyglądali na młodszych niż ci, których widział wcześniej, i żadnego nie rozpoznał ze zdjęcia przy ognisku, ale może tamci byli tylko wierzchołkiem góry lodowej.

Po kilku sekundach dwójka uczniów skręciła w przyległy korytarz i znikła. Heck spojrzał w lewo i w prawo. Za wysokimi łukowymi oknami przesuwały się następne słoneczne czworokątne trawniki, puste. Szkoła wydawała się zadziwiająco cicha, chociaż z oddali doleciał gniewny okrzyk. Nie odpowiedział na niego żaden głos, a pani Clayley nawet nie drgnęła. Kiedy dotarli do holu, kręciło się tam bez wyraźnego powodu jeszcze kilkoro uczniów. Niektórzy wyglądali na szóstoklasistów, reszta była młodsza. Ponownie Heck nie skojarzył ich twarzy, chociaż zapamiętał wszystkich ze zdjęcia z ogniskiem.

– Czekacie, żeby się z kimś zobaczyć? – zapytała pani Clayley, wkraczając między nich w rozwianej todze. Rozległy się ciche, nieskładne odpowiedzi. – Ja się tym zajmę, Luke, dziękuję bardzo. Reszta sio! Skoro macie przerwę na naukę, to powinniście się uczyć. No już, jazda!

Zawiedziona młodzież się zmyła. Może Hecka poniosła wyobraźnia, ale zdawało mu się, że jeden z uczniów rzucił szybkie, jadowite spojrzenie w kierunku jego i Gemmy. Na zewnątrz detektyw obejrzał się, idąc do samochodu. Osłonięte bluszczem okna przypominały puste ekrany, czuł jednak, że przynajmniej z niektórych obserwują go wrogie oczy.

– Jak szybko możemy dostać nakaz? – zapytał, kiedy odjeżdżali.

– Właśnie to załatwiam – odparła Gemma, manipulując przy komórce.

Na podjeździe utrzymali stałą prędkość, jednak ogarnęła ich dziwna ulga, kiedy budynki szkolne zostały z tyłu.

– Możemy przynajmniej poświadczyć kompetencje tego kółka historycznego – powiedział Heck. – Sami widzieliśmy, jak starannie się przygotowują. – Spojrzał na Gemmę, która wciąż próbowała się połączyć, ale bez rezultatu. – Nie ma sygnału?

– Nikt nie odbiera. Zawsze jest jakiś cholerny powód...

– Próbuj dalej.

– Taki mam zamiar. Po prostu jedź, dobrze?

Heck dodał gazu, ale po kilku minutach, kiedy jeszcze co najmniej półtora kilometra dzieliło ich od głównej drogi, nacisnął hamulec i zatrzymali się z poślizgiem.

Po prawej stronie przy bocznej drodze stał mały drewniany drogowskaz. Napis głosił:

Stary Pawilon

Boczna droga była niewiele lepsza od gruntowej. Po obu jej stronach gęsto rosły drzewa i krzaki; ciągnęła się na sporą odległość, z grubsza w linii prostej, po czym ginęła w zielonej, nakrapianej słońcem gęstwinie.

– Mamy już więcej niż trzeba, żeby zrobić nalot na to miejsce – powiedziała Gemma. – Po co zwlekać?

– Żeby rozwiać ostatni cień wątpliwości – odparł Heck.

– No więc, znajdziemy siedzibę ich klubu. Jeszcze nie możemy tam wejść. Co nam to da?

– Pewnie nic, ale naprawdę machniemy na to ręką? Przejedziemy obok i nawet nie rzucimy okiem?

Gemma spojrzała na zegarek.

– Okej. Góra pięć minut, potem się wynosimy.

360

Heck skręcił w prawo i jechali przez kilka minut. Po obu stronach przemykały głębokie zielone kotliny, leśna droga rozwijała się przed nimi. W końcu zaczęła meandrować, zbaczać to w lewo, to w prawo i wiła się tak przez następny kilometr czy półtora, aż wyjechali na polanę dostatecznie dużą, żeby pomieścić co najmniej dwa boiska do krykieta, teraz ukryte pod masą świeżych paproci i kwitnących ciernistych krzewów. Szlak urywał się nagle. Heck zaciągnął hamulec i wyłączył silnik. Zapadła cisza. Niedawno minęło południe, majowe słońce świeciło jasno, ale w tym zapomnianym miejscu panował niesamowity spokój.

Wzdłuż zachodniego skraju polany stały w rzędzie trzy budynki. Dwa po bokach to były zaledwie walące się budy zabite deskami, ale środkowy rozpoznali ze zdjęcia przy ognisku.

Stary Pawilon.

Niegdyś z pewnością wyglądał uroczo: zbudowany z bielonego drewna, z niskim, stromym dachem krytym strzechą, środkową wieżyczką, w której wisiał dzwon, i zegarem na trójkątnej ścianie szczytowej ponad frontową werandą. Teraz farba się łuszczyła, ptaki gnieździły się pod okapem, a strzechę porastały chwasty. Zegar stracił wskazówki, cyfry były ledwie widoczne. Dookoła pleniła się wybujała roślinność, wśród której wiła się ścieżka prowadząca do stopni werandy.

– Rozejrzyjmy się, dobra? – zaproponował Heck.

Gemma spojrzała na otwartą przestrzeń, gdzie niegdyś znajdowały się boiska. Po obu stronach wznosiły się bastiony drzew i krzewów, pomiędzy którymi prześwitywały zielone cienie.

– Gemma? – powtórzył Heck.

Kiwnęła głową i oboje wysiedli. Podwójne trzaśnięcie drzwiami rozległo się echem w lesie. Przystanęli na chwilę i nasłuchiwali, ale wciąż nic nie słyszeli. Wreszcie odważyli się wejść na ścieżkę, dostatecznie szeroką, żeby mogli iść obok siebie. Zdeptana, przypłaszczona trawa wyschła i zbrązowiała. Zauważyli koleiny, jakby przejeżdżały tędy wózki na kółkach albo rowery.

– To wyjaśnia, jak się poruszają po terenie – powiedziała Gemma. – Nie będzie dobrze wyglądać w sądzie. Że ci ohydni zbrodniarze jeżdżą po szkolnych gruntach na rowerach, dzwoniąc dzwonkami, z kanapkami w koszykach...

Trzasnęła gałązka.

Heck, już na stopniach werandy, odwrócił się gwałtownie. Nic się nie poruszało, ani w głębokiej trawie, ani w cieniu pod pełniącymi straż drzewami. Obejrzeli się na samochód. Za nim gruntowa droga znikała w lesie.

Weszli na schody, tupiąc głucho po wyschniętym drewnie. Drzwi wejściowe były zamknięte na kłódkę – nową i błyszczącą, kontrastującą z ogólnym zaniedbaniem. Nie żeby to robiło jakąś różnicę. Nie mogli się legalnie włamać. Po obu stronach drzwi znajdowały się okna o szybach zakurzonych i pożółkłych ze starości. Niewiele dałoby się przez nie zobaczyć, ale jako kolejne zabezpieczenie oba zasłonięto od środka czarną krepiną.

Heck i Gemma przeszli w lewy róg werandy. Stamtąd ruszyli wąską ścieżką, biegnącą między pawilonem a przyległą szopą. Minęli jeszcze kilka okien, również zasłoniętych od środka, z wyjątkiem ostatniego; tu prawy dolny róg papieru zaczepił o oparcie krzesła i przesunął się, tworząc wąską szczelinę. Detektyw przykucnął i zajrzał do środka. Gemma podała mu latarkę ołówkową. Promień przeniknął na dwa, trzy metry do mrocznego wnętrza. Pierwszą rzeczą, którą zobaczył Heck, był stos kwadratowych desek. Wyglądały na świeże i nowe. Dalej stał wieszak z kolorowymi ubraniami.

– Kostiumy teatralne – rzucił. – Zauważalny brak stroju Świętego Mikołaja. Albo sami tu szyją kostiumy, albo podkradają z magazynu w teatrze. Czekaj... jest coś jeszcze.

Skierował snop światła w dół i na pierwszym planie, blisko okna, dostrzegł dwa pojemniki po farbie. Oba były otwarte i puste, ale wysychająca emulsja poplamiła boki. Jedna była biała, druga różowa.

Ładne kolory dla maika, pomyślał. Małe dranie!

– Musimy szybko dostać ten nakaz, jeśli nie chcemy, żeby to wszystko zniknęło – powiedział.

Gemma nie odpowiedziała. Zobaczył, że przeszła ścieżką na tyły pawilonu. Poszedł za nią.

– Co o tym myślisz? – zapytała.

Pod tylną ścianą budynku stała ciężarówka z naczepą. Karoseria nadwozia i przyczepy była brudna i powgniatana. Podczas gdy Gemma chwyciła radio i sprawdzała numer rejestracyjny, Heck obszedł pojazd, przystając co parę kroków, żeby zrobić zdjęcie komórką. Szczególną uwagę poświęcił bieżnikowi opon, który – chociaż nie miał pewności – wyglądał niesamowicie podobnie do śladów zostawionych na hałdzie żużlu obok miejsca ukrzyżowania.

Drzwi z tyłu też były zamknięte na kłódkę, również nową. Ciężarówka parkowała u zbiegu dwóch następnych dróg gruntowych. Jedna prowadziła po drugiej stronie trzech budynków na boiska do krykieta, ale dawno jej nie używano – koleiny gęsto zarosły trawą i pokrzywami. Druga, tak samo wyboista i nierówna, ciągnęła się w przeciwną stronę, osłonięta przez drzewa, ale brak roślinności na nawierzchni świadczył, że była regularnie używana. Heck próbował sobie przypomnieć topografię terenu z mapy, którą oglądali przed przyjazdem. Całą posiadłość przecinały drogi i ścieżki, ale były tylko dwa wyjazdy: główna brama po południowej stronie oraz druga od zachodu. Ta drugorzędna droga mogła się łączyć z tamtym wjazdem, chociaż stąd nie mógł tego ocenić.

Teraz jego wzrok spoczął na czymś innym. Dwadzieścia metrów z lewej strony, na wpół ukryty wśród liści, stał garaż. Przód miał otwarty, ściany boczne i tylną z wiekowej cegły. Dach z blachy falistej pokrywało błoto, mech i jesienne liście z kilku lat. Stało tam sześć samochodów: ford fiesta, ford focus, toyota avensis, volkswagen polo, peugeot clio i jaskrawopomarańczowy kabriolet MG ze złożonym dachem.

– Z ciężarówką trafione – oznajmiła Gemma, podchodząc z tyłu. – Ukradziona ponad rok temu, wyobraź sobie… z Humberside.

– Niewątpliwie podczas bardzo kształcącej wycieczki kółka historycznego, żeby obejrzeć dźwigi i nabrzeża – odparł Heck. – A co z tymi?

Spojrzała na częściowo ukryte samochody.

– Jezu…

– Reszta floty – podsumował.

– Pora zacząć imprezę.

– Zgadzam się.

Ruszyli z powrotem ścieżką na boiska. Heck wyjął radio.

– Detektyw sierżant Heckenburg do wszystkich jednostek. Uwaga, nikomu nie wolno opuścić terenów szkoły, dopóki nie odwołam rozkazu. Jeśli ktoś spróbuje, macie go zatrzymać na tej podstawie, że osoby stąd są podejrzane o popełnienie poważnych przestępstw, i nie zwalniać, dopóki nie zjawi się nadinspektor Piper albo ja. To dotyczy zwłaszcza Leo Enwrighta. Obecnie jest naszym głównym podejrzanym w sprawie zabójstw Profanatora. Powtarzam, jest głównym podejrzanym. Bez odbioru.

Jak wcześniej, rozległa otwarta przestrzeń przed pawilonem była pusta. Cienie pod drzewami leżały ciche i nieruchome. Podeszli do samochodu.

364

– Znowu ty prowadzisz – zarządziła Gemma. – Ja muszę wykonać parę telefonów.

Heck obejrzał się, zanim uruchomił silnik i wrzucił wsteczny bieg, jednak samochód natychmiast uderzył o coś i osiadł.

– Co znowu? – jęknęła Gemma.

Wyskoczył i obszedł wóz z boku. W lewym tylnym kole tkwiła skośnie strzała.

– Padnij! – krzyknął i wskoczył z powrotem. Zaskoczona Gemma nie poruszyła się. – Na dół, mówię!

Odpalił silnik, ale zamarł na widok następnej strzały mknącej ku nim przez otwartą przestrzeń. Z drażniącym chrzęstem strzała przebiła przednią szybę. Gemma krzyknęła z bólu.

ROZDZIAŁ 42

Heck nawet nie sprawdzał, jak ciężko ranna jest Gemma, tylko wrzucił wsteczny i zaczął się wycofywać po leśnej drodze, rozpryskując błoto i żwir. Trzecia strzała trafiła w bmw, przebiła maskę i zostawiła rysę długości męskiego ramienia.

– O mój Boże – wyjąkała Gemma. – Heck...

Przy tej prędkości leśna droga stawała się niebezpieczna, zwłaszcza przy jeździe tyłem i z przebitą oponą. Bmw zataczało się od skraju do skraju, podczas gdy Heck dzielił uwagę między lusterko wsteczne a swoją pasażerkę. Siedziała sztywno wyprostowana i dygotała. Strzała wbiła się w jej prawe ramię; z rany płynęła krew.

– Tu Heck! – wrzasnął do radia. – Pilna wiadomość. Zostaliśmy zaatakowani w Starym Pawilonie! Gemma ma ranę od strzały i szybko traci krew! Wszystkie jednostki mają się natychmiast zgłosić, włącznie z Trojanami... i wezwijcie karetkę!

Każdy wstrząs i podskok był dla Gemmy jak cios młotem. Próbowała nie krzyczeć, ale to było ponad jej siły.

– O mój Booooże!

– Trzymaj się!

Heck przydepnął gaz, pokonując zakręt za zakrętem. Liście i gałązki szorowały po karoserii. Od głównej szosy dzieliły ich jeszcze co najmniej trzy kilometry, ale powinni już się znaleźć poza zasięgiem strzał, żeby móc się zatrzymać i zawrócić – wtedy jednak przed nimi pojawił się inny samochód.

Początkowo Heck dostrzegł tylko jaskrawopomarańczowy błysk – pędzili po krętej drodze na złamanie karku – ale potem zobaczył to znowu: kabriolet MG z garażu. Co dziwne, prowadził go chłopiec o marchewkowych włosach, którego Heck widział wcześniej w szkole. Z tyłu, szeroko rozstawiwszy muskularne nogi, stał czempion łuczniczy Doug Latimer. U jego biodra wisiał pełen kołczan, a nowoczesny łuk znowu był napięty. Na oczach Hecka Latimer wypuścił następną strzałę. Świsnęła w powietrzu, szybka i celna, i nie trafiła tylko dlatego, że bmw akurat wykonywało manewr. Znowu pokonali zakręt, samochód wpadł na pobocze i mało się nie przewrócił. Dwa kołpaki potoczyły się w poszycie, ciężkie gałęzie chłostały bok pojazdu.

Gemma oddychała nierówno i urywanie. Zdołała wyciągnąć chusteczkę z kieszeni żakietu i przycisnąć do podstawy strzały, ale zaimprowizowany tampon zmienił się już w mokrą szkarłatną szmatkę.

– Natychmiast potrzebujemy wsparcia! – ryknął Heck do radia. – Powtarzam, jesteśmy pod ostrzałem!

MG znowu się pojawiło w polu widzenia, tym razem znacznie bliżej, w odległości niecałych sześćdziesięciu metrów. Latimer wypuścił następną strzałę. On też chwiał się i zataczał w podskakującym samochodzie, ale rękę miał niezawodną. Grot trafił w sam środek pękniętej przedniej szyby, czysto przeszedł przez wnętrze samochodu, mijając o centymetry policzek Hecka, i z łupnięciem wbił się w oparcie tylnej kanapy.

Heck docisnął pedał gazu, chociaż weszli w następny morderczy zakręt. Zawieszenie zapiszczało; odpadł trzeci kołpak. Ale kiedy MG znowu się pojawiło, zaczęły się prawdziwe problemy. Dotąd ratowały ich tylko zakręty, jednak przez ostatni kilometr czy półtora droga biegła prosto. Tam MG ich dogoni i dla takiego łucznika wyborowego jak Latimer będą łatwym celem.

Heck zaryzykował następne zerknięcie na Gemmę. Była blada jak duch, skąpana we krwi i zlana potem. Powieki jej trzepotały, jednak widział, że robi wszystko, żeby nie zemdleć. Jedną ręką wciąż przyciskała szkarłatny opatrunek do rany; drugą zaparła się o tablicę rozdzielczą. Wykazywała imponującą odwagę, ale to niewiele pomoże, jeśli on szybko czegoś nie zrobi.

Podjął rozpaczliwą decyzję.

Z piskiem opon wjechali w ostatni zakręt. MG na chwilę znikło i Heck wcisnął hamulec. Bmw zatrzymało się ukośnie, dygocząc.

– Schyl się! – krzyknął do Gemmy. – Musisz się pochylić!

– Jestem przyszpilona do cholernego fotela! – wykrztusiła.

Mówiła prawdę. Tylko połowa upierzonego drzewca sterczała z rany. Reszta przeszła na wylot przez ramię i utkwiła w tapicerce.

– To zaboli – ostrzegł, chwycił ją za kołnierz i szarpnął do przodu. W jej krzyku oprócz bólu brzmiała udręka i zgroza, ale za jej plecami strzała została wyrwana z oparcia razem ze strzępkami tkaniny i pianki tapicerskiej.

– Zostań tak! – rozkazał, przyginając jej głowę w dół, na kolana.

Wrzucił pierwszy bieg i dodał gazu, po czym zmienił szybko na dwójkę, trójkę i czwórkę.

Dwaj uczniowie z pewnością się nie spodziewali, że za ostatnim zakrętem role się odwrócą i ścigana zwierzyna zaatakuje.

Zderzenie było wybuchowe.

Impet cisnął Hecka i Gemmę do przodu ze straszliwą siłą, ale pasy bezpieczeństwa ich zatrzymały, a poduszki powietrzne złagodziły wstrząs. Tymczasem strefa zgniotu samochodu zapadła się; w mgnieniu oka cały pojazd zmienił kształt. Ale mniejsze MG ucierpiało bardziej. Zostało zgniecione na miazgę pod większym przeciwnikiem, zmienione w stertę złomu.

Dwaj pasażerowie przeżyli tylko dlatego, że mieli złożony dach i obaj wylecieli na zewnątrz.

Heck, któremu dzwoniło w uszach i kręciło się w głowie, poluzował pas, obrócił się na siedzeniu i obiema nogami kopnął w drzwi. Tak się wypaczyły, że początkowo stawiły opór, ale drugi kopniak je otworzył. Heck wyskoczył na zewnątrz, rozganiając kłęby pary. Marchewkowy wciąż jeszcze toczył się po liściach i ściółce. Wydawał się oszołomiony tym, co się stało, ale kiedy zobaczył zbliżającego się Hecka, pozbierał się z ziemi, chwiejnie ominął tył MG i pokuśtykał drogą w stronę głównej szosy.

Detektyw ruszył za nim, ale natrafił na Latimera rozciągniętego w poprzek drogi. Czempion łuczniczy miał dużo twardsze lądowanie niż Marchewkowy – krew leciała mu z rozbitego nosa, ale był przytomny. Sięgnął po łuk leżący trochę dalej. Heck dopadł chłopaka w dwóch krokach i kopnął go w twarz, żeby go ogłuszyć. Potem chwycił jego broń i wykręcił, aż łuk stracił kształt. Marchewkowy oddalił się tylko na dwadzieścia metrów. Wprawdzie był młody, ale kulał. Obejrzał się, mijając rozbite bmw, i nawet nie zauważył, jak tuż przed nim Gemma kopniakiem otworzyła swoje drzwi. Odbił się od nich i bokiem upadł w liście. Po sekundzie Heck siedział mu na karku. Dzieciak wyrywał się gwałtownie, kopał i drapał. Heck nie miał wyboru, musiał postawić go na nogi. Ciągnąc za pasek spodni, przyparł go do drzewa i skuł mu ręce za plecami.

– No dobra! – rozległ się agresywny głos. – Wszyscy na ziemię! Ręce tak, żebym je widział! Hej, gnojku, ty w garniturze, powiedziałem na ziemię, kurwa!

Heck obrócił głowę, wyczuwając, że celuje w niego broń.

Jednostka Trojan, ciężko opancerzony policyjny transporter, nadjechała od strony głównej drogi i zatrzymała się przed dwoma wrakami. Uzbrojeni funkcjonariusze albo „cyngle", jak nazywała ich większość gliniarzy, wysypali się na zewnątrz. Na czarnych, niepalnych kombinezonach nosili kevlarowe kamizelki kuloodporne; tylko czarne i białe błyskawice na hełmach z osłonami zdradzały ich tożsamość. Kilku wyciągnęło pistolety albo MP5 i zbliżało się czujnie. Za transporterem przyjechała również karetka, ale miała zablokowaną drogę, więc czekała bezradnie. Ten, który się odezwał, stał najbliżej i teraz przysuwał się ostrożnie. Był starszy, ale w dobrej formie, barczysty, w randze inspektora. Trzymał Hecka na muszce pistoletu maszynowego Kurtz.

– Lepiej późno niż wcale – rzucił Heck.

– Powiedziałem, na ziemię! Głuchy jesteś, kurwa?

– Uważaj, szefie! – zawołał jeden z Trojan, sierżant. – Nie masz czystego strzału!

– Jestem detektyw sierżant Heckenburg, ty głupi palancie! – warknął Heck, rozkładając ręce. – Patrz... właśnie dokonałem aresztowania!

Inspektor rzucił tylko przelotne spojrzenie na skutego ucznia.

– Nie znam jego ani ciebie!

– Jeśli pozwolisz mi sięgnąć do kieszeni, to ci pokażę.

– Jedną ręką. I powoli, kurwa. Bardzo powoli.

Heck ostrożnie sięgnął do wewnętrznej kieszeni marynarki i wyjął legitymację. Widząc, że to nie broń, inspektor opuścił kurtza i podszedł bliżej, unosząc osłonę hełmu. Sądząc po jego twardej, niewzruszonej twarzy, wciąż nie był przekonany, że ma do czynienia ze stróżami prawa. Dosłownie wyrwał Heckowi legitymację, zdecydowany dokładnie sprawdzić, czy nie jest fałszywa. Kiedy ją zwrócił, Heck walnął go w szczękę.

To był szybki prawy sierpowy, po którym inspektor runął na ziemię jak worek kartofli.

– Następnym razem, jak każę wam ruszyć dupy, to ruszcie dupy, do cholery!

– Ty pieprzony śliski draniu! – ryknął sierżant.

Heck wskazał na transporter.

– Zabierajcie ten pedalski wózek, żeby karetka mogła przejechać, wy jebane koniochlasty!

Sierżant zamierzał już odpowiedzieć w równie uprzejmym tonie, kiedy dostrzegł Gemmę, która gramoliła się poboczem na czworakach. Przepocone włosy zwisały jej na twarzy. Z przodu i z tyłu pokrywała ją krwawa piana. Z prawego ramienia sterczało pod kątem piętnaście centymetrów aluminiowej strzały.

Nawet zahartowanemu cynglowi opadła szczęka.

– O cholera…

– Chodźcie tu! – krzyknął Heck do sanitariuszy w karetce. – Tu jest bezpiecznie… – Przerwał mu warkot potężnego silnika z niewielkiej odległości. Odwrócił się. – Jasny gwint… Jezu Chryste, oni uciekają!

Instynktownie pobiegł leśną drogą. Za nim rozległ się krzyk.

– Zagońcie tych medyków do roboty! – zawołał Heck przez ramię. – Reszta za mną! Gnojki próbują zwiać!

Niełatwo jest biegać w butach ze skórzanymi podeszwami. Heck potykał się i ślizgał, ale jakoś posuwał się do przodu. Początkowo żaden z cyngli nie pobiegł za nim. Obejrzał się przez ramię. Dwaj pomagali sanitariuszom opatrującym Gemmę, ale pozostali idiotycznie usiłowali zepchnąć z drogi dwa wraki, pewnie żeby mogli przejechać własnym pojazdem. Heck zaklął, ale się nie zatrzymał.

Trojanie przynajmniej byli wysportowani. Szybko porzucili wraki samochodów i ruszyli za nim na piechotę, i prawie go dogonili, zanim dotarł do Starego Pawilonu. Zdyszany i spocony, pokuśtykał na tyły, ale ciężarówka zniknęła.

– Tu Heck! – krzyknął do radia. – Powiedzcie, czy ktoś pilnuje zachodniej bramy?

– To będę ja, sierżancie – odpowiedział głos Gary'ego Quinnella.

– Uważaj, Gary, w twoim kierunku może jechać ciężarówka z naczepą. Znajdź numer w wydziale komunikacji. Gemma sprawdzała go dwadzieścia minut temu. Ale nie możesz przeoczyć tego cholerstwa. Raczej się nie zatrzyma na żądanie, więc bez bohaterstwa, okej? Po prostu jedźcie za nią, aż jej się skończy paliwo. Tymczasem nadajcie komunikat do wszystkich jednostek. Jeśli służby lotnicze mają wolny śmigłowiec, też by się przydał.

– Przyjąłem – potwierdził Quinnell.

Heck chciał jeszcze coś dodać, ale poczuł dym. Trojanie też go wyczuli; zdjęli balistyczne hełmy i rozglądali się niepewnie. Potem zaczęli krzyczeć i pokazywać palcami. Za brudnymi szybami na tyłach pawilonu tańczyły płomienie.

– Kurwa! – zaklął Heck, galopując w kierunku frontu budynku.

Cyngle dołączyli do niego i frontowe drzwi, zamknięte na klucz, wyłamano butami i ramionami. Ze środka buchnął żar i kłęby gryzącego dymu. Heck ruszył do przodu, rozganiając dym, kasząc i osłaniając oczy. Cała tylna ściana wewnątrz pawilonu zmieniła się już w płachtę ognia. Płonęły też inne przedmioty: sterty pudeł, wieszaki z ubraniami. Szyby strzelały jak z karabinu. Regał się przewrócił, spadające z niego rzeczy zajęły się ogniem.

– Lepiej stąd wyjdźmy! – krzyknął sierżant z Trojan. – Ten dom to beczka prochu.

– Stracimy skarbnicę wiedzy – odkrzyknął Heck. – Tam! Patrzcie!

Po lewej stronie pod ścianą, między dwiema szafkami na dokumenty, stał stół, na którym znajdował się mały komputer, papiery, książki i różne artykuły biurowe, a nawet coś, co wyglądało jak noktowizyjne gogle. Do ściany nad stołem przypięto ogromny diagram – jakąś mapę wykonaną domowym sposobem – pokreślony markerem. Wszystko pochłaniał szalejący ogień.

– Musimy uratować z tego jak najwięcej! – zawołał Heck. – Zwłaszcza komputer.

Posuwając się w głąb, walczył z kłębami gęstego dymu i chmurami iskier. W połowie drogi zawaliła się część dymiącej podłogi. To była cienka klapa, pod którą Heck zobaczył cylindryczną jamę głęboką na jakieś trzy i pół metra, o ścianach z gołych cegieł. Niegdyś mogła to być studnia, chociaż smród świadczył, że ostatnio pełniła funkcję lochu. Przynajmniej teraz nie było tam żadnych więźniów.

Heck zerwał mapę ze ściany, złożył i wsunął pod pachę. Jeden z cyngli złapał komputer, dwaj inni zdążyli dotaszczyć do wyjścia szafkę na akta, zanim wygoniło ich narastające gorąco. Na zewnątrz mogli tylko stać bezradnie, kiedy ryczące płomienie pożerały starą drewnianą konstrukcję.

Komórka Hecka zapiszczała.

– To ja! – zawołała Shawna.

– Co się dzieje?

– Jesteśmy w szkole, zamknęliśmy ją.

– Dobra robota.

– Jeszcze mi nie dziękuj. Większość ptaszków wyfrunęła.

– Co?

– Wygląda na to, że jakieś pół godziny temu kilkoro uczniów, nie znamy dokładnej liczby, bez pozwolenia wyszło z lekcji. Kiedy nauczycielka próbowała się sprzeciwić, dostała fangę w nos.

– A co z Enwrightem?

– Wciąż tam jest. Zamknął się w przedpokoju za swoim gabinetem.

– Wyłamcie cholerne drzwi!

– Próbowaliśmy, ale widocznie się zabarykadował.

– No dobrze, wstrzymać ogień. Już jadę.

Heck się rozejrzał. Kilku cyngli wciąż gapiło się na płonący pawilon. Inni ocierali pot i rozmawiali półgłosem. Pobiegł z powrotem leśną drogą. Wóz zabezpieczenia technicznego stał tam, gdzie go zostawili. Zjawili się też miejscowi funkcjonariusze i detektywi z wydziału śledczego, którzy dyskutowali z inspektorem Trojan, posiniaczonym wokół ust. Charlie Finnegan również przyjechał; pilnował Marchewkowego i rozmawiał z kimś przez telefon. Nikt nie zauważył, jak Heck skręcił w stronę transportera, którego krzepki, brodaty kierowca stał na drodze, paląc papierosa.

– Muszę się szybko dostać do szkoły – powiedział Heck.

– No to wezwij cholerną taksówkę.

– Zła odpowiedź. – Heck ominął go i zwinnie wskoczył do kabiny.

– Hej!

Kluczyk tkwił w stacyjce. Heck przekręcił go i silnik ożył z rykiem. Zawrócił ciężkim pojazdem na trzy, rozpędzając mundurowych i cywili na wszystkie strony. Kierowca biegł obok najdłużej, wywrzaskując najgorsze pogróżki, dopóki Heck nie rozpędził WZT i nie zostawił go w tyle.

ROZDZIAŁ 43

Uczniowie i nauczyciele tłoczyli się przy każdym oknie. Cała szkoła kipiała od policyjnej aktywności. Wszędzie kręciły się miejscowe gliny, a także detektywi po cywilnemu, nie wspominając o cynglach, którzy jak zwykle paradowali, prężąc mięśnie, jakby oni tu byli najważniejsi. Jedynym cywilem na zewnątrz była wicedyrektorka Wanda Clayley, która biegała w swojej trzepoczącej todze niczym oszalały czarny motyl. Zataczała się od jednego funkcjonariusza do drugiego, zasypując ich pytaniami, żaden jednak nie chciał albo nie mógł jej pomóc. Dopadła Hecka, jak tylko wysiadł z WZT, ledwie zauważywszy, że jest spocony i osmalony od dymu.

– Panie Heckenburg! Panie Heckenburg, pan widocznie jest jakimś policjantem!

– Jakimś, tak, pani Clayley – przyznał Heck. – Nie najlepszym.

– Właśnie miałam to samo powiedzieć.

– Podobnie jak pani jest nie najlepszą nauczycielką.

– Słucham? – Jej policzki mocno poróżowiały. – Dziś po południu poświęciłam godzinę mojego czasu, żeby pana oprowadzić po naszym terenie. Nie miałam pojęcia, że zostałam oszukana w najbardziej nieuczciwy sposób.

– Chciałbym wierzyć, że nie miała pani również pojęcia, że trzymaliście w tej szkole grupę wyjątkowo zaburzonych i niebezpiecznych osobników, którzy mogą być odpowiedzialni za szereg sadystycznych zabójstw.

– Ależ to po prostu nonsens! Wykluczone, żeby doktor Enwright...

Heck przepchnął się obok niej.

– Proszę to zachować, pani Clayley, na nieuniknione śledztwo, które obejmie tę instytucję oraz osoby podobno nią kierujące.

Próbowała dalej protestować, ale dał znak dwóm mundurowym, a ci ją odprowadzili. Wszedł do środka, gdzie kolejni mundurowi stali na straży pod drzwiami gabinetów i klas. W głównym holu podszedł do niego miejscowy inspektor.

– Detektyw sierżant Heckenburg. Seryjne Przestępstwa. – Heck mignął legitymacją. – Nikomu nie wolno opuścić tego budynku. Dzieci nie mogą nawet wyjść z klas. Po pierwsze dlatego, że niektóre mogą być podejrzane, ale głównie dla ich bezpieczeństwa.

Znalazł Shawnę w gabinecie doktora Enwrighta; stała z plikiem żółtych teczek pod pachą. Eric Fisher siedział przed komputerem; na podłodze piętrzyły się papiery. Obok kręcił się niepewnie mundurowy, potrzebny jak piąte koło u wozu.

– Właśnie się dowiedziałam, że Gemmę zabrano na ostry dyżur chirurgiczny – powiedziała Shawna na widok Hecka. – Strzała rozerwała jej tętnicę podobojczykową. Nie wiadomo, czy odzyska sprawność w tym ramieniu.

Heck ze stoickim spokojem kiwnął głową.

– Gdzie jest Enwright? – spytał. Wskazała zamknięte drzwi w kącie. – Co jest po drugiej stronie?

– Podobno tylko magazyn.

– Okno?

– Za małe, żeby ktoś przez nie wyszedł.

Heck kopnął w drzwi. But odbił się od czegoś, co sprawiało wrażenie litego dębu. Na drzwiach nie został nawet ślad.

– Doktorze Enwright! – zawołał. – Tu detektyw sierżant Heckenburg. Proszę posłuchać, tylko opóźnia pan nieuniknione.

Przyłożył ucho do panelu, ale nic nie usłyszał. Wyprostował się i spojrzał z roztargnieniem na teczki pod pachą Shawny.

– Co to jest?

Przerzuciła teczki.

– Szkolne akta dzieciaków, które dały nogę. Doug Latimer, Anthony Worthington, Heather Greer, Arnold Wisby, Luke Stapleton, syn gliniarza, co niepokojące, Susan Cavanagh, Gareth Holker i ta blondynka, która chyba jest dziewczyną Holkera, zgadza się?

Heck przytaknął, przypominając sobie o tym.

– Nazywa się Jasmine Sinclair. – Przejrzał teczki, szukając dołączonych fotografii. – Nie musimy się martwić o Latimera i Worthingtona. Obaj zostali złapani. – Odwrócił się znowu do drzwi. – Mówisz, że próbowaliście je wyłamać?

– Jak dotąd oparły się wszelkim wysiłkom. – Wskazała na posterunkowego, wysokiego, kościstego młodzieńca, który rozcierał ramię z grymasem bólu.

– Powiedziano nam, że tam są rzędy stalowych regałów, sierżancie – wyjaśnił posterunkowy. – Mógł nimi podeprzeć drzwi.

Heck ze świstem wciągnął powietrze przez zęby.

– Nie mamy na to czasu.

– Taran hydrauliczny? – zaproponowała Shawna.

– A kiedy go przywiozą?

Wzruszyła ramionami.

– On się nigdzie nie wybiera.

– Ale jego akolici tak.

– Co to znaczy?

– Chyba nie myślisz, że uciekli do tatusia i mamusi, co?

Shawna wydawała się zaszokowana.

– Sądzisz, że zamierzają zrobić jeszcze jeden numer?

– Wielki finał. – Heck wskazał kciukiem na zamknięte drzwi. – Oczywiście nie dowiemy się, dopóki nie pogadamy z tym nieprzystosowanym świrem. – Odwrócił się i wyszedł z gabinetu, krzyknąwszy przez ramię: – Przesuń to biurko, dobra?

Shawna spojrzała na skonsternowanego mundurowego.

– Lepiej zróbmy, co każe.

Biurko Enwrighta, duże i reprezentacyjne, zrobione z mahoniu, nie dawało się łatwo przesunąć, wreszcie jednak przy akompaniamencie stękań i przekleństw zdołali je częściowo przepchnąć, częściowo przeciągnąć pod ścianę. W samą porę, ponieważ z korytarza dobiegł brzęk rozbijanego szkła – najwyraźniej drzwi wejściowych w którymś skrzydle – a potem ogłuszający warkot i dudnienie silnika, który pamiętał lepsze czasy. Po chwili w drzwiach pojawił się Heck siedzący na motorowym walcu do wyrównywania trawników. Maszyna, plując spalinami, z pełną szybkością przejechała przez pokój.

Ciężki stalowy walec uderzył z impetem w zamknięte drzwi. Ościeżnica wygięła się i popękała. Dwoje policjantów patrzyło z niedowierzaniem, jak Heck zmienia bieg, cofa maszynę i ponownie naciera na drzwi.

Drugie uderzenie załatwiło sprawę.

Heck o mało nie przeleciał nad kierownicą, ale tym razem drzwi pękły pośrodku, z roztrzaskanej futryny poleciały drzazgi, zawiasy wystrzeliły na wszystkie strony. Heck zeskoczył i naparł ramieniem na wygiętą płytę; stopniowo ustąpiła i odsłoniła bezładny stos rozmontowanych stalowych regałów, tworzących barykadę.

– Pomóżcie mi trochę – warknął przez zaciśnięte zęby.

Shawna i mundurowy dołączyli do niego. Razem ciągnęli i szarpali pogięty metal. Po kilku sekundach przedarli się do środka, ale dużo wcześniej zrozumieli, że pomieszczenie po drugiej stronie – magazyn sześć na trzy i pół metra – jest puste. Równie szybko zrozumieli, jak to się stało.

Wysokie, wąskie okno wciąż było zamknięte. Ale niżej, pod przeciwległą ścianą, Enwright zerwał kilka kwadratów wykładziny i odsłonił kwadratowy otwór w kamiennej podłodze. Normalnie zakrywały go deski, które również usunięto. Wąski szyb opadał w ciemność.

– Nie wierzę – jęknął Heck.

– Co to za cholerstwo? – zapytała Shawna.

– Księża kryjówka.

Shawna osłupiała.

– Dokąd prowadzi?

– Jest tylko jeden sposób, żeby się dowiedzieć.

Wyjął z kieszeni ołówkową latarkę Gemmy, ukląkł i poświecił w dół szybu. Jakieś trzy metry niżej zobaczył podłoże z udeptanej ziemi. Po prawej stronie wycięto w kamieniu pionowy szereg otworów jako oparcia na ręce i nogi.

– Heck! – dobiegł z gabinetu głos Erica Fishera. – W tym komputerze są różne interesujące rzeczy.

– Nie mamy czasu na sprawdzanie, Eric! – odkrzyknął Heck.

– To ważne.

– Więc wyjmij twardy dysk. – Heck usiadł na krawędzi otworu i odwrócił się do posterunkowego. – Daj znać swoim szefom, co się dzieje. Powiedz im, że ścigany ucieka podziemnym tunelem. Tunel nie może prowadzić daleko, więc trzeba dokładnie przeszukać teren.

Mundurowy kiwnął głową i wybiegł. Heck zapiął marynarkę, mrugnął do Shawny i opuścił się na dół. Ściany zamknęły się ciasno wokół niego, powietrze było stęchłe i wilgotne, ale przynajmniej miał swobodę ruchów. Kiedy wylądował na dnie, poświecił przed siebie latarką. Zamiast tunelu zobaczył wąziutkie przejście zbudowane z kruszących się cegieł, wydzielających krople wilgoci. Było wysokie najwyżej na półtora metra i tak ciasne, że człowiek mógł nim przejść tylko bokiem.

– Cholerna lisia nora – rzucił Heck do Shawny, która pochylała się nad nim.

– Więc jakim cudem Enwright się przecisnął?

– Pewnie miał wprawę.

– Uważaj, co robisz – ostrzegła, gdy wsunął się tam w półprzysiadzie, wystawiając do przodu lewy bark.

Coraz trudniej mu się oddychało i woda kapała mu na głowę. Przejście wydawało się kurczyć, w miarę jak przesuwał się do przodu. Początkowo myślał, że to złudzenie optyczne, wkrótce jednak zaczął zaczepiać ubraniem o szorstkie cegły. Czubkiem głowy ocierał o sklepienie, toteż nie mógł zapomnieć o tonach ziemi i kamieni ponad nim. Gdyby to się ciągnęło zbyt długo – na setki metrów, może tysiące – miałby poważne kłopoty. Za jego plecami Shawna, znacznie przecież drobniejsza, też już sapała i stękała.

– Jak myślisz, daleko doszliśmy? – zapytała zdławionym głosem.

– Nie dość daleko. Jeszcze nawet nie wyszliśmy poza szkołę.

– Cholera jasna.

Przeciskali się dalej jeszcze przez kilka minut, skurczeni, zlani potem mimo zimna. Oczywiście przez cały czas motywowała ich świadomość, że Enwright przeszedł tędy przed nimi – tunel nie mógł się kończyć ślepo. Jednak Heck poczuł ulgę, kiedy jakieś pięćdziesiąt metrów dalej dostrzegł plamę dziennego światła. Przyspieszyli, nie zważając na rozdzierane ubrania. Kiedy dotarli do końca, w mętnym świetle zobaczyli, że do szybu wyjściowego, którego górną część wzmocniono niedawno cegłami, opuszczono nowoczesną stalową drabinę.

Heck wdrapał się do następnego kwadratowego otworu, przez który usłyszał warkot silnika.

– Dranie przyjechali go zabrać – rzucił. – Nawet jeszcze nie opuścili terenu szkoły.

Wylazł na górę przez specjalnie skonstruowaną klapę w podłodze i znalazł się w starej wiejskiej kuchni, ogołoconej z mebli, pełnej brudu i szmat. Rozbite tylne okno zakryto od zewnątrz deskami, spomiędzy których prześwitywały skośne promienie słońca. Po prawej stronie łukowe drzwi prowadziły do następnego pomieszczenia, prawdopodobnie pokoju dziennego. Zajrzał tam ostrożnie. Pokój był równie zapuszczony jak kuchnia, tylko kurz, zmięte gazety i połamane, zbutwiałe szczątki mebli. Okna wychodzące na front domu również zabito deskami, ale drzwi wejściowe, zaledwie sześć metrów na lewo od Hecka, były uchylone. Sądząc po warkocie silnika, ciężarówka stała tuż za nimi. Usłyszał głosy – przypuszczał, że jeden należał do Enwrighta – jednak wahał się, czy wyjść na zewnątrz. Zwrot „to jest zbyt łatwe" nie bez powodu nie cieszył się popularnością wśród doświadczonych gliniarzy.

Przysunął się do okna, ale za nim pojawiła się Shawna i ruszyła prosto do drzwi.

– Shawna, czekaj! – syknął.

BUUM... grzmiąca detonacja wbiła dolną połowę drzwi do środka i zwaliła z nóg młodą policjantkę.

Heck przylgnął do ściany obok okna. Przez szpary między deskami zobaczył ciężarówkę odjeżdżającą wąską leśną dróżką, chociaż jedna osoba została na miejscu. To był Gareth Holker, wysoki chłopak, ten ze szkolnej fotografii ze sterczącymi włosami; teraz jednak zamienił mundurek na bluzę z kapturem, na którą narzucił kurtkę maskującą. Był też uzbrojony, trzymał dubeltówkę nadlufkę obciętą do połowy normalnej długości.

– Chcecie uratować ten bezduszny kraj, policjanci?! – krzyknął ze śmiechem. – Musicie się dużo bardziej postarać!

Pomimo ograniczonej widoczności Heck spostrzegł, że chłopak ma twarz białą jak kreda, a oczy mu błyszczą jak czarne klejnoty.

– Heck… – Shawna się zachłysnęła.

Spojrzał tam, gdzie leżała wśród dymiących, potrzaskanych odłamków drewna. Spodnie miała podarte na strzępy, krew przeciekała przez materiał.

– Nie ruszaj się, kochanie – powiedział cicho. – Udawaj martwą, okej?

– Ośmielacie się nazywać nas profanatorami! – rozległ się na zewnątrz obłąkańczy krzyk. – Jesteście daleko od prawdy! My czcimy te wyjątkowe dni. Dzięki nam znowu są święte!

BUUM… Połowa desek zakrywających okno wyleciała w powietrze. Ale strzał padł z drugiej lufy, więc Heck zaryzykował i przemknął za oknem. Rzucił szybkie spojrzenie na zewnątrz i zobaczył, jak chłopak wpycha kciukiem dwa nowe naboje do komory nabojowej. Potem padł na podłogę obok Shawny, której twarz przybrała niezdrowy zielonkawy odcień.

– Najpierw dostałam pięścią w moją śliczną twarz – poskarżyła się szeptem dziewczyna. – Teraz straciłam moje piękne nogi.

– Niczego nie straciłaś. – Zmierzył jej puls, który oczywiście galopował.

– Cholerne tępe gliny! Ośmielacie się narzekać, że zepsuliśmy te święta, ale co mamy teraz?

BUUM… Impet tego strzału przyjęła zewnętrzna ściana i cały dom się zatrząsł.

– Przez cały grudzień materializm, od którego chce się rzygać! Pijaczki wytaczające się z pubów w dniu Świętego Patryka! Supermarkety sprzedające gorsety i siatkowe pończochy przed Halloween!

Heck spojrzał w stronę drzwi. To, co z nich zostało, wisiało na jednym zawiasie i tylko to zasłaniało Shawnę przed Holkerem. Nie miał wyboru, musiał wciągnąć ją głębiej. Od razu się do tego zabrał: chwycił ją pod pachy i powlókł, mimo jej zdławionych jęków bólu. Poranione nogi zostawiały krwawe smugi.

BUUM… Reszta desek wypadła z okiennej framugi. Heck skulił się, taszcząc ranną za róg, do kuchni, gdzie wyciągnął radio z kieszeni.

– Tu detektyw sierżant Heckenburg. Znowu jesteśmy pod ostrzałem!

– Wyznaczyliśmy granicę, gliniarzu! – wrzasnął Holker. – Obchodzimy te święta jak należy, uprzątając śmieci!

BUUM…

– Tu detektyw sierżant Heckenburg. Czy jakaś jednostka mi odpowie?

Ale słyszał tylko szum zakłóceń. Prawdopodobnie w eterze panował tłok.

– Naznaczamy je na stałe…

BUUM…

– …żeby już nigdy żaden szmatławy przedsiębiorca nie mógł wtykać kartonowych obrazków Świętego Mikołaja na wszystkie półki z promocyjnym piwem w swoim sklepie, bo ktoś mu wypomni, że człowiek umarł w kominie właśnie z powodu takich idiotów jak on!

Heck wygrzebał telefon i wcisnął szybkie wybieranie.

– Heck? – odezwał się głos Erica Fishera.

BUUM...

– Żeby już nigdy żaden obleśny właściciel nocnego klubu nie wydał hucznego przyjęcia w sylwestra, bo ktoś zaraz wspomni, że dzięki jego postawie utopiono kiedyś ucznia w wannie ze szkocką whisky. O tak, sierżancie Heckenburg, będzie dużo więcej!

– Eric! – wybełkotał Heck. – Rozwalają nas tu na kawałki. Shawna oberwała... ciężkie rany postrzałowe obu nóg!

– Gdzie jesteście, do cholery?

– Nie potrafię powiedzieć. Jakaś chata leśniczego. Ale nie możemy być daleko od głównego budynku. Każ wszystkim zamknąć przeklęte jadaczki i nasłuchiwać strzałów. I wezwij jeszcze jedną karetkę!

BUUM...

Zajrzał do pokoju dziennego. Więcej drzazg, więcej dymu. Pozostały tylko fragmenty drzwi. Na zewnątrz rozległ się metaliczny szczęk, kiedy strzelec przeładował broń.

– Szkoda, że musieli zginąć ludzie! – krzyczał Holker. – Ale zawsze tak jest, prawda? Trzeba przelać krew, żeby coś wykazać.

Heck dopadł kuchennego okna i wyjrzał przez szparę między deskami. Po drugiej stronie znajdowało się podwórze otoczone wysokim ceglanym murem, gdzie wśród splątanych chwastów walały się stare opony i skorodowane ramy rowerów.

BUUM... Znowu pękające drewno, znowu rozbijane szkło.

Heck kopał i walił pięściami w deski w kuchennym oknie, aż jedna po drugiej odpadły.

– Hej – jęknęła Shawna – hej... nawet nie myśl, żeby mnie tu zostawić...

Nie obejrzał się; kulenie się i czekanie na kawalerię nic nie da. Jeśli ten czubek Holker postanowi wejść do środka, będą łatwym celem. Ostatnia deska spadła i Heck wygramolił się na zewnątrz. Dom stał samotnie na działce – dookoła rozciągał się tylko las – i nie można było niepostrzeżenie go obejść. Heck podniósł wzrok i zobaczył, że okap zwiesza się nisko, najwyżej dwa i pół metra nad ziemią.

– My też możemy umrzeć! – dobiegł zza budynku głos Holkera. – Nie dbamy o to. Gotowi jesteśmy się poświęcić. Widocznie wy nie!

Heck wdrapał się po ścianie i skorodowanych rynnach na dolny spad omszałego dachu. Sznurowane skórzane półbuty nie ułatwiały mu zadania. Obluzowane dachówki pękały i spadały, kiedy mozolnie piął się w górę.

– Ale ocalimy ducha tego jałowego kraju pełnego dresiarzy, przypomnimy, co dało mu wielkość! – ryczał Holker. – Co sprawiło, że jest jednym z najlepszych i najmilszych miejsc na świecie!

BUUM...

Heck nie pojmował, dlaczego chłopak nie wszedł do środka, żeby wykończyć swoje ofiary, ale może nie kazano mu zabijać gliniarzy, tylko ich zatrzymać. Dotarł już do szczytu dachu i wyjrzał na drugą stronę.

Chłopak stał w tej samej pozycji co wcześniej, ale przesuwał się trochę na lewo, a potem trochę na prawo. Wpakował w budynek następny pocisk, kolejne odłamki drewna i szkła wpadły do środka. Gdzieś pod stopami Hecka szlochała Shawna.

– Dzięki nam ten kraj zawstydzi się i zrozumie, że życie nie jest jedną cholerną zabawą! – wrzeszczał Holker. – Że trzeba odmawiać modlitwy i składać ofiary! Przypomnimy im, co jest ważne! Pokażemy, jaką cenę trzeba płacić za zapominanie!

Ponownie wypalił, po czym przełamał broń i sięgnął do kieszeni po amunicję. Heck przerzucił nogi przez kalenicę i zjechał w dół na plecach i piętach. Holker wyczuł niebezpieczeństwo i spojrzał w górę dopiero wtedy, kiedy Heck już spadał. Chłopak nie zdążył unieść broni, zanim gliniarz wylądował na nim i obalił go na ziemię. Od samego impetu Heckowi zrobiło się niedobrze, chociaż Holker zamortyzował wstrząs.

Heck zerwał się pierwszy. Strzelba upadła na ziemię, więc chwycił ją za lufy i odrzucił, zanim się odwrócił. Holker podniósł się bardziej chwiejnie. Wydawał się półprzytomny, krew leciała mu z nosa, ale bladość jego policzków i szkliste spojrzenie wynikały z czegoś więcej niż ból i szok. To był dzieciak z poważnymi zaburzeniami – uświadomił sobie Heck – który wreszcie dotarł do kresu wytrzymałości.

Chłopak zaatakował go morderczym prawym hakiem. Heck zrobił unik i przyładował mu porządnie w brzuch. Holker zgiął się wpół, krztusząc się. Heck poprawił lewym w nerki, a potem ciosem karate w nasadę karku.

Gdy chłopak osunął się na ziemię bez czucia, Heck przygniótł go od tyłu kolanami.

– Masz prawo zachować milczenie – zaintonował, obezwładniając gówniarza praktycznym chwytem za nadgarstek. – Jednak twojej obronie może zaszkodzić, jeśli zapytany zataisz coś, na co później powołasz się w sądzie. Wszystko, co powiesz... – obok niego zahamował z piskiem opon miejscowy radiowóz, za nim migało błękitne światło karetki pogotowia – ...może być użyte jako dowód.

Z radiowozu wysypali się mundurowi. Heck wstał, dźwignął Holkera i wepchnął im go w ręce.

– Ten tu jest zatrzymany za próbę zabicia dwóch funkcjonariuszy policji. Tę strzelbę trzeba zabezpieczyć. Lepiej niech ją weźmie któryś z Trojan. – Odwrócił się do sanitariuszy, nadbiegających od karetki z medycznymi torbami. – Ranna jest w środku. Proszę się pospieszyć.

Ponownie chwycił telefon, wybrał numer Gary'ego Quinnella i przyłożył komórkę do ucha.

– Ciągle jesteś przy zachodniej bramie?

– Potwierdzam. Co się stało z Shawną?

– Właśnie ją opatrują. Jeszcze nie widziałeś tej ciężarówki?

– Na razie nic, sierżancie.

Ale w tle Heck usłyszał szybko narastający warkot. Zmartwiał, kiedy sobie wyobraził ciężki pojazd, całe sześć czy siedem ton pędzące w stronę samotnego policyjnego samochodu zaparkowanego w poprzek otwartej bramy.

– Hej, ona tu jest! – wrzasnął Quinnell. – Jeeezu…

Połączenie zostało przerwane.

– Gary! – krzyczał bezradnie Heck. – Gary!

Ochrypły chichot kazał mu spojrzeć w stronę radiowozu, o bok którego opierał się Holker, podczas gdy gliniarze go rewidowali. Uśmiechnął się do Hecka zakrwawionymi ustami.

– Następny załatwiony, sierżancie Heckenburg? Nie bardzo pan sobie dziś radzi.

Heck podszedł do niego.

– W końcu was drani zgarnęliśmy.

– Tak pan uważa?

– Twoi przyjaciele nie uciekną daleko.

– Nie muszą.

– Dopadniemy ich wszystkich.

– Nie wątpię, ale czy zdążycie na czas?

Heck poświęcał tej rozmowie tylko częściową uwagę – rozpraszał go widok Shawny, wytaczanej na noszach z chałupy – teraz jednak dotarły do niego słowa więźnia i coś

387

w tonie jego głosu sprawiło, że przepocone włosy Hecka stanęły dęba.

Posiniaczona twarz Holkera wyrażała szatańską radość; oczy, czarne i martwe jak dwa guziki, tylko potęgowały to wrażenie.

– Zechcesz to rozwinąć? – zaproponował Heck.

– Niech pomyślę, hm... – Złośliwy uśmiech aresztowanego się poszerzył. – Raczej nie. Mogę tylko życzyć szczęścia. Bo wierzcie mi, będziecie go potrzebować.

– Zabierzcie go stąd.

Dwaj mundurowi obrócili Holkera i otworzyli tylne drzwi radiowozu.

– Och, jeszcze jedno – powiedział. – To następne będzie dobre. Musi takie być... dziesiąte z kolei, pan rozumie. Prawdziwa uroczystość.

Heck się odwrócił.

– Spróbuj się chełpić, oglądając świat przez kraty.

– Tym razem zrobimy coś wyjątkowego... z bardzo wyjątkową ofiarą.

Heck zignorował go i ruszył do ambulansu.

– Szczerze mówiąc, dziwię się, że jeszcze za nią nie tęsknicie.

Heck zatrzymał się w pół kroku.

– Tak często się pokazywała w telewizji. Chyba jeszcze o niej nie zapomnieliście?

Heck powoli się odwrócił i spojrzał z niedowierzaniem na aresztowanego. Zanim zdołał się opanować, w paru krokach pokonał dzielące ich dwa czy trzy metry, złapał Holkera za kołnierz i walnął nim o bok radiowozu.

– Lepiej dla ciebie, żebyś kłamał!

– Taaa, jasne. Biją mnie za nic!

– Gdzie ona jest? Gadaj, ale już!

– Niestety, tego ci nie powiem. – Obłąkany chłopak zarechotał. – Ale dam ci wskazówkę. W następnym przedstawieniu chodzi o zdradę stanu. I zdrajców, takich jak twoja dziewczyna, co, sierżancie Heckenburg? Ponieważ ona zdradziła cały naród, opowiadając o nas te kłamstwa. Nie mówiąc ludziom tego, co mieli prawo wiedzieć.

Heck mocniej ścisnął Holkera za gardło.

– Co chcecie jej zrobić, ty mały zasrańcu?

– Ja to wiem, a ty się dowiesz… jeśli jesteś dość bystry.

ROZDZIAŁ 44

Obserwowali Claire z dziwną fascynacją.

Żadne się nie odzywało, chociaż ciągle się w nią wpatrywali. Było ich czworo. Myślała, że będzie więcej, ale jedno z nich zapewne prowadziło pojazd, którego stalowa podłoga trzęsła się, kiedy jechali po niekończących się krętych drogach. Wnętrze ciężarówki wibrowało, pogrążone w ponurym półmroku.

Wciąż nic nie mówili.

Zdjęli jej knebel i opaskę na oczy, ale musiała klęczeć, niewygodnie wyprostowana, bo ręce miała przywiązane do kostek nóg za plecami. Jej porywacze też klęczeli wokół niej. W słabym świetle ich twarze wyglądały upiornie i niewyraźnie, jak wtedy, kiedy ich zobaczyła po raz pierwszy – na opuszczonej stacji benzynowej, gdzie wyłonili się jak duchy z mroku w blasku księżyca.

Claire wciąż nie mogła uwierzyć, że to nastolatki – jeszcze niemal dzieci.

Najpierw ta ładna jasnowłosa dziewczyna, która założyła jej chwyt duszący w magazynie stacji benzynowej. Potem dziewczyna, którą Claire nazywała w myślach Chłopczycą, przysadzista, z krótkimi kruczoczarnymi włosami i wiecznym zadziornym grymasem na twarzy, silna i wysportowana; Claire przekonała się o tym na własnej skórze, ponieważ to głównie Chłopczyca ją ciągnęła i popychała. Ostatnie miejsca w strukturze dowodzenia zajmowali dwaj chłopcy. Jeden był niski i kluchowaty, z dziwaczną szczurzą twarzą; podejrzewała, że często się z niego wyśmiewano. Drugi był wyższy i szczuplejszy, miał gęste brązowe loki i anielską buzię chłopca z chóru kościelnego, jednak było w nim coś groźnego – może zastygły półuśmiech, wcale nie uśmiech, jak się poniewczasie zorientowała, tylko jakiś defekt twarzy.

– Na co się gapisz? – zapytał cicho.

– Na nic – odparła Claire jak zahipnotyzowana. Spojrzenie miał tak intensywne, że niemal czuła je na skórze. To dotyczyło ich wszystkich.

Nie wyglądali na rozgniewanych, chociaż wyciągnęli ją z lochu z wyraźnym pośpiechem. Wtedy słyszała gdzieś w pobliżu podniesione męskie głosy. Zastanawiała się, czy to Heck i reszta się zbliżają, ale ostatecznie to nie miało znaczenia. Porywacze wrzucili ją do naczepy ciężarówki, weszli za nią, zamknęli i zaryglowali drzwi. Pojazd odjechał z hurgotem, skręcał, zatrzymywał się i znowu ruszał. Spowodował co najmniej jeden wypadek drogowy, ale to go nie spowolniło. Od tamtego czasu ciągle jechał.

– Panno Moody? – rozległ się głos gdzieś we wnętrzu ciężarówki.

To był głos dorosłego i Claire natychmiast odgadła, do kogo należał. Spojrzała w lewo, gdzie z mroku wynurzyła się piąta postać. Był to starszy mężczyzna w okularach, ten z kędzierzawymi siwymi włosami, ten, którego samochód wjechał na placyk przed stacją benzynową. Uśmiechnął się do niej, naciągając na szerokie ramiona obszerną kurtkę w barwach ochronnych.

– Proszę przyjąć przeprosiny za dotychczasowe brutalne traktowanie – powiedział. – Niestety, to zło konieczne, jednak przynajmniej możemy zachować maniery. Jestem doktor Enwright, ale może mi pani mówić Leo. – Wskazał jasnowłosą dziewczynę. – To jest Jasmine. – Nie uśmiechnęła się ani nie kiwnęła głową. – A to Heather. – Chłopczyca uśmiechnęła się, lecz nie był to miły uśmiech. – A ci dwaj nikczemnicy – Leo wskazał chłopca o szczurzej twarzy i wyższego z grymasem na twarzy – to Luke i Arnie.

– Czego... – wyjąkała. – Czego chcecie ode mnie?

– Jest pani tu, żeby spłacić należność – odpowiedział po prostu Enwright.

– Dlaczego? – jęknęła. – Na litość boską, co ja wam zrobiłam?

– Nie nam. Narodowi. Powiedziała im pani, że jesteśmy bandą kryminalistów.

– Bo jesteście! – Nie mogła się powstrzymać, chociaż jej głos przeszedł niemal w skomlenie. – Porywacie ludzi. Mordujecie ich.

– Nazwałaś nas profanatorami – oskarżył ją chłopiec imieniem Arnie. – To zniewaga.

– Ale ja nie wymyśliłam tego określenia.

– Ani mu nie zaprzeczyłaś – wytknęła Heather.

– Słuchajcie, proszę, skończcie z tym szaleństwem.

– Przekazałaś narodowi wiadomość, że jesteśmy jego wrogami – oświadczył Enwright. – Że chcemy tylko niszczyć, ranić...

– Chyba ludzie sami potrafią wyciągnąć wnioski – przerwała mu głosem szorstkim ze strachu i bólu. Ten stary wariat i te głupie dzieciaki, te cholerne, głupie, obłąkane dzieciaki! Wibrująca stalowa podłoga miażdżyła jej kolana. Kostki i nadgarstki bolały od więzów. – I raczej nie zmienicie ich opinii takim postępowaniem, prawda?

– Wręcz przeciwnie. – Enwright wyjął z chlebaka dwa przedmioty. Jeden zagrzechotał jak pudełko zapałek. –

Dzięki tym ofiarom, które już złożyliśmy, twoja, jak sądzę, zostanie najbardziej doceniona. – Spojrzał na nią z pozornym zainteresowaniem dla jej punktu widzenia. – Brytyjczycy mają sportowego ducha, nieprawdaż?

– Nie wiem, o co ci chodzi...

– Ale są też przekorni. Z tym samym cynizmem, który pozwolił im stać bezczynnie i patrzeć, chociaż z dezaprobatą, jak życie duchowe tego kraju obraca się w popiół, docenią ironię faktu, że osoba najbardziej zasługująca na ich zemstę, zdrajczyni, która ich zwodziła i okłamywała, otrzyma szansę, jakiej inni nigdy nie mieli.

Zapłonęła zapałka i Enwright wsunął ją do lampy naftowej, którą następnie podniósł nad głowę. W słabym, migotliwym blasku Claire zobaczyła, że wszyscy są ubrani jak na pieszą wycieczkę: zielone i czarne peleryny przeciwdeszczowe, legginsy, sznurowane buty turystyczne, rękawiczki, maskujące kurtki. Jasmine miała strzelbę zawieszoną na plecach; rzeźbiona drewniana kolba wystawała ponad jej prawym ramieniem.

– Czyżbyśmy się wybierali na polowanie? – zagadnęła Claire, siląc się na pogardliwy ton.

Enwright się uśmiechnął.

– Niektórzy.

Na podłodze wylądował stosik schludnie poskładanych ubrań: biała koszula z falbankami przy kołnierzu i mankietach; płowożółta, spinana z przodu opończa razem z szerokim pasem do noszenia na ramieniu; workowate brązowe bryczesy i rękawice. Jakby po namyśle, na wierzchu stanęła para skórzanych wysokich butów na obcasach.

– Raczej nie będą idealnie pasować – przyznał Enwright. – Ale jak trzeba, to trzeba. Jeśli będziesz to nosić z dumą, iluzja stanie się kompletna.

Claire popatrzyła na ubrania, nic nie rozumiejąc. Milczała, kiedy chłopak imieniem Luke przysunął się do niej z tyłu. Ze szczękiem stali wyciągnął nóż i przeciął jej więzy. Kiedy dłonie i stopy zostały uwolnione, opadła na biodro, rozcierając pręgi na kostkach i nadgarstkach.

– Zdejmij ubranie – rozkazała Heather.

Claire podniosła na nich wzrok.

– Nie ma mowy. – Wskazała kostium. – Nie włożę tego, jeśli o to wam chodzi. To szaleństwo posuwa się za daleko.

– Zdejmij ubranie – powtórzył Enwright z nieruchomą twarzą.

– Nie. Niby dlaczego, skoro i tak mi zrobicie krzywdę?

Rozmyślnie powoli Jasmine zdjęła strzelbę z pleców. Claire patrzyła z przerażeniem na dubeltówkę obrzyna, wycelowaną w jej twarz.

– Dlaczego? – powtórzyła bez emocji Jasmine. – Powiem ci: ponieważ twoje nikłe szanse, niezmiernie nikłe, skurczą się do zera, jeśli odmówisz współpracy.

– Nie ośmielisz się – oświadczyła Claire, udając zuchwałość, jednak w rzeczywistości nie wątpiła, że dziewczyna się ośmieli.

– Szkoda tylko, że zmarnuje się dobry materiał. – Jasmine spojrzała wzdłuż luf, mrużąc jedno oko, jakby z odległości metra musiała celować. – Ale zawsze możemy znaleźć więcej. Zawsze mogliśmy znaleźć więcej.

Pozostali patrzyli z błyszczącymi oczami, oblizując usta z podniecenia. Jasmine też się uśmiechnęła, po raz pierwszy; jej twarz przybrała szatański wyraz, wargi się wykrzywiły, szkliste oczy patrzyły przez Claire na wylot, jakby nie obchodziło jej ani trochę, kogo zastrzeli.

Claire pospiesznie ściągnęła żakiet i bluzkę, rozpięła guzik z przodu spodni i przekręcając się, ściągnęła je z posiniaczonych nóg. Usiadła zawstydzona w majtkach i staniku i skrzyżowała ramiona, żeby się zasłonić.

Przyglądali jej się beznamiętnie.

– Wszystko – rozkazała Jasmine.

– Dlaczego wszystko? – zapytała łzawo Claire.

– Ponieważ, moja droga, upokorzenie to część rytuału – wyjaśnił Enwright.

– Wszystko – powtórzyła Jasmine, szturchając ją w ramię lufą.

– Więc jesteście też zboczeńcami? – Pochlipując, Claire rozpięła stanik i uniosła biodra, żeby ściągnąć majtki. – Mogłam się domyślić…

– Nic nie wskórasz, broniąc swojej godności – oświadczył Enwright. – Jasmine musiała poświęcić znacznie więcej niż ty.

– Ładna cipka – skomentował Arnie, ale groźne spojrzenie Enwrighta powstrzymało go przed dalszymi ordynarnymi uwagami.

– Na co czekasz? – rzuciła Jasmine, wskazując kupkę ubrań.

Ledwie mogąc uwierzyć w to, co się dzieje, Claire włożyła krzykliwy strój. Nie pasował idealnie, jak uprzedzał Enwright – był trochę za duży, ale kiedy zaciągnęła pasek na ostatnią dziurkę, jakoś się trzymał. Popatrzyła na nich. Znowu obserwowali ją w milczeniu, ale tym razem z aprobatą. Luke podniósł coś z ciemności za nim: kartonowe pudło pełne zieleni. Przeniósł wzrok na Enwrighta, który kiwnął głową, a potem uśmiechnął się, kiedy pozostali rzucili się na Claire, pokrzykując i pohukując.

Wrzeszczącą Claire przygnieciono do podłogi. Pudło zawierało pokrzywy i osty. Śmiejąc się przesadnie, młodzi chwytali pełne garście zielska i wpychali jej pod ubranie.

ROZDZIAŁ 45

Zanim Heck dotarł do zachodniej bramy posiadłości, zjawiły się tam miejscowe siły porządkowe w postaci dwóch range roverów z wydziału drogowego. Zamknęli już główną drogę pachołkami i migającymi światłami ostrzegawczymi. Hyundai Gary'ego Quinnella leżał na dalszym pasie, przewrócony na dach, wgnieciony od strony kierowcy. Po asfalcie ciągnął się błyszczący szlak potrzaskanego szkła i odłamków metalu.

Sam Quinnell siedział na krawężniku, a obok niego przykucnął policjant z drogówki w białym kasku i odblaskowej kurtce, spisując zeznania. Twarz, koszula i krawat Quinnella były poplamione krwią, która ściekła z paskudnego rozcięcia na czole. Na widok Hecka pokręcił głową.

– Przepraszam, wyskoczył znienacka. Ponad osiemdziesiątką. Jak cholerny czołg. Walnął prosto we mnie.

– Potraktują tak każdego, kto im stanie na drodze – powiedział Heck. – Nic ci nie jest?

– Trochę jestem roztrzęsiony. Przed minutą próbowałem wstać i zakręciło mi się w głowie.

– Karetka już jedzie – odezwał się policjant z drogówki.

– Dobrze – rzucił Heck. – Zabierzcie go na ostry dyżur. Dopilnujcie, żeby szybko się nim zajęli, hm? Tymczasem musimy namierzyć ten wóz.

– Służby lotnicze zostały zaalarmowane – powiedział policjant z drogówki. – Ale on jechał na zachód, a tam jest M6... a na autostradzie jest mnóstwo ciężarówek.

– Detektyw sierżant Fisher do detektywa sierżanta Heckenburga – zapiszczało radio Hecka.

– Mów, Eric.

– Musisz tu wrócić, Heck.

– Poprawka. Muszę znaleźć tę zaginioną ciężarówkę, zanim coś bardzo złego spotka Claire Moody.

– Właśnie dlatego powinieneś tu wrócić. Enwright zostawił całkiem sporo... to najlepszy trop, jaki mamy.

Heck wahał się przez męczącą chwilę, zanim podjął decyzję.

– Jadę.

• • •

– No więc co wiemy? – Heck wszedł do gabinetu Enwrighta, zdzierając z siebie marynarkę.

Walec wciąż tkwił w roztrzaskanych drzwiach do magazynu. Obszerne biurko Enwrighta stało w kącie, gdzie je zataszczyli, i teraz rozpostarto na nim osmaloną mapę, którą Heck uratował z płonącego pawilonu. Eric Fisher dzielił uwagę pomiędzy mapę a komputer, do którego podłączył słuchawki. Z faksu w kącie kartka po kartce spływały jakieś dokumenty.

– Pytałem, co mamy?! – powtórzył Heck podniesionym głosem, bo Eric nie zareagował.

– Och, przepraszam, Heck. – Fisher zdjął jedną słuchawkę. – Różne drobiazgi. Najpierw rzuć okiem na tę mapę.

Heck posłuchał, ale rozpoznawał tylko zarysy lasów, pól i wąskich dróg, zapewne wiejskich ścieżek. Nie potrafił odczytać bazgrołów naniesionych markerem.

– Najpierw nie mogłem rozgryźć, gdzie to jest – powiedział Fisher. – Ale teraz chyba wiem. Sale Green i Huddington to wskazówki. – Pokazał dwie maleńkie wioski w lewym i prawym dolnym rogu mapy. – To otwarty teren pomiędzy Worcester a Redditch. Oczywiście to nie powie nam, co zamierzają.

Heck pokręcił głową.

– Cokolwiek to jest, musimy tam jechać. Worcester jest tylko sześćdziesiąt kilometrów od Riphall. Mogą już tam być.

– Szukanie na ślepo to nie bułka z masłem. Ta mapa obejmuje spory obszar.

– Okej, będziemy potrzebowali oddziałów piechoty. Miejmy nadzieję, że Zachodnia Mercja paru użyczy.

– Nic więcej w pawilonie? – zapytał Fisher.

– Większość się spaliła. Nie było czasu przejrzeć reszty. – Heck wskazał faks. – Co to jest?

– Kryminalna kartoteka Enwrighta.

– Dobrze. – Heck chwycił kartki, zwinął i wepchnął do kieszeni marynarki. Odwrócił się do komputera. – Co tam podsłuchujesz?

– Przeglądam jego pliki audio.

– Nie są zaszyfrowane?

– Nie.

– Nie spodziewał się, że go dopadniemy, co?

– Powinieneś posłuchać paru kawałków.

– Nie ma czasu.

– To ważne, Heck. Najpierw myślałem, że nie mają związku. To głównie akademickie materiały, eksperymenty antropologiczne, obserwacje zachowań społecznych, takie rzeczy. Ale potem się zorientowałem, że całkiem sporo dotyczy tych dzieciaków, które odstawiły samowolkę. – Wskazał szkolne akta leżące na pobliskim regale. – I bynajmniej nie są pochlebne.

Heck niechętnie zaczekał, aż Fisher zdejmie słuchawki. Usłyszał głos Enwrighta – gładki, fałszywy, leniwie sączący słowa, jakby rejestrował szereg przypadkowych spostrzeżeń. Na temat Garetha Holkera, przewodniczącego klasy i kapitana drużyny rugby; te dwa osiągnięcia Enwright traktował z lekką pogardą, jednak uważał za swoją zasługę.

„Powiadają, że z gówna bata nie ukręcisz, że ze świńskiego ucha nie zrobisz kożucha... Co za banały, typowe zarozumialstwo tak zwanych inteligentów. Jakim sposobem ludzie, którzy nie mają w życiu nic, zostają świetnymi żołnierzami sił specjalnych? W jaki sposób posługacz awansuje i na koniec kieruje międzynarodowym koncernem? W każdym z nas drzemią ukryte moce, o których nie wiemy. Trzeba tylko je uwolnić. Ten chłopiec mógłby się wspiąć na pionową skałę, dźwigając pięćdziesiąt kilogramów cegieł na plecach, gdyby go odpowiednio zmotywować. Chodzi o umysł, nie ciało, zwłaszcza młody umysł. Tak łatwo dający się naginać, kształtować...".

Heck spojrzał na Fishera.

– Jest tego więcej?

Fisher lekko przesunął kursor.

– Dużo więcej.

„Hitlerjugend to doskonały przykład. Daj im flagę, a należą do ciebie. Nawet jeśli nie wierzą do końca, osiągają etap, kiedy od właściwego postępowania ważniejsza jest akceptacja...".

– On jest nienormalny – oświadczył Heck. – Jakbyśmy już tego nie wiedzieli.

Fisher nacisnął klawisz „off".

- Przynajmniej pomaga to wszystko wyjaśnić.

- Jeśli nie zrozumieć. Nie ma tam nic o Worcester, nic konkretnego?

- Nic konkretnego. Tylko materiały o tych dzieciakach, z okresu miesięcy, lat.

- Możesz wrzucić odnośne kawałki na jedno MP3?

Fisher uniósł krzaczaste brwi.

- Jestem detektywem, nie hakerem.

- Codziennie spędzasz większość czasu w sieci.

- Jak szybko tego potrzebujesz?

- Na wczoraj. - Heck potarł czoło. - Na razie nie mam wyboru. Muszę się opierać na więźniach.

- Z Latimera dużo nie wyciśniesz - uprzedził Fisher. - Zabrali go do szpitala ze złamaną szczęką.

- Serce mi krwawi.

- Mogą być kłopoty. Jego rodzice to szychy w przemyśle filmowym.

- Urzędują tutaj?

- W LA, o ile wiem.

- Podczas gdy ich syn marnieje w szkole z internatem w deszczowej Anglii? To wiele wyjaśnia.

- Czy Holker będzie mówił?

Heck pokręcił głową.

- To twardziel. Enwright urabiał go najdłużej. Co z Worthingtonem? Ciągle jest na terenie?

Fisher ruchem głowy wskazał drzwi gabinetu, przez które właśnie wmaszerował Charlie Finnegan.

- Worthington? - zapytał Heck.

- Aha. - Finnegan zajrzał do notatek. - Pochodzi z Bolton. Prawie na pewno ich wtyczka w zoo. Niekarany. Podobno wzorowy uczeń.

- Ciągle tu jest?

- Siedzi w radiowozie.

– Zabierz go stamtąd. – Heck włożył marynarkę. – Pojedzie z nami.

– Co? Dokąd?

– Jedziemy do Worcester. Pogadamy z nim po drodze.

– Hę? – Finnegan wydawał się zaskoczony. – Chwila,
sierżancie, my... nie możemy tego zrobić.

– Wciąż jest naszym więźniem, prawda?

– Oficjalnie tak.

– Świetnie. Jeśli ktoś zapyta, zabierasz go do najbliższego aresztu. Twój przełożony nieraz wydawał ci specjalne
polecenia.

– Ale ten chłopak jest nieletni.

– Więc znajdź odpowiedniego dorosłego.

– A co z legalnym przedstawicielem?

– Może jeszcze kupimy mu pieska? – warknął Heck. –
I xboxa, żeby się nie nudził? Nie rozumiesz, Charlie, że
ktoś umrze, jeśli nie weźmiemy dupy w troki? Rusz się,
do cholery!

ROZDZIAŁ 46

– Dziwne, że nikt dotąd nie zauważył tej ciężarówki – rzucił Charlie Finnegan, widząc następny wóz patrolu drogowego zaparkowany na wiadukcie nad autostradą, po której pędzili.

– Są sprytni – mruknął Heck, skupiony na pogniecionym wydruku kartoteki Enwrighta, którą zdążył już przeczytać kilka razy. – Nie zdziwiłbym się, gdyby się zatrzymali i założyli nowe tablice. Zyskaliby dość czasu, żeby przejechać sześćdziesiąt kilometrów.

Mijany znak drogowy informował, że od Worcester dzieli ich tylko dwadzieścia pięć kilometrów. Na M5 panował zwyczajny tłok, ale zbliżał się wieczór i godziny szczytu już się kończyły. Oczywiście korzyści z tego wynikające równoważył zapadający zmierzch – jakby nie mieli dość kłopotów z tak dużym obszarem zaznaczonym na mapie. Nie żeby Heck chwilowo się tym martwił.

Ponownie spojrzał na kartotekę trzymaną na kolanach. Według wszelkich kryteriów wyglądała niepokojąco, żeby nie rzec: szokująco. Gdyby coś takiego zdarzyło się teraz, rutynowo wkroczyłaby opieka psychiatryczna, ale przełom lat sześćdziesiątych i siedemdziesiątych zeszłego wieku był epoką prowizorki, kiedy „opiekę" rzadko stawiano na pierwszym planie i zwykle uważano, że jeśli ktoś zachowuje się niedopuszczalnie, wystarczy mu natrzeć uszu.

Finnegan siedział za kierownicą volkswagena Hecka. Na tylnym siedzeniu tłoczyła się trójka pasażerów. Z jednej strony siedział szczupły młody posterunkowy, ten sam, który bez powodzenia próbował wyważyć ramieniem drzwi do magazynu Enwrighta; nazywał się Mapling. W środku, przykuty do Maplinga, siedział Anthony Worthington, wciąż w szkolnym mundurku, z nadąsaną miną, z którą wyglądał bardziej jak urwis z telewizyjnych kreskówek niż prawdziwy przestępca. Z drugiej strony, przyciśnięta do drzwi, siedziała Wanda Clayley, zadbana wicedyrektorka, wyraźnie przygnębiona i kompletnie skołowana. Raz po raz próbowała wziąć Worthingtona za rękę – chociaż ciągle ją odtrącał – jakby szukała pociechy zarówno dla siebie, jak i dla swojego zbłąkanego podopiecznego.

– Czy wasza szkoła ma w ofercie dla uczniów strzelanie do rzutków, pani Clayley? – zapytał Heck.

W pierwszej chwili jakby go nie usłyszała.

– Och, eee, tak. Zawsze mieliśmy. Nie wszyscy chłopcy wyróżniają się w futbolu czy rugby...

– Albo łucznictwie – wtrącił Heck.

Policzki jej jeszcze bardziej poczerwieniały.

– St Bardolph's to szkoła z internatem, sierżancie Heckenburg. Z konieczności oferujemy jak najszerszy asortyment zajęć pozalekcyjnych. A ponieważ jesteśmy na wsi...

– Tak, słyszałem. – Potarł kark, bo wcześniejszy uraz teraz odezwał się bólem. – Proszę nam wyświadczyć przysługę. Po powrocie niech pani sprawdzi, czy w szkolnym magazynie broni brakuje tylko jednej dubeltówki. Na pewno sporo kosztowały. – Przeniósł spojrzenie na Worthingtona. – Co u ciebie, Anthony?

Chłopak ziewnął, jakby znudzony.

Heck pokazał mu mały dyktafon, teraz nastawiony na nagrywanie. Położył go na desce rozdzielczej.

– Zdajesz sobie sprawę, że zostałeś pouczony?

Worthington wyjrzał przez okno.

– Myślisz, że twoi przyjaciele nic nie powiedzieli? Wiemy wszystko. Jesteś współwinny dziewięciu zabójstw z torturami. Wyjaśnię ci, co to znaczy. Nie wyjdziesz na wolność przez bardzo, bardzo długi czas.

Worthington ponownie udał, że ziewa.

– Ładny pokaz brawury, synu, ale dobrze wiem, że obawiałeś się schwytania. No bo dlaczego uciekałeś przede mną?

Worthington spojrzał w bok, wreszcie łaskawie zauważając obecność pani Clayley.

– Wolno im to robić?

Pani Clayley wydawała się zakłopotana całą sytuacją, ale kiwnęła głową na znak, że myśli (albo ma nadzieję), że policja działa zgodnie z prawem.

– To się nazywa przesłuchanie w trybie pilnym, Anthony – wyjaśnił Heck. – Dopuszczone jest przez ustawę, która pozwala przesłuchać każdą aresztowaną osobę przed przewiezieniem na posterunek policji, jeśli takie przesłuchanie może uchronić inną osobę przed fizycznymi obrażeniami. Dzięki gadaninie twojego kumpla Garetha mam uzasadnione podejrzenie, że gdybyśmy tracili czas na zamykanie cię w miejscowym mamrze, a potem czekali, aż raczy się zjawić twój obrońca, Claire Moody straciłaby życie. Czy się mylę?

Worthington ponownie udał brak zainteresowania.

– Anthony – syknęła pani Clayley – porozmawiaj z panem. Powiedz mu, co chce wiedzieć. Udowodnij mu, że to jedna wielka pomyłka, a potem wszyscy wrócimy do domu.

Chłopak pokręcił głową, jakby nie mógł uwierzyć, z jakimi kretynami się zadaje.

– Okej, Anthony – podjął Heck. – Jeśli nie chcesz rozmawiać o Claire Moody, powiedz nam, dlaczego jedziemy do Worcester. – Na to pytanie chłopak też nie odpowiedział, ale Heck zauważył lekkie napięcie jego ramion. – No dalej, Anthony... należysz do szkolnego kółka historycznego, a to jest słynne stare miasto. Z pewnością o nim słyszałeś?

– Ależ oczywiście, że słyszał – wtrąciła pani Clayley, spoglądając z konsternacją na ucznia. – Kilka miesięcy temu doktor Enwright zabrał tam ich wszystkich na wycieczkę na pole bitwy. Osobiście wyraziłam zgodę.

– Na pole bitwy, hę? – Heck nie słyszał o żadnym polu bitwy w pobliżu Worcester, chociaż w pamięci zabrzmiały mu słowa Holkera o „zdradzie".

– Bitwę pod Worcester stoczono w tysiąc sześćset pięćdziesiątym pierwszym roku – podsunęła uczynnie pani Clayley. – To była ostatnia bitwa w angielskiej wojnie domowej. Zakładałam, że planowali oprzeć na tym kolejne przedstawienie kółka historycznego.

– O tak, coś planowali – potwierdził Heck. – Ale pani nigdy by tego nie zobaczyła. – Wbił spojrzenie w więźnia. – Więc możesz ze mną porozmawiać, Anthony. Nie jechalibyśmy teraz do Worcester, gdybyśmy tego nie wiedzieli. Aresztowanie ciebie nie kupi twoim kumplom więcej czasu, niż już mają. Ale powinieneś się cieszyć, bo jeśli im się uda, to będzie dziesiąte zabójstwo, w które jesteś zamieszany.

Worthington wydął wargi jakby z rozbawieniem, ale nie wyglądał równie przekonująco jak wcześniej.

– Posłuchaj, synu, nie jesteś tępy. Wiesz, że mięczak z ciebie. Nawet w poprawczaku będziesz białym mięskiem. A po kilku latach przeniosą cię do dużych chłopców i wtedy poznasz całkiem nowy poziom brutalności...

– Sierżancie Heckenburg! – oburzyła się pani Clayley. – Doprawdy nie rozumiem...

– Ważne, żeby o tym wiedział – przerwał jej Heck. – Ponieważ zapewniam cię, Anthony, że nikt ci nie pomoże uniknąć tej bardzo paskudnej przyszłości, która cię czeka. Nikt, chyba że… ty sam. – Zawiesił głos. – Muszę dokładnie wiedzieć, gdzie są twoi przyjaciele i co planują. Zabrałem nawet mapę, więc możesz mi pokazać. Zrób to, a ja będę usilnie podkreślał, że nie tylko żałujesz swoich czynów, lecz od początku tego nie popierałeś.

Policzki Worthingtona wyraźnie się zarumieniły. Wreszcie przemówił, ale dziecinnym, nadąsanym tonem, ze spuszczonymi oczami.

– Doktor Enwright nas uprzedzał, że pan będzie tego próbował. Zawierać z nami układy. Mówił, że pan nic nam nie może dać. To będzie tylko takie gadanie.

– Anthony! – wykrzyknęła pani Clayley. – Co ty wygadujesz?

– Stać cię na takie ryzyko? – zapytał Heck. – Musisz ze mną rozmawiać. Nie masz innego wyjścia.

– Właśnie że mam – odparł Worthington, wciąż nadąsany. – Mówił nam, że będą próbowali nas wyleczyć, nie karać. Dzieci, które zabijają, nigdy nie siedzą długo.

– Nie musisz długo siedzieć, żeby ci poderżnęli gardło, synu.

– Sierżancie, proszę! – zaprotestowała pani Clayley.

– Masz siedemnaście lat, Anthony, może nawet nie zaliczą cię do dzieci. Ale powiem ci, co myślę. Uczestniczyłeś w tych aktach, bo doktor Enwright cię zmusił.

– On nas nie zmuszał. Wszyscy się zgłosiliśmy na ochotnika.

– Rozlepiał plakaty na szkolnych korytarzach, tak? „Każdy, kto chce dokopać światu, brutalnie mordując ludzi, niech się zgłosi na rozmowę". Czy on prowadził nabór, Anthony? Ilu kandydatów odrzucił? – Heck prychnął. – Powiem ci, synu… żadnego. Każdy, kto się zgłosił, był przyjęty. Chcesz wiedzieć dlaczego? Bo on was umyślnie wybierał.

Wyszukiwał samotnych, odizolowanych ludzi, takich, których zaniedbywano albo tyranizowano, albo maltretowano. I położył kres temu wszystkiemu, prawda?

Worthington rzucił mu nieme spojrzenie, przepełnione nienawiścią, chociaż płynącą bardziej z zażenowania, świadomości, że Heck go przejrzał.

– To stworzyło więź zaufania, prawda? – ciągnął Heck. – I przez lata on wykorzystywał to zaufanie przeciwko wam, żeby was zmienić, żebyście raczej nienawidzili waszych wrogów, zamiast ich się bać, żeby przełamać wszelkie moralne opory, jakie jeszcze mogliście mieć.

– Sierżancie Heckenburg… – Pani Clayley pokręciła głową. – Bardzo się pan myli co do doktora Enwrighta. To na pewno jest jakieś straszne nieporozumienie.

– Pani Clayley, opowiem pani o doktorze Enwrighcie. – Heck przygwoździł ją swoim najbardziej rzeczowym spojrzeniem. – W wieku dwunastu lat aresztowano go za kradzież „kościelnego chleba".

– Zdaję sobie sprawę, że miał zły start w życiu…

– Kościelny chleb, pani Clayley? Czy to nie hostia? Ciało Chrystusa? Które następnie pokruszył i nakarmił nim gołębie na kościelnym dziedzińcu.

– Był jeszcze dzieckiem. Gdybyśmy wszyscy musieli zapłacić za nasze czyny…

– Zgoda, ale to trochę dziwne, nie uważa pani? Zwłaszcza że kilka tych gołębi zdechło, ponieważ natarł hostię trutką na szczury. Rozumie pani. Otrucie niewinnych zwierząt komunijnym opłatkiem, a potem… Co jeszcze zrobił? – Ostentacyjnie zajrzał do dokumentów. – Ach tak, wrzucił ich truchła do chrzcielnicy. – Znowu na nią spojrzał. – Postępek zdecydowanie niereligijny. Trochę wykracza poza zwykłe bluźnierstwo, zgodzi się pani?

Sądząc po szklistym spojrzeniu, pani Clayley się zgadzała.

Heck ponownie zwrócił się do Worthingtona:

– Twój mentor, Anthony. Niezły gość, co?

Worthington wydawał się zafascynowany tym, co usłyszał. Jednak po chwili pokręcił głową, jakby usiłował sam siebie przekonać, że to kłamstwo.

– Doktor Enwright mówił, że będziecie rzucać oskarżenia. Ale my wiemy, kim on jest naprawdę. Jest krzyżowcem. Wiedzieliśmy od początku, że ludzie ucierpią. Mówił, że to jedyny sposób. Musieliśmy wstrząsnąć krajem, żeby ludzie zrozumieli, że święte dni są ważne.

– Profanując je? – zapytał Heck.

– Nie! – krzyknął Worthington z wściekłością. – Wyszydzając tych, którzy już je profanują.

– A martwe ptaki w kościelnej chrzcielnicy? Kogo wyszydzał doktor Enwright tamtego dnia?

– To było po to, żeby stał się silny.

– O czym ty mówisz?

– Nam też kazał to zrobić… ze szczurami i myszami.

Zdumiony Heck zamilkł.

– Anthony – szepnęła pani Clayley – co ty wygadujesz?

Worthington oddychał szybko i ciężko, twarz wciąż miał czerwoną, ale jego zaślinione wargi wykrzywiły się w idiotycznym, wyzywającym uśmiechu.

– I nie trucizną, tylko gołymi rękami. – Wysunął podbródek, jakby dumny ze swojego osiągnięcia, ale Heck dostrzegł łzy błyszczące w kącikach jego oczu. – Żebyśmy byli gotowi na nadchodzącą walkę przeciwko prawdziwym szkodnikom. Narkomani i pijacy, prostytutki i dresiarze, którzy niszczą Wielką Brytanię, zmieniają ją w bezduszną kloakę, gdzie chodzi tylko o to, żeby pokazać cycki za sznurek paciorków albo wypić jak najwięcej kolejek, bo w barze jest promocja.

– A tamta młoda para w West Pennine Moors? – zapytał Heck. – Jaki oni wnosili wkład do kloaki?

- Może po ich zniknięciu w publicznych miejscach piknikowych będzie leżało mniej zużytych kondomów.

Charlie Finnegan roześmiał się.

- Mocna wersja religii, muszę ci to przyznać.

- Nie chodzi o religię – warknął Worthington. – Nie taką, jak rozumieją ją ludzie. Chodzi o duchowość, nie o dogmaty. Nieważne, jakim bogom czy duchom oddajesz cześć...

- Przełknąłeś każdą bzdurę, którą cię nakarmił, co, synu? – zagadnął Heck.

- Po prostu musimy przypomnieć ludziom, że jest coś jeszcze...

- I zabijacie ich, żeby im przypomnieć? – zapytała z niedowierzaniem pani Clayley.

- Wiem, że to trudna lekcja – powiedział Worthington. Strumienie łez spływały mu po policzkach. – Ale to dla ich dobra. Doktor Enwright nazywa to „twardą miłością".

- Twarda miłość? – Heck nie mógł dłużej słuchać. – Co to za pierdoły?!

- Sierżancie! – zaprotestowała słabo pani Clayley.

- Morderstwo to morderstwo, Anthony!

- Pan nie rozumie...

- Rozumiem doskonale. – Heck nachylił się do niego. – Ponieważ zamknąłem więcej zabójców, niż ty zjadłeś frytek. A Leo Enwright nie różni się od nich wszystkich. To narcystyczny czubek, który urządza przedstawienie, żeby zaszokować świat, wyłącznie dlatego, że czerpie z tego chorą przyjemność. Ale wiesz co, nawet nie jest cholernym oryginalnym autorem tej katastrofy. Proszę. – Wyłowił coś z wewnętrznej kieszeni marynarki: wyświechtaną broszurę zamkniętą w plastykowej torebce na dowody. – Pokazuję podejrzanemu eksponat MH33. Co jest napisane na okładce, Anthony? No, dalej!

- *Krwawe święto*! – przeczytał Worthington.

– Zgadza się. *Krwawe święto.* – Heck wyjął broszurę z torebki i wręczył chłopcu. – Śmiało, możesz dotknąć. Mamy mnóstwo egzemplarzy.

Worthington nieufnie wziął zeszyt.

– Ten horror napisał w dwa tysiące piątym roku Dan Tubbs – oznajmił Heck. – Tak się składa, że też stuknięty, ale nie w tej samej lidze co twój kumpel Enwright. W tym dziełku banda nieudaczników, całkiem jak ty i twoi przyjaciele, z okazji świąt składa ofiary z ludzi.

Chłopak przeniósł nierozumiejące spojrzenie z książeczki na Hecka i z powrotem na książeczkę.

– Jedyna różnica pomiędzy świrami z tego opowiadania a waszą gromadką polega na tym, że oni oddawali cześć starym bogom, próbując ich obudzić. Wy tego nie próbowaliście, co, Anthony? Właściwie nie wiem, dlaczego pytam, bo szczerze mówiąc, wątpię, czy w ogóle wiedzieliście, co robicie. No, dalej… wytęż ten swój wspaniały móżdżek. Przeczytaj to draństwo. Leo Enwright przeczytał, a jakże. Dostał to za darmo jakieś sześć lat temu na konwencie fanów horroru.

Worthington wciąż sprawiał wrażenie, że nie wierzy w to, co słyszy. Prawie z niechęcią zaczął kartkować broszurę.

– Założę się, że tej szmiry nie było w waszym programie reedukacji, co? – zagadnął Heck. – Oczywiście teraz nie zdążysz przeczytać całości, więc pozwól, że ci streszczę. W dniu świętego Walentego serca dwojga kochanków zostają przebite strzałą. W Wielki Piątek ksiądz zostaje ukrzyżowany. Nie żaden pedofil, z którym jego ofiara chce wyrównać rachunki. Nie, ten jest porządny. Dba o swoją trzódkę i wspomaga biednych, dzięki czemu bardziej przypomina Jezusa, rozumiesz. Całkiem jak ta biedna dziewczyna, Kate Rickman.

Worthington nie odpowiedział. Czytał wybrane akapity z broszury i mina coraz bardziej mu rzedła.

– Coś ci powiem – ciągnął Heck. – Miałbym o tobie lepsze zdanie, Anthony, gdybym nie podejrzewał, że w tej chwili martwią cię nie te ohydne zbrodnie, w których uczestniczyłeś, tylko świadomość, że twój guru nie potrafił wymyślić nic oryginalnego. Chociaż traktowałeś go tak, jakby rozmawiał przez gorącą linię z samym Bogiem… ty mały głupku! Oddałeś całe swoje życie dla zboczonych fantazji wariata!

– Sierżancie, tego już za wiele! – skarciła go pani Clayley. Spojrzał na nią z irytacją, chociaż zapewne miała rację.

– Przepraszam za głupka, Anthony, ale chyba rozumiesz, do czego zmierzam.

Worthington podniósł na niego wzrok; wydawał się zagubiony, zbity z tropu.

– Ten facet całkiem zamydlił wam oczy – dodał Heck. – Załatwił wam długą, długą odsiadkę. I dlaczego? Bo za mało ludzi mu mówiło, jaki jest cudowny, genialny i niezwykły.

Chłopak ponownie spojrzał na broszurę. Przewrócił jeszcze kilka kartek sztywnymi, zakrzywionymi palcami. Sądząc po szklistym wzroku, nawet nie widział tekstu.

– Sierżancie Heckenburg – zaczęła pani Clayley. – Rozumiem, że nie ma pan wyboru, musi pan rozmawiać z Anthonym w ten sposób. Ale naprawdę uważam, zważywszy na jego stan emocjonalny i dzisiejsze okropne wydarzenia…

– Dzień… Dzień Królewskiego Dębu – wyjąkał Worthington.

Wszyscy w samochodzie obejrzeli się na niego. Nawet Charlie Finnegan na chwilę odwrócił się od kierownicy.

– Co to znaczy, Anthony? – zapytał Heck.

– Dzień Królewskiego Dębu to następne święto, które zamierzamy uczcić.

– Dzień Królewskiego Dębu? – powtórzył Heck. – Możesz nam powiedzieć coś więcej?

– Dwudziestego dziewiątego maja. – Worthington przełknął ślinę. – Upamiętnia ucieczkę Karola Drugiego przed Cromwellem po bitwie pod Worcester. I restaurację monarchii angielskiej w tysiąc sześćset sześćdziesiątym roku.

– Dwudziestego dziewiątego maja – powtórzył Finnegan. – Co nam daje trochę czasu.

– Nie. – Worthington pokręcił głową. – Tym razem będzie inaczej.

– Jak? – zapytał Heck.

Chłopak poruszył ustami, jakby mimo wszystkiego, czego się dowiedział, nadal czuł, że dopuszcza się zdrady. Z oczu znowu popłynęły mu łzy.

– Mieliśmy... mieliśmy taką umowę... że jeśli kogoś z nas złapią, pozostali przyspieszą następną ceremonię. Złożą ofiarę wcześniej, zanim aresztują innych.

– Okej, więc kiedy?

– Jak najszybciej. Pewnie dziś w nocy.

– Dziś w nocy?

– Jeśli tam dojadą na czas.

– Dojadą dokąd? Pewnie gdzieś na pole bitwy?

– Doktor Enwright znalazł idealne miejsce – oznajmił Worthington. – Pod starym dębem.

Pani Clayley spojrzała na Hecka.

– Karol Drugi ukrył się w konarach dębu po bitwie, kiedy okrągłogłowi go szukali.

– To samo drzewo? – zapytał Heck. – Czy to słynne miejsce?

– Nie, tamto drzewo ścięto wiele lat temu.

Heck znowu spojrzał na Worthingtona.

– Co się stanie w Dniu Królewskiego Dębu?

Chłopak zwiesił głowę, ale oddychał już swobodniej, jakby nagle mu ulżyło, kiedy już zaczął sypać.

– Wojna domowa była wojną religijną, nie tylko polityczną.

– Tak?

– Teraz mało kto o tym pamięta, ale wtedy powrót Stuartów postrzegano jako nauczkę dla fundamentalistycznych protestantów. I to był czas zabawy. Urządzano parady, pikniki, bale kostiumowe i tak dalej; również jako pretekst, żeby robić sobie jaja z antyrojalistów, których napiętnowano jako zdrajców.

Znowu to słowo, „zdrada", pomyślał Heck.

– Czasami to się wymykało spod kontroli – mówił Worthington. – Każdy musiał nosić gałązkę z liśćmi dębu jako znak lojalności wobec Korony. Kto tego nie zrobił, ryzykował, że zostanie obrzucony jajkami i wychłostany sznurami z pokrzyw.

– Miło.

– Ochotnicy przebierali się za zdrajców i defilowali ulicami, a ludzie rzucali w nich odpadkami. Czasami urządzano obławę na niby. Na pamiątkę prawdziwej obławy na Karola Drugiego.

– A kiedy go złapano, wszyscy pewnie się upijali? – zagadnął Heck. Worthington przytaknął. – Tylko że tym razem tak nie będzie, co, Anthony?

– Nie.

– Mów dalej.

– Oliver... – Worthington zadygotał, jakby nagle dotarło do niego wszystko, w czym brał udział. – Zabijając Karola Pierwszego i ścigając Karola Drugiego, Oliver Cromwell i jego królobójcy dopuścili się zdrady. Tych, których schwytano... – podniósł udręczony wzrok – wieszano, topiono i ćwiartowano.

ROZDZIAŁ 47

Kiedy po raz pierwszy nałożyli Claire maskę, spanikowała. Przytrzymali ją siłą, co samo w sobie było męczarnią z powodu parzących pokrzyw wepchniętych pod ubranie, ale na widok ohydnej gumowej gęby z jej ust wyrwał się wrzask. Maska miała groteskowo wyolbrzymione rysy: grube, opadające brwi z szorstkimi czarnymi włosami, wystający nos i podbródek, złośliwy uśmiech pod sztywnym czarnym wąsem. Ale najwstrętniejsze były olbrzymie brodawki rozsiane dosłownie wszędzie.

– To jest twarz zdrajcy, którego upadek świętujemy w Dniu Królewskiego Dębu – oznajmił uroczyście doktor Enwright.

Claire wrzasnęła jeszcze głośniej, kiedy zobaczyła, że Luke smaruje wnętrze maski superklejem. Gorączkowo pokręciła głową i zaczęła kopać, ale poskromili ją brutalnie. Dziewczyna imieniem Heather spoliczkowała ją z taką siłą, że zapiekło, i mocno przytrzymała jej głowę. Maska przyciśnięta do twarzy prawie całkowicie przesłoniła pole widzenia Claire; szpary na oczy były za wąskie i za wysoko umieszczone. Klej był zimny i oślizły, ale czuła już, jak twardnieje i naciąga skórę.

– Kiedy maska się przyklei, czyli za parę sekund – powiedział doktor Enwright – nie radzę próbować jej zdjąć. Oderwie się, ale razem z kawałkami ciała.

– Mój Boże, mój Boże… – bełkotała Claire.

– Tak przemawiał ten purytański zdrajca, kiedy mordował niewinnych w Wexford i Droghedzie – odparł Enwright. – Dla jednego Bóg to dla drugiego Szatan, jak widać. Nieważne. Nasz rytuał celebruje święte i nieświęte. Nie stajemy po żadnej stronie w tej odwiecznej walce.

Claire leżała drżąca, ledwie słysząc ten obłąkany wywód, na nowo oblewając się potem, który przesiąkał przez wilgotne rośliny pod ubraniem.

Nagle rozległo się zgrzytanie biegów i pisk hamulców. Pojazd podskoczył i zatrzymał się z poślizgiem na nierównym gruncie. Metaliczne szczęknięcie oznaczało, że odsunięto zasuwy. W ograniczonym polu widzenia Claire zajaśniało słabe dzienne światło, owiał ją chłodny wiatr. Bezceremonialnie postawiono ją na nogi, przeprowadzono przez wnętrze ciężarówki i opuszczono na coś, co wydawało się trawiastym poboczem.

Potknęła się i upadła na kolana; nikt nie próbował jej podtrzymać ani nie pomógł wstać. Usłyszała tupot nóg, kiedy porywacze wsiadali z powrotem do ciężarówki. Z niedowierzaniem usłyszała skrzypienie zawiasów, kiedy zamykano ciężkie tylne drzwi, a potem serię donośnych łoskotów, gdy zamykano zasuwy. Przeraźliwy warkot silnika, rozpryskiwany żwir, ciepły podmuch trujących spalin… i pojazd odjechał.

Claire wciąż klęczała, dysząc ciężko, zlana potem. Nie mogła uwierzyć, że ją tu zostawili. Po kilku sekundach warkot ciężarówki ucichł, a potem całkiem zamilkł. Zamiast niego usłyszała świergot ptaków i szum lekkiego wiatru. Z rozpaczliwą determinacją zaczęła szarpać paznokciami gumę zakrywającą jej twarz, ale im mocniej ciągnęła, tym bardziej napinała skórę. Jęczała, a potem wyła, kiedy skóra pękła. Maleńkie rozdarcia w masce zmieniły się w porządne szpary. Claire uparcie ciągnęła i wykręcała. Zdarła jeszcze więcej skóry, ale wreszcie oderwała duże kawałki gumy. Kiedy usunęła resztki znad nosa i oczu, a razem z nimi pozbyła się brwi, zobaczyła, że klęczy obok polnej drogi biegnącej przez puste wrzosowisko, zabarwione na krwawoczerwono promieniami zachodzącego słońca.

W pierwszej chwili nie mogła zrozumieć. Po lewej stronie droga wiła się przez sto metrów i znikała w zagajniku srebrnych brzóz. Tu i tam rosły kępy janowca, płonące złotem w wiosennych szatach. Naprawdę to zrobili. Po prostu ją porzucili. Zadrwili z niej, a teraz ją wypuścili – to było jedyne wytłumaczenie.

Usłyszała za plecami cichy śmiech.

Chociaż była wciąż na kolanach, odwróciła się gwałtownie.

Widok permanentnego uśmieszku Arniego był jak cios żelazną pięścią. Jeszcze bardziej zaszokował Claire widok jego broni – staroświeckiego oręża muszkieterów. Chyba się nazywa rapier, przemknęło jej przez głowę.

– Myślałaś, że się łatwo wywiniesz, co? – zagadnął, ze świstem wymachując ostrzem. – Zdrajczyni.

– Czy nie... – Claire usiłowała przybrać ton raczej karcącej dorosłej niż przerażonego więźnia. – Czy nie uważasz, że masz już dość kłopotów bez kontynuowania tej farsy?

– Ja to widzę inaczej. Mam takie kłopoty, że cokolwiek jeszcze zrobię, to niczego nie zmieni.

– Gdzie są twoi przyjaciele?

– Och, są w okolicy, ale nie za blisko.

– Czy o to chodziło doktorowi Enwrightowi, kiedy mówił, że będę miała szansę?

– Tak. – Na ile to możliwe, sardoniczny uśmiech Arniego jeszcze się poszerzył. – I lepiej z niej skorzystaj, bo drugiej nie dostaniesz.

Claire dźwignęła się chwiejnie na nogi, odwróciła się

i spróbowała uciekać, lecz piekący cios w nogi od tyłu ponownie rzucił ją na kolana.

Rapier, pomyślała w oszołomieniu. Uderzył mnie rapierem!

– Ale najpierw – Arnie ruszył do niej, rozpinając pasek – trochę się zabawię.

Popatrzyła na niego z dołu. Był taki młody. Byłby chłopięco przystojny, gdyby nie te okropnie wykrzywione usta.

– Przeżyłem wypadek samochodowy, kiedy miałem dziewięć lat – wyjaśnił. – Potem odbudowali mi twarz, ale nic nigdy nie jest doskonałe, prawda?

– Przestań – poprosiła. – Błagam, po prostu przestań.

– Nie powinienem tego robić, rozumiesz? To nie należało do planu, ale jak mówiłem, cokolwiek teraz zrobię, to niczego nie zmieni.

Próbowała odpełznąć, ale on odrzucił rapier i skoczył na nią. Przewrócił ją na plecy i wbił jej przedramię pod brodę, miażdżąc krtań. Oczy jej wyszły z orbit, aż myślała, że pękną. Kiedy ją puścił, krztusiła się i kaszlała.

– Na twoim miejscu próbowałbym się dobrze bawić, bo to pewnie będzie twoje ostatnie przeżycie na ziemi.

Plunęła mu w twarz, więc uderzył ją pięścią. Dwa przednie zęby się złamały, metaliczny posmak krwi wypełnił usta.

– Za to dostaniesz z przodu i z tyłu.

Klęknął nad nią okrakiem, dalej rozpinając spodnie – a ona uniosła lewe kolano i z całej siły wbiła mu je w krocze. Zachłysnął się i upadł na bok, z rękami wciśniętymi między nogi. Claire odpełzła od niego, dysząc ciężko, zerwała się i rozejrzała dookoła, spodziewając się, że nagle zjawią się pozostali. Ale nikogo nie zobaczyła. Szukała wzrokiem rapiera, jednak nigdzie go nie widziała, a nie miała czasu na dokładniejsze poszukiwania. Arnie wciąż leżał skulony na boku, lecz już wyciągał szyję i przeszywał ją wściekłym wzrokiem.

Plując krwią, chwiejnie ruszyła polną drogą.

ROZDZIAŁ 48

Gdzieś w oddali warkotał śmigłowiec, kiedy Heck rozkładał przypaloną mapę na masce swojego volkswagena. Podniósł wzrok, rozejrzał się dookoła, ale jeszcze nie widział maszyny. Zachodnia Mercja zgodziła się pomóc w miarę możliwości, ale zaskoczyła ich jego prośba i chociaż skierowali wszystkich funkcjonariuszy na służbie do operacji Odzew, mobilizacja musiała zabrać trochę czasu, zwłaszcza że Heck nie mógł dokładnie określić, gdzie powinni się rozlokować.

Zatrzymał samochód na poboczu wiejskiej drogi. Poniżej płynął dopływ rzeki Severn. Daleko na zachodzie ostatnie promienie słońca dogasały nad horyzontem, purpurowoszare cienie kładły się na patchworkowym pejzażu łąk i zagajników. Nawet przy świetle ołówkowej latarki coraz trudniej było rozróżnić szczegóły na mapie. Strzałki narysowane markerem wskazywały różne miejsca, z których w żadnym nie było niczego szczególnego.

Pole bitwy nie wyglądało tak, jak Heck się spodziewał. Było tu dużo drogowskazów i oznakowanych tras, jednak muzeum i informacja turystyczna znajdowały się w budynku o nazwie „Dowództwo" w środku miasta, kilka kilometrów na południowy wschód od miejsca, gdzie teraz stali, natomiast same walki toczyły się nie tylko na otwartej równinie, ale z kilku stron miasta jednocześnie, na rozległym terenie obejmującym lasy, strumienie, wąskie drogi i łukowe mostki.

– Spróbuj sobie przypomnieć, Anthony – ponaglił niecierpliwie Heck.

Chłopak wciąż był skuty kajdankami z posterunkowym Maplingiem, ale ślęczał nad mapą, wytężając wzrok.

– Próbuję.

– Co ty tu robiłeś, Anthony? – zapytała pani Clayley. Mówiła tonem dezaprobaty, jakby wypytywała ucznia, który poszedł na wagary, a nie współuczestnika serii sadystycznych morderstw.

– Różne rzeczy – odparł, wzruszając ramionami.

– Jakie rzeczy?

– Na pewno pani woli nie wiedzieć, pani Clayley – odpowiedział za niego Heck.

– Tam – powiedział nagle Worthington, wskazując pojedynczą prostą linię dzielącą na pół górną prawą ćwiartkę mapy. – To tam, chyba.

– Dlaczego tak sądzisz? – zagadnął Charlie Finnegan.

– Pamiętam, że jechaliśmy szkolnym minibusem po tej prostej drodze, z polami i wzgórzami po obu stronach. – Worthington przesunął brudnym, obgryzionym paznokciem po wskazanej linii, chociaż żadna jej część niczym się nie wyróżniała.

Finnegan spojrzał na Hecka.

– To po prostu śmieszne. Musimy zaczekać na policję terytorialną.

– Jeśli zaczekamy dłużej, zrobi się ciemno jak w grobie. – Heck złożył mapę. – Tam nawet nie ma latarń.

– Mamy ze sobą dwoje cywilów.

Heck zastanawiał się przez chwilę nad tym bardzo realnym problemem, ale wspomnienie zalanej łzami twarzy Claire przeważyło szalę. Pokręcił głową.

– Mogą zostać w samochodzie.

– Przynajmniej zaczekaj na śmigłowiec.

– Na nikogo nie czekam. – Popędził ich do volkswagena. – Możemy podać lokalizację służbom lotniczym po drodze. Ruszcie się, szybciej!

• • •

Przeszła ścieżką wśród drzew jakieś pięćset metrów, zanim się zorientowała, że nie wydeptali jej ludzie. Ścieżka przekraczała rzeczkę po kamiennym mostku i po drugiej stronie kończyła się bramą, za którą leżała łąka pełna krów.

Claire była już wykończona i osłabła z głodu. Wiedziała jednak, że Arnie depcze jej po piętach. Obejrzała się przez ramię. Ścieżka zakręcała i rozmywała się w zapadającym mroku, a potem coś przykuło jej uwagę. W ziemi na poboczu tkwił drewniany słup z przybitym drogowskazem pomalowanym na złoto, który głosił:

Królewska Droga

Strzałka wskazywała boczną ścieżkę, biegnącą po wale nad brzegiem rzeki.

Czy oni chcieli, żeby tamtędy poszła... po Królewskiej Drodze? No więc, nie pójdzie. Obróciła się w prawo. Lustrzane odbicie ścieżki, bez drogowskazu, ginęło wśród zarośli. Kuśtykała w tamtą stronę, nieustannie zaczepiając ubraniem o ciernie i gęste poszycie. W kilku miejscach puściło na szwach tylko dlatego, że w nim biegła. Tandeta, byle jak sklecony karnawałowy strój. Zdołała wyciągnąć większość pokrzyw, którymi go wypchano, ale podrażniona skóra boleśnie ocierała się przy każdym ruchu o tani, przepocony materiał. Ścieżka oddalała się od rzeki, wiła się i pętliła. Zarośla ustąpiły miejsca drzewom, co oznaczało więcej przestrzeni pomiędzy nimi, rzadsze poszycie. Claire zwolniła, łapiąc oddech, i z lewej strony dostrzegła niewyraźną sylwetkę jednego z porywaczy, obserwującego ją z odległości około stu metrów. Nie rozróżniała, który to z nich, ponieważ nosił (albo nosiła) ciemną bluzę z kapturem.

Kimkolwiek był, nie próbował ścigać Claire, która rzuciła się do rozpaczliwej ucieczki.

Przed nią drzewa przerzedziły się i ujrzała trawiaste wzniesienie. Szła dalej, ale była tak zmęczona, że musiała się wdrapywać bokiem. Kiedy dotarła na szczyt, znalazła następny prymitywny drogowskaz.

Tutaj waleczny Sir Edward Massie odniósł ranę

Minęła go chwiejnie i weszła na płaskie, lecz nierówne pastwisko, porośnięte kępami janowca. Trzydzieści metrów dalej pojawiła się jakaś postać, również w naciągniętym kapturze. Pochlipując, Claire skręciła w lewo, ale tam grunt znowu opadał. Przystanęła na krawędzi, wyczuwając przed sobą pustą przestrzeń. Blade pasemko dziennego światła ciągnęło się na zachodnim horyzoncie, ale wszystko dookoła tonęło w czerni.

Obejrzała się na pastwisko. Teraz nie widziała nikogo, lecz noc zapadła jak kurtyna; mogli się do niej podkradać niepostrzeżenie.

Bezradna, niezdarnie zaczęła schodzić po zboczu, ciągle potykając się na kępach wilgotnej trawy. Gorąca ślina kapała jej z ust; płaty gumy obijały się o jej policzki. Dotarła na poziomy grunt, ale znowu się potknęła i tym razem skręciła kostkę. Zaskowyczała z bólu.

Dwadzieścia metrów przed nią wystrzelił w górę słup ognia.

Zatrzymała się chwiejnie.

Ogromna piramida drewna dosłownie eksplodowała, języory płomieni z rykiem rozdarły noc, kaskady iskier miotane wiatrem pędziły we wszystkie strony, jakby na podpałkę użyto benzyny (prawie na pewno tak, zrozumiała). Następne mniejsze ogniska zapłonęły po obu stronach i oświetliły migoczącym pomarańczowym blaskiem całą wyboistą łąkę. Claire zobaczyła kilka rzeczy jednocześnie. Zaledwie dwadzieścia metrów na prawo rósł wiekowy, nieforemny dąb z pniem grubym na trzech czy czterech ludzi i olbrzymią koroną; jakieś czterdzieści metrów dalej stały w ciemnym, gęstym szeregu inne drzewa, lecz pośrodku znajdowała się brama, a za nią coś, co wyglądało jak droga: prawdziwa droga, pokryta asfaltem. Serce Claire podskoczyło na ten widok i spiesznie ruszyła do przodu, jednak znowu przystanęła chwiejnie, kiedy spostrzegła coś na prawo od bramy.

W pierwszej chwili wzięła to za kępę krzaków, ale teraz zobaczyła, że to ciężarówka nakryta zielonym brezentem, na który narzucono siatkę maskującą. Na jej oczach zza pojazdu wyszły trzy postacie w myśliwskich strojach: Heather, Jasmine i doktor Enwright, którego okulary odbijające blask ognia wyglądały jak dwie plamy czerwieni.

– Nie – jęknęła Claire i cofnęła się, ale poślizgnęła się na trawie. – Nieeee!

Odwróciła się, żeby uciekać, ale zobaczyła, że po zboczu w jej stronę schodzą następne postacie: chłopiec imieniem Luke i wysoka, mocno zbudowana dziewczyna o pociągłej twarzy, której jeszcze nie widziała. Kierowca, uświadomiła sobie. To ona prowadziła ciężarówkę aż do tego koszmarnego miejsca.

– Zdrajczyni nie poszła Królewską Drogą – oznajmił doktor Enwright. – Jawny dowód winy.

Heather pomogła dwójce przybyłych przytrzymać zbiega.

– Wy cholerni bezmyślni idioci! – załkała Claire, ale nie zwrócili na to uwagi. Wykręcili jej ręce do tyłu i związali sznurem.

Siłą zaprowadzili ją na drugą stronę dębu, gdzie ujrzała kilka rzeczy tak okropnych, że nie od razu je zarejestrowała: pętlę wykonaną z czegoś, co wyglądało jak pomarańczowy jedwab, zawieszoną na niskiej gałęzi; trójnożny stołek ustawiony dokładnie pod pętlą; stół na kozłach, na którym rozłożono błyszczące narzędzia – noże, nożyce i tasaki, ciężki młot – i jeszcze bardziej przerażające, oparte o stół półtorametrowe ostrze z ząbkowanej stali, z uchwytami po obu stronach. Piła dwuchwytowa.

Zanim mogła wyrazić zgrozę, którą poczuła na ten widok, rozległ się okrzyk: „Doktorze Enwright!" i zza pnia wybiegła następna postać. To był mocno zasapany Arnie.

– Co się stało? – zapytał Enwright. – Spodziewaliśmy się jej piętnaście minut temu.

Arnie rzucił Claire gniewne spojrzenie.

– Uciekła mi.

– Więc to tylko szczęśliwy przypadek, że w ogóle tu trafiła?

– On próbował mnie zgwałcić – oznajmiła Claire. – Nie obchodzi go wasza głupia gra.

– Gdyby to była prawda, nie przyszedłbym tu – odparł Arnie. Odwrócił się do swojego mentora. – Mamy problem. Kilkaset metrów stąd w zatoczce zaparkował samochód. Zobaczyłem go przed chwilą po drodze.

Zapadło milczenie, kiedy grupa przetrawiała tę informację. Enwright nie wydawał się zaniepokojony ani przestraszony, ani nawet zirytowany.

423

– Z której strony? – zapytał.

Arnie pokazał.

Enwright parsknął.

– Pewnie jakaś zakochana para.

– I jechali tak daleko? – powątpiewał Arnie.

– To bez znaczenia. Między nami jest gęsty las. Nie zobaczą nas.

– A jeśli to policja?

– Rusz głową, Arnie. Jak to może być policja?

– A jeśli ktoś z tamtych wygadał?

– Niemożliwe.

– Taki jesteś pewien? – rzuciła Claire. – To są dzieci, którym każesz odwalać za siebie brudną robotę. Naprawdę tak im ufasz?

Enwright uśmiechnął się.

– Heather, zaknebluj tę zdradziecką sukę!

Claire piszczała i wyrywała się, kiedy Chłopczyca zakleiła jej usta przylepcem, a potem owinęła szalikiem i mocno zawiązała. Ale przerwał im odległy, regularny łoskot. Spojrzeli w niebo.

– Helikopter! – zawołał Arnie i rzucił się do bramy. – Między drzewa!

– Zostańcie na miejscu! – krzyknął Enwright z taką siłą, że nawet Arnie zamarł w bezruchu. – Przeklęci durnie, niczego się nie nauczyliście?

– Ma pan rację, jesteśmy durniami – zaskomlał chłopiec. – Rozpaliliśmy cholernie wielkie ogniska, żeby ich doprowadziły prosto do nas.

– Oni mają kamery na podczerwień, i tak by cię znaleźli.

– Więc uciekajmy!

– Nie! Nie dotarliśmy tak daleko, żeby teraz uciekać jak zające. – Enwright odwrócił się do reszty zespołu. – Działamy dalej zgodnie z planem.

Claire znowu zaczęła się szarpać, ale ze związanymi rękami nic nie mogła zrobić, kiedy porywacze znowu ją obezwładnili i związali nogi paskiem. Tylko Arnie się nie włączył. Cofał się powoli.

– Doktorze Enwright, nie mamy na to czasu! Proszę posłuchać, zawsze mówiłem, że ten plan jest zbyt ambitny, że będziemy mieli szczęście, jeśli uda nam się uciec!

– Uciec? – prychnął Enwright. – Czyżbyś jeszcze nie rozumiał, Arnoldzie? To był bilet tylko w jedną stronę.

• • •

Znak sięgał jedynie do kolan, więc Heck musiał przykucnąć, żeby go odczytać przy świetle ołówkowej latarki.

Tu padł William, drugi książę Hamilton

Wyprostował się, niewiele mądrzejszy. Kilka metrów dalej, prawie niewidoczny w ciemności, Charlie Finnegan rozmawiał przez telefon z centralą posterunku policji Castle Street.

– Przepraszam pana, nie mogę podać dokładnych współrzędnych. No... nie mamy prawdziwej mapy. Tak, słyszę India dziewięćdziesiąt dziewięć. Jeszcze go nie widziałem.

Heck wrócił przez łąkę do płytkiego rowu i przeszedł nad nim do zatoczki, gdzie stał volkswagen. Worthington wciąż siedział z tyłu, przykuty do posterunkowego Maplinga.

– Na pewno tutaj parkowaliście? – zapytał go Heck, nachyliwszy się do okna.

Worthington wzruszył ramionami.

– Zatrzymywaliśmy się w wielu różnych miejscach, ale myślę, że to jedno z nich. Szliśmy wiele kilometrów, tyle wiem. Ustawialiśmy znaki i tak dalej. Nie prawdziwe, tylko fikcyjne. Doktor Enwright mówił, że to sceniczne dekoracje.

Sceniczne dekoracje, pomyślał kwaśno Heck. Nie pocieszała go świadomość, jak bliski był prawdy w swojej pierwszej ocenie tych zabójstw.

– Worcester uważa, że wiedzą z grubsza, gdzie jesteśmy – powiedział Finnegan, również przekraczając rów. – Mają w terenie ekipy wsparcia i psy. Więc siedzimy na miejscu. Jak tylko śmigłowiec nas zobaczy, wszyscy się tu zwalą.

Heck był rozdrażniony, ale bezradny; na ile mógł ocenić, odgłos śmigłowca przycichał.

– Chyba leci nie w tę stronę.

– Krąży. Widocznie tym systemem prowadzą poszukiwania.

– Więc oficjalnie się zgubiliśmy. Świetnie, cholera!

• • •

Claire walczyła ze wszystkich sił, których zostało jej tak niewiele, kiedy nieśli ją w stronę zaimprowizowanej szubienicy.

Ze związanymi rękami i nogami mogła się tylko wić, ale dwukrotnie udało jej się uwolnić i za każdym razem upadała na ziemię. Podnosili ją, szarpiąc brutalnie, z narastającym gniewem. Większość pracy wykonywali Heather, Luke i Susan, a Jasmine osłaniała ich ze strzelbą. Arnie wciąż trzymał się z tyłu, oglądając się nerwowo na łąkę za dębem.

– Jeśli nadstawisz uszu, Arnoldzie – powiedział mu doktor Enwright – zorientujesz się, że helikopter odleciał.

– My też powinniśmy się zmywać, dopóki możemy. Ustawią zapory drogowe.

– Jakie to ma znaczenie? – warknęła na niego Jasmine. – Gareth został aresztowany, kiedy osłaniał nasz odwrót. Mamy zmarnować tę ofiarę?

Enwright uśmiechnął się do Arniego w blasku ognia,

splótłszy palce w rękawiczkach. Wyraz twarzy miał niemal czuły, ale w soczewkach jego okularów znowu tańczyły jaskrawe płomienie.

– Nawet Jezus miał w swoim gronie niewiernego Tomasza. Ale na końcu ten bojaźliwy święty stał się dobry. Zginął przeszyty lancą przez bezbożnika.

– Nie jesteśmy świętymi – odparł Arnie, cofając się. – A ja nie zamierzam zginąć z niczyjej ręki.

I wtedy pobliską drogą przejechał z warkotem samochód. Wszyscy zamarli, kiedy zobaczyli go między drzewami; w przelocie mignęła biała karoseria, gęsta czarna krata na oknach, słowo POLICJA wypisane czarnymi literami. Pojazd jechał dalej wąską drogą, ryk silnika stopniowo przycichał, ale tego było dla Arniego za wiele.

– Szlag! – zawołał. – Szlag, szlag, szlag. Musimy się stąd zabierać!

Teraz już nie cofał się ukradkiem, tylko stawiał długie kroki.

– Dokąd idziesz? – zapytała Jasmine.

– Pan mnie do tego zmusił! – Arnie wskazał na Enwrighta. – Pan mnie oszukał. Mam dość.

Odwrócił się, żeby uciekać, ale się potknął, co go spowolniło.

Pechowo.

Enwright skinął głową i Jasmine strzeliła.

• • •

Heck i Finnegan obiegli samochód dookoła. Finnegan opuścił telefon. Chciał znowu zadzwonić do centrum koordynacyjnego w Worcester, żeby im powiedzieć, że szybki oddział wsparcia właśnie ich minął w ciemnościach bez zatrzymywania i podąża teraz w złym kierunku, kiedy obaj z Heckiem usłyszeli wystrzał – całkiem blisko.

– Nie podoba mi się to – mruknął Finnegan.

– Mnie też – przyznał Heck. Szarpnięciem otworzył drzwi po stronie kierowcy, wyciągnął kluczyki ze stacyjki i rzucił na tylne siedzenie, gdzie złapał je posterunkowy Mapling. – Pilnujesz tych dwoja – oświadczył. – Jeśli się zrobi gorąco, zabierz ich stąd jak najszybciej.

Mapling kiwnął głową, chociaż wydawał się mocno zdenerwowany tą perspektywą.

– Tymczasem… – Heck wyciągnął pustą rękę – muszę pożyczyć twoją pałkę i gaz.

– Co ty robisz? – zapytał Finnegan, kiedy Heck wsadził do kieszeni pojemnik z gazem w sprayu i z trzaskiem rozłożył składaną pałkę na pełne czterdzieści pięć centymetrów.

– Co my robimy, chciałeś zapytać. – Heck z powrotem przekroczył rów.

– Nie mówisz poważnie – zaprotestował Finnegan, niechętnie idąc za nim.

Heck ruszył przez łąkę.

– Sprawdzimy, co się dzieje.

– Przecież tamci są uzbrojeni.

– Tylko rzucimy okiem, nic się nie stanie. Ale jeśli się tym martwisz, trzymaj.

Finnegan chwycił pałkę, którą mu podał Heck, i szybko wrócił do rozmowy z centrum w Worcester.

– Powiedzcie tym waszym pieprzonym kmiotkom, żeby natychmiast zawrócili! – rzucił opryskliwie. – Pojechali w złą stronę! Nie, gówno mnie obchodzi, z kim rozmawiam. Potrzebujemy natychmiast wsparcia!

– Zamknij jadaczkę, Charlie – ostrzegł Heck. – Te dranie usłyszą, że tu jesteśmy.

– Pewnie i tak już o nas wiedzą – mruknął Finnegan. – Co to za światło?

Weszli do zagajnika rzadko rosnących drzew i brodzili po kolana w młodym wiosennym listowiu. Jakieś sto metrów dalej, ponad wierzchołkami krzaków głogu, widzieli czerwonawy odblask, chyba z ogniska.

Heck nie odpowiedział, tylko wyłowił z kieszeni telefon i szybko wystukał numer.

– Tak, Eric – wymamrotał. – Nie mogę mówić głośniej. Nieważne, czy przyszedł zastępca naczelnika, powiedz mi, do czego doszliście. Szybko!

• • •

Nie fatygowali się sprawdzaniem, czy Arnie nie żyje. Nawet gdyby żył, nie miało to znaczenia; nigdzie nie pójdzie. Leżał twarzą do ziemi, jego plecy zmieniły się w poszarpane kawałki przypalonego ciała. Namęczyli się, dźwigając wyrywającą się Claire, wreszcie jednak postawili jej stopy na trójnożnym stołku.

Wciąż szamotała się w ich uścisku, chociaż słabo. Była wyczerpana. Zadziwiające, jak nagle wszystko inne w jej życiu przestało się liczyć. Wszystkie codzienne zmartwienia: rachunki, spłata kredytu, ubezpieczenie samochodu. Nic już nie było ważne; tylko pocenie się i stękanie…

Gdzieś w pobliżu rozległ się ostry dzwonek telefonu komórkowego.

Enwright i jego akolici zamarli, po czym spojrzeli na zalesiony teren kilkadziesiąt metrów po lewej stronie. To Claire wystarczyło. Zeskoczyła ze stołka i rzuciła się na ziemię.

– Panie Stapleton! – warknął Enwright. – Panno Cavanagh! Zobaczcie, co to jest! Załatwcie to!

Luke i Susan odbiegli truchtem. Pozostałe dwie dziewczyny – Jasmine i Heather – mocowały się z Claire, która leżała plackiem na ziemi. Spróbowała się odtoczyć. Heather zaklęła i wymierzyła jej kilka brutalnych ciosów. W górze jedwabna pomarańczowa pętla kołysała się dziko.

• • •

Gdyby Heck nie znajdował się w odległości dwudziestu metrów od Finnegana, kiedy telefon kolegi znowu zadzwonił na cały regulator, pewnie walnąłby go w szczękę.

– Centrum Worcester – oznajmił Finnegan, wciąż nie zniżając głosu.

– Wyłącz to cholerstwo! – syknął Heck.

Finnegan posłuchał i wsadził komórkę do kieszeni. Brodzili przez paprocie, wśród których pleniły się dzikie róże, mocno utrudniające marsz. Gęsta ciemność pomiędzy głogami aż dławiła, chociaż w górze przez siatkę gałęzi wyraźnie widzieli iskry z ogniska. Heck słyszał jakieś stłumione głosy. Chciał przyspieszyć, rzucić się do ataku, ale instynkt nakazywał ostrożność. Rozglądał się na lewo i prawo, widział kolejne kępy poszycia, kolejne gęste krzaki głogu, a potem dostrzegł zakapturzoną postać, która podniosła się bezgłośnie z paproci tuż za Finneganem.

Zanim Heck zdążył ostrzegawczo krzyknąć, dwuręczny młot walnął z tyłu detektywa w żebra. Finnegan zachłysnął się, kolana się pod nim ugięły i osunął się na ziemię. Drugi cios, szeroki zamach od dołu, trafił go w tył głowy. Heck chciał biec na pomoc, ale teraz dokładnie przed nim pojawiła się druga postać. Zobaczył maskujący strój, szalik zakrywający dół twarzy. Napastnik był drobnej budowy, ale dzięki temu zwinny; ważniejszy był lśniący stalowy tasak, którym zadał morderczy cios z bekhendu.

• • •

Wspólnymi siłami Jasmine i Heather wreszcie podniosły swoją ofiarę i postawiły na stołku pod szubienicą. Z naj-

430

wyższym trudem przytrzymały ją na miejscu, kiedy Enwright zakładał jej jedwabną pętlę na szyję.

Nie zareagował na odgłosy walki w pobliskim lesie.

– W pomarańczowym ci do twarzy – stwierdził rzeczowo i mocno zaciągnął pętlę.

Claire wciąż mogła oddychać, ale ledwie, ledwie. Nagle nie mogła już walczyć. Musiała stać całkiem nieruchomo i utrzymać równowagę, co nie było łatwe, ponieważ kiedy Heather i Jasmine odstąpiły, poczuła, że stołek chwieje się pod nią, jakby jego nogi po jednej stronie zapadały się w ziemię.

– Walczyłaś dzielnie – pochwalił ją Enwright. – Zasłużyłaś na szarfę parlamentarzysty*…

* * *

Heck uniknął zarówno pierwszego, jak i drugiego ciosu tasakiem, potem jednak nogi mu się zaplątały w pędy dzikiej róży i zwalił się do tyłu. Padł jak długi w paprocie, a zakapturzona postać skoczyła na niego, zdecydowana wykorzystać przewagę, i oburącz zamachnęła się tasakiem, celując w gardło. Tylko lewy łokieć Hecka uchronił go przed ostrzem, spadającym z siłą gilotyny. Napastnik był silny i sprawny, ale młody i niedoświadczony; przez kilka sekund mocowali się, stękając, pocąc się i pryskając śliną, jednak Heck zdołał prawą ręką wyciągnąć z kieszeni pojemnik z gazem i prysnął całą zawartością w wytrzeszczone, fanatyczne oczy.

Młodzik szarpnął się do tyłu, krztusząc się i kaszląc, potem całkiem się zsunął i odtoczył, orząc twarz palcami w rękawiczkach. Heck dźwignął się na nogi i wymierzył mu

---

*Podczas angielskiej wojny domowej rojaliści nosili czerwone szarfy, natomiast parlamentarzyści (stronnicy Cromwella) pomarańczowe.

dwa szybkie ciosy, prawy w brzuch, lewy w szczękę, zanim się odwrócił – w samą porę. Drugi napastnik zatrzymał się chwiejnie jakieś dziesięć metrów dalej, z młotem w jednej ręce i pałką w drugiej.

Patrzyli na siebie ponad ciemną polaną, dysząc ciężko.

Nawet w mroku Heck widział, że stoi przed nim dziewczyna w workowatym nieprzemakalnym kombinezonie; kaptur jej spadł i pasma długich brązowych włosów wymykały się spod wełnianej czapki. Szalik zakrywał jej usta, oczy miała dzikie i groźne, ale czoło spocone ze strachu.

– Która ty jesteś? – zastanowił się Heck. – Heather czy Susan? Ja mam na imię Mark. Ale nie, nie mówię ci tego, żeby próbować się uczłowieczyć w twoich oczach, żebyś mnie nie atakowała. Informuję cię tylko, kto dokładnie za minutę stłucze cię na kwaśne jabłko, jeśli nie rzucisz tej pieprzonej broni.

Oczy jej się rozszerzyły jeszcze bardziej, jakby nie mogła uwierzyć, że ktoś się do niej zwraca w ten sposób. Potem podjęła decyzję, cisnęła w niego rozkładaną pałką i uciekła. Pałka zawirowała w powietrzu. Heck odbił ją przedramieniem, ale i tak poczuł piekące uderzenie. Nie rzucił się natychmiast w pościg, tylko podbiegł do nieruchomej sylwetki Finnegana, przykucnął i poszukał oznak życia. Ten idiota stracił przytomność, ale oddychał.

Chłopak, któremu Heck prysnął w twarz, przekręcił się na bok z jękiem i natychmiast znowu zaczął dyszeć.

– Kurwa! – zaklął ochrypłym, zaflegmionym głosem. – Moje oczy!

– To nic w porównaniu z twoją dupą po roku na oddziale dla dożywotnich – odparł Heck, podchodząc do niego.

– Nic nie widzę.

– Nie otwieraj oczu i przestań je trzeć. – Obrócił unieszkodliwionego chłopaka na brzuch, przycisnął go kolanem, wykręcił mu lewą rękę i prawą nogę za plecy i skuł kajdankami kostkę z nadgarstkiem. – Za jakąś godzinę ci przejdzie.

– Za godzinę? Jezu Chryste!

– To dopiero początek twoich kłopotów, koleś. – Heck wstał, wyciągnął z kieszeni telefon i wstukał numer. – Eric, gotowy?

– Zrobiłem, co mogłem – odparł Eric, przekrzykując gwar głosów.

– Miejmy nadzieję, że to wystarczy. – Heck przecisnął się przez krzaki w stronę ogniska. – I każ im się zamknąć! Nie obchodzi mnie, czy to sam minister spraw wewnętrznych. Wszystko spieprzą!

Opuścił telefon, wkraczając w blask ognia. Był przygotowany na coś szokującego, ale chyba nie na coś takiego, nawet po wszystkim, co się wydarzyło.

Kilka metrów z prawej strony leżał twarzą do ziemi trup młodego mężczyzny z plecami poszarpanymi na krwawe ochłapy, odsłaniające pogruchotane kości i zmasakrowane organy wewnętrzne. Ale co gorsza, trzydzieści metrów dalej Claire balansowała na przekrzywionym stołku, a naprężony pomarańczowy sznur biegł od jej szyi do gałęzi dębu nad głową. Obszarpany rytualny strój dodatkowo podkreślał przeraźliwą grozę tej sceny.

Obok niej stały cztery postacie; najwyraźniej na niego czekały. Trzy były płci żeńskiej, wśród nich wysoka dziewczyna, z którą przed chwilą stanął twarzą w twarz, wciąż trzymająca dwuręczny młot, oraz blondynka, Jasmine Sinclair, uzbrojona w dubeltówkę obrzyna. Czwarty oczywiście był doktor Enwright.

– Mówiłam wam, że on jest sam – powiedziała wysoka dziewczyna. Zerwała z twarzy szalik, odsłaniając niezwykle długą twarz. – I nie ma broni.

– Skończone, Enwright – oświadczył Heck. – Chyba zdajesz sobie z tego sprawę? – Próbował nie patrzeć na Claire, która najwyraźniej zesztywniała z przerażenia. Nawet z tej odległości widział, że prawie nie ośmielała się mrugać, chociaż pot zalewał jej oczy.

– Miło znowu pana widzieć, sierżancie – powiedział Enwright ze swoim kocim uśmiechem.

– Może teraz jestem sam – ostrzegł go Heck – ale inni już jadą.

Enwright wzruszył ramionami.

– Pojmanie i aresztowanie zawsze stanowiło część planu.

– Może pan przestać udawać. Jeśli się pan nie boi, to tylko świadczy o pana szaleństwie. Ale widzę to w pana twarzy. Pan wie, że gra jest skończona, i boi się pan śmiertelnie.

W rzeczywistości Heck nic takiego nie widział. Enwright wciąż się uśmiechał; czoło miał gładkie, bez jednej zmarszczki. Ale niewątpliwie potrafił się maskować. Wiele mogło się dziać pod powierzchnią.

– Może schwytanie tych dzieciaków stanowiło część planu, ale założę się, że dla siebie przygotował pan jakąś kryjówkę. Tak z ciekawości, jakie techniki prania mózgu pan wobec nich zastosował?

– Drastyczne środki, jak pranie mózgu, nie są potrzebne, jeśli wyznacza się szczytny cel – odparł Enwright. – Prawi ludzie, zwłaszcza młodzi, których poczucie moralności nie zostało skażone cynizmem i egoizmem, to najlepsi aktywiści. Pan tego nie zrozumie, sierżancie.

– Och, rozumiem doskonale. Zrobił pan z nich zabójców. Celowo.

– Żeby położyć koniec…

– Koniec sam w sobie! – Heck przeniósł wzrok na dziewczyny. – Oszukał was. Chyba to rozumiecie?

Wyraz ich twarzy się nie zmienił, ale Jasmine uniosła strzelbę do ramienia i wymierzyła w niego.

Heck nie dawał za wygraną.

– Ta jego maskarada to nic innego, jak tylko kampania nienawiści przeciwko światu, który za mało go rozpieszczał.

Enwright zachichotał. Wydawał się szczerze rozbawiony.

– Niech zgadnę, sierżancie. W policji kazano panu zaliczyć kurs psychologii? Dobra robota, ale nie musi pan się tym popisywać.

– On ma gdzieś, czy brytyjska kultura jest pusta. Cieszy się z tego, bo to znaczy, że w głębi duszy ludzie nie są szczęśliwi. A ta mała wojenka, którą rozpętaliście, miała sprawić, żeby już nigdy nie byli szczęśliwi. Ale nawet nie to jest jego prawdziwym celem...

– Dosyć tej gry na czas – uciął Enwright i podszedł do stołka Claire. – Zamierzamy uczcić Dzień Królewskiego Dębu w uroczysty sposób, chociaż dwadzieścia sześć dni za wcześnie. Spotka pana ten zaszczyt, że będzie pan świadkiem, sierżancie. Ale jeśli pan spróbuje przeszkodzić, Jasmine odstrzeli panu głowę.

– Nie musicie mi wierzyć na słowo, dziewczyny – oświadczył Heck, podniósł telefon i kciukiem przełączył na tryb głośnomówiący. – Same posłuchajcie tego człowieka.

Jasmine nie spuszczała z niego wzroku, chociaż dwie pozostałe odwróciły się do więźnia... a potem usłyszeli głos.

Wydobywał się z komórki Hecka, metaliczny, zniekształcony, jednak niewątpliwie należący do doktora Enwrighta, i rozbrzmiewał echem na łące.

– *Arnold Wisby... obrażenia twarzy zmieniły go w absurdalnego błazna.*

Susan i Heather gwałtownie odwróciły głowy. Nawet Enwright przez chwilę wydawał się zafascynowany, jakby na jego oczach stało się coś niemożliwego. Tylko Jasmine pozostała niewzruszona i wciąż patrzyła na Hecka wzdłuż górnej lufy dubeltówki.

– *Nic dziwnego, że nie ma dla siebie szacunku. Wyśmiewano go wszędzie, gdzie się pojawił. Nietrudno będzie uzyskać nad nim kontrolę w znacznym stopniu. Dziecko cierpiące wskutek izolacji zawsze tak gorliwie stara się zadowolić innych...*

Rozległy się trzaski zakłóceń, kodowana pieśń żałobna elektronicznego bałaganu. Eric Fisher uprzedzał, że nie najlepiej się zna na montażu.

Enwright jakby odzyskał panowanie nad sobą. Zrobił krok do przodu, rzuciwszy Heckowi spojrzenie tak pełne nienawiści, że na mgnienie jego twarz przybrała zwierzęcy wyraz.

– Zastrzel go, Jasmine. Ten wścibski dureń miał swoją szansę...

– *Jasmine jest naturalnie pięknym dzieckiem* – odezwał się jego elektroniczny bliźniak.

Ładna uczennica wciąż wbijała lodowaty wzrok w Hecka, ale nagle przestała go widzieć.

– *Nikt by nie przypuszczał, że właśnie ona będzie wyrzutkiem...*

– To są moje prywatne pliki, skompilowane z notatek szkolnego psychologa – powiedział pospiesznie Enwright.

– *Ale jej emocje są w strzępach. Wielokrotnie zgwałcona przez ojczyma, sądziła, że nowe życie w szkole z internatem będzie ucieczką, ale szybko odkryła, że ma trudności w nawiązywaniu relacji. Jej wygląd i kobiecość stały się kamieniem u szyi. Maltretowane kobiety często starają się zmniejszyć swoją atrakcyjność, ścinają krótko włosy, nie korzystają z kosmetyków...*

– Jeśli nie chcesz, ja to zrobię – oświadczył Enwright, sięgając po broń, ale Jasmine odsunęła się od niego. Ciągle wpatrywała się w Hecka i słuchała uważnie.

– *Jasmine zamyka się przed innymi. Odmawia uczestniczenia we wszelkich formach życia towarzyskiego. Ale jest istotą ludzką, z ludzkimi potrzebami. Łatwiej będzie nią pokierować poprzez Garetha, najprzystojniejszego chłopca w szkole. Oczywiście nie tknie jej, dopóki nie będzie gotowa. Odegra rolę opiekuńczą, nie seksualną. Ale seks przyjdzie i w tym również jest cel...*

Rozległ się następny trzask zakłóceń. Heck z napięciem obserwował lufę strzelby. Nie potrafił odczytać wyrazu twarzy Jasmine, ale twarz Enwrighta lśniła od potu.

– *Ci, którzy pragną być doceniani, rozpaczliwie chcą przynależeć... trzeba ich przygarnąć, dać im poczucie własnej wartości. Dopiero wtedy można złamać ich indywidualność...*

– Słyszycie to?! – krzyknął Heck.

– *Znieczulenie dzieci na cierpienie nigdy nie jest łatwe, ale te konkretne okazy...*

– Słyszałyście?

– *...łatwiej się poddadzą, ponieważ nie zaznały niczego prócz cierpienia. Heather Greer wyraźnie jest lesbijką, chociaż jeszcze tego nie podejrzewa, a jeśli tak, jest na etapie wyparcia... forma samopotępienia narzucona jej przez oziębłą, wyniośle konserwatywną rodzinę.*

– To nieprawda! – wyrzuciła z siebie Heather, nie wiadomo, pod czyim adresem.

– *Nie rozumie, dlaczego nie pociągają jej chłopcy, i w konsekwencji wrogo traktuje tę odwieczną grę flirtu i kokieterii. Podobnie Susan Cavanagh... brzydka, niezgrabna dziewczyna, którą koledzy z klasy przezywają „Pasztetem". Piętnuje kulturę kobiecych ikon seksualnych, słynne modelki, samozwańcze celebrytki po operacjach plastycznych i bezduszne społeczeństwo, które je gloryfikuje...*

Susan stała jak skamieniała, z nieruchomą twarzą.

– Nagrywałem te notatki jako opiekun – upierał się Enwright.

– Niezły opiekun – prychnął Heck.

Teraz jednak palec Jasmine znowu dotknął spustu. Twarz jej się wykrzywiła w grymasie wściekłości.

– To jest… – wyjąkała – to jest jakaś sztuczka.

– Właśnie – potwierdził Enwright. – To sztuczka.

– Naprawdę? – zapytał Heck. – Obejmująca cały okres pana pracy w St Bardolph's.

– *Jakże łatwo przekonać takie stworzenia, że Wielka Brytania, kraj, w który nic nie zainwestowali, jest duchową pustynią, gdzie grzech się nagradza, a cnotę ignoruje. Religia będzie problemem. Biblia mówi: „Nie zabijaj…".*

Heck ruszył w stronę jasnowłosej dziewczyny.

– Może oddasz mi tę broń, co?

– Cofnij się! – warknęła.

– *Ale już wcześniej omijano to przykazanie. Chrześcijanie przypuszczali ludobójcze ataki na niechrześcijan. To samo dotyczy żydów i muzułmanów. Tak się działo, ponieważ postrzegali innych jako złych. Albo niewinnych, którzy muszą cierpieć dla większej sprawy…*

– Zastrzel go! – ponaglił Enwright. – Ten człowiek tu przybył, żeby nas zniszczyć.

– *Chodzi tylko o sprawę. Jakąkolwiek sprawę.*

– Jakąkolwiek sprawę, Jasmine? – powtórzył Heck. – Co to właściwie znaczy?

Znowu trzask zakłóceń, a potem głos przybrał rozkazujący, pewny siebie ton przywódcy.

– *Musimy przypomnieć światu, że w przeszłości było lepiej, że to był złoty wiek wiary, kiedy liczyła się wspólnota, kiedy ludzie prowadzili proste, zdrowe życie, ciesząc się z niewinnych przyjemności. Wesoła Anglia! Największe zagrożenie dla teraźniejszości nowych heretyków, bezmyślnych bezbożników, którzy nie wierzą w nic oprócz własnej przyjemności...* – głos przeszedł w cwaniacki, zadufany chichot. – *Co za bełkot! Wesoła Anglia... co za bzdury!*

Heck obserwował reakcje dziewcząt. Słuchały z niedowierzaniem, Jasmine również.

– *Wiara ponad wszystkie wiary. Gdzie wrogami są imprezowicze... tego nikt by nie wymyślił. Ale jest też poważniejszy aspekt. To będzie największy eksperyment w historii. Nieudany stanfordzki eksperyment więzienny nie dorasta mu do pięt. Taką żarliwą wiarę można stworzyć z chaotycznej pisaniny podrzędnego autora horrorów...* – Znowu zakłócenia, znowu przebiegły chichot. – *Ale oni do tego dojrzeli. Kiwają głowami, kiedy mówię, że musimy dać przykład. Nikt nie chce zabijać, zapewniam ich, jednak już widzę, że niektórzy zabiją chętniej niż inni. Świat nimi pogardza. Dlaczego się nie odegrać?*

– Byliśmy eksperymentem? – zapytała Jasmine, odwracając się powoli do swojego przywódcy.

– Rezultat jest ten sam, panno Sinclair – odparł Enwright. – Razem zadaliśmy potężne ciosy moralnie zbankrutowanemu światu.

– Byliśmy eksperymentem?!

– Nawet nie prawdziwym – wtrącił Heck, ryzykując krok do przodu. – Tylko jego szaloną fantazją o władzy. Teraz na pewno widzicie, że on jest kompletnie obłąkany!

– Zamknij się! – wrzasnęła piskliwie, tracąc panowanie nad sobą, obróciła się i wycelowała strzelbę w brzuch Hecka, ale nawet nie zauważyła, jak Enwright zamachnął się i mocno trzasnął ją pięścią w szczękę.

Jasmine osunęła się na ziemię. Enwright wyrwał jej dubeltówkę i odwrócił się do Hecka, który w odległości dwudziestu metrów był łatwym celem.

– Nieopierzona młodzież… – Westchnął. – Tak wiele obiecują i tak mało dotrzymują.

Niedbale wycelował, ale podobnie jak Jasmine nie spodziewał się ciosu, który padł z tyłu.

Cios, zadany dwuręcznym młotem, trafił go między łopatki. Rozległ się głuchy odgłos uderzenia. Enwright zrobił się szary na twarzy i osunął na kolana, wypuszczając broń. Heck rzucił się po nią. Zalana łzami Susan stała nad powalonym mentorem i wciąż unosiła młot.

– Ty przeklęty, załgany draniu! – krzyknęła, ale Heather chwyciła ją z tyłu za kołnierz, również wywrzaskując obelgi.

Heck złapał dubeltówkę i odtoczył się od dwóch walczących dziewczyn.

– Nie słyszałaś, co on mówił? – zaszlochała Susan, ale Heather odepchnęła ją do tyłu.

Susan wpadła na Claire. Rozległ się donośny trzask pękającego drewna. Noga stołka się złamała i Claire zawisła, kołysząc się między niebem a ziemią, z wykrzywioną twarzą.

– To ten gliniarz kłamie! – krzyknęła Heather, wyciągnęła spod kurtki nóż, uniosła wysoko i natarła na Hecka. – To on jest prawdziwym kłamcą!

Heck, wciąż leżąc na ziemi, wycelował. Został mu tylko jeden nabój; łatwo trafiłby w napastniczkę, ale zamiast tego uniósł lufę i strzelił nad głową Heather.

Pomarańczowy sznur został gładko przecięty. Claire upadła.

Heather jakby to wyczuła. Zawyła niczym upiór i przyspieszyła kroku, gotowa poszatkować i zadźgać swojego wroga na śmierć.

Dubeltówka miała puste komory, ale była ciężka. Z odległości niecałych trzech metrów Heck cisnął nią w brzuch Heather. Od uderzenia dziewczyna zgięła się wpół i upadła na ziemię, łapiąc powietrze. Heck nadepnął jej na rękę, a kiedy wypuściła nóż, odtrącił go kopniakiem.

– Ty... ty gnoju – zaskowyczała z bólu i frustracji.

Heck podniósł wzrok i zobaczył, że Susan biegnie do bramy. W połowie drogi oślepiły ją reflektory samochodu. Zatrzymała się chwiejnie, kiedy radiowóz, który minął ich wcześniej, zahamował po drugiej stronie.

Tymczasem Claire leżała nieruchomo, z pomarańczowym jedwabiem zaciśniętym na szyi.

Heck doskoczył do niej, chwycił ją w ramiona i szybko rozluźnił pętlę. Pod spodem widniał siny obrzęk. Claire była biała jak alabaster i nawet nie drgnęła w objęciach Hecka. Wołał ją po imieniu, klepał w policzki, a potem poczuł na twarzy coś ciepłego – jej oddech – i z ulgą opuścił głowę.

ROZDZIAŁ 49

Kilka dni po operacji Gemma obudziła się w separatce na oddziale chirurgii i zobaczyła słońce wlewające się przez uchylone zasłony, bukiety kwiatów w nogach łóżka i Hecka siedzącego obok, wrzucającego do ust bezpestkowe winogrona.

Przyglądała mu się przez parę chwil. Nie bardzo mogła poruszać czymś innym oprócz oczu, jako że była grubo obandażowana i zagipsowana. Prawe ramię aż po bark tkwiło w sztywnej ortopedycznej szynie. Wciąż miała podłączoną kroplówkę, przez którą zapewne oprócz składników odżywczych podawano jej środki znieczulające, ale chyba za wolno, bo wszystko ją bolało.

– Wiesz, to moje winogrona – powiedziała wreszcie, krzywiąc się.

– Wiem. – Wrzucił do ust następne. – I są dobre.

Jak zwykle wyglądał, jakby właśnie zszedł z długiej służby: krawat rozluźniony, kołnierzyk rozpięty, marynarka pognieciona.

– Widocznie tym razem ty jeden wyszedłeś cało? – zagadnęła.

– Akurat. Przecież pies mnie ugryzł.

442

– Nie bądź mięczakiem.

– Walczyli do końca, to pewne.

Zastanowiła się nad tym.

– Mamy ich wszystkich, tak?

– Tak.

– Co z Enwrightem?

Heck wzruszył ramionami.

– Dwa pęknięte kręgi, ale się wyliże. Niemniej nie jestem pewien, czy zostanie uznany za poczytalnego. Jeszcze nie poddano go żadnej ocenie, ale… no, nie wiem, facet jest kompletnie porąbany.

– Nie szkodzi, dopóki siedzi pod kluczem.

– Co do tego nie ma obawy. Trafi do Broadmoor* jak w banku.

– A jakie są straty? To znaczy nasze.

– Och, rozległe.

– Kto najgorzej oberwał?

– Chyba ty.

– Nie Shawna?

– Nie tak źle, jak się początkowo obawiano. Głównie odłamki. Za parę tygodni stanie na nogi.

– Co z Garym?

– Ból głowy.

– Andy Gregson?

– Gorszy ból głowy, ale się poprawia.

– Garrickson i Finnegan?

– Czy to ważne?

– Masz takie dobre serduszko, Heck. Co z Claire?

– No… – Zacisnął usta, starając się nie okazywać przygnębienia z powodu tragedii, jaka niemal spotkała ich byłą

---

*Broadmoor – najbardziej znany angielski szpital psychiatryczny o podwyższonym poziomie bezpieczeństwa.

443

rzeczniczkę prasową. – Jest ranna i w ciężkim szoku. Ale nie doznała nieodwracalnych fizycznych obrażeń. Twardsza z niej sztuka, niż na to wygląda.

– Będzie miała o czym opowiadać wnukom – zasugerowała Gemma.

– Taaa, jasne. Ale już jej nie zobaczymy. Chyba o tym wiesz?

Gemma kiwnęła głową i skrzywiła się z bólu.

– Ja... w ogóle nie powinnam jej w to wciągać.

– Pewnie poradziłaby sobie prawie w każdych innych okolicznościach.

– Możliwe. – Znowu mu się przyjrzała. – Wiem, mówiłeś, że jesteście tylko kumplami, ale myślałam sobie, że gdyby ona została u nas dłużej... no, między wami mogłoby się coś zmienić.

– Myślałaś, czy miałaś nadzieję?

– Zastanawiałam się.

– Marne szanse. – Obdarzył ją swoim najlepszym wilczym uśmiechem. – Wiesz, że dla mnie istnieje tylko jedna kobieta.

– Próbujesz mnie dopaść, kiedy jestem bezbronna?

Przyjrzał jej się z namysłem. Widok Gemmy w takim stanie zawsze był co najmniej niepokojący. Była upiornie blada; pod oczami miała sińce tak ciemne, że prawie czarne. Jak na kogoś, kto zwykle emanował siłą i żarem, wydawała się apatyczna, krucha, tak słaba, że ledwie mogła się ruszać. Ale nie należało zapominać o słowach głównego chirurga, który wyjął strzałę i jednocześnie uratował jej prawe ramię: „Nie zrobiłbym tego bez jej pomocy. Sam szok zabiłby większość ludzi. Ona jest wojowniczką".

– Nigdy nie jesteś bezbronna – oświadczył. – Weźmy na przykład to... – Wyjął z kieszeni dokument i rozłożył. – To kopia memorandum wysłanego przez dyrektora KZP, Joego

Wullertona, do Ministerstwa Spraw Wewnętrznych, z wczorajszą datą. – Zaczął czytać: – „W świetle sukcesu kończącego niniejsze śledztwo, jak również uwzględniając liczne obrażenia odniesione przez członków Jednostki do spraw Seryjnych Przestępstw, widać, że JSP nie marnuje pieniędzy podatników, tylko pełni niezwykle ważną służbę, pomimo wyraźnych braków personelu, środków i wsparcia logistycznego. Stanowczo zalecam, żeby zamiast zamykać ten wydział czy wcielać do innych jednostek, podjąć wszelkie niezbędne kroki w celu zwiększenia jego liczebności i poprawy wyposażenia, żeby mógł dalej prowadzić swoją niezbędną działalność".

– Miło – mruknęła Gemma, kiwając głową, jakby się tego spodziewała.

– Joe dzwonił dziś rano, żeby powiedzieć, że za wcześnie na odpowiedź z ministerstwa, ale rokowania są dobre.

Ponownie kiwnęła głową, zadowolona.

– Myślałem, że będziesz skakać po całym pokoju z radości.

– Przepraszam, trochę za słabo się czuję.

– I kto teraz jest mięczakiem?

– Heck, myślałam… skoro Des Palliser i Bob Hunter odeszli, potrzebuję pilnie nowego komisarza.

– Nie ma zmartwienia. Będą się ustawiać w kolejce, żeby z tobą pracować.

Nie traciła cierpliwości.

– Wiesz, o czym mówię.

– Oczywiście. – Znowu się uśmiechnął. – I odpowiedź brzmi: nie. Wolę mój ruchomy przydział.

– Wiesz, sierżancie Heckenburg… nigdy więcej się do mnie nie zbliżysz, jeśli nie zaczniesz awansować.

– Chcesz się założyć? – Nachylił się i pocałował ją w czoło. – Muszę lecieć. Obowiązek wzywa.

– Na razie – rzuciła, kiedy wychodził.

Na korytarzu spotkał matkę Gemmy. Właśnie wieszała płaszcz we wnęce. Podobno jeśli chcesz zobaczyć, jak będzie w przyszłości wyglądała twoja dziewczyna, wystarczy spojrzeć na jej matkę. Jeśli to prawda, przyszłość zapowiadała się nieźle dla każdego, kto zwiąże się z Gemmą Piper. Melanie Piper była równie wysoka jak córka, równie szczupła, równie przystojna, równie jasnowłosa, chociaż jej blond włosy zaczynały już się powlekać srebrem. Jak zwykle była ładnie ubrana, w kwiecistą sukienkę i sandałki na obcasach.

– Witam, pani Piper – powiedział Heck.

– Ile razy ci mówiłam, Mark? – upomniała go. – Jestem Mel. Jak tam dzisiaj nasza dziewczynka?

– Z taką raną większość ludzi stanęłaby na nogi po sześciu tygodniach. Gemmie pewnie wystarczy sześć dni.

– Dopilnuję, żeby nie zrobiła nic głupiego, na przykład nie wróciła wcześniej do pracy.

– Wątpię, czy ubezpieczenie to pokryje, dopóki lekarz jej nie wypisze.

– A jak ty się czujesz, Mark?

– Dobrze. W porządku.

Przyjrzała mu się krytycznie.

– Dość przerażająca sprawa.

– Taką mamy robotę.

– Ty i Gemma powinniście być razem, wiesz? Bylibyście silniejsi.

Uśmiechnął się, wzruszył ramionami.

– I tak oboje jesteśmy dość silni.

– Powiedziałam: silniejsi.

– Może.

– Żadne może. Do zobaczenia niedługo… mam nadzieję.

Wyminęła go i weszła szybko do separatki córki.

Heck wyszedł na zewnątrz, w słoneczne popołudnie. Podejrzewał, że ten radosny miesiąc, maj, już nigdy nie będzie taki sam, chociaż między innymi właśnie o to chodziło w niedawnych profanacjach, więc twardo postanowił wyrzucić z głowy te przygnębiające myśli. Kiedy wsiadał do samochodu, zadzwoniła jego komórka.

– Heckenburg – powiedział, przykładając aparat do ucha.

– Halo – odezwał się niepewny głos. – Mówi komisarz Strickand z Nottinghamshire. Rozumiem, że jest pan w Jednostce do spraw Seryjnych Przestępstw?

Heck niemal się roześmiał.

– Tak, w tej chwili tak.

– Mam coś, co chciałbym panu pokazać. Ale z góry ostrzegam, że to dość dziwne.

– W porządku – zapewnił go Heck, wyjmując długopis. – Dziwne sprawy to nasza praca.

Polecamy powieść Paula Fincha

STALKERZY

„Wystarczyło, że wskazał kobietę, której pragnął, i poinformował ich, gdzie można ją znaleźć. Oni mieli odwalić całą czarną robotę i wziąć na siebie ryzyko. Proste".

Prawie czterdzieści kobiet. Spełnione i szczęśliwe... zanim przepadły bez śladu. Sprawą ich zniknięć od ponad dwóch lat zajmuje się detektyw Mark „Heck" Heckenburg. Wśród zaginionych znajduje się siostra Lauren Wraxford. Lauren zrobi wszystko, aby ją odnaleźć. Jeśli połączą siły, może im się udać. Nie będzie to jednak łatwe. Członkowie Klubu Miłych Facetów, przeciwko którym przyjdzie im stanąć, z pewnością nie są miłymi facetami. To profesjonaliści, którzy niczego nie pozostawiają przypadkowi. Bezwzględni i psychopatyczni. Dla pieniędzy zrobią wszystko.

—